亜人間を生きる

白井 愛 たたかいの軌跡

彦坂 諦

「戦争と性」編集室

亜人間を生きる——白井愛 たたかいの軌跡　目次

装幀　白岩砂紀

亜人間を生きる——白井愛　たたかいの軌跡

第一章　亜人間の誕生

一九七九年の十月、『あらゆる愚者は亜人間である』が出版された。「この作品を世に問うことによって浦野衣子は作家・詩人白井愛に変身した」と、わたしは、白井愛の遺作『人体実験』（れんが書房新社・二〇〇五年）巻末の「白井愛略年譜」に書いている。言いかえれば、このとき「亜人間」が誕生したのだ。

「亜人間」ということば（概念）は、ほかならぬこの作品の制作過程において白井愛によって創出され、まさにそのことによって「亜人間の文学」がつぎつぎと生みだされていくことになったのだ。

それから二年半後にわたしは「亜人間誕生」と題する短文を高原研介という筆名で「図書新聞」に寄稿している。つぎに掲げるのはその一部だ。

> 考えてみるとしかしこれくらい（「白井愛は世間知らずだ」という非難――引用者）白井愛の核心をついたことばもないではないか。というのも、世間知らずでありつづけることを意識的に選び世間知りとなることをあくまで拒否して世間とたたかっているのが、ほかならぬ白井愛そのひとであるからだ。
>
> だがこれはまさにドン・キホーテ的受難と苦行の道というべきだ。なぜなら、権力の土台でも代執行機関でもある世間そのものには手を触れず、それのみか日常の次元ではそのなかにどっぷり首までつかってなれあいながら、政治や思想や文学の高みでのみ果敢な反権力のたたかいを展開しておられる知識人諸氏とはことかわり、白井愛は、世間のなかに閉じこめられていながら、閉じこめられているその場所で、自分を閉じこめている世間に、ただひとり、まっこうから立ちむかっているのだから。

「自由の呪いを一身に引きうけようと」するこの「超場ちがい超時代おくれの」誇り高いわがヒメギミが、もたれあいの世間からふくろだたきにあい、地べたにたたきつけられ（いや、じつはあっさり黙殺されただけかもしれないが）、卑しいものへの憎悪を極点まで高めたとき、そこに奇想天外、気宇雄大な作家白井愛と亜人間の文学が誕生した。そのたたかいがドン・キホーテ的悲壮と滑稽の色を帯びれば帯びるほど、彼女の唯一の武器——なみはずれて高い知性——はますます研ぎすまされ、それが生みだす笑いはいよいよ辛辣の度を加えるだろう。

（『図書新聞』一九八二、四月一七日）

この文章は、じつは、『あらゆる愚者は亜人間である』が世間の黙殺に遭ったのちに、『キキ荒野に呼ばわる』の先触れとした書いたものなのだが、白井愛の拓いた「亜人間の文学」の本質をよく衝いている。

ところで、この「亜人間」とは、そもそも、なになのか？　このことについて、わたしは、いくども、あらゆるところで「解説」してきた。いちばんくわしく語ったのは「無能だって？　それがどうした?!」というエッセーのなかでだ（『無能だって？　それがどうした?!』梨の木舎、二〇〇二年、所収）。というのも、この「亜人間」という概念は、能力による差別という、おそらくは他のどのような差別が消滅したのちにも残るにちがいない根源的な差別の本質をえぐりだすために創りだされたものであると言っても言いすぎではないからだ。この雑誌での鼎談第一回「バッシング」（『戦争と性』第二三号、本書三二九ページ以下）のなかでも、わたしはことばをつくして「解説」をこころみている。この概念の内容とその意義を知りたいかたにはそういったものをお読みいただきたい。

というのも、そのような「解説」をここでやろうとは思わないからだ。そうではなく、わたしがここで語りたいのは、この「亜人間」という概念が生みだされるもとになった白井愛の実人生における体験についてだからだ。

それはしかしすでに作品化されているではないか？　その、作品化されたことばに、いったい、なにをつけくわえることがあるのか？　ない。白井愛は、その作品のなかで、たしかに、すべてを語りつくしている。これ以上は蛇足にすぎない。しかし、その蛇足を、あえてこころみてみたい。


タジックから帰ったわたしを待ちうけていたのは、もはや逃れるすべのない、わたしの現実だった。

死にたくなるほど貧乏な、死にたくなるほど無能な。

じっさいに、死にたくなってしまった。死のうと思った。

（白井愛『タジキスタン狂詩曲』れんが書房新社、二六六〜二六七ページ）


「死にたくなるほど貧乏な」のは、彼女ひとりではない。しかし、この現実を「死にたくなるほど無能な」と並列させたのは彼女だけだ。この「無能」とは、それにしても、どういうことだったのか？

ひとりの無力な少女がいた。もともと、目立ったり、先頭に立ったりするのが苦手だった。「いつもポツンと一匹、みんなのかたわらかうしろに身をおいて、なんとなくおちつきがわるく、身のおきどころなく、立っていた」。「ひとを押しのけて自分を押しだしたり、目立たせたり、奪いあったりしなければならない『みんなといっしょ』の場」は「長い受難のとき」だった（白井愛『鶴』れんが書房新社、七〇ページ）。

できればみんなのうしろにひっそりと隠れていたかったのだが、そんなことは不可能だった。だから彼女はひそかに考えていた、他人からイバラレルのはしかたがないにしても、せめて自分がイバルことだけはしたくない、と。ところが、世間では、イバル者にはペコペコし、イバラナイ者には居丈高になる。残虐で卑屈な社会なのだ。だから、イバラナイで生きようとすると、つまり権力や権威にたよらないで生きようとすると、みんながよってたかってイジメル。イジメ殺されるかもしれない。

彼女は世間に出てこの社会の構造につきあたる。どういう構造だったのか？　かぎりなくひとの下にひとをつくっていく搾取と支配の構造、人間の卑しさのうえに築かれている階層構造だった。この階層構造のなかで上にいる者はアメとムチを持ち下の者を卑しめている。鼻先にニンジンをぶらさげて走らせている。競争を強いて、敗者を卑しめるのだ。アメとムチをもつ人間は卑しい。アメとムチの支配下にある者は卑しさを強要される。

このような構造に、心からであれ心ならずもであれ、適応できる者だけが、この世間では生きていける。彼女は適応できなかった。世間知らず、と世間は彼女を嘲笑した。「無能」とはこういうことだった。いや、こういうことであるのだと、彼女自身が艱難辛苦のすえに悟ったのだ。彼女は「なみはずれて高い知性」を持ちながらそれを世間から認めてもらうすべは知らなかった。つまり「無能」だったのだ。なぜなら「能力」とは評定され認定されるものであるからだ。だれによってか？　このわたしではない人間、この階層社会のなかですくなくともこのわたしより上位を占める他人によってだ。

このような構造は、それ自体あきらかに差別の構造でありながら、その差別のありようは見えにくい。なぜなら、それが「能力」という全能の神に支えられているからだ。階級による差別や民族による差別は、いや、この世界で最後に残る差別と言われている性差別でさえ、そのいわれのなさはあまりにもはっきりと見えるから、いずれは消滅していくだろう。しかし、「能力」による差別については、そうはいかない。なぜならそれはいわれのないことではなく、大いにいわれのあることであるからだ。なによりも、そこで差別されている者たち自身がその「いわれ」を呑みこんでしまっているからだ。このばあい、差別はほかならぬ被差別者のうちでより深く内在化される。差別の構造はより完璧になる。

わたしたちのこの社会のこのような差別的構造のありようをなんとか眼に見えるようにしたい。そうした思いのなかから「亜人間」という概念は創出された。じっさい、この概念を駆使することによって、はじめて、この差別構造の鉄壁に、以前には達しえなかった深みにいたるまで穴をうがつことができるようになったのだ。この概念の強みは、では、どこにあったのか？

「人間」と「亜人間」とに差がつけられているのは差別にはちがいないのだがしかしそれは固定的差別ではない、というところがみそなのだ。つまり「人間」はだれしも「亜人間」であったことがある。そのなかから、「人間」としての「能力」があると「人間」から認められて「人間」に昇格してきたのが現に「人間」である者たちなのだ。

とすれば、いつまでも「亜人間」のままでいる者は、要するに、「人間」に昇格しうる「能力」がないのだということになる。ところで、その「能力」のあるなしを評定するのは「人間」なのだ。

これもまた差別ではないのかという疑問は、そのときそこで「能力」とはいったいなになのかという問いを発しないかぎり、生れることとさえないだろう。まさにこの問いを発したのが『あらゆる愚者は亜人間である』のヒロインであったのだ。この問いを発し、みずからを「亜人間」の視線そのものと化さしめることによって、はじめて、この「能力」の名による差別の本質をえぐりだすことができたのだ。

この作品のヒロインであるムノワーラは、永遠の「はんぱもの」つまり「亜人間」の位置にとどまることを自発的に選びとった。なぜか？　「人間」への「昇格」というニンジンを鼻先にぶらさげられてひたすら疾走しつづけることにウンザリしたからだ。たがいに他人を押しのけ蹴おとして一歩でも前へ出ようと競りあっている、そのあさましさに耐えられなかったからだ。その競争から自発的に脱落することを、彼女は選びとったのだ。その結果、彼女は生きられなくなっている。けれども、自分自身のこのいまの生を「受け身に生きさせられる」ことだけは、彼女には、受けいれることができないのだ。

現在のこの状況を、過去のわたし自身がおこなった無数の選択の総決算としてもう一度内側から捉えなおしたい、すべてはわたしが欲したものでありすべてがわたし自身から出ているのだということを再認識したい、このいらだたしい欲求がわたしにペンを握らせたのだ。
すべてがごく自然に、自然な秩序のように定着し、かれら人間はむろんそう信じているし（それ以外のことをかれらが想像だにしえようか！）わたし自身にすらそう見えはじめている。現在のわたしにはもはや無縁で無意味ですらあるわたし自身の、この帰結を、わたし自身が欲したこの帰結を、ぼんやり受け身に生きさせられるなんて、そんな結末だけは、しかし、断じて受け入れることができない。この現在をなんとしてもわたし自身の手にとりもどさなければならない。これこそかつてわたしが欲したものでありいまなお欲しつづけているのだということをわたし自身にあきらかにしなければならない。

（白井愛『あらゆる愚者は亜人間である』罌粟書房、一一～一二ページ）

この決意の鮮烈さ！　いくど読みかえしてみても、涙をこらえることができない。この彼女は、さまざまな試練を経て、自分自身の無力を知りながら、あえて、この社会における異分子として生きることを自分自身の宿命として選びとったのだ。異教徒、異端、異邦人、異物として生きること。「宿命とは、自己のもっとも深いところでの選択、生涯を賭けた選択のことであろう」（白井愛『鶴』れんが書房新社、一五二ページ）と、この彼女は、のちに書くことになるだろう。

『あらゆる愚者は亜人間である』は、じつは、白井愛の内部で長いあいだ「寝かされて」いた。そのあいだに、いかに書くべきかについての、いや、これを書くべきかいなかそれ自体についての、根源的な自問自答がくりかえされていたのだ。その形式をめぐっては、そして、いくどもいくども苛烈な論争が彼女とわたしとのあいだにくりかえされていたことを、わたしは記憶している。そのような過程を経てようやく彼女が筆をおろしたのは一九七八年七月末のことだった。

いくたび書きなおしたのか、草稿が残っていない（白井愛が処分してしまったからだ）いまとなってはたしかめようもないが、わたしの記憶では、すくなくとも十数回は書きなおしているはずだ。書きなおしの過程は、わたしの日記によれば、つぎのようなものであった。

白井愛が草稿を書く。わたしがそれを読む。だけでなく、逐一、書きうつす。書きうつす過程で、わたしの筆が入っていく。それを白井愛が読む。すんなり受け入れることもあるが、たいていは「罵りあい」になる。二人とも本気で、それこそ作家生命を賭けて我を張りとおすのだ。なのに、そのはてには、そもそものはじめからそうであったかのような文章が、奇跡のように、生れているのだった。

一九七九年の五月一七日「原稿割付開始」とわたしの日記にある。白井愛自身はいっさい記録を残していない。この二日前「目次作成の詳細についてショージンとケンカ。その後A案からG案まで作成」とある。してみると、あのユニークな目次もまた熾烈な論争のなかから生れたものだったのか。

以後、初校から念校にいたるまで、いくどもいくども手をいれている。そのたびに、二人で読みあわせをしている。著者校ができあがると、それを、印刷所にもどすほうのゲラにわたしが転記する。そのあとまた読みあわせ。こんなに念を入れたのは、後にも先にもこのときだけだ。

校正はすべて著者とわたしとの二人だけでおこなっている。装釘と挿絵は罌粟《けし》書房の内村氏と協議して決めているが、それでも、平野甲賀氏に頼もうと言いだしたのは白井愛だったし、帯のキャッチコピーはわたしが書いている。

わたしの手許には、いまあげた日記のほかに、一九七九年版の「プロミス日記」（手帳）も残されているが、そこには、この作品のタイトル案が一二八種類も書きとめてある。タイトルをどうすべきかについては、力のかぎり考えぬいたこと、はげしく議論しあったことはおぼえていたが、こんなに多くの案が書きとめられていたのだとは！　わたしの筆跡によるものが圧倒的に多いのは、じつは、白井愛が口にした言葉をとらえて文章化するという作業にわたしはもう熟達していたので、アイディアの書留役はもっぱらわたしであったからだ。最終的にいまある形に題名が決ったのは、ストア派のものである「Stulti omnes servi（あらゆる愚者は奴隷である）」に行きついたからだった。この瞬間、わたしたちは、もはや迷うことなく、このなかの「奴隷」を「亜人間」に変えるだけにした。

筆名についても練りに練った。浦野衣子の名で発表することは論外だった。なぜなら、この作品を世に問うことによって、浦野衣子は炎にくるまれて死に、その炎のなかから不死鳥のように新しい詩人にして作家が誕生すること、これは不動の前提であったからだ。

ありとあらゆる角度からの試行錯誤ののち、白井愛という名が生れた。優しい名だった。しかしそこにはこの作家の根源的な姿勢が暗示されている。白い眼でこの世間を見る。この「白い」には「白井」の文字をあて「しらい」と訓み、「眼で」には「愛でる」をもじって「愛」の字をあてたのだった。

白井愛に変身する以前の浦野衣子は、この世間からすれば、翻訳家・評論家としてはそれなりの評価を得ていたものの、まだ作家でも詩人でもなかった。その無名の存在――「新人」ですらない――の作品を受け入れてくれる出版社などどこにもなかった。作品を世に問いたいのであれば、高名な師のもとで修行ししかるべき賞でもとってこい、というのが世間の常識であったからである。

浦野衣子は（このわたしもまったくおなじだったのだが）、しかし、どのような師にも教えを請うつもりはなかったし、どのような賞に応募する気もなかった。とすれば、道は一つしかない。自分で出版社を創ってしまうことだ。といったって、とことん貧乏していた浦野衣子にもわたしにもそんな資力や人脈はなかった。にもかかわらず、ひとつの偶然がそれを可能にした。のちに白井愛から「儲空寧《もうからやすし》」という愛称を奉られる内村優の登場である。

この彼は「白馬書房」の一員だったのだが、たまたま、独立を考えていた時期が、浦野衣子の白井愛への脱皮の時期と、さらには、わたしが「ある無能兵士の軌跡」の構想を練っていた時期とも重なった。こうした三人の希求が結晶作用をひきおこして「罌粟《けし》書房」が誕生するにいたったのだった。

「罌粟書房」という命名そのものがこの三人の共同作業のなかで、ながい試行錯誤のあげくに生れたものだった。罌粟の花は美しいがその奥には毒がある、というのが最後の決め手となった。この新しい出版社の旗揚げには、わたしが内村とともに死力をつくした。企画書を作って（これはもっぱらわたしの仕事だった）「発売元」となってくれそうな出版社を歴訪し、かたはしから断られ、ついに創樹社に引き受けてもらったときには天にも昇る心地だった（彦坂註――新規参入の出版社は大手取次会社を通して街の本屋さんに配本してもらうことができない。そうするためには、すでに取引関係を持っている出版社に「発売元」になってもらわなければならなかったのだ）。

いろいろと多彩な企画を立てて、検討をくりかえし、その結果、ついに、白井愛の作品によって旗揚げしようと決意した。その作品が『あらゆる愚者は亜人間である』だったのである。

第二章　浦野衣子との訣別

「『あらゆる愚者は亜人間である』を世に問うたことによって「浦野衣子は作家・詩人白井愛に変身した」と、わたしは前章に書いた。このことに基本的にまちがいはないのだが、戸籍名田島衣子がじっさいに筆名浦野衣子から筆名白井愛に変身するのはそうそう容易なことではなかった。そのことを物語っているのが、『あらゆる愚者は亜人間である』（タイトルが長いので以下『愚者』と略す）から『新すばらしい新世界スピークス』（おなじく、以下『スピークス』と略す）までの道のりである。

と言っても、この浦野衣子という名がなにを意味しているのかを本誌『戦争と性』読者の大部分はたぶんごぞんじないと思うので、ごくかんたんに説明しておこう。

浦野衣子はフランス文学者・翻訳家だった。一九六四年「日本におけるサルトル移入」を発表して注目されて以来、レジス・ドブレ『国境』（晶文社、一九六八）、フランツ・ファノン『地に呪われたる者』（鈴木道彦との共訳、みすず書房、一九六九）、ポール・ニザン『トロイの木馬』（晶文社、一九七〇）『今日のポール・ニザン』（晶文社、一九七五）などの翻訳やサルトル研究を世に問うていた。

あのファノンの翻訳者なのですか、とか、あのニザンを訳したひとだったのですね、とか、そう言って感嘆されるのも、わたしにとってうれしくないことはないのだが、しかし、わたしとしては、浦野衣子の翻訳の文体にこそ讃嘆してほしい。

白井愛が亡くなる半年くらいまえに、四国から一通の手紙がまいこんできた。差出人は、田島衣子が四国のとある私大で担当していた「創作研究」という講義を熱心に聴講していた女子学生の父親だった。

このひとは、学生時代を東京ですごしたのだが、あるとき友人が一冊の翻訳書を持って、おい、これを見ろ、すばらしい文体の翻訳者が出現したぞ、と興奮した面持ちであらわれたことを覚えている。そのときの翻訳書というのがレジス・ドブレの『国境』で、すばらしい文体を作りだした翻訳者というのが浦野衣子だった。その浦野衣子である田島先生にうちの娘が文学創作の手ほどきを受けていたと知って感動し手紙をよこしたというのだった。

何十年も過ぎてなおこの父親のうちに読後の感動をまざまざと喚起しうるだけの力が、たしかに、浦野衣子の文体にはあったのだ、とわたしは思う。

ポール・ニザンの『トロイの木馬』にしても、野沢協の翻訳文体と比較してみれば、浦野衣子が翻訳というとなみになにを賭けていたのかが、わかるひとにはわかるはずだ。

それは、わたしたちのこの日本語そのものに新しい可能性を拓こうとするこころみだった。その熱情が創りだした清新な文体が、当時のわかものの心を確実にとらえていたのであることを、先の手紙は物語っている。

この彼女が、なぜ、輝かしいとまでは言わぬにしてもけっこう世に知られてはいたキャリアをきっぱりなげうって、無名の一新人作家白井愛として出発することを選んだのか？　その理由について、この時点では彼女はまだなにも語っていない。それを彼女が語るにはなお二十年余の歳月が必要だった。だからわたしもこの時点ではそこには触れないことにしよう。ここではただ、白井愛として出発した彼女が、これから先はあくまで白井愛として生きていくことを決意していたという事実を指摘すれば足りる。

白井愛は創作ノートも日記もほとんど残していない。それればかりか、創作ノートにいたっては、ところかまわずなぐり書きされたメモの大半が判読不能といったありさまだ。思いあまって言葉足らずと言うが、つぎつぎと湧きあがってくる想念に手が追いつかず焦っているようすがひしひしと感じとれる。その彼女が、『愚者』

出版の前後にはめずらしくかなり丹念なメモを残しているのだ。

今回このメモのたぐいを読みかえしてあらためて印象に残ったのは、白井愛が、『愚者』の原稿を罌粟《けし》書房に渡した直後から、だからむろんまだこれが刊行されていないうちにであるが、つぎの作品の構想を模索しているという事実だった。文字通りのこれは模索であって、思いはあちこちへ飛び、なかなか焦点を結ぶにいたっていない。

興味をひかれた記述があった。一九七九年の七月二七日から八月二七日までの一ヵ月間白井愛は会津楢原に滞在しているのだが、着いて二日目の二九日に「八雲玲次の思い出を書き始める」と、みじかくぷっつり書きとめてあったのだ。

八雲怜次とは、白井愛がまだ浦野衣子でさえなかった青春時代にたわむれに死をともにした男の名だ（彦坂註——日記には本名が記されているが、ここでは、白井愛の意志を付度して作品化された人物の名を記した）。たまま、彼は死に、彼女は生き残った。この「事件」における彼女の真実はのちに「あそび」と題する清冽な作品となって『狼の死』のなかに収められることになるだろう。

このときこの「思い出」は「書き始め」られただけで中断したらしい。その後、しかし、この「事件」について書こうとした形跡はいくども残されている。だからわたしがこの記事を心にとめたのでは、しかし、ない。そうではなく、『愚者』を書くことによって深刻な裏切りを体験した白井愛がこれを脱稿した直後に書こうとこころみたのが青春のたわむれと裏切りを主題とする作品であったというところに、なにか因縁めいたものを感じたからだ。

八月四日には、早くもしかし、「喜劇的なもの、諷刺的なものを考えてみよう。八雲怜次の思い出はあとまわし」という記事があらわれる。「ブスケを主人公にしては？　ムノワーラ亡きあと、ムノワーラの思い出を綴るブスケ」といった構想がそこにはのべられている。

その後もいろいろな構想が断片的に綴られてはいるが、なかなかまとまってこない。一二日には「おとぎばなしにするか?」と思いつく。死の島に向って船出したムノワーラが難破して「生の岸辺」に打ちあげられ、六日目、意識を回復したらそこは、亜人間の島だった。額にはくっきり亜人間の徴が刻印されていた。その島にいるのは亜人間ばかり。その亜人間をこきつかうのはそこにはいない人間たちだ。不在の人間が亜人間に命令し、命令された亜人間がおなじ亜人間をこきつかう。

どうやらこういった趣向で、いくつかの国を遍歴させたいらしい。ガリバー旅行記のまねでもしたいのかと思って読んでいたら、二六日にいたってほんとうに「ガリバーふうにやれないものか」といったメモにぶつかった。

ただし、おなじところに「もう一度無能について書く」というメモもある。「無能に絶望した女がノウリョクの国々を見てまわる」おはなしにしようってわけだ。

けっきょく栖原滞在中に構想を立てるにはいたらず帰京したのちの九月四日「わたしがけっきょく一番書きたいものはなにか?」という問いをみずからに発し、「けっきょくはおなじ主題」なのだと自答している。すなわち、ウロヤカバ自由社会主義体制、その二重構造、幸福な民衆、能力の時代といった「おなじ主題を異なる設定で書くべきだ」。

唐突かもしれないが、ここでわたしは、白井愛の創作の原動力は、いやこの時点に即して具体的に言うなら、白井愛をしてこの主題に回帰せしめた原動力は、私怨であった、という仮説を提出したい。私怨だと? そんな卑しい動機によって、と眉をひそめるようなかたがたには早々に御退散ねがいたい。私怨こそが普遍的なのである。かの田中美津が敢然と主張したように、徹頭徹尾私的なものこそ普遍的なのだ。

白井愛はのちに「独創」というタイトルのまぎれもなく独創的な詩を世に問うた(彦坂註――後掲「補遺1」三九~四一ページ参照)。この詩の副題は「カミーユ・クローデルによせて」だ。ここにも隠喩が感じられる。

この詩には私怨がたぎっている。だれに対する、なにについての私怨か？　白井愛の作品は私怨の産物にすぎないと嘲笑する知識人たちに対する、高い城壁に囲まれ権威と常識によって万全に警護されているその彼らのこのうえもなく「正しい」判決についての私怨だ。この私怨のよってきたるところをこの時点に即して具体的に指摘すれば、『愚者』に対する黙殺であった。

「人間」から不当に抑圧され侮辱すらされている「亜人間」に対する、生の根幹からほとばしりでた共生・共闘の呼びかけであったこの作品が、しかし、この呼びかけに熱烈にこたえるはずであった当の「亜人間」たちのほとんどだれにも読まれなかった。

一方、「人間」に対する根底的な異議申立を、みずからの恋を血祭りにあげ、恋人を裏切り、スキャンダルとしてかたづけられる危険をおかしてまで、鮮烈に貫きとおしたはずのこの作品が、「人間」たちのあいだにはさざなみひとつたてなかった。

この作品が世に出て一カ月後の一九七九年一一月二一日、白井愛は日記にこう書いている。

JPよ、よろこべ！　安心して眠るがいい！
この作品についてはだれも語らない。
すべてのひとが口をつぐんだ。
上から下まで！

要するに、この畢生の名作は、ほとんどだれにも読まれず、わずかに読んだ者たちはいずれも沈黙のうちに閉じこもったのである（彦坂註――ただ一人、ＪＰのモデルとされた当の人物の真摯な発言を除いては）。「黙殺」という言葉によって、のちに白井愛はこの態度を表現するだろう。

白井愛は失望した。しかし、めげなかった。作品が読まれなかったのはその質が低かったからだとか読者の趣味に合致しなかったからだといったたぐいの批判は、受けつけもしなかった。

逆に、高い城壁に囲まれ権威と常識によって万全に警護されている「人間」たちの世界に、より強固に意志を鍛え唯一の武器＝ペンをとぎすまして、いまこそあらたなたたかいをいどむべきときだと考えた。ウロヤカバ新自由社会主義体制の魔術にかかって「能力」を尊敬し「幸福」のうちにまどろんでいる「亜人間」たちを覚醒させるべきときだと考えたのである。

この白井愛がほんとうに白井愛としての真価を存分に発揮していくまでには、しかし、まだまだいくつもの紆余曲折を経ねばならなかった。だいいち、この時期にはまだ、浦野衣子という「新進気鋭」の翻訳家・批評家の残像が白井愛というかけだし作家の実像を凌駕していたのだ。

八〇年の三月、熱海の「新かど」旅館にこもって鋭意原稿を書いていたわたしに白井愛から電話があった。映画「シモーヌ・ド・ボーヴォワール　自身を語る」の試写会に招待され、ボーヴォワールの文学について、つまりそのフランスでの評価や影響について書いてほしいという依頼を受けたが、どうしようという相談だった。この依頼はむろん浦野衣子に来たのであって、白井愛にではない。だいいち、これを依頼してきた「ワークショップ・ガルダ」のだれひとりとして白井愛の存在を知るひとはいなかった。

もし「フランスでの評価や影響」という点に限定せずに自由に書かせてもらえるのなら引受けてもいいんじゃないか、とわたしは答えた。翌日また連絡があって、ボーヴォワールの文学について思いどおりのことを書けばいいと言ってくれたので引受けたとのことだった。さっそく、わたしは宿と交渉して白井愛のための部屋を確保した。

しがない非常勤講師と臨時雇の木材検収員の分際でなぜ熱海の「新かど」旅館などに「こもる」ことができ

たのか？　じつはここにも白井愛ならではの奇矯なふるまいがあったのである。

フランス文学者たるものフランス「遊覧」くらいはしなければ一人前とは言えぬという牢固たる掟のようなものがこの国には存在していた。が、浦野衣子は一度もフランスに行ったことがない。

そこで、彼女の「パトロン」を以て任ずる赤松清和がいくばくかの金を浦野衣子に渡し、フランス行を勧めた。ところがどっこい、不埒な浦野衣子は、その金を猫ばばして「情夫」につぎこんでしまったのである（彦坂註——白井愛は故意に「情夫」とわたしを呼んでいた。そこにも彼女の挑戦があった。挑戦の相手はわたしではない。わたしはそこに彼女の深い愛を感じていた）。

彼女の言い分はこうだった。フランスに行きたきゃ、大学院生のころに養ってくれていた夫がいくらでも金をだしてくれた。その程度の「特権」を享受しうる位置にわたしはいたのだ。そのことを恥じたからこそ、それを蹴って、わたしは、そういう階級と闘っているはずの党派に一旦は身を投じさえしたのだ。そのわたしが、たんなる「フランス帰り」に劣るとでも言うのか。だが、赤松先生のくれる金は文句なしにもらう。もらって、わが情夫の作家修業のために注ぎこむのだ。

当時、わたしは、うらぶれてひがみっぽい下層亜人間の心性をようやく乗りこえようとしていた。書くことによって。白井愛の卓抜なはげましに支えられて。彼女は、下層亜人間的心性に淫しているわたしの姿を、その作品（『愚者』）において、明晰で抽象的な文体によってこのうえもなくリアルに描きだしたのだ。もしこのはげましがなかったなら、わたしは、いまなお、多くの下層亜人間とおなじように、下層亜人間的心性にいっそう深くとらえられて、身も心ももちくずしていたにちがいない。

このわたしを、白井愛は、熱海の「新かど」旅館に「缶詰」にして、のちにシリーズ「ある無能兵士の軌跡」となって刊行されることになる大作の執筆を「強制」していたところだったのである。

余談が長くなりすぎたのでもとにもどそう。いま、わたしの手元にこのときのパンフがある。映画上映にさいしてのパンフとしては立派すぎるみごとな装幀の三六ページにもわたる小冊子だ。執筆陣もたいしたもので、久野収、海老坂武、高良留美子、黒木和雄、道下匡子、朝吹登水子、高野悦子、中山千夏、虫明亜呂無といったなかに浦野衣子の名が混っている。冒頭に、「ル・ヌーヴェル・オプセルバトゥール」誌が七九年におこなったボーヴォワールへのインタビューの一部が抜粋転載されているし、映画の概要とボーヴォワールの著作一覧もある。

このとき「誠実な透明化への努力」と題された文章は、のちにおなじ題名で『スピークス』のなかに収められているから、興味のあるかたはお読みあれ。いま読み返してみて、このタイトルがはしなくもボーヴォワール文学へのキーワードとなっていることを、わたしはあらためて実感する。

じつは締切までの時間が切迫していたせいもあって、このときは白井愛が口述し彦坂諦が筆記したものを白井愛が推敲するといった手順で作業が進められた。これが成功したので、その後しばしばこの手段が用いられることになるのだが、それはまたのちのこと。

ところで、この小冊子の裏表紙には『愚者』の一面広告が掲載されている（彦坂註――後掲「補遺２」・四〇～四一ページ・参照）。広告とはいうものの、これは全面「シン・スバラシイシンセカイのドンナ・キホーテがムノワーラ・ムノエヴナに捧げる頌詞（抜粋）」と題するエッセーである。じつはこれを掲載することが、執筆を承諾するにあたっての浦野衣子と「ワークショップ・ガルダ」との契約条件であったのだ。

注目すべきは、この文章のタイトルに「シン・スバラシイシンセカイ」「ドンナ・キホーテ」というキーワードがすでに登場していることだ。二つの事実が背後にうかがえる。

一つは、早くもこのあたりでオルダス・ハックスリの『すばらしい新世界』が、ジョージ・オーウェルの『動物農場』『一九八四年』やジョナサン・スウィフトの『ガリバー旅行記』とともに、新作品構想の重要なヒントとして白井愛の念頭に浮んでいたのだということ、もう一つは、セルバンテスの『ドン・キホーテ』に読みふけったあげくみずからをこの主人公に擬するといった、それこそドン・キホーテそのひとそっくりの想念が、これまた白井愛の「いかれた」頭に宿っていたのだということ、この二つである。

前者のゆくへは、翌年世に問うことになる作品が『新すばらしい新世界スピークス』と名づけられたことからその一端がうかがえようが、しかし、この構想が十全に花開くには、その数年後の『キキ　荒野に喚ばわる』をまたねばならなかった。この作品のヒロインこそは、そして、文字通りドン・キホーテの化身なのだ。

この全面広告の文章は、じつは、『愚者』の「著者」白井愛の「読者」への挑発でもあった。最後の部分をここに引用しておく。

一片のノンも持たない恭順な犬たちとその婢女たちよ、学問の大義のなかに、愛というなれあいのなかに、どっぷり浸かった「人間」たちよ、なさねばならぬことが心たのしいことである「すばらしい新世界」の充ちたりた市民たちよ、共同体《コミュニティー》讃歌の美しい歌い手たち信者たちよ、主人と奴隷の美わしい友情のうえに眠りこんでいる幸福な奴隷たちよ、あらゆるウイの唱和者たちよ、言いがかりにもひとしいこの闘いのメッセージを、心やすらかに葬るがよい！　自由のために——つまりは愛のためにも生きるためにも——一度も闘ったことのないあなたがたには、なにひとつ理解できないのだから。

この文章には、じつは、下敷きが二つある。一つは、白井愛の日記八〇年一月一五日の記事、もう一つは、おなじく一月二五日の記事だ。まず、前者から主要部分を引いてみる。

「荒沢二郎氏評」はあの作品（彦坂註——『愚者』のこと）の真の価値の韜晦であった。作者（荒沢氏もそこに入れて）に書かせた誤り。作者には恥じらいがあるし、作品の真実を韜晦しておきたい気持ちがあるのだ。

あの作品の〈魂〉は、ナアナアでなごやかにこやかにヒエラルキーを〈和〉のなかに溶解しようとするウロヤカバ的美徳に対する反撃にある。

たとえ愛によってであろうとそれをウヤムヤにすることへの根底的《ラディカル》な拒否。そしてまさにこの拒否のなかにこそ深い愛への希求《メッセージ》が読みとれるはずなのだ。それほど純粋な愛がなければ、どうして愛を拒絶する必要があろう？

荒沢二郎というのは彦坂諦の急場ででっちあげた筆名だ。白井愛の処女作を出すにあたって、文壇の権威のだれにも推薦をたのみたくないと主張する彼女の意志を尊重しつつ、宣伝用ちらしの体裁を整えるために「荒沢二郎氏評」をあしらったのだ（彦坂註——後掲「補遺３」四一～四二ページ参照）。たしかに架空の文芸評論家による広告用書評にはちがいない。だからといってたんなる香具師の口上ではなかった。それどころか、いま読み返してみても、なかなかのできである。ただ、いかにも手慣れた文芸評論の臭いがする。「荒沢氏」のきざな面を白井愛が厳しく排除しなかったせいだ。

これも、じつは、白井愛自身がまず発想し荒沢二郎が現実化するといった手法で書かれているのだ。二人の合作だ。と言っても、主体はあくまで白井愛のほうにあるのだが。

一月二五日の記事は「あの本の唯一人の愛読者として、自分で書評を書いてみよう。天はみずから助くる者を助く」で始まる、文字通り書評のデッサンだ。以下その要約。

ムノワーラとは「無力な対抗者」だ。それは彼女の「選択＝主体性の表明」であるはずであったのに、つまり、彼女はこの世界の「他者」であることをみずから選んだのであったのに、その彼女の道が現実には「亜人間というたんなる卑しい他者、無力・無害な一匹の虫」への道にしか通じていなかった。それは彼女の欲したところではなかった。だからこそ、彼女は、それをあえてみずから欲していたものだと強弁し、他者となった、無力な虫となったみずからを「メモ」とすることによって、みずからの主体性の回復をはかろうとする。

ＪＰとのドラマは、この社会とのドラマを極限に圧縮したドラマなのだ。彼は彼女を貶め卑しめる社会の顔である、と同時に彼女を理解し包みこむ反社会の顔だ。彼と彼女との関係はけっして対等ではない。彼女がねがうのは対等の意識同士のやさしさなのだ。だが、彼女は他者化のドラマをより尖鋭に生きるしかない。エロティシズムの領域においてのみ持ちうる対等の他者としての関係。

彼女は視線、無効な視線なのだ。この社会に対して彼女がとりうる唯一の主体的行為は「見ること」である。人間と亜人間の二人のあいだに愛は不可能。友情も不可能。二人の関係はニセノシンジツゴッコでありシンキロウゴッコである。

彼女にとって、亜人間の真実は耐えがたいものであるがゆえに、人間とのこのシンキロウゴッコはここちよい。このシンキロウゴッコもしかし彼の全体性に依存するものであり、彼が全能でないとき、彼女は、二人の関係の真実に直面せざるをえない。

彼はすべてを予見し洞察する。唯一つ、彼が失っているのは、彼女との関係のこのドラマ、生きられないこの苦悩である。ここにのみ空白が存在するのだ。

彼女の唯一の出口は裏切り、「メモ」を書くことである。この武器を彼女にあたえたのはＪＰ自身だ。彼女が裏切りの「さもしさ」に悩むのは、彼女自身そうありたかった、信じたかった、対等の意識同士のかけがえのない内密性を、信頼を、客寄せの道化に変えるものであるからだ。二人の関係のもっとも美しく深いものを裏切ることであるからだ。

だが、この唯一の出口さえ、ブスケの努力とＪＰが序文を寄せてくれるその恩恵によってしか成立しえない。彼女はすべてを彼に負っているのだ。この「裏切り」をすら。

完成された作品ではなくあくまで手稿にすぎないものについてこれ以上立ち入ることはすまい。とにかく、このようにして、広告という名を借りたこの白井愛自身の自作自評ができあがった。わたしは三月三〇日付の日記に書いている「広告原稿のほうにかかりっきり。ドンナ・キホーテの頌詞はすばらしい！」

この「広告」文は無署名ではあったが筆者が白井愛であることは容易に察せられた。一方、この「広告」文の掲載されている小冊子のほうに書いた「誠実な透明化への努力」は、たしかに浦野衣子の名によって発表されてはいるが、その内容は、もはや、フランス文学者・翻訳家浦野衣子ではなく、まぎれもなく作家白井愛を刻印するものであった。

浦野衣子との訣別は、しかし、そうそうかんたんにいくものではなかった。それだけ、浦野衣子という名がゆるぎない地位を獲得していたのだとも言えよう。逆に言えば、たとえ白井愛という名で詩や小説を発表したところで、それが浦野衣子の別な分野での活動でありさえすれば、白井愛の出発は現実にそうであった困難さを免れえたのであったかもしれない。しかし、白井愛はそうしなかった。あくまで一介の無名の詩人・作家として、その作品そのものによってひとびとに評価されることを、彼女は望んだのであった。

五月一二日の日記に、彼女は「人文書院の森さん」から「レゼクリ」の翻訳を頼まれた、と記している。「レゼクリ」とは、ミッシェル・コンタとミッシェル・リバルカの編著で一九七〇年にガリマール社から出版された七八八ページにおよぶ『レ・ゼクリ・ド・サルトル（サルトルの著作）』のことだ。「年譜」と「書誌《ビブリオグラフィ》」だけで四八二ページ、それに「補遺《アパンディス》」として「シネマ」と「再発見されたサルトルのテクスト」とが二三七ページにもわたる浩瀚な書である。

この未発表作品の初期のものだけでもとりあえず翻訳して出すことになり、海老坂武が浦野衣子にこれまでどおり一部分担するよう依頼してほしいと「人文書院」に申し入れたのであった。

「タイジンは、最初、やるべきだという強硬意見。しかし、断ることにする」と、白井愛は日記に記している（彦坂註――「タイジン」とは白井愛が彦坂諦にあたえた愛称。白井愛のほうは「ショージン」だった）。

わたしが「やるべきだ」と「強硬」に主張したのは、浦野衣子のフランス文学者・翻訳家としてのキャリアを惜しんだからにほかならない。この仕事を引受ければキャリア・アップにつながることが確実であることは、わたしにもわかっていた。それだけの意味のある仕事だったのだ。しかし、白井愛はこのわたしの「忠告」を頑として斥けた。その心境は、彼女自身の記したところからお察しいただきたい。

外国文学者としての失敗を甘受しよう。わたしはすでに賭けたのだ。もう、あまりに遠くまで来てしまったのだ。「偉大なサルトル学徒」であるよりは、独自ななにかしらを創造したいと望んだのだ。そこに賭けたのだ。よけいな時間などない。

五月一五日、白井愛は海老坂武に直接電話して、この仕事への依頼を謝絶した。わたしの日記には「浦野衣子との訣別」というコメントが見える。

もう一度、わたしをして「おお、ドン・キホーテよ、偉大なる無能よ、根底的、天才的無能よ！」（日記）と詠嘆せしめたできごとが、この十日あまりのちにおこった。

「誠実な透明化への努力」（「ワークショップ・ガルダ」の小冊子）に目をとめた故久野収が「日曜クラブ」での講演者に白井愛を推薦したのだ。「日曜クラブ」というのは、戦後まもないころにこの故久野収や故西園寺公一（日中友好の先駆）などがはじめたサロンで、月に一度、日曜の午後に専門分野や地位役職を問わずこれぞと思うひとを招いて話を聴きかつ語りあう。声明を発表したり署名運動をしたりといった政治的活動はいっさいしないで、ただ、なにごとかに真摯にとりくんでいるひとびとからでないと聴けない話を聴く。これがこのサロンの長続きした理由であり、そういう場がデモクラシーにとっては必要なのである、というのが故久野収の名言だった。

知るひとぞ知る会ではあったが、その「知るひと」たちにとってこの会に招かれて講演するのはたいへん名誉なことであった。まして、白井愛もわたしもこの故久野収をこのうえもなく敬愛していた。その先生がせっかく目にかけて講演を依頼してくれたのに、それを断るとは！　しかし、白井愛には、浦野衣子として語ることとはもはや訣別したのだという強い思いがあったのだ。

ただ一度だけ、しかし、白井愛が浦野衣子の名で講演を引受けたことがある。八一年の三月二八日、紀伊國屋ホールでおこなったのがそれだ。主催は「ワークショップ・ガルダ」。このときは、しかし、実質的にはもう白井愛が（浦野衣子ではなく）語りはじめている。つぎに引用する部分など、まさにそうとしか思えない。


ここで一言おことわりしておかなければなりませんが、わたしがこれから話しかけたいと思う直接の相手は、自立した、ひとなみの生活を、ごくあたりまえに望んでいるだけなのに、そのあたりまえのことをあたりまえのこととして通さない巨大な怪物のおかげで、悪戦苦闘を強いられている女たちです。怪物の前でだれもが立ち往生しているのならまだしも、すいすいと人生に成功していく、あるいはそのように見える女たちが、一方にすでに存在している、しかもそういうひとたちはけっして少数ではない、そんななかで、どうにかこうにか自活はしていても、最低の、不安定な生活にひとりおびやかされつづけている、そういう無能な女たち、自分を無能だと思っている女たちに対して、似たりよったりの無能な女が、一言ごあいさつしたいと思うのです。ただ、そういうひとたちはこの会場に現れたりはなさらないのではないか、それが気がかりですが。ですからこれからお話しすることは、さしあたって、そういう無能な女にのみ通用する狭い真実だとお考えください。すっと自立に成功した有能な女の前には、世界はもっとちがった姿で現れるでしょうし、家庭の幸福に生きる女の世界は、また別な顔つきを持っているでしょうから。とはいってもわたしは、こうした壁のなかに閉じこめられたわたしの個別的な一つの真実が、壁を通して壁の向うにも伝わるようにと願っています。

まぎれもなく、語っているのは白井愛だ。したがって当然のことながら、ボーヴォワールをひきあいに講演者が語るのは、世界一「管理上手」な「ニッポン株式会社」（彦坂註——ああ、ここにも「時代」を感じないわけにはいかない）に特有の二重・多重支配構造のもとで利用しつくされ使い捨てにされていく「亜人間」女性パート労働者の生きる条件についてであり、さればこそ、この講演はつぎのような呼びかけでしめくくられることになるのだ。

女はしばしば、主婦としての疎外か、工場での疎外か、二つの疎外の間の選択をせまられるものだが、それでも、職業を持って働くことは自立のための第一の条件だ、とボーヴォワールは言っていますが、矛盾が大きければ大きいほど、社会に適応できないならできないほど、無能であればあるほど、自分で自分の生きかたをつくりださざるをえないし、そういうなかから、きたえぬかれた、ほんとうに自立した女たちが、和の怪物に立ちむかうことになるかもしれません。ボーヴォワールに劣らぬ楽天主義的意志主義を持って、その可能性を信じたいと思います。

時はすこしさかのぼるが、八〇年の七月二八日、ソ連（当時）極東の港ラザレフから木材積取船で小名浜港に入港上陸直後に「ニチメン」（彦坂註——この年から彦坂が再雇用されていた商社）に連絡をとって次航の出航日が八月六日以降であることを確認したわたしは、栖原滞在中の白井愛のもとに駆けつけた。そのわたしの日記八月一日の項に「ショージンの原稿を読む。世紀の傑作の始動！」とある。

この「原稿」が具体的になにを指すのかは書いてないし、わたしの記憶にも残っていないが、いずれ『新すばらしい新世界スピークス』というタイトルで出されることになるものの第二部「ヨミノセカイから御来遊の聖像がたへのごあいさつ」の一部であることにはまちがいない。

この年は、しかし、この本のこの題名はもちろん企画もまだ定まらないうちに暮れた。逆に、白井愛の身体に深刻な事態が生じていることが一二月に入って判明した。彼女の子宮内に握り拳大の筋腫が発見されたのである。白井愛とわたしは、子宮筋腫、肝炎ウィルス関係の書物を読みまくることになる。不意の出血もしばしば見られるようになってきた。貧血も顕著だった。

翌八一年の二月、一応の結論が出た。腫瘍の肥大は「相当のもの」ではあるが「ただちに摘出せずとも生命に別状なし」との診断だった。その後は、定期的に貧血の程度と腫瘍の状態をチェックしてもらいながら、通常通りの生活を送った。

一九八一年五月二日、仙台郊外の多賀城の「彦坂家」で罌粟書房社主内村優提唱による「評論集」の企画会議が開かれた。なぜ多賀城なのか？　当時わたしはこの家にこもって「ある無能兵士の軌跡」を執筆中であったからである。この家は父と弟の共有であったのだが、たまたま弟の勤務の都合で空家になったため、その留守番を引受けるという条件でわたしが原稿執筆の場にしていたのだ。

この企画は、こんどこそ売れる本を出したいという内村優の切望によって生れたものだったが、当初、白井愛は頑強に反対していた。理由は明白であって、とうに訣別したはずの浦野衣子の書いたものをいまさら出すなどいさぎよしとしない、ということ。たしかに、企画されていたのはいずれも浦野衣子の筆になるものばかりで、これを「白井愛評論集」として出すわけにはいかなかった。ただ、そこに収められることになるはずのものは、いずれも、アップ・トゥ・デイトな力作ばかりで、たぶん、大いに注目を惹くだろうことが予想された。こうした分野での彼女のエクリチュールをいま世に問うことには意味があるだろう、と彦坂も考えた。では、どうすればいいのか？

まさに白井愛ならではの奇想天外な解決法が提示された。なにが奇想天外なのかは、わたしがくだくだ説明するよりは、この本の「序にかえて」の一部をごらんいただきたい。

いいかえれば、白井愛の関心はただただ未来の名作にのみ向けられていた。現実のなりわいは浦野衣子の亡霊によって維持されていたとしても、できることならその過去とは訣別し絶縁して生きたいと願っていたのだ。過去は恥ずかしさしかよびおこさないものである。過去の文章を読み返すのは苦痛である。儲空寧氏《もうからやすし》（彦坂註——罌粟書房社主に奉られた愛称）の依頼をよろこべなかったもう一つの理由がここにあった。

しかし、罌粟《けし》書房がもしこの世から消滅したら、わたしの世紀の名作も雲散霧消してしまうではないか。ただでさえ吹けば飛ぶような罌粟《けし》粒書房は、今期出版予定原稿の大幅な遅れがもとで（彦坂註——ウソではない、彦坂の原稿は遅れに遅れていた）いまにも砂塵のかなたに吹っとびそうであった。罌粟《けし》書房存亡の危機である！　このときにあたって浦野衣子は罌粟《けし》書房擁立の重責を負わされたのである。

追いつめられて、わたしは破れかぶれの解決を選んだ。未来の希望を過去の恥とこみこみで発表しようと思い立ったのだ。この本の第二部

ヨミノセカイから御来遊の聖像がたへのごあいさつ
——シンスバラシイシンセカイ　スピークス

は、やがて完成するはずの長編小説の一章であるが、独立した文明批評として読まれることも可能である、とわたしは信じ、期待している。いや、もしこの本のなかから一篇だけ選んでお読みくださるのなら第二部をお選びいただきたい、というのがわたしのせつなるねがいである。それどころか、第一部は墨で塗りつぶして第二部だけを御愛読ください、と読者のみなさまに折り入ってお願いしたいほどなのだ。

（『新すばらしい新世界スピークス』一一〜一二ページ）

この本の第一部はのちに「女の法廷で」と題されることになるのだが、要するに、名作と言われてきたものを女の視点から見なおす作業の先駆的業績と、女の自立とはなんでありそれを阻むものはなんであるのかを考えた論攷との二種類からなっている。

前者については、「美しかれ悲しかれ女のひとよ——堀辰雄『風立ちぬ』『菜穂子』ほか」「たたかいの外側の女たち——サルトル『汚れた手』ほか」「サルトルにおける男至上主義と現実主義」「愛が反権力の砦でありうるためには？——オーウェル『一九八四年』」の四篇が収められることになる。

このうち、「サルトルにおける男至上主義と現実主義」は、骨の髄までサルトリアンであった彼女がその内なるサルトルと訣別する行為のあかしとして書かれたものであり、発表の場こそ大学の紀要（「人文社会科学研究」早大理工）でしかありえなかったものの、「紀要論文」などといった水準をはるかに超えた傑作だ（彦坂註——「まえがき」に彼女のこの真摯な姿勢がにじみでている。彼女はつぎのように書いているのだ。「サルトルに対する以下の疑問は、わたしがサルトルに多くを——じつに多くを——負っているところからくる。わたしもまたわたし自身にさからって考えることをこころみたい。以下の文章は、したがって、サルトルによってつくりあげられたともいいうるわたし自身の部分への一つの異議申立でもある」）。

他の四篇は、いずれも、当時フェミニスト文芸評論家として活躍していた駒尺喜美が創刊した雑誌『わたしは女』による連載企画「名作を女がにらむ」のなかの一篇として書かれたものだった。

後者については、これらがいずれも浦野衣子から白井愛への変身の過程を裏づけるものであることを先に述べたので、もはや多言を費やすにはおよぶまい。

さて、カンジンの第二部「ヨミノクニから御来遊の聖像がたへのごあいさつ」については、本誌『戦争と性』二三号に掲載された「白井愛×彦坂諦・対談」(彦坂註――じっさいには谷口和憲を交えた鼎談とすべきなのだが)のまんなかあたり(本書三三四〜三三七ページ)をごらんいただきたい。とはいえ、ごらんになっていないかたのために、できるだけ簡潔に説明はしておくことにしよう。

まず、『新すばらしい新世界スピークス』というタイトルの由来だが、これを思いついたことと当時の時代状況とは密接にかかわりあっている。当時は『ジャパン・アズ・ナンバーワン』という本がベストセラーになったことからも推し量れるように、この国はまだ世界一流の金持国であることを誇示しえていた。この国のこの資本主義の繁栄を支えていたのは、そして、日本型経営といわれる、「人間」―「亜人間」構造を利用しての多重支配構造だった。

この多重支配構造の実体をその底辺にうごめいている「亜人間」の目からあばきだすこと、これが白井愛をしてこの作品を書かしめた原動力であった。そして、まさにこの実体こそ、白井愛が畢生の名作『あらゆる愚者は亜人間である』によって投げかけた熱いメッセージがその当の相手である「亜人間」たちからさえ黙殺されるといった状況をつくりだしている元凶なのだ、ということを、白井愛はこのとき正確に見ぬいていたのだ。

この支配構造こそ、オルダス・ハックスリーが描きだした「すばらしい新世界」――支配形態のもっとも洗練された世界――をすらはるかに凌駕する「すばらしさ」を持っている、と喝破したところから、この『新すばらしい新世界』というネーミングがとられることになった。

このとき選ばれた聖像とは、掲載順に名をあげれば、ジョナサン・スウィフト、カール・マルクス、フョードル・ミハイロヴィチ・ドストエーフスキイ、ウラジーミル・イリイチ・レーニン、オルダス・ハックスリー、ジョージ・オーウェル、ジャン＝ポール・サルトルの七人だった。この七人は白井愛と彦坂諦が共同で選びだしたのだが、そこにいささかの不一致もなかった。

この作中で彼らが「聖像」と呼ばれることになった背後には深い哀しみにみちたイロニーがある。彼らは、いずれも、深い洞察をもって人類社会の真実をえぐりだした。そのたぐいまれな力が、同時代に、あるいはそのあとにつづく時代に生きて、人類の未来に真摯な憂慮をいだいていた多くのひとびとの心を揺り動かした。だが、いまや彼らは、過去の「偉人」にまつりあげられ博物館で埃をかぶっている「聖像」たちにすぎなくなっている。

このひとびとをあの世（黄泉の国）から招待して、この「新すばらしい新世界」の「すばらしさ」を誇示する、つまり、あなたがたが夢に描いた「すばらしい新世界」はこの日本という国でちゃんと実現しているんだ、あなたがたの役割はもう終ったのだ、と引導を渡す。しかも、この「ごあいさつ」のしかたそのものを通して、しだいに、この「すばらしさ」そのものの「おぞましさ」を読者に実感させていく。これこそが、この作品で用いられている卓抜なブラックユーモアの真髄だったのだ。

五月五日のわたしの日記に「ショージンは『七人の猊下へのごあいさつ』（彦坂註――この時点では、まだ、これがタイトルだった）を再書写しつつタイジンへの熾烈な抗議をおこなう」とある。これは、白井愛の原文を書写する過程でかってに「手をくわえた」部分についての彼女の怒りの表明のことだ。

この時点でもう第二部が着々と仕あげられていたありさまがここから読みとれる。まず白井愛が書きなぐる。それをていねいに読みほどきながら彦坂が浄書する。それを白井愛が推敲する。だいたいはこういった手順で作業は進められていた。ところが、この「浄書」の作業をやりながら、いつものくせで手を加えてしまう。それがすんなり受けいれられればいいのだが、逆鱗に触れるばあいだって多々あった。彦坂もしかし積極的にかかわっているつもりだから、すんなりとは後にひかない。で、激論になる。その「罵りあい」のなかから思いもよらぬ新境地が拓かれることもあった。いずれのばあいも、しかし、白井愛は「なおされた」部分をけっして見逃さなかった。

こういった作業は、白井愛が多賀城の彦坂家に逗留し、あるいは彦坂が白井愛のもとに泊りこんで、猛烈な勢いで進められていた。五月一五日のわたしの日記には、すでに、「ショージン理工。タイジン、昨夜に引き続き第二部の原稿を読む。すばらしい出来なので、もう書写はやめ、直接割付をはじめてしまった」との記事が見える（彦坂註――「ショージン理工」とは、白井愛が早稲田の理工学部に非常勤講師として出勤したことを示す。その彼女を送り出したあと「タイジン」が原稿読みをしていたのだ）。

彦坂がそろそろ「北洋材積取船」に乗らなければいけなくなる時期が迫っていた。だから、作業は猛烈な勢いで進められていた。彦坂の「出稼ぎシーズン」がはじまってしまう以前に、なんとしてでも原稿の割付・入稿をすませておこうと、二人ともかたく決意していたのだ。

彦坂は、五月一七日、「第二一都栄丸」という名の二〇〇トン足らずの「プッシャ・タグボート」に乗船を命じられ徳島の橘港から「北三港」（彦坂註――ソ連極東アムール河畔のマゴ、河口近辺のラザレフ、日本海湾岸のデ・カーストリ）へ向った。この航海でも、じつは、忘れえない事件がおこって、のちの白井愛の作品に材料を提供することになるのだが、そのことについて書くのはあとまわし。

七月二〇日から二六日まで、彦坂の「出稼ぎ」のあいまをぬって、初稿ゲラの校正をやっている。前半は、白井愛との共同作業（読みあわせ）、後半は内村優をも交えての最終チェックだ。仙台（多賀城）にこもって作業するつもりだったが、時間の余裕がないので急遽「電興箱根寮」に部屋を確保してもらい、ほとんど不眠不休でなんとかやりとげた。

内村優とのあいだにちょっとした小競りあいがあった。先にも引用した「序文」のふざけた調子が気に入らず、彼がダンマリをきめこんだのである。「ダンマリ」はこのひとの最大の武器で、そのさまを、白井愛は、次作の作中で愛情こめて諷刺することになるだろう。

とまれ、二四日には、校正をひととおりすませ、その結果の確認と再訂正の作業に入っており、この日「ニチメン」から電話で次航乗船指示を受けたこともあって、二五日は「深更におよぶ」まで作業をつづけ、二六日の午前中に、「ハシラ、ノンブルの確認」も無事すませ、「あとがき」も完成して付記した、とわたしの日記には記してある。

七月二七日、彦坂は富山新港を出て、アムール河畔のマゴ港で積荷し、八月一四日には直江津港に帰着している。このときの航海は順調だったのだろう、二十日たらずで帰ってきているし、そのつぎまでに三週間あまりの「待機期間」があったから、この間を大いに活用でき、再校から奥付裏の広告用コピーから書評三紙への広告づくりから、「現代の目」誌への「持ちこみ書評」の執筆まで、なにもかもかたづけることができた。

九月五日、白井愛の父田島清の容態が悪化し入院のやむなきにいたったとの知らせを受け、白井愛とともにわたしも急遽上阪した。わたしの六日の日記には「清老、骨と皮ばかりに痩せてはいるがいささかの老醜もなく頭脳明晰にして自立の意志にあふれている。意識の明晰と肉体の物化とのこの落差」とある。

翌七日、三校のゲラが出た。「出稼ぎ」出発のわずか三日前だったが、とにもかくにもここまで校正できたことでわたしは満足だった。内村優については、ちょっぴり皮肉が書いてある。「彼、一回しか読まなかった」(日記)。三校目だといっても、わたしは初稿のときとおなじ熱意で「あら探し」をやっていたのだから、つい、「一回しか」と言いたくなったのだろう。

九月十日にわたしは「第二一福運丸」に乗って蒲郡港を出、ナホトカへ向った。この船、老朽船ではあったが立派な貨物船で、めずらしく「オール・ジャパニーズ・クルー(乗組員全員が日本人)」だった。この航海は数々の難問をかかえて悪戦苦闘、一〇月二五日ようやく八戸港に帰りつくまで一ヵ月半もかかった。

この間の一〇月九日のわたしの日記には「快晴、強風。高気圧からの吹き出しと見られる強風が吹き荒れ、一面白波が立つ。これではボートは来られまいと思ったが、はたして来ず。ショージンより電報来る！」とある。このときの電文をわたしは忘れない。「カズカズノシッパイノノチホンデタ」。この電文を日記に転記してわたしは「！」をつけている。

このとき、わたしは、気がとおくなるほど長い「沖待ち」（彦坂註――船混みのためなかなか接岸荷役開始とならず、港外の錨地で順番を待っていること）の日々に耐えていた。「ボート」というのは、上陸して交渉するために先方の海運代理店に依頼して出してもらう俗称「サンパン」のことだ。

あまりに長い滞船なので、食料も水もつきてくる。その補給を代理店に依頼しても、その名もとどろく官僚主義的組織の全盛時代、横の連絡が悪く、じっさいに食料や水が届くまでには、途方もない時間と忍の一字につきる交渉能力を要した。なのに、乗組員からはわたしがさぼっているように責められる。このときのもようも、のちに、白井愛はユーモラスに描いてくれている。

このさなかに届いた朗報。うれしかった！

一一月一三日、帰国して半月後のわたしの日記に「ショージンの原稿を読んで、感激。よく書けてるよ！」とある。なんの原稿なのかは書いてないが、これが次ぎに出るはずの『キキ　荒野に喚ばわる』の一部であることはあきらかだ。もちろん、この時点でこの題名は決定していないし、全体の構想自体がまだ漠然としてはいた。しかし、『スピークス』が出てから一ヵ月あまりにしかならないこの時期に、すでに、このわたしを感嘆させるに足る「原稿」を、白井愛は書いていたのだ。

これは、しかし、また別の物語になるだろう。今回のこの稿はこれで閉じることにしよう。

■補遺1■

独創

――カミーユ・クローデルによせて　　白井愛

独創―あなたは
私　の炸裂とともに　生れ出た

独創―あなたは
飛び散った私の血　私の肉　を踏んづけて　立っている

独創―あなたは
私のはらわたからほとばしり出た私の歓喜　私の苦悩　の洪
水の上に
かろやかに　はれやかに　浮かんでる
独創―あなたは
総身に　私　の烙印をきらめかせて　かがやいている

けれど
公衆が　心ゆるして　かっさいするのは
　私怨ではない　公―怨
　私憤ではない　公―憤
　私喜ではない　公―喜
　　　　　　　　公―怒
　　　　　　　　公―哀
　　　　　　　　公―楽
そして
これらの公は　普遍　と呼ばれる
いわく　私を　普遍　に昇華すべきだ！
それが　芸術だ！

それというのも
公衆ひとりひとりのかかえる　私　は
自分で自分を立ち入り禁止にしている危険な倉庫
権威と常識に万全の警備をおねがいしている安全な倉庫

　じつは　あまりに安全
あまりに安泰　なので
なかは　からっぽ
がらんどう

いや　なんといっても
がらんどう　以上に　安心できる倉庫は　ありません
がらんどう　以上に　貴重な財産も　ありません
だって　そこには　普遍　がスッポリ入ります

だから
この世の　ありとあらゆる　権威ある番犬に
見張りをおねがいしています
仕事も　多忙も　ステータスも　友情に人間愛まで
プロの番犬といっしょになって
がらんどう　を護衛しています

たいせつな　がらんどう　に
私　が生まれぬよう
私　が育たぬよう
独創　などという狂気の胞子が　飛びこまぬよう

（詩集『悪魔のセレナーデ』より）

■補遺2■

（以下は、映画「シモーヌ・ド・ボーヴォワール　自身を語る」パンフレット掲載、白井愛著『あらゆる愚者は亜人間である』広告文）

シン・スバラシイシンセカイの
ドンナ・キホーテが
ムノワーラ・ムノエヴナに
捧げる頌詞（抜粋）

ムノワーラは女である。女、つまり人間の社会の他者。他者が人間の仲間入りを許されるには？

　あるキャリアウーマンが自立しようとする女たちに贈る心得は「犬のごとく忠実に働き、男のごとく判断し、レディのごとくふるまえ」（朝日新聞七九年九月一八日）である。まことに適切な忠告だ。男はすでに忠犬である。だから女がその仲間入りを許されるためには（それが女の自立ということだ）さらにさらに忠実な走狗であらねばならない。いや、それだけではじゅうぶんじゃない。犬族への恭順のあかし、犬族のなかの「一段低い他者」（ただし無害な他者）であるあかし、つまり「レディ」のあかしを捧げておくことが必要だ。そして同時に、正統犬以上に有能な犬となること。これが女の「自立《ノウリョク》」の条件である。

　さて、学者《ノウリョク》犬になろうと望んでいるムノワーラがそのキャリアの門前で要求されるのも、女という他者性を貢物にすることだ。学問の番犬たちの日に、ムノワーラはすでに単なる女なのではなく、気をゆるしてはならない警戒すべき他者である。だからこそなおさら、恭順の明確なあかしが要求されるのだ。じっさいに警戒されるべき他者であったムノワーラは、しかも、どこまでもそのような他者としてとどまろうとする。すがりつく女になるよりは、番犬たちに対して、番犬たちの護る学の殿堂に村して、全世界に対して、否《ノン》と言おう。

　とはいえそれは、番犬たちのおこぼれやお慈悲にすがって生きるほかない亜番犬の道だ。一つの拒否《ノン》は以後の無数の同意《ウィ》によって埋葬されるほかはない。生涯を賭け自己の全責任において発したはずのノンが、それに続くウイの雪崩に呑みこまれて、ムノウ（女の甘え）という他者に変る。闘う他者が屈従の他者に転落する。ブスケは彼女自身のこの転落したノン、屈辱の他者だ。ムノワーラはそれを身に引き受けて闘うだろう。闘う他者の輝かしい化身JPに向って。無数のウイのなかに転落したノン（ムノワーラ）は、無数のウイに支えられた輝かしいノン（JP）に向ってノンと言わなければならない。

JPに対してムノワーラが生きるのは、社会に対して生きている彼女自身のドラマだ。「耐えられなければわたしの負けだ」と書くとき彼女は、自分を閉め出している全社会に拒《ノ》否《ン》を（どこまでも他者としてとどまる意志を）通告しているのだ。ムノワーラの「身も世もあらぬ」恋とは、一つの自由の熾烈な闘いなのだ。JPは彼女が敵と見なしうるただ一人の敵だ。JPこそは人間のなかの人間であり、人間と闘う、人間の他者なのだから。人間界から閉め出された彼女の孤独を認知しうるただ一人の人間なのだから。彼女はその敵を愛している。彼女の闘いに賭けられているもの、彼女が踏み台とするものは、だから、彼女自身の「やさしいものへのねがい」である。ノンは、この「やさしいものへのねがい」に抗して、「やさしいものへのねがい」のゆえに言われるのだ。彼女のあらゆる拒否《ノン》の結晶としての「裏切り」は、このように、愛への、自由への、自由の闘いへの、深いメッセージなのだ。

だから、

一片のノンも持たない恭順な犬たちとその婢女たちよ、学問の大義のなかに、愛という名のなれあいのなかに、自己の役割のなかに、どっぷり浸かった「人間」たちよ、なさねばならぬことが心たのしいことである「すばらしい新世界」の充ちたりた市民たちよ、共同体《コミュニティ》讃歌の美しい歌い手たち信者たちよ、主人と奴隷の美わしい友情のうえに眠りこんだ幸福な奴隷たち主人たちよ、あらゆるウイの唱和者たちよ、言いがかりにもひとしいこの闘いのメッセージを、心やすらかに葬るがよい！　自由のために――つまりは愛のためにも生きるためにも――一度も闘ったことのないあなたがたには、なにひとつ理解できないのだから。

※ムノワーラは「あらゆる愚者は亜人間である」のヒロイン。ドンナ・キホーテは「続・あらゆる愚者は亜人間である」（近刊予定）のヒロイン。

■補遺3■

悲劇への恥じらい　　荒沢二郎

ヒロインが、サルトルを思わせる人物（むろんサルトルそのひとではないが）の「二次的女」であるという大胆な設定に、まずおどろく。しかも彼女が暮しているのは、社会主義も資本主義も違いは名称だけといった、なんやらすぐそのあたりにでもころがっていそうな「ユートピア」である。そこでは万人が能力以外のなにものによっても差別されない。ところがわがヒロインは、この能力万能の社会にあって自己の無能をふりかざし能力を否認しようとする無能な「亜人間」なのだ。

この小説はどのようにでも読むことができる。有能な「超A人間」JPと無能の「亜人間」ブスケという二人の対照的な男に対するヒロインの恋物語をそこに見て、文学史上永遠のテーマともいうべき、男女関係の対極的な二つの原型を読みとってもいいし、時代の先端を行く者と「モットモオクレテツイテユク」者との、導く者と導かれる者との、微妙な対立やずれといった主題を引き出すことも、「幸福な」社会の戯画を読みとることも可能であるだろう。これはまた、ヒエラルキーを支えるさまざまな意識に対する苦い笑い、能力信仰に対するシニカルな笑いでもあるだろうし、学会や文壇や出版界等々のパロディでもあるだろう。

こうした設定の卓抜さや主題の多様性は、たしかにこの作品の大きな魅力であるが、作品の独自性はけっしてそこにとどまるものではない。その独特の魅力は、わけても、これら多様な読みを可能とする弁証法的構造のうちにある。十分に悲劇的な主題をたえず喜劇化していく作者の強靭な精神、したたかなパロディ精神のうちにある。まるで悲劇への恥じらいがあるかのように、ここでは、ひとつの言葉が、物語が、もうひとつの言葉、もうひとつの物語によって不断に否定され乗り超えられ、小説が小説への異議申立である。いわば、パロディのモビールなのだ。

第三章　キキが荒野に喚ばわるまで

完璧に私怨であるがゆえに普遍的な

「これは、しかし、また別な物語になるだろう」と、前号の末尾にわたしはドストエフスキーばりの文を置いた。いや、「ばりの」どころではない。まったくの剽窃である。ではあるが、どうしてもそんなふうにあの文章は閉じておきたかったのだ。今回は、だから、その「また別な物語」について書く。

一九八一年一一月一三日の日記に「よく書けてるよ！」とわたしが書いたのが『キキ 荒野に喚ばわる』の原稿の一部であったことはまちがいない。けれども、それがどの部分であったのかをわたしは書いていないし、白井愛自身はその創作過程についてほとんどなにも残していないので、ほんとうのところはわからない。ただ、これはのちに「序章　キキ、恋びとに狂気の刃を」になる部分であったにちがいない。こう推測するのは、この「序章」において、白井愛は、この作品をなぜ書かなければならないのかという完璧に私的であるがゆえに普遍的な動機を、イロニックな文体で読者に説明しているからである。

この『キキ 荒野に喚ばわる』が書かれるにいたった動機も私怨であった。その私怨とは、『あらゆる愚者は亜人間である』によって白井愛が「人間」たちに対して提出したまさに根底的な異議申立が、当の「人間」たちによってたんなる私怨に変質させられたこと、それのみか、ここで発せられた熱い呼びかけに共鳴してくれるはずであった「亜人間」たちから石つぶてすら投げられずに黙殺されたこと、この二つの事実に根をもっていた。

それをたんなる私怨にとどめないで普遍的なレベルにまで昇華したところに白井愛の力量がある、といったふうに褒めるのが批評の常道というものであろうが、わたしはそうは言わない。この私怨を、白井愛は、キチガイざたとしか言いようのない蛮勇をふるって、根底的に追究していった、だからこそこの物語はまぎれもない普遍性を獲得するにいたったのである。そうわたしは考えている。

ドン・キホーテの化身であるキキ

まず、ヒロインの名はキホーテンことキキ。年齢は四十五歳。職業は二四大学かけもち亜人間先生。で、風貌は？　この「救いがたい愚問」に対しては、物語のヒロインであるからには世にも稀な美貌の姫でなければ困るのだ、とのみ答えよう。

そのむかし、この国のさる亜キシドー文学者の家庭に娘が生れた。じゅうぶんにキのきざしのあった父親の好みで、娘は奇呆癲《キホーテン》と名づけられ、長ずるにおよんで、その名にふさわしくたぐいまれなキジルシたる徴候を示しはじめた。

この「徴候」とは、たとえば、つぎのような事実を指して言う。「一説によれば」七歳のおりドストエフスキーという作家の「キシドー物語」を読みあさって「辱められた誇り」や「癒されぬ苦悩」などに「陶然となった」ばかりか「悲劇的なもの」「崇高なもの」への「志向に運命づけられてしまった」。また「他の一説によれば」五歳にして『マダム・ボヴァリ』を愛読し、五歳七ヵ月にして『共産党宣言』を、五歳一一カ月半にして『女中たち』を精読したために「われらの姫の頭は修復不能なまでに支離滅裂となり、後年、反抗と裏切りと男狂いの重度分裂症候群を呈する」にいたったとのこと。「またべつな一説によれば」サルトルという作家のキシドー物語に登場する「騎士ゲッツ」や「騎士キーン」の「たたかいに血湧かせ肉踊らせすぎたあまりに（……）自分を、あるときはゲッツ、あるときはキーンと信じこみ、騎士たちにとり憑く『自尊心』だの『裏切り』だの『ペテン』だのと呼ばれる多面体的妖怪変化に自分も魅入られてしまった」。

この「徴候」は、「修行時代」に入ったキキにおいて遺憾なく発現されるにいたった。作者は「序章」のなかで「われらのキキの若き日の所行のかずかず、世の大いなる顰蹙《ひんしゅく》を買った愚行のかずかずをここに書き記すことはひかえようと思う」とことわりながらも、必要最低限の事実だけはそっけなく叙述している。


（……）内気で聡明だったはずの少女が藪から棒に社会的落伍者の情婦に豹変し、これみよがしに陋劣な生活に沈潜したばかりか、その間一貫して姫に忠誠を捧げつづけた同憂の騎士と、ある日ふいと手に手をとりあって、生きることをやめ（生きている理由もべつにないという理由で）、にもかかわらず、ああ！その無二の友情をすら裏切って自分だけひとり生きのこり、生きる手だてに窮するや、こんどはキシドーを裏切って華やかなブルジョア生活のなかにまっさかさまにとびこみ（結婚して）、だがたちまち裏切りのための裏切りに走って七×七＝四九人の情夫をつくり、と、すぐさまこのケチな裏切りにいやけがさして、政治的闘士に転身、大まじめに反ブルジョア党を創設してブルジョアジー転覆の謀議をこらし、なにひとつこと成らぬうちに人間にも亜人間にも——いや、なによりも自分自身に——うんざりして、ようやく学問への情熱に身を投じた。

（『キキ　荒野に喚ばわる』二一ページ）


ただ、『キキ　荒野に喚ばわる』という物語は「こうした修業時代のキキ姫を関心の対象にして」はいない。作者の「興味」は、まさに、このような修業時代を終えて「キシドーの重みがずしりと身にこたえる年齢にさしかかったキキ」なのだ。言いかえれば、「巨人シンスバラシイシンセカイに向って突進し、地べたにたたきつけられて身動きもならず、槍は折れ、厚紙のお面はこわれ、血の気も失せたキキ」なのである。

物語の「始まりに行きつく」ためにここで「必要なのは」、したがって、「修業時代を終えたわれらの姫が、ひとり身、文なしの、まったき自由の身で、無邪気に無心に象牙の塔の門前につっ立っていたという」事実である。「無邪気に、無心に」というのは、この姫が、流行の先端をいくファッショナブルな解説・評論の洪水にさらされていたにもかかわらず、突進すべき当の相手を、すなわち「スバラシイシンセカイ」という名の巨人の正体を「まだぜんぜん理解していなかった」からである。言いかえるなら「もうキシドー物語を生きるのはやめキシドー物語の研究にのみ生きようと固く心をきめていたというのに、このときから、姫にとってのほんものの新キシドー物語が始ってしまった」のであった。

おわかりのように、キキとはドン・キホーテの化身である。ならば、とうぜん、ドゥルシネーアも、つまり巨人めがけて突進するにさいして「大音声に加護を求むべき貴人《あてびと》」もいなければならない。その「貴人《あてびと》」の名はドンドルシンという。ただ、ドゥルシネーアが「文盲の百姓娘」であったのに対して、こちらは「正真正銘の一等級人間。真正の哲学者にして詩人、かつ巨人とたたかう高潔な知識人」である。はたまた、ドゥルシネーアが「想像上の恋びと、夢想の対象にすぎなかった」のに対して、こちらは「現実の恋びと」である。したがってとうぜんその恋は「相互的であり、肉体の上に花ひらく」。お察しのとおり、この「貴人《あてびと》」とは『あらゆる愚者は亜人間である』に登場する「JP」そのひとにほかならない。

なお、キキがドン・キホーテの化身であるのなら、とうぜん、その彼女にはサンチョ・パンサもいなければならない。この役割をになって登場するのがサンチョパンキである。この彼については、初登場の「第一章」でつぎのように紹介されている。

（……）サンチョパンキ。キチガイを主《あるじ》と仰ぎ主《あるじ》の供をして辛酸をなめたのがもとで脳みそがかわき、主《あるじ》を慕う心の昂じたあげくのはてに自分もキシドーのたたかいに乗りだした、キシドー癌患者第二号。（……）騎士どのの「ふたごの弟にして唯一絶対の恋びと、戦友、同志、従士」などなどの名をいまやほしいままにしているサンチョパンキ。（……）国際化社会の怒濤のなかに浮き沈みする国際的半端人足としてすでに十数年のキャリアを誇るが、現在ただいま、オザシキのかからぬ身にて、作家仮業に耽る（残念ながら作家稼業ではない）。（……）骨組み頑丈ならず、肉しまらず、背高からず、頭髪さだかならず、眉目秀麗ならず、性的魅力皆無。（……）金銭感覚、営利感覚絶無。（……）幼稚さにかけてはキキとならぶこの世の双璧。

（『キキ　荒野に喚ばわる』四五〜四七、五〇ページ）

種明かしはいるまい。この人物こそ『あらゆる愚者は亜人間である』のブスケにほかならない。このパンキが現実の彦坂諦を原型《プロトタイプ》としていることも、慧眼の読者にはすでにおわかりのことと思う。それにしてもサンチョパンキとはよくもまあ名づけてくれたものだ、と現実の彦坂諦はいまつくづくと思っている。

サンチョは俗人だ。俗世間から足を洗うことはできない。だが俗人でありながらドン・キホーテへの一体化をひたすら求め、あたかもキジルシになりおおせたかの境地に達する。そのかれのふるまいは、だから、ドン・キホーテ的狂気とほとんど見まがうばかりだ。とはいえ、あくまで見まがうばかりなのであって、けっして、ドン・キホーテ的狂気と同一ではない。

これを象徴しているのが「たらい兜」という卓抜なネーミングだ。これは、ドン・キホーテがかの「マンブリーノの兜」であると信じ、それを「頭にいただき」やってきた「騎士」に勝負をいどんで獲得した「戦利品」なのだが、現実には、「騎士」と見まがわれた床屋がたまたま頭にかぶっていた真鍮製の「金だらい」にすぎなかった。サンチョはそれが「金だらい」であることを知っている。なのに、後日たまたま旅籠で鉢合わせした床屋がこれはあのとき「盗まれた」「金だらい」であると言い張ったとき、サンチョは、敢然と主人を擁護して、これは「たらい兜」なのだと言い切ったのである。

ドン・キホーテの物語なら登場人物は以上の二人でじゅうぶんなはずなのだが、キキの物語にはもうひとりの登場人物が欠かせない。この人物のモデルは、そして、この作品の誕生とともに「儲空寧《もうからやすし》」なる異名を奉られた「罌粟《けし》書房」社主内村優だ。この異名の底には、すくなくとも白井愛の側からすると、そして彦坂諦もこの点では完全に一致していたのだが、これを奉られたその人物に対するえもいわれぬ愛情があった。そして、その愛情のゆえに頻発したこの人物への焦慮や憤怒や悲哀やその他もろもろのいま思えばないものねだりでもあった錯綜した感情が、ここにはからみついてもいた。

この異名の原型は白井愛の父である悲運の文人田島清の雅号の一つ「儲寧」であった。ひらたく訓めば「もうけねえ」。これをもじった「儲空寧」は「もうからやすし」と訓む。ここには、儲からなくてもやすんじて志をつらぬくといった意味から営業努力のいっさいを放棄してひたすらおのれにやすんずるといった意味にいたるまでのあらゆるニュアンスがまとわりついている。

さて、『キキ 荒野に喚ばわる』という名のこの物語は、それぞれ独立に進行する二つの物語――ドンドルシンの物語とサンチョパンキの物語――から成る。主なのはドンドルシンの物語なのであるが、サンチョパンキの物語がたんなるエピソードの域を超えていることも見逃すわけにはいかない。

まず、ドンドルシンの物語は、『あらゆる愚者は亜人間である』においてなされたキジルシの冒険の実をいまやドン・キホーテの化身となったキキがいかにつみとるかという物語を本筋として展開されていく。これに対して、サンチョパンキの物語は、本筋の物語をまさにキキの物語たらしめる必要不可欠な要因となっている。

怒りの重さゆえに　かろやかに

本誌『戦争と性』第二三号掲載の対談（彦坂註――本書三二九ページ以下）のなかで白井愛は「わたしは笑いが好きだったので、笑いの文学を志向していました」と語っている。この「笑い」とはなにか？

白井愛の作品のなかでとりあげられている主題は、いま問題にしているこの作品でもそうなのだが、いずれも、たとえようもなく重く深刻だ。むろん、それをそのまま重く深刻に書くこともできるし、そう書かなければならないこともある。しかし、重く深刻であるからこそ軽くふざけて書くこともできる。いや、それ以外のしかたで書くことなど、白井愛にはできなかったのだ。

この作品の三年後に出された『悪魔のセレナーデ』に収められた詩「掃きだめの鶴」のなかにつぎのような部分がある。

掃きだめの鶴には　じつは　もう　行くところがなかった
けれども　掃きだめの鶴は飛び立った
　大空にむかって
　光　にむかって
　風　にむかって
　自由にむかって
　虚無にむかって
　歓喜にむかって

掃きだめの鶴は飛びつづけた
怒りの重さゆえに　かろやかに
疲労の重さゆえに　快活に

（『悪魔のセレナーデ』一三六〜一三八ページ）

それ以外のしかたで書くなんて、そんなこと、だれがするものか！　これが白井愛のホンネであったろう。「諷刺と笑いをめぐる覚書」というタイトルで一連のエセーを発表しだすのは『キキ』が出たつぎの年からであるのだが、すでにこのころから白井愛は「諷刺と笑い」に強い関心をいだいていたのである。

　このころ白井愛が読んでいた本が、いま、わたしの手もとにある。思いつくまま書名をあげておく。順不同。ウラディーミル・ジャンケレヴィッチ著／久米博訳『イロニーの精神』（紀伊国屋書店、一九七五）、M・ホジャード著／山田恒人訳『諷刺の芸術』（平凡社、一九八三）、ミゲル・デ・ウナムーノ著／アンセルモ・マタイス、佐々木孝訳『ドン・キホーテとサンチョの生涯』（法政大学出版局、一九七二）。まだほかにもたくさんあるが、ここでは、『キキ』執筆の時点以前に読みえたことの確実なものだけをあげた。

　なかでも、ウナムーノとジャンケレヴィッチの二書は文字通り精読している。イロニーと諷刺に対する白井愛の関心は深かった。

ドンドルシンの物語

　第一章と第二章では、「破戒の書」にして壮烈な宣戦布告・熱い愛の賛歌、要するに「キキのキジルシ全激白」である『あらゆる愚者は亜人間である』が、スバラシイシンセカイの妖術に幻惑された最下層「人間」アカアキアカベエの「怠慢」「粗忽」「吝嗇《りんしょく》」にもかかわらず、ついに陽の目を見るまでの経緯が語られる。

　第三章ではこのキジルシの「断食芸」を「妖怪スバラシイシンセカイはいかにあしらったか」が語られる。要するに四面楚歌。「世の礼儀作法を無視し世の美意識に挑戦し世の良識めがけて投げ入れられた汚物」は「万人の顰蹙《ひんしゅく》を――さもなくば失笑か憫笑《びんしょう》を――買うだけの、たんにそれだけのしろもの」であったのだ。「いやいや、憫笑《びんしょう》どころか、だれの関心もひかない断食芸だった」のである。ただひとりドンドルシンだけは、「理不尽にも、恋びとキキのおそろしい狂気のまきぞえにされ」たドンドルシンだけが、「いまや絶えんとする苦しい息の下」から「この世のものとも思えぬ讃辞を捧げてくれた」のだ。

ところが、なんということか！　この高潔なドンドルシンが、それとは似ても似つかぬ世間並みの男に変化《へんげ》する。その次第がのべられるのは第五章だ。妖怪シンスバラシイシンセカイの妖術によって変化《へんげ》せしめられたのか？　それとも、このおなじ妖術によって、たんに正気にかえったのか？
そのドンドルシンは「もう一度キキに電話して、あれは『ぼくを知るものにしかおもしろくない』実録で、想像力の欠如を物語る以外のなにものでもない非文学的作品である、と、評価を訂正したのであった」。だが、すくなくともキキの知るドンドルシンがこんなことを言うはずはなかった。

（……）あの作品がキキ自身を切り裂きつつ「突きつけられた」「おそろしい刃」であることをドンドルシンは理解したはずである。しかもその刃を、受け止めることの不可能なその刃を、受けとめようとしたのがドンドルシンそのひと（……）ではなかったか。ドンドルシンであるならば、われとわが愛を切り裂いた騎士の武勇を、その激越なる愛を、あえて、あえて、あえて祝福し、万人の憫笑の前におのれを恃しているその凛《りん》とした剛毅を、あえて、あえて、あえて称賛すべきではないのだろうか。あの電話の主がドンドルシンであるはずはぜったいにない。あれは、ドンドルシンの名をかたったにせものである。われらのキチガイはそう断定した。そして、憂いに沈み、一夜さんぜんと涙を流したあと、パンキにあてて書いた。パンキは北の海にいた。

（『キキ　荒野に喚ばわる』二五一ページ）

このパンキへの手紙のなかで、キキは、ドンドルシンを「すら」変身せしめた「魔法」とは世間の嗤《わら》いであることを的確に指摘している。

（……）人間どもは、戦慄によってではなく、羞恥をもってでもなく、下司下賤《げすげせん》のうす笑いでもってあれを迎えた。自分を恥じるどころか、ドンドルシンを笑うことで、自分につきつけられた刃を巧みに回避したわけだ。でも考えてみれば、世のなかなんて、つねに、そのようなもの。巨人シンスバラシイシンセカイを成り立たせているのも、われわれのこうした狡猾な魔性でしょう？（同上二五二ページ）

この「世間という名の魔物の力」で「化生《けしょう》」の存在に変身させられていたドンドルシンが、しかし、もう一度キキを「愛する勇気をとりもどした」。その次第が第七章において物語られる。ドンドルシンはキキの「陋屋」を訪れる。二人は「したかったただ一つのこと」「それ以外にすることのない、ただ一つのこと」をまっさきにした。そのあとしばらくして、ドンドルシンがキキに「続篇を書いているの？」とたずね、「ほかにすることがないから」とキキは答える。

ドンドルシンに対してキキは「贖罪のねがいを抱きつづけている」。もはや二度と「刃を向けたくはない」。だがそのキキは「もはや動かしがたい事実として、無能な騎士の道をただひたすら突き進んでいる」のだ。自分自身の「現在を過去を未来を虐殺するしかないたたかいの道」を、ふたたびドンドルシンを「辱め」「窮地におとしいれるにちがいないその道」を、「ひたすら歩んで」もいるのだ。その「もう一つの顔」がキキの背後にどうしようもなく「あらわになっていた。」

ドンドルシンが不意に変身する。あの作品を「嘲り辱めているその見知らぬ男は、うたがいもなくにせのドンドルシンだった」。だがキキは思う、「この不幸なにせを生んだのは」まぎれもなくこのわたしなのだ、と。そのかれが「ほんとうのドンドルシン」にもどり「愛情に溢れて」もう一度キキを訪れたとき、かれの目に映ったのは、かれを「窮地におとしいれるべく武器をといで」いるキキのすがただった。「みるみる、にせがほんものを駆逐した」。

このようなことをいくどかくりかえしていくうちに、二人の関係はいつしか「ひどくやさしいもの」に変っていった。「愛と呼んでもいい、信頼と名づけてもいい、恕《ゆる》しと言ってもいい、ふかい、ほとんど絶対的な、あるいとおしみが、諧謔の衣につつまれて」二人を「つないで」いた。

ほとんど絶対的な……これがゆるぐことなどありえないとさえ思えるほどの……。ただ一つのばあいをのぞいて。ただ一つのばあい、それは「続篇」が刊行されるときである。そのとき、このゆるし、このいとおしみ、この諧謔のかけはしも、くずれおちるほかないだろう。（……）かれは苦悩のどん底に突きおとされる。わたしを愛したというただひとつのあやまちによって。

わたしがいまわたしの全存在を賭けて刻苦勉励しているのは、ところで、まさにこのことのためであるのだ！

（『キキ　荒野に喚ばわる』三五五ページ）

ドンドルシンの物語に紙数を費やしてしまったので、あとは簡潔に記すにとどめる。

まず、アカアキアカベエこと儲空寧についてだが、あるとき赤松清和がはしなくも漏らした感想が、なによりも雄弁にことの本質を衝いているのではないか。赤松さんは白井愛に言ったのだ、「きみは、この人物をあたたかく描いているねえ」と。お読みになればおわかりのように、この人物は完膚なきまでに揶揄され、嘲弄され、滑稽に描かれている。そのモデルに供された内村優がしばしば唇をふるわせて抗議したほどであった。にもかかわらず赤松さんは「あたたかく描いている」と言った。その慧眼には脱帽するほかない。たしかに、この人物像はいわゆる小市民根性のみごとな典型であり、それを白井愛はけっして敵対的に描いてはいないのだから。

亜人間キキに対する人間たちの心やさしくも無邪気な差別のありようが、第四章では描かれる。「人間三景」の「第二景」でふと聞えてくる歌声。

人間も
亜人間も
みんないっしょに
みんななかよく
みんなあかるく

どうしてあなたも
みんなといっしょに
なかよくしないの？
たのしくしないの？

みんなこんなに　やさしくて
みんなこんなに　あたたかく
みんなこんなに　いたわりあって
みんなこんなに　なかよしなのに

（『キキ　荒野に喚ばわる』一二六〜一二七ページ）

「第三景」には、「無名」で「非公認《もぐり》」の「人間学」者キキが、とある昼さがり、「とある人間街」に「パンキを供に、徒歩で」「観光」に出かける情景も描かれている。
あ、こぶしだ、桃だ、木蓮だ、桜だと「垣根の外にこぼれでた春のおこぼれにに感動し春のかおりに熱中する」

キキとパンキのうえに「お城《マイホーム》」の狭間から厳しい審問の矢が射かけられる。「空巣？　通り魔？　放火魔？　誘拐魔？　覗き？　過激派？　非行中年？　精神異常者？　覚醒剤常用者？　変質者？　浮浪者？」

すこしでも「普通」とちがうところのある者に対して向けられる「不審の目」がつよまってきた時期だった。そして、そのころすでに白井愛も彦坂もじゅうぶんに「不審」な異物となっていたのだ。

——ちょっと、ちょっと、そこの二人、そこで何をしてるの？

——……？

——何をしてるのかね？　答えなさい。答えないと公務執行妨害で逮捕する。

——散歩ですよ。散歩する自由ぐらいはあるでしょう。

——ここは公共の道路だからね。あてもなくぶらつく者は浮浪罪。みだりに立ちどまる者は占拠罪だ。

——歩く自由も、この国にはないっていうんですか？

——歩く自由は保障している。ただし公園でだ。公園に行きなさい。遊歩道がある。ふれあい広場をふれあいながら歩いてもいい。這って歩きたいというんなら、這い這い道路へ行くんだな。ところで、二人の関係は？

——どんな関係だろうと自由でしょう？

——新風俗法第一三条によって、不審尋問の対象となった男女は、関係を明らかにしなければならない……

（『キキ　荒野に喚ばわる』一三二〜一三三ページ）

これは架空の尋問だ。じっさいには「パトカーはだまって去っていった。シンスバラシイシンセカイは円熟した自由主義の国なのである」。ところで、これをストレートにひきつぐようなシーンで、つぎの「サンチョパンキの巻一」は幕を開けるのだ。

サンチョパンキの物語

「サンチョパンキの巻一」は象徴的なシーンで幕を開ける。「国際半端人足」パンキが出稼先からシント空港に降りたつ。しかし、おなじ空港からこれも出稼ぎへ出立するキキとの一瞬の逢瀬のあとは新たな派遣先へむかわなければならない。

到着ロビーにはキキが立っていた。二人は笑い、抱きあい、しゃべった。それからキキは「モチノキ行直行便搭乗口に」消えていった。その直後のことだった、パンキの日記に書きとめられている象徴的なシーンが現出したのは。

パンキの前を「堂々たる体躯の警官」が五、六人、「確乎たる足どりで」進んでいき、「隅っこで折詰弁当を食べていた」見るからに「みすぼらしい」老人をひょいと持ちあげ、排除した。

「こんな、ひからびて小さくしぼんでしまった老人が、いったいなにをしたというんだろう」と、パンキは思う、「あやしげな風体で空港のロビーに坐るという『犯罪』のほかに？」

しかし、パンキよ、まさにこれは「犯罪」なのだ。空港ロビーは清潔でなければならない。あやしげな風体の者などいてはならないのだ。

白井愛がこの作品を書いているころ、わたしたちのこの国のこの社会では、すでに、あらゆる場所が「清潔」でなければならなくなっていた。清潔とは、この社会の通念にそむくもののいっさいの駆除を意味していた。なぜなら、そういったものは放っておくと黴《かび》や黴菌《ばいきん》のようにこの世に蔓延してしまうのだから。まさにこの駆除されるべき対象に属しているのだと、白井愛も彦坂諦も感じていた。

このシーンに立ちあい「完璧に無関心な、善良な市民の一人として、胸えぐるその汚物を見送ったあと」、パンキは、「いますぐ」キキ姫に「会うよりほかに癒《いや》すすべのない孤独」をかかえたまま、つぎなる出稼ぎの地ユメノ市へ向う。

ユメノは、そのむかしはアラノと言った。その名のとおり荒れはてた原野にすぎなかったが、通産省に猛烈な運動をやって「ウルテク」地域の指定を受け、有名企業をはじめ有名美術館、図書館、博物館、総合ビジネスセンター、アートセンター、スポーツセンターなどなどの誘致につとめ、いまや「世界にひらく技術と芸術のまち」夢のユートピア・ウルテクポリスとして有名だ。

このユメノに、ジョナサン・スイフト、カール・マルクス、フョードル・ドストエフスキー、ウラジーミル・レーニン、オルダス・ハックスリー、ジョージ・オーウェル、ジャン＝ポール・サルトルといった前世界において名をはせた有名文化人の一行がヨミノクニから視察にやってくる、その視察団の通訳の一員としてパンキが派遣されていく。

おわかりのようにこの部分は『新すばらしい新世界』第二部「ヨミノセカイからご来遊の聖像がたへのごあいさつ」が中核となっているのだが、その他にも「オールロボット工場」「ユメノ市文化センター」「国立死にがい開発研修センター」見学などといった趣向をこらして、「ごあいさつ」の諷刺性をきわだたせるようにもなっている。

一九八五年の時点で未来を先取りするハイテク都市として描かれたこのユメノ市も、しかし、いまどきのテクノポリスにくらべればいささか古びたおもむきさえ感じられる。とはいえ、いまでもりっぱに通用するイロニーが随所にちりばめられていることもたしかだ。

たとえば、工員のすべてがロボットであるという「技術革新の先端を行く」工場でも、じつは「わかい女性亜人間《パート》を大量に動員して」いる、なぜなら、「ロボットよりも亜人間の手のほうが経済効率から見てベターであるというような事情」もあるからだ、といったくだりがそれだ。

あるいは、「核爆弾の直撃を受けてもビクともしない深奥にある地下工場」での光景。「各種各様の単能・多能ロボットたちが、仕事の手を休めることなく、それぞれの流儀で朝礼に参加して」いる。工場長ロボットがそこでシュプレヒコール。「きょうも安全！　安全に言いわけなし！」「みんないっしょに、なかよく、たのしく、がんばろう！」。ロボットたちがこれに和し「アームを突きだし」斉唱三回。そこで「国際使節団歓迎室長」（かれはロボットではない）が口をさしはさむ。

ロボットたちは三六五日、二四時間ぶっとおしで働いてくれます。疲れたとも、腹へったとも、言わずにです。ロボットに朝礼など必要ない、と、わたしども人間側では考えておりました。あさはかでございました。工場長に就任したユメキタローロボットは、人間工場の労務管理法を記憶して以来――かれはたった八時間で全教程を覚えこみましたですよ――、ロボットにも「提案」は可能だという確乎たる信念にもとづきまして、当ロボット工場にも朝礼をとりいれたのでございます。（……）ユメキタローは、なにしろ、自分の手で、ロボット労働組合まで組織したんでございますよ！　おかげで、生産阻害ロボットを組合の手で摘発できるようになりました。組合が積極的にとりくんだ相互点検運動の成果でございます。

（『キキ　荒野に喚ばわる』二一六ページ）

ありそうでなさそうな、なさそうでありそうなこうした光景は、しかし、いずれも現実に根をもっている。じつは、すべて、パンキのモデル彦坂の体験にもとづいているのだ。彦坂は、このころちょうどあちこちの企業に派遣されて「技術通訳」をやっていた。この仕事も所詮は日雇亜人間の稼業である。ただ、その性質上、企業の内情を観察するには絶好の位置にある。なぜか？

通訳というのはもともと黒子であるからだ。なにものでもないが、なにものでもある。いや、なにものにも変身しうる。現場で工員たちの通訳をやっているときは工員だが、エンジニアにつければエンジニア、営業につけば営業、課長や部長やときには重役クラスも出席する会議に出れば課長や部長そしてときには重役にもなるのだ。

この特権をフルに活用して、彦坂は、日々克明な日記をつけ、得られた情報はすべて白井愛に報告していた。じっさい、この時期に彦坂が派遣されていった先では、京セラであれ、三菱重工であれ、石川島播磨、三井造船、NECなどであれ、いずれも、日本型経営の枠をまざまざと見せつけられたものだった。どの工場でも、労働環境への配慮においては社会主義圏の水準などはるかに凌駕していた。そうでありながら、しかし、もっと仔細に観察していけば、そういったいっさいの「配慮」がいったいだれのためなんのためのものであるのかは、おのずと見えてくる。

その見えてきたところをユーモラスに描きだそうとしたのがこの章である。じじつ、白井愛は、本誌『戦争と性』二三号に掲載された対談（本書三二九ページ）のなかで『新すばらしい新世界』は『ジャパン・アズ・ナンバーワン』の内実を「そのなかに生きる亜人間の目で」描きだそうとしたのだと語っているのだ。その構想をいっそう発展させたのがこの「サンチョパンキの巻一」だったのである。

この洗練された搾取機構のありようを描く手法としては、くそリアリズムは適当でない。というより、そんなきまじめなふるまいは白井愛には似あわない。としたら、必然的に、ここで用いられるのは、右の対談のなかで白井愛自身が語っていたように、「ブラックユーモア」でしかないだろう。

「七聖像」がたへの「ごあいさつ」の内容は割愛させていただく。それにしても、しかし、ジョナサン・スイフト、カール・マルクス、フョードル・ドストエフスキー、ウラジーミル・レーニン、オルダス・ハックスリー、ジョージ・オーウェル、ジャン＝ポール・サルトルといった人選のなんと卓抜であることか。

かれらは、いずれも、それぞれの時代にあって、人間という名のおかしな生物がつくりだすこの社会のおかしみを、それぞれに天才的な手法をもって描きだしている。それなのに、いやそれだからこそ、人間はこの非凡な天才たちを「聖像」として博物館に収め無害化してしまったのだ。

この「聖像」がたに対して、シンスバラシイシンセカイの最先端工場の幹部が、あなたがたの夢見たユートピアなどわれわれがとうに実現させたのだ、と成果を誇示する。その誇示するしかたのうちにこそ、しかし、誇示されているシンスバラシイシンセカイの「わたしたち亜人間」にとってのおぞましさがあらわになってくる。

こういった発想はぜったいに白井愛そのひとの独創である。彦坂はだれに対してなにをどのように語らせるかについてのディスカッションには参画しているが、このようにオリジナルな発想は持ちえなかった。

さて、「サンチョパンキの巻一」においてはシンスバラシイシンセカイの「わたしたち亜人間」にとってのおぞましさがそのトップ企業の内部から描かれたのであるが、おなじく「巻二」にあっては、おなじこのおぞましさが、こんどはこの国の最底辺に位置する零細企業の最下層に呻吟する半端人足の世界に視点をすえて描かれている。この部分も、そして、「巻一」のばあいとおなじく、現実に彦坂が「検収員」として乗務した船のなかで克明に書きつづっていた「亜人間航海日記」を素材として構成されているのだ。

「検収員」とは要するに商社に臨時雇用され船に乗ってソ連極東地方の木材積出港に出かけていき商社側の要求する樹種と品質の丸太材を積取ってくる亜人間稼業だ。アルバイト仕事としては上等だが、それで食って行くことはできない。身分的には、四十になろうが五十を過ぎようがあいかわらず新入社員にあごでこき使われる立場だと言えば、その低さがおわかりいただけよう。それかあらぬか、ここはまさに半端人足の吹きだまりだった。

この半端人足の目から見た海運界の状況が「巻二」ではシンスバラシイシンセカイのたくみな「妖術」として諷刺的に描かれている。諷刺されている現実の主なところを二つだけ紹介しておこう。一つは無資格者に違法行為をおこなわせるための「妖術」、もう一つは幽霊に安価な労働力を供給させるための「妖術」だ。この前者については作中でつぎのように語られている。

（……）これは、妖術学の初歩的原理のかんたんな応用にすぎないのでありまして、妖雲を呼ぶ必要すらないほどのものであります。

具体的に申しあげますと、ここに二つの命題があります。すなわち

命題1　プッシャ＝タグボートは、外洋に出る資格を持たない。

命題2　したがって、それは、外洋に出るフネにのみ適用される厳しい規則の適用は受けない。

ここで、命題1に一つの句《フレーズ》をすべりこませると、命題′1が得られます。

命題′1　プッシャ＝タグボートは、原則として外洋に出る資格を持たない。

これによって、命題3が得られます。

命題3　プッシャ＝タグボートは、ばあいによっては外洋にでてもよい。ただしそれは原則として外洋に出る資格をもたないフネであるから、外洋に出るフネにのみ適用される厳しい規則の適用は受けない。

すなわち、設備も乗組員の資格も（つまり賃金も）低いままでよい。（……）

（同書二六〇ページ）

この部分、そのころ彦坂が乗務を命ぜられていたのは二千トンクラスの貨物船《カーゴ》ではなく二百トン足らずの「プッシャ・タグボート」であった、という現実に照応する。「プッシャボート」とは「押す小舟」であり「タグボート」とは「曳舟」のこと。だから、大きなバージを押したり曳いたりする小型船を「プッシャ＝タグボート」という。

通常は東京湾や大阪湾といった平水域で埋立て用の砂利などを運んでいる。法的には外洋に出ることのでき

ない小舟なのだが、こんな小型船が押したり曳いたりするバージのほうは普通の貨物船《カーゴ》よりはるかに大量の荷物を積載することができる。そのうえ乗組員は低資格者ばかりだから賃金も安い。したがって積高払で運賃を受けとる船会社にとってはおいしい話だし、荷主側（商社）にとっても、傭船料が二千トンクラスの貨物船《カーゴ》などよりはるかに安くてすむのだから、うまみのある話だ。

ただ､重大な隘路はあった。この種の小型船が外洋に乗りだすことは法的に禁じられていた。危険だからだ。これは波などほとんど立たない「平水域」で作業するために作られた小型船なのだ。また、乗組員は丙種海技免状しか持っていないから､最低限乙免が要求される近海航路（ソ連極東はここに入る）に従事する資格はない。

この隘路をくぐり抜ける「妖術」をオエラガタはあみだした。どんなふうに役人衆を口説いたのかは企業秘密であるようだが、とにかく結果的にプッシャ＝タグボートの北洋材航路への就航はみごとに実現した。その分だけ、とうぜんのことながら、乗務させられる検収員の生命が危険にさらされる比率は高くなったのである。

後者については事情はもうすこしこみいっている。作中での該当部分を引いておこう。

大東亜海運ＫＫというのはプッシャ＝タグボート「グレートフォーチューン」とバージ「ラッキーイレブン」の船主《オーナー》、と書きたいところなんだが、これにはちょっとした妖術がかかっている。国際慣行にしたがってね。つまりわが海運界の知恵者の船主《オーナー》たちは、羽をひろげてパナマとかリベリアとかいう自由の国へ飛んでいき、そこに幽霊会社を設立、その幽霊に自分の船の船主《オーナー》になってもらったうえでその幽霊から自分の船を借りうける。それだけの手続を踏んでおいて、さて、とびっきり低賃金の「躍進途上国」船員（次亜人間）を雇入れる——それも、次亜人間専門の口入れ会社《マンニングカンパニー》を介して——てわけなんだ。だから公式には大東亜海運はこの船の船主《オーナー》ではない。

ついでに言えば、パンキの身にかけられた妖術も似たかよったか。じっさいぼくを雇用しているのはシンセカイ商事であるにもかかわらず、法律上の雇い主はタイヨウ・マリン・エンタプライズという名の幽霊。ぼくの身にことがおこったばあい、そのことについてぼくが合法的に交渉しうる相手は、シンセカイ商事ではなく、いつ永遠の闇のなかにかき消えるやもしれない幽霊なんだ。

　この世はなんと幽霊だらけだ。おかげで、手も足もいっぱいある化けもの、つまり正常このうえもない優良企業は、無事故無災害を誇り、無責任無損失のまま、正々堂々と肥りつづける。このことを、言霊《ことだま》咲き匂う「和」が国では、国際競争に勝ちぬくための減量化、すなわち企業責任、と、言うらしいよ。

（『キキ　荒野に喚ばわる』二七三〜二七四ページ）

　この部分についてはよけいな説明などなくてもおわかりになるだろう。なぜなら、いま大流行の「派遣」問題の源流がここにあるのだから。つまり、パンキこと彦坂諦はいまなら「派遣社員」と「美しく」言われる半端人足のまさにはしりだったわけだ。また、いまでこそ「外国人労働者」がこの国で働いているのはもはや日常的風景と化しているが、白井愛がこれをとりあげたこの時期にはもっぱら海上勤務にかぎられていた。

「便宜置籍船」という言葉が登場したのもこのころだった。パナマだのリベリアだのといった国に船籍を移し、法的にはパナマあるいはリベリアの船を日本の会社が傭船《チャーター》するという形をとったのだ。この方式にはいくつもの利点があった。たとえば、パナマ船が衝突事故をおこしたなどと新聞にのることがあっても、事実上その所有者《オーナー》にして運行主《オペレーター》である日本の会社は法的に責任を問われることがない。

　利点の最たるものは、乗組員に日本人を使わなくてすむことだった。日本船籍の船には日本人船員を乗組ませる義務が課せられていたが、他国籍の船なら低賃金のアジア人船員を調達できる。「国際競争」下、コストダウンの焦点は人件費削減だ。だから海運界はアジア「低開発国人的資源」の「活用」に専念した。

　こういった技量未熟の乗組員しかいない船に乗務させられる検収員のほうも、しかし、たまったものじゃない。生命の危険すらあるからだ。「サンチョの命運も、もはやこれまで……?」の部分は、わたしが現実に体験した事実にもとづいて構成されている。

彦坂の乗っていたプッシャ＝タグボート（乗組員全員が韓国人）が台風に遭遇して北海道南端の湾内に避泊した。ここまではごく自然な行動である。問題はそのあとだ。避迫してしばらく経ったら所有者《オーナー》兼運行会社《オペレーター》から船長に電話がかかってきた。

一刻も早く避難を切りあげ出ていくようにという指示だった。船長は、いまの状況下で出て行くのは危険だと判断していた。なんてったって船乗りなのだ。しかも乗組員の生命に責任を持つ船長なのだ。なのに、船長の「直属上司」は執拗に説得をこころみた。

船長はついに説得に応じた。この船長はまだ「試用期間」であったのだ。この航海で「成績」をあげたら採用される。当時は需要より供給のほうが圧倒的に多く一度機会を逃したらもうあとはない。そんな立場で「ああいうことを言われると、「ワタシ、キモチワルイデス」とこの船長はのちに述懐していた。

この船長を脅したやりくちの巧妙さをいまでもおぼえているのは、このときわたしが、それだけはやめてほしいという船長の制止をふりきって、その「上司」に直接電話し、船長への「指示」の根拠を質したからだ。この上司はこう言ったのだ。自分は指示したおぼえなどない。出港するかどうかはあくまで船長の判断による。自分はただ「わしなら、ぼつぼつ出ていってようすを見るな」と言っただけである。

なるほどこれじゃ命令はおろか指示にもなっていない。こういうばあい、明確に指示を出せば、その結果に対する責任も引受けなければならない。そのことを知悉しているこの男はけっして指示などあたえなかった。示唆しただけだ。しかも、なかばひとりごとのようにつぶやくことによって。

このようなご主人様の「独白」にすぎない示唆にしたがう義務など、通常の労使関係からすれば、まったくない。けれども、このときこのボートの臨時雇用船長と雇用主である会社の直属上司との現実の関係にあっては、こういった独白にまさる脅迫はないだろう。はたせるかな、津軽海峡から日本海へ出ていったボートは文字通り木の葉のように揺れた。復元力の限界までいっていたにちがいない。このとき見せられた情景をわたしはいまでもおぼえている。ブリッジの中央にいつのまにやら豚の首が鎮座していた。その「お頭」に向って跪いた船長がなにやら一心不乱に呪文をとなえ両手をあげ平伏していたのだ。なんどもなんども呪文をとなえながら、船長は、必死でこの奇妙な礼拝をつづけていた。

ええっ！　また変えるの?!

白井愛の全著作のなかでこの作品くらい難産だったものはないだろう。

彦坂が原稿を読んで「感激。よく書けてるよ！」と日記に記したのが、八一年の一一月一三日、これが出版されたのは八五年一一月一五日だから、ほぼ四年の歳月を費やしている。としても、これは白井愛のばあいとりたてて長い期間ではなかった。難産だったと言うのは、ほかならぬこの本を出版してくれた罌粟書房の社主内村優と白井愛とのあいだに、作品の内容や文体についての熾烈な攻防戦がくりひろげられ、出版中止の危機にいくども見まわれているからだ。

最初の危機は、いよいよこの作品の出版が軌道に乗ってきた八五年の二月二七日におとずれた。この日の彦坂の日記によると、「儲空寧から電話あり、絶望しました、真意が伝わっていないので」とのこと。「来るべき決裂の前触れか」と彦坂は記している。

まさにこの期におよんでの感があったことはまちがいない。なぜなら、その前年の一一月二四日には、白井愛、赤松清和、内村優に彦坂諦の四人が長野県上林温泉の「山ノ湯」旅館で内輪の『キキ うちのキチガイ』（このときはまだこういうタイトルだった、）出版記念会・朗読会を開き、彦坂の朗読を聴きおえた内村は感動して「今回のこの会の費用は全部罌粟書房で持ちます」と言い「しかく実行した」（彦坂の日記）ほどであったからだ。

じつはこのときのこの「真意」については白井愛も彦坂もメモひとつ残していないので具体的内容は推測するほかないのだが、儲空寧こと内村優の憤激とは「まえがき」における白井愛の筆致がふざけすぎで自分を愚弄するものだということではなかったか。

このときの「紛争」は、そのわずか二日後に内村が「儲空寧敬白」を書いてきたことであっさりと解決してしまった。いま考えれば、内村はよくぞまあ白井愛のこの文体に同調するかたちで異議申立をやってくれたものだと思う。むろん、作品化された「まえがき」においてこの部分は完璧に白井愛の文体に変えられてはいるのだが。これがしかし彦坂の予感どおり「来るべき決裂」の前兆であったのだ。その後いくたび似たような衝突がくりかえされ、そのたびにこの作品があわや消滅の危機に見まわれたことか。

この年、つまり八五年の四月一日から七日にかけて白井愛は千葉県小室の彦坂アトリエに滞在し、作品全体の全面的見なおしを彦坂と共同でおこなった。具体的には、原稿を通読していき、ひっかかるところでは読むのをやめて討議する。七日にひととおり作業を終え「原稿にランニングナンバーを打つ」と、彦坂は記している。ナンバーを打つ以上、もはや順序を入れかえたりはしないってことだ。翌八日、原稿を内村優に手交。

懸案だった挿絵画家は、芸大の助手をやっていた新進気鋭の彫刻家斉藤彰彦と決定した。僥倖ともいうべきできごとだった。このかれほど深いところで白井愛の作品世界を理解してくれる画家など、たぶん、いなかっただろうから。

五月二八日の午後、「初校ゲラが出たが、内村君の『モウイイデス』のひとことで、すべてがオジャン！」と、彦坂の日記にはある。なにが「オジャン！」であったのか、具体的内容はもう記憶にないが、このときもまた翌二九日「内村君からブツブツとお詫びの電話が入り」一件落着となったもよう。

ゲラは一日一台（三二ページ分）ずつ出て、六月六日に最後まで出た。だが、このときすでに彦坂の出稼出発が迫っていた。さいわい石巻港出港のフネだったので、ゲラを抱えたまま白井愛ともども彦坂のかつての仕事場である多賀城の彦坂家にかけこみ、ここで校正。挿絵の位置も検討。翌八日には彦坂は「オーシャン・フェアリー」に乗船した。

この航海はさいわい順調で、二七日には境港に入港、下船、つぎのフネが七月六日富山新港から出るまでに一週間ほどの余裕があったので、この間に初校ゲラの総仕上げをやることができた。

とはいえ、このときも順風満帆とはいかなかった。どころか「内村君がトンデモナイ問題をつくってくれた！」。この期におよんで白井愛に内容の変更と一部削除を申し入れたのだ。このままでは出せません！といなおって。さいわい、彦坂の友人でプロの編集者である東海林氏が校正にタッチしていて、このかれが編集者とはいかにあるべきかを諄々と説いてくれたおかげで無事乗りきることができた。

内村優の白井愛に対する憤懣が鬱積していたのであろうことは、いまにして思えば、よくわかる。その憤懣が、ときおり、間歇泉のように吹きだしていたのだ。内村優にしてみれば、売れない作品をあえて出版するという深甚なる厚意を示したこのおれを虚仮《こけ》にするにもほどがある、といったところであったにちがいない。むりもなかったろう。たしかに白井愛はやっかいな著者にちがいなかった。作品完成へのあくなき意欲のなせるわざとはいえ、ゲラの段階に入ったあとでもつぎつぎと「なおし」てくるし、それがまた、しばしば、構成そのものの変更を余儀なくさせるほどに「重大な」なおしであったりもしたのだから。それにしても、しかし、いちいち過剰防衛ぎみに反応してしまった内村の側もいささかヒステリックでなかったわけではない。

こうしたことがたぶん意識に反映していたのであろう、これからタタール海峡（間宮海峡）に入ろうという「四番ブイ」付近でパイロット待ちをしていた船中で、彦坂はつぎのような夢を記録している。印刷屋に手渡したゲラに重大な手ぬかりがあったことに気づいた。具体的にどんな手ぬかりなのかはわからないが、善後策を講じようにも不可能な場所にいまぼくはいる。だいたいこういった夢だった。似たような夢の記述が、そのころの「亜人間航海記」にはいくつもある。

一昨日見た夢を、不意に思いだした。ディテールはもう忘れてしまっているが、はっきりとおぼえているのは、「再校」なのか「三校」なのかわからないが、ひととおり校正をすませたゲラを前にして、ぼくが

「ええっ！　また変えるの?!」

と、悲痛な声をふりしぼっているシーンだ。

この夢からさめたとき、ぼくは、きみに対する無限の愛にあらためてつよくとらえられた。きみに対するぼくの愛のすくなくともひとつの深い意味がこのシーンにシンボライズされているからだ。

一口にいえば、それはきみのあくなき完璧主義に対する、というより、あくまで完璧であろうとするきみの志向に対する、ぼくの讃嘆にちがいないのだが、こう言ってしまうとなにかたいせつなものがこぼれおちてしまうような気がしてならない。

きみのこの志向にぼくはたびたび悩まされてきた。だがそのたびに、いっそう深くきみを愛するようになった。なぜなら、どのようなばあいでもそうした変更が必然でないと思えることはなかったからだ。どんな困難を乗りこえてでもそれを実現させなければならないとぼくにかたく決意させるだけの力を、それは持っていた。

いつのまにか、ぼくは、きみがある言葉を見いだしたとたんにもうずうっと以前からぼく自身がその言葉を探し求めていたのだといった興奮をおさえきれないでいる、ということに気づかされていた。けっして、きみへの追随ではない。そうではなく、ぼくらはいつも、独自に別の道をたどりつつ、しかしたびたびひとつのことに出会うのだ。（七月一〇日）

どうしているのだろうか？　新たな構想は生まれているのかしら？　ひとつの作品を世に送りだすために、きみが、そしてきみと一体となっているぼくがこうむらなければならないさまざまな受難《パッション》、それは、まさに現実のこの世界がぼくらを抹殺（いや、抹消か？）しようとする力そのものによるものだ、と、いまさらのようにぼくは思う。モウカラヤスシは、やはり、そういった妖怪の手先以外のなにものでもない！　ぼくらがこうむった受難《パッション》こそ、しかし、ぼくらがそのつどよみがえりたたかいにおもむく情熱《パッション》のみなもとではあるまいか。この情熱《パッション》において、ぼくはきみと根源的にむすびつけられているのを感じる。どこにいてもなにをしていても、ぼくはもうあの物語を生きる。それ以外ではありえない。

それだけに、いま、きみが現実にどういう状況にあるのかが気にかかる。苦しんでいるのではないだろうか？　だけど、ぼくはね、ショージン、こう思うんだよ、きみがいま吐きだす言葉は――苦しまぎれにであろうが、なんの気もなしにであろうが――ぼくらのつぎの壮大な作品の原形質であるのだ、と。（七月一四日）

けさがたの夢。きみと手をつないで歩いている。それだけだ。歩いているのは町はずれ。畑があって、小川が流れている。

なんの変哲もない夢であったが、目覚めて、しみじみきみをいとしく思った。というより、そういうことをしているきみとぼくを。熱烈な抱擁ではなく、手と手をつなぎあって、ただひたすら歩く。そんな関係がぼくたちのあいだにできあがっていることが、かぎりなくいとおしい。（七月二四日）

さて、この年は、現地でいくども転船をくりかえしながらじゅうぶんな働きをしたおかげもあって、例年よりかなり早めに出稼ぎから解放された。九月二八日に七尾港で「オリエンタル・ネプチューン」を下船したのが最後だった。この日は下船してすぐ金沢経由で新大阪へ出て私学共済のホテル「大阪ガーデンパレス」で白井愛とおちあい、さっそく三校の校正にかかっている。ちょうど土曜日だったので、「田島衣子先生」が高松へ向う月曜早朝までのあいだ、いっしょに校正をする時間がとれたのだ。

九月三〇日、帰京しニチメンに業務報告をして、赤羽台に身を落ちつけたとたん、白井愛から電話があった。作品の題名を変えたいとのこと。翌一〇月一日、終日案を練ったが、名案は浮ばず、一方白井愛は赤松さんから『キキ狂乱』ではどうかとの示唆を受けた。翌二日、白井愛が帰京。出迎えたその瞬間から題名についてもめる。赤松さんから電話あり、エラスムス『愚神礼賛』になぞらえて『狂愚礼賛』はどうかとのこと。翌三日、ついに決定。ここではじめて『キキ 荒野に喚ばわる』という題名が決定された。

その後、あらためて三校にとりくみ、東海林氏の校正とのつきあわせも終えて、一一日、内村に三校ゲラを戻した。「これで責了」と、彦坂は日記に記す。

そののち、日をおかずして、彦坂は『キキ』の宣伝活動に熱中した。宣伝用コピーの文案を練る。「ちらし」をレイアウトする。DM用の「ちらし」を別に作り、案内宣伝文を書く。献本と宣伝直売の対象者リストを作る。エトセトラ、エトセトラ。むろん、白井愛本人も彦坂同様、あるいはそれ以上に熱中した。一一月五日、「見本」五部を受けとった。奥付の発行日は一五日であったが。

いざ消えゆかん、いざ

最終章「サンチョパンキの巻三」の副題は「紀元X年、キキとパンキ、死出の旅へ」である。このときパンキは六五歳、キキは六四歳だ。現実の白井愛と彦坂の年齢にこれは合致していない。現実には、この時をかりにこの作品の出版される一九八五年としたら、白井愛は五一歳、彦坂は五二歳だ。だが、そんなことが問題なのではない。注目したいのは、いまわのときの年齢を六五歳・六四歳とイメージしていることだ。

さて、「ぼくらはまだわかい」と、パンキは記す、「じつにわかいのだ。ただ、ぼくらにはもう職がない。というのむかしに職はなくなっている。ここまで生きてこれたのは、まさに、ぼくらのおそるべき狂気のたまものなのだ」。

この二人が、自分自身の「生の結実」を「われとわが手で刈りとる」この最後の時点で「シンスバラシイシンセカイを遍歴してまわりたい」とねがう。「ぼくらがたたかった、たたかえなかったシスカを、さいごにただ一度、ツーリストとして経巡《へめぐ》り（……）愛《め》でて」やるのだ。これが「ぼくらのさいごの『たたかい』となるだろう」とも、パンキは記している、「ツーリズムを侮蔑し拒否してきたぼくらがツーリストとなってさいごの『たたかい』を挑むなんて、これは、ぼくらが身をもってこの世に送るさいごのパロディだ。受けとり手のないパロディだろうが……」

全編これ諷刺であるこの作品のなかでもこの終章はとりわけきわだって、わたしたちが生きている、いや生きさせられているこの国のこの社会のおぞましさを諷刺的に描いていて、いまでもぞくっとさせられる場面がいくつもある。

一つだけ紹介しておこう。ノーナナコというキジルシ女の書いた詩の一部である。

戦争は　平和の罰
戦争は　幸福の罰
戦争は　共犯《なれあい》の罰
戦争は　特権の罰
戦争は　卑屈の罰
　センソウサンセイ

カクヨコイ
キミタチゼツメツダイサンセイ
ドウセワタシハコロサレル

戦争はきみたちの平和のなかに
戦争はきみたちの幸福のなかに
戦争はきみたちの共犯《なれあい》のなかに
戦争はきみたちの特権のなかに
戦争はきみたちの卑屈のなかに
　センソウサンセイ
　カクヨコイ
　キミタチゼツメツダイサンセイ
　ドウセワタシハコロサレル

（『キキ　荒野に喚ばわる』四三八〜四三九ページ）

解説や批評などする気はない。ただ、このいまのこの社会の底辺で呻吟しているわかものが戦争でもおこらなければもうどうにもならないとヒステリックに叫んだなどという報道に接すると、わたしの脳裏にはゆくりなくもこの詩がよみがえるのだ。

さいごにひとこと。最後から三ページ目になる四四九ページの絵をぜひごらんいただきたい。二人の稚いこども（じつは老人）が岬の突端の岩の上に並んで夕日を眺めている、そのうしろすがたを描いたものだ。斉藤彰彦の傑作であると、いまつくづくと彦坂は思っている。

つぎは、この右のページからの引用だが、筆者はパンキである。

ここまで考えて、ぼくはやっぱりうちのめされた。ぼくらの言葉がいったいだれの目に触れ、だれの耳に届き、だれに理解されるというのか。

「かまうでない、かまうでない、パンキ」と、きみは、ドン・キホーテの声色をまねて言った、「敗残の騎士は山犬に喰われ、雀蜂に殺され、豚どもに踏んづけられるのが天の配剤じゃ」

下卑《げび》たうすわらいを盾に鉄よりもかたい無関心の皮で面《つら》をよろったあの卑しい妖怪どもを、のさばらせておくがよろしいのだ。もう、わたしたちの知ったことじゃない。下司下賤《げすげせん》の輩《やから》をものとも思う身どもではないのじゃ！

敗北は、たたかう者の宿命。

さあ、絶対の敗北を呑みこむとしよう。岬の突端に出て夜明けを待たない？　それまでは二人のための時間！　生命《いのち》は二人のためにある！

明日の夜明けが美しければうれしいし、美しくなければそれもよし……明日の朝五時に……

ぼくたちは陽気に歌った。

聞け　われらが呪い
耳かす者なけれど
糞尿たれながれ
よだれこぼるとも

孤独の壁　高くめぐらして
　かたきわが決意
いまぞ高く掲げん
　わが敗北の旗
いざ　消えゆかん　いざ
　よぼよぼと　いざ
ああ　自由自立は
　わらがもの

（『キキ荒野に喚ばわる』四四八、四四九ページ）

「ここまで考えて」の「ここ」とはなんのことか、どこまで考えたのか、などという質問は、もはや、してくださるな。この歌がなんのもじりであるのかも、もはや、どうでもいいことである。そういえば、この二人が眺めているのは、客観的には夕日にちがいないのだが、この絵を見ているとそれが朝日に見えてこないでもない。

これがフィナーレかとだれしも思うだろう。だが、白井愛は、ここでもまた、このシーンそれ自体を相対化せずにはいられないのだ。この歌のあとにさりげなくつけくわえられている一節をさいごに引用してこの稿を閉じるとしよう。

　キチガイが六四年の生涯をまっとうして叙情的な死を選ぶなんて、こんなばかげたおはなしを真《ま》に受けられぬよう読者におねがいする。「サンチョパンキの巻3」は、パンキの貧しい空想から出た、したがってそのおそれとねがいとをごたまぜにした、しかもキキへの永遠の忠誠をほのめかそうとした、まったくのつくりばなしなのである。ただ、この背景になっているのが紀元一七～一九年ごろのわがシンスバラシイシンセカイの現実であるらしいことにご注意いただきたい。キキおかかえレポーターのパンキは、これを、紀元一七～一九年度敵情報告のつもりでキキに捧げたのでもあろう。だがシンスバラシイシンセカイという名の妖怪は、われわれがその衣の裾をつかまえたと信じた瞬間にはもう、新しい衣をまとってわれわれを嘲弄しているのだ。

（『キキ荒野に喚ばわる』四五一ページ）

第四章　キチガイの誕生

一九八六（昭和六一）年八月九日と一〇日、白井愛は日記のなかにつぎのように記している。前にも述べたと思うが、白井愛は通常ほとんど日記をつけていない。八六年には、しかし、めずらしく、かなりくわしい記録を残しているのだ。


　太極拳。出血やや多め。

　本（引用者注、『キキ　荒野に喚ばわる』のこと）が出てから、なんと多くを学んだことか。『キキ』を書いたわたしはまだほんとに「甘ちゃん」だった。生の「真実」をまだろくすっぽ知らなかったのだ。わが「試煉」に感謝しよう。

　わたしはまたしても変った。どんなふうに？　わたしは、たぶん、確信犯（狂気の）になったのだ。ウナムーノとの出会い、ツヴァイクとの、そして、ニーチェとの出会い。これらの出会いはわたしを根底からゆさぶった。いずれのばあいも、涙を流しながら笑ったのである。いずれも、狂気に関する数々の真実を教えてくれたのであり、狂人の勇気をあたえてくれたのであった。わたしの根底をもういちどゆさぶって、狂気を注入してくれたのである。

　わたしは狂人の道を歩みだしてしまったのだ、十字架をかついで。（白井愛の日記、一九八六年八月九日）

手術から二ヶ月経った。

なにを書きたいのか？

なにを書かねばならぬのか？

いっさいのパリサイ人、常識の権化たち、毒蝿たち、「現実はコウダカラ主義者」たちに対するキチガイのたたかい。『キキ』では書けなかったもの。

主体、自由、解放、革命といったあらゆる「大きな物語」が解体しつくした今日のポスト工業化社会の状況。（一〇日）

一〇日の記述は『悪魔のセレナーデ』の誕生を予告している。もちろん、この段階ではまだ、それがこういうタイトルをもつであろうことも、そこにあのような詩と散文とが含まれることになることも、まったくわかってはいなかったのだが。

この年、白井愛はあきらかに変貌をとげた。なにへの？　一言で言うなら、「キチガイ」への変貌である。

彦坂諦へは拍手を、白井愛へは石礫《つぶて》を

変貌をとげるひきがねとなった事件がある。一九八六年一月一八日、湯島のスキヤキ料理屋「江知勝」で、『キキ』の出版に尽力してくれたひとたちを白井愛自身が招待してその労をねぎらう会が開かれた。この会は、はじめのうちこそ出版をよろこびあう記念会といった雰囲気であったが、途中から風向きが変った。白井愛はもっと「読者のことを考えて書くべきだ」と罌粟書房の内村優が言いだしのだ、「読者に媚びろと言うのではない、彦坂さんは読者に媚びなくても熱烈に読まれる本を作ったではないか、現に彦坂さんの本を十冊も売ってくれた読者が『キキ』は読む気にならなかったと言っている」。

つづいて、校正を担当した東海林廣吉が「この作品はペダンティックにすぎる。創作はマスターベーション

であってはならない」とコメントし、卓抜な挿絵を描いてくれた斎藤彰彦までが「ぼくの友人でも読めるような本を考えるべきだ」と同調した。

この会のありさまを、彦坂は、その日記に「すんでのところで白井愛糾弾会になりかねなかった」と穏やかに記しているのだが、白井愛本人は、このときをもって「この世の真実」を見てしまったと、はっきり書いている。


（……）ほとんどなにごともなかったこの半年のうちに、わたしはなんと深くこの世を生きてしまったことか！　なんと多くのことを見、多くを識ったことか！

わたしは識った、内村優は言うにおよばず斎藤、東海林などあの本をともかくも「おもしろい」と読んだはずの二人までが読者の反応の前に変貌してしまったこと、「彦坂さんの本を十冊も売ってくれた」けれど「こんなものは読む気にならない」と言い放った読者に一体化してしまったこと、カネになる作者彦坂諦をもちあげ、尊敬し、白井愛に石を投げるにいたったこと、この世のあらゆる識者たちによる黙殺、おなじ識者たちによる彦坂諦への声援、「権威や名声におもねらず少数者の一人として奮闘している」彦坂諦への読者の声援と、白井愛に対する暗黙の反感などなどを。（白井愛の日記、一九八六年一月一九日）

ここからもまた、のちに『悪魔のセレナーデ』の冒頭を飾ることになる「現実ハコウダカラ主義者たちの合唱」を、鋭敏な耳を持っていれば、聴きとることができるだろう。「しるしを見せてもらいたいですね」という部分がそれだ。「一言半句の讃辞」でもいい、売れた数でもいい、あなたの「狂気」にもし「一円の価値でもあるといいたいんなら」。

十字架から下りてみろ、そうすれば神の子と認めよう、とイエスに要求し、ドゥルシネーアの顔を見せろ、でなきゃ信じない、とドン・キホーテに迫るひとびとへの、永遠に変らないあの「現実主義」への、根底的違和がそこにはあった。

ところで、右に引用した白井愛の「日記」のなかで彦坂がこのようなかたちで引きあいに出されていることについては、最低限そのいきさつを語っておかなければならないだろう。この時点で、彦坂はすでに、おなじ罌粟書房から、のちに全九巻にもなっていく「ある無能兵士の軌跡」の第一部『ひとはどのようにして兵となるのか』の上下巻を出していた。この著作は、白井愛の紹介によって赤松清和という稀有な人物と出会い、白井愛の示唆によって構想を立て、白井愛の叱咤激励によってようやく書きあげ、白井愛の厳しい審査を経てはじめて印刷にまわすことができたものだ。この本のなかに表白されている考えかたや感じかたは、すべて、白井愛の考えかたと感じかたである。というより、白井愛の考えかたや感じかたを肉体化《アンカルネ》した彦坂諦の考えかたと感じかたなのだ。

赤松清和は、白井愛になる以前の田島衣子が一五歳で出会った稀有な人物だった。当時赤松は大阪府立岸和田高校の教師であり田島衣子はこの学校の生徒だった。とはいえ、現実に彼女が彼と教場で接したのはわずか一ヵ月にすぎない。この短い間に、しかし、赤松は衣子にとって絶対的な存在となった。衣子が衣子になることに力をかしてくれたのである。それから二十数年が過ぎ、白井愛に変貌した衣子と赤松は偶然再会し、あらたに強い精神的結びつきがそこにできあがっていく。終生、赤松は白井愛の世界に対する絶対的な理解者でありつづけた。

この赤松をわたしに引きあわせたのは、白井愛の愛の鞭であったのではないか。いまにしてわたしはそう思う。じじつ、この愛の鞭によって、わたしは、「下層亜人間的心性に淫していた」長い低迷から抜けだすすべをつかんだのだった。

赤松と出会い、赤松の生きかたに接して、わたしのうちには、このひとの生の軌跡を徹底的に追究したいという欲望がわきあがってきた。これを書くことによって、これまで書けないできたわたし自身の戦後の生を、こんどこそ書けるのではないか。このようにして、かの大作「ある無能兵士の軌跡」が誕生する。

八六年一月の段階では、このシリーズの第一部『ひとはどのようにして兵となるのか』上下巻の出版後ほぼ二年の歳月が過ぎていた。この間に、この本は、読者たちからも「識者」たちからもかなりの好意をもって迎えいれられていた。

もう一度言うが、彦坂のこの本には、白井愛の考えかたや感じかたを肉体化《アンカルネ》した彦坂の考えかたと感じかたが表白されていたのだ。にもかかわらず、その彦坂は「読者」に共感され「識者」に評価され、その源流である白井愛には石つぶてが投げられた。しかも、白井愛がだれよりも信頼してきたひとたちまでが、こともあろうに、この「世間」（「読者」）を背に負って白井愛の「ひとりよがり」を攻撃したのだ。

この「事件」は、その後白井愛の死にいたるまで解消されはしなかった矛盾を予兆として露出していた。この矛盾のありようについては、しかし、ここではまだ触れない。いずれこれが白井愛と彦坂諦とのあいだの障壁となっていくであろうことを予告しておくにとどめたい。

とはいうものの、この時期に書きとめられている白井愛のまさに的確な彦坂評についてだけは触れておきたい。九月二日の日記にはつぎの一節が見える。


わたしたちはおなじ思想に生きる双生児だと思ってきた。その生きかたにおいて、わたしとともに生きてきたのだから、彼は狂人である、わたしたちは狂気の生をともにしているのだ、と。にもかかわらず、彼が書くものは、たしかに、常識の言葉である。第一部で彼が引用した富士正晴にしても、根は常識の権化なのだ。石原吉郎にしても、たぶん？　彼にキジルシ的な部分があったとしても、それは強制収容所という異常な状況におけるできごととして、自分たちとはかかわりのないかわいそうなひとの狂気として、読者には理解されたであろう。あの第一部では、たしかに、白井愛の部分だけが異質だ。ひとがあれを読まなかった理由は理解しうる。（白井愛の日記、一九八六年九月二日）

必要最小限の注釈だけつけておく。「わたしたち」というのはもちろん白井愛と彦坂諦のことだ。「第一部で彼が引用した」とは『ひとはどのようにして兵となるのか』の上巻冒頭に収められた三つのエッセー（「戦場における〈日常〉――富士正晴を読む」「強制収容所における〈日常〉――石原吉郎を読む」「私たちの〈日常〉のこの〈平和〉――白井愛を読む」）を指す。

この「出版記念祝賀会」からわずか一週間後の一月二五日、『あらゆる愚者は亜人間である』と『新すばらしい新世界スピークス』は「創樹社」の倉庫に三百部ずつ残してあとは断裁することに決定したという通知が白井愛のもとに届いている。

冒頭に引用した白井愛の日記八月九日の記事についても、若干の注釈を付しておこう。

「出血やや多め」とあるのは、手術後の患部からの出血のことであり、手術とは子宮および卵巣の摘出（全摘）のことである。この年の五月一六日、白井愛は大塚の「癌研究所付属病院」に入院、ただちに手術の予定であったが、貧血がひどかったためにその回復を待って、六月一〇日に子宮と卵巣を摘出、二三日に退院している。

手術に踏みきったのは、ガンの疑いがあったからだ。二度にわたっての細胞診の結果である。筋腫も急激に大きくなっていた。「ガンの疑いを告げられたあと」と、白井愛は日記に記している、「わたしは銀月の騎士に敗北してまもなく死んでいったドン・キホーテのことを思い、いささかの安らぎを――満足をすらおぼえた。つぎにどういうたたかいをしたいのか、どうたたかえばいいのか、つまり続々篇をどのようなものにすべきなのか、すべてがいまだに索漠として熾烈な欲求に燃えたちえないでいる現在、現実の死が、もはやもっともふさわしい続々篇のように思えたのである」。（白井愛の日記、一九八六年五月一七日）

白井愛の入院中、彦坂は、北洋材のシーズンがはじまって本来は乗船しなければならないはずだったのに、検収員なかまに代ってもらって、病院に通いつめていた。

記憶に残っていることが三つある。一つは、ゴッホとゴーギャンの「画集」と「手紙集」を手に入れて病床に差し入れたこと、二つめは、手術時には輸血が必要だと告げられたさい、主治医宛に長文の手紙を書いて慎重な配慮を求めたこと、三つ目は、手術の十日ほど前に「外泊許可」が出た白井愛を奈良へと連れだして初夏の春日遊歩道を散策したことだ。

主治医への手紙とは、貧血がどの程度のときに輸血が必要と判断するか、全血か赤血球のみか、保存血液に関するB型ウイルスのチェックはなされているか、などなど、細かい点にわたって説明を求めたものだ。この時点では、輸血によるB型肝炎発症などまだ問題にもされていなかったのだが。

五月二六日に、手術の延期が決って「二週間も執行猶予の身」となったころ、白井愛は記している。

たぶん、わたしは入院する必要はなかったのだ。もっと猜疑の目、猜疑の耳でもって医学の勧告を無視すべきであったのだろう。これまでそうしてきたように。

ただ、わたしにはもはや生きる意欲が薄弱であった。なにもかも投げだしたくなった。死の甘美のなかへ逃げこみたくなった。『キキ』の続篇に現実の死をあたえたくなった。現実の死というかたちでフィクションをしめくくりたくなったのだ。（白井愛の日記、一九八六年五月二八日）

このおなじ日に、しかし、彼女はゴーギャンの手紙に託しておのれを語ってもいる。

一八九五年三月、四七歳のゴーギャンは妻メット宛の手紙のなかで書いている、「ぼくが倒れてもだれひとり助けおこしてはくれまい。「あなたは独力で切りぬけていくべきです」というきみの言葉はじつに聡明だ。よくおぼえておこう……。

この時点まで、ゴーギャンも、この世のこの自明の真実をわが身に切り刻んで識ってはいなかったのだ。一八九六年四月、モンフレーへ。「現在私は這いつくばり、弱く、これまでやってきた苛酷な闘いに半ば力尽きてしまった。私はひざまづき、自尊心さえ捨ててしまっている。私は落伍者以外の何者でもない。」だが、一八九八年五月、グーゼ医師宛の手紙では「私の望みは、自分の立場を放棄しないということです。（……）たしかに、もっと売れる絵だって描けます。でも嫌悪や反撥を感ぜずにはこんなことは考えられません。（……）生きる動機を捨て去らねばならぬとしたら、生きる必要もありますまい」と書いている。一九〇三年四月には「私は地に這いつくばってはいるけれど、まだ負けてはいない」と書く。（前掲日記）

これはほとんどそのままこの時期の白井愛自身の思いと重なるものであったのだと、いまにしてつくづくと思う。じじつ、彼女はこのおなじ日に「人生で一回かぎりのこの休暇（無給の休暇ではあるが）を勤勉に生きなければ！」とも記しているのだ。

この翌日が奈良行だった。偶然そうなったのである。この日、外泊許可が出たあと池袋の喫茶店「フィガロ」でお茶を飲んでいるとき、彦坂が、今日明日西は天気がいいからそっちのほうへ行ったほうがいいと言いだし、「奈良ホテル」に電話して即座に予約、そのまま奈良へと直行したのだ。

翌朝は五時半に起きて、春日山遊歩道をゆるゆると登った。原生林も残されているすばらしい樹林帯だった。若草山頂は五月晴れだった。ここでいったんホテルに戻り、茶がゆの朝食をとったのち、薬師寺へ。「天平仏は、おおらかで、豊満で、陽気で、精悍で、たくましい」と、彼女は日記に記している。

ツヴァイクとの、そしてニーチェとの出会い

白井愛は孤立と苦悩のなかでシュテファン・ツヴァイクに出会い、このツヴァイクに導かれてニーチェに出会い、スタンダールともドストエフスキーとも再会し、ゴッホやゴーギャンともともだちになった。ウナムーノの手引きによって再会したドン・キホーテはすでに心の友となっていた。冒頭に引用した八月九日の日記はこの経緯を簡潔にのべていたのだ。

この地点に到達するまでの過程を、白井愛の日記のなかにツヴァイクがどのように引かれているか、その引用のしかたを通して追ってみよう。白井愛は、創作ノートはおろか、メモのたぐいもほとんど残していないし、日記なども大半は空白である。その彼女が、しかし、この六月二三日（退院の日）から八月九日までのあいだは、大量の記録を残している。それも、大半はシュテファン・ツヴァイク「フリードリヒ・ニーチェ」（杉浦博訳、『デーモンとの闘争』みすず書房、所収）からの引用だ。

（……）だが、さらに怖ろしいことには、誰も彼に耳を傾けようとしないのである。（……）語る相手、応える相手をもたぬ、あの怖ろしい孤独。（……）石のように死にきった孤独。（六月七日）

（……）一冊一冊新しい本を出すごとに、彼は友人を一人ずつ喪う。（……）彼の本を出してくれる出版者はもはやドイツにはひとりもいない。（……）『ツァラトゥストラ』第四部は、彼の自己負担でたったの四十部しか印刷させなかったのだが、――そのあげくが、人口七千万のドイツで、彼が一部ずつ贈ることを思いついたのはなんとわずかに七人であった。（六月九日）

彼がしだいに己れの内側深く入りこみ、時代の奥深くつき入るにつれて、彼は世間の共鳴を失ってゆく。友人たると知人たるとを問わず、観客はひとりまたひとりと、彼の英雄的独白の最中に臆病げに席を立ち、この孤独者のますます荒々しい変貌、いよいよ白熱的な恍惚におそれをなして、彼をその運命の舞台上に、怖るべくも独りきりにとり残すのである。（六月二九日）

すべて隠されたものをあばくには、強靱な手が、仮借ない非妥協の精神が必要である。（……）この急進主義、この苛酷さと仮借のなさは、（……）彼が全生涯を犠牲にし、休息、安眠、安楽を代償にして購ったものである。（……）彼は友情、交際、係累などのつながりをみずからうちこわす。そして、彼に残る最後の一片の生すらも、しだいにみずからの炎によって熱度を高め白熱化した。（……）デーモンに見入られた人たちすべての例に洩れず、情熱は（……）やがてみずからの炎で彼の生涯の全財産を焼きつくしてしまう。（六月二九日）

六月三〇日、白井愛自身がこう告白している。

老哲学者と老ジャーナリストがわたしをひきとめようとしてくれている世界に、わたしは引き返さなければならないのだろうか。もはや空っぽのまま。もはや身に寸鉄も帯びずに。無防備で。戦略も戦術もなく！

この老哲学者が久野収であることは明白だが、老ジャーナリストとはだれのことなのか？　思いあたるのは、当時『図書新聞』の編集長をしていた大輪盛登だけだ。この彼から、このころ、白井愛は『図書新聞』への寄稿依頼を受けて、したりがおにニーチェを嘲笑した西部邁に対する嗤いかえしの文章を書こうとしていた。この原稿は、七月二四日、大輪に手交され、八月一六日（土）付の『図書新聞』に「悪意あるニーチェ論を笑う」というタイトルで掲載される。

日を戻す。七月一日、「午前四時から六時、散歩。六時から四十分軽々度のストレッチング」と記したあとはすべて『ツァラトゥストラ』からの抜粋で埋めつくされている。

われは愛する――没落しゆく者としてにあらずんば、生くることを知らざる人を。

（……）なんじの愛の発作をも警戒せよ！　孤独なる者は、彼に出会える者に、あまりにもはやくその手をさしのべることがある。

大凡の人間に手をさしのべるな。ただ前足のみを与えよ。しかも、この前足には、猛獣の爪を潜めよ。

七月五日にはウナムーノ『ドン・キホーテとサンチョの生涯』（アンセルモ・マタイス＋佐々木孝訳、法政大学出版会）からの引用が見られる。

われわれにもっとも欠けているのは、嘲笑に立ち向かう勇気である。嘲笑は狂気の騎士の墓を隠し守っているすべての卑劣な得業士、床屋、主任司祭、教会参事会員、そして公爵たちのあやつる武器である。

八月二日、「シュテファン・ツヴァイクはまたしてもわたしの臓腑をひっくりかえす。わたしはまたしても激しい歓びに肉体の奥底からゆさぶられてスタンダール＝ツヴァイクを読む」と記したあとに、長い引用。そのなかから、とくに、白井愛自身の言葉と化してしばしば語られることになる、それのみか、これをともにした彦坂もことあるごとに引用することになる一節をここに引いておく。

（……）よくよく考えてみるがよい。余すところなく完全に独立して感じ、独立して考えるということを誰がよくするであろうか。（……）時代の空気はわれわれの肺のなかに、心室そのもののなかに詰まっている。（……）人間の自然な反射運動はそれゆえ決して自己主張なのではなく、自己の意見を時代のそれに順応させることであり、大多数の抱く感情に降伏することなのである。（……）だから、かかる何百万もの人間の空気の精神的圧力に自己の孤立した意志を対抗させるためには、常によほど特別のエネルギーが、仁王のごとく立ちはだかる勇気が必要なのである。個人が自己の独自性を守りおおせるには必ずや稀有の、そして試煉に耐え抜いた力がそのなかに結集されていなければならぬ。確実な世間知と、精神の機敏な洞察力と、あらゆる一味徒党の超然たる蔑視と、放胆で反道徳的な向こう見ずと、そして何よりもまず勇気、二にも三にも勇気、自己の確信に対するびくともしない不退転の勇気が必要なのである。

（ツヴァイク『三人の自伝作家』、吉田正己・中田美喜・堀内明訳、みすず書房）

ツヴァイクとの出会い、そして彼を通してのニーチェとの出会い、このような邂逅が白井愛のうちになにをもたらしたのか？　白井愛のこの時期の生の結晶とも言うべき文章をつぎに引いておく。八月一六日、『図書新聞』に掲載された「悪意あるニーチェ論を笑う」だ。長いのでさわりの部分だけにとどめるつもりだったのだが、けっきょく、前半部をそっくり引用することにした。

没落しゆく者としてしか生きることを知らない人を私は愛する。

血をもって書かれたもののみを私は愛する。血をもって書け。そのとき血すなわち精神であることがわかるだろう。

心貧しき者は世人によってつねに義とせられるゆえに、幸なるかな。

友よ、きみの孤独の中に逃れよ。きみは毒ある蠅に刺され、百の裂傷を受けて血を流している。その傷がまだ癒えぬうちに、同じ毒ある蛆虫はきみの手の上を這いまわる。小さき人物に心せよ！　彼らの数は無限である。きみに対して、彼らは復讐以外のなにものでもない。

愛こそは孤独な者の危険である。自分の愛の発作を警戒せよ。おおかたの人間には手をさしのべるな。前足だけをあたえよ。しかも、この前足には猛獣の爪を潜めよ。……


といった罵詈雑言を、むかし一人の狂人が書きつらねた。百年後、一人の狂女がこれを読み、涙を流しつつ笑いころげた。狂人の名はニーチェ。狂女は私の友人である。まさにニーチェが嘲笑したところの解放された女性、子供を産む力のなくなった片輪の女だ。

ともに表面的に生きともに穏便にことを済ませともに恕しあうという何千年にもわたる世のならわしを拒絶する者は、社会に対して致命的敵対関係に立たざるをえない。みずからを、希望のない闘いへと、死へと、追いつめざるをえない。ニーチェはついにたった一人の読者も見つけだせなくなる。『ツァラトゥストラ第四部』を自費で四〇部印刷し七人の仮想読者に一部ずつ寄贈した彼は、罌粟粒《けしつぶ》ほどの感謝すら受けることができない。

このような魂の最奥からほとばしる呼びかけに、一言の返事さえ聞かれない。なにひとつ、まったくなにひとつ反応がない、あるのはただ音絶えた孤独、いまは千倍にもなった孤独ばかり、どんな強者もこれにあっては滅びてしまうだろう。しかも私は最強の者ではないのだ、と呻くニーチェ。

この黙殺こそが彼の体内にますます深く食いこむ傷となり、自意識に炎症を起させ、魂を壊してしまうのである。

いや、彼は舞踏を、真剣の刃をくぐりぬける舞踏を考案する。傷つき、ひきさかれ、血を流しながら、新しい、死を賭した技巧をひとびとの前にくりひろげる。しかし、だれひとり、この叫び狂う冗談の真意を、この軽佻浮薄な演技にこもる情熱、瀕死の傷を負った情熱を、感じとる者はいない。聴衆もなく、反響もなく、さむざむとした空席を前に、精神の未曾有のドラマは幕をおろす。

こんなふうにニーチェを語るのはシュテファン・ツヴァイク。このツヴァイク＝ニーチェに、狂女は、もう一度、笑いころげつつ涙を流したのであった。

（『図書新聞』・一九八六年八月一六日）

このあとに、「嘲弄と嘲笑を主要な特質とする」ニーチェの笑いをしたり顔に嗤った西部邁に対する皮肉と、ニーチェの毒を抜き自分の舌にあわせて現代風の味にしたてる「今日のニーチェ料理」レシピとがつづく。この文章のなかでみずから「狂女」と名乗っている（いちおう「私の友人」ということにしてはあるのだが）ように、この時期から、白井愛が、すくなくともシュテファン・ツヴァイクが描いたようなキチガイになっていることはまちがいないだろう。

「悪魔のセレナーデ」の発見

なぜ、白井愛はキチガイになったのか？　その理由について、その経緯について物語ること。それが彼女の課題になってきているのだと、いまふりかえってみれば了解されるのではあるが、しかし、この時点での白井愛はまだ迷っている。

「さて、問題はなにを書きたいのか、なにを書かねばならぬのか、だ」とふたたび問うのが八月二一日だ。その一週間後の八月二八日には、脈絡のありそうでなさそうな語句が断片的に書きちらかされてある。九月二日には、エスキスめいたものもいくつか。

さて、ここに登場するのは一人の女の子と男の子、名前はかりにキキキとルルルということにしておきましょう。だって「むかしむかしあるところにおじいさんとおばあさんが」ではいまどき読んではもらえませんものね。でも、そのために少女と少年にしたのではありません。じつはこの二人、もとはおばあさんとおじいさんだったのです。正確に言えば、四十代の半ばに達したところで、ある日とつぜん若返りはじめてしまったのでした。まずキキキのほうが四五歳でどんどん若くなっていきました。とりのこされた四六歳のルルルはあわててキキキの後を追おうとし、苦労のかいあって若返りはじめた、というわけでした。

じつは、四十歳になったときキキキははじめて自分の言葉をしゃべりました。どうしても納得できなかったことをしゃべったのです。つまり、高い地位にのぼり、お金をもうけ、他人に命令し、他人を働かせることがなぜえらいことなのか、高い地位にのぼればのぼるほど、なぜ、そのひとの権力が雪だるま式に大きくなっていくのか、他人を死に追いやるのは、なぜ、りっぱなことで、これに反対するのは、なぜ、人間として恥ずかしいことなのか、などなどといったことを。

それを聞いたひとたちはその瞬間に石となりました。そして、キキキが語りおえると石は人間にもどりました。石になったことは記憶に残りませんでした。こういうわけで、彼女の言葉はだれにも伝わりませんでした。ルルルだけが、彼女の言葉をすべて聴きとり、彼女をいっそう愛しました。

キキキは、もういちどやってみました。でも、おなじことがおこるのです。なんの反応もありません。もういちど、こんどはルルルがルルルの言葉で語ってみました。すると、たいへん人気がでました。(引用者注　以下三行判読不能)

石ころをつかませたといって、みんな、キキキをなじりました。

キキキはなにもかも捨てさっていたのです。家族も家財も名声もお金も安定した職もなく、恋人のルルをもっていただけでした。
キキキは、生きる意欲をなくしてしまって自然に病気になってしまいます。痩せ細っていき、死ぬかもしれないと思ったとき、とても安らぎをおぼえたのです。でも、運命のおぼしめしか、だんだん元気になりました。そのときです、彼女が若返りはじめたのは。
いっぺんに少女の心にもどっていました。
きのう、きみは一日中一五歳の少女だった。
そう言って、ルルはキキキを抱きしめました。

以上でエスキスはちょんぎれている。ノートは空白のままだ。

白井愛はなぜキチガイになったのか、それを物語ることが彼女の課題になってきているのだ、とわたしは先に述べた。それをどのように物語るのか？　右に一部引用したようなかたちでの模索は、しだいに一つの形式へと彼女を導いていく。

一人称で語るのははずかしい。だけでなく、語り手と対象との距離がとりにくい。では、一般的な三人称小説にするか？　しかし、三人称によって語られる物語の客観性は微妙に真実を隠蔽するのではないか？　模索のすえ行きついたのは、二人称によって、それも詩のかたちをとって物語るという手法だった。

二人称を用いるとしたら、だれに語らせるのか？　選ばれたのは悪魔《デーモン》だった。このとき、ツヴァイクが『デーモンとの闘争』のなかでみごとに描きだしている「デーモン」の形象が彼女のなかで動きだしていなかったとは思えない。この悪魔《デーモン》が、白井愛の部屋の窓の下で「セレナーデ」を歌う。このとき歌われるのは「セレナーデ」だった。「ララバイ」では、まだ、ない。

この悪魔《デーモン》は、自分がその魂に飛びこんだ「一三歳」の「稚い」「純粋無垢」の「少女」が、なぜ、どのようにして、どのような経緯を経て、いま現にそうであるところのキチガイになったのかを、「1」から「6」まである「セレナーデ」のなかで物語っていく。

この少女は、一三歳にしてすでに「世の中をばかにして」いた。「世の中のおそろしさも知らずに」。これは、彼女に約束されていた「現世の幸運」を「われとわが土足で踏みにじっていく」最初の「手続」だった。「楽園をとびだした天使」は「堕ちる、堕ちなければならない」。

ある日、この少女は「浮浪者」を見た。「恥ずかしさに身を焼かれた」。なぜなら、それは少女自身の「堕ちてはならない」と同時に「身を投じなければならない」ところの「深淵」であったからだ。

少女は一七歳になった。「あそび」に「倦怠をまぎらしている」。「二人の少年あいての」『悪魔の恋ごっこ』だ。「魔に憑かれた少年の一人」が、「コーヒー店に誘うように」彼女を「死に誘う」。一瞬、彼女はおもう、たわむれに、あそびで死ぬってことのよろこびを、たわむれに、あそびで死ぬってことのインチキを。「いいわ」と彼女は答える。こうして、ある日、「無償の情熱」「無償の明晰さ」「無償のあそび」をしか愛せなかった少年と少女は「かろやかに」死んでしまった。

でも、彼女だけは生きかえる。その「死の相棒」に対して「永遠の裏切者」となって。その彼女にとっては、「生きること」とは「自己にさからう」ことになる。「生きられないところに堕ちた」ことによって、はじめて、彼女は生きようとした。

その彼女に、悪魔《デーモン》はあらゆる幸運を贈る。まず「完璧な保護者」を贈った。「安定」と「叡智」と「富裕」「寛容」の化身。この彼のおかげで彼女は「現実の幸福の味」「栄耀栄華の味」を知るはずだった。

ところが、「それが手の届くところにやってくると」、彼女は「荒れ狂い、すべてをぶちこわしにかかった」。「当時としては特権的だったそんな生きかたを拒否」して、政治闘争に熱中したのだ。みんなといっしょに、みんなの現実を「その現実の根底から変革する」つもりだった。しかし「さんざん骨折ったあげく」ようやく気づく、場ちがいなところにいることに。たったひとりで、異人種のなかにいたことに。

かくて彼女は「悪魔《デーモン》研究者」に転身した。「常識の門下生」となるために「刻苦精励」した。まったくもって「見当ちがいの刻苦精励」を。それも、あまりに情熱的に。けれども、この精励はいっこうに実を結ばなかった。なぜって、「世情に流布している悪魔《デーモン》」つまり「常識」がつくりだした通俗的な「悪の化身」などまるで彼女の関心を惹かないし、「常識」に向って「常識のことば」で「悪魔《デーモン》一般を解説」しなきゃいけなくなると、彼女の「頭脳は活動を停止」してしまうからだ。

やがて、「常識の門に入ろうと艱難辛苦した二十年近ちかい歳月」を「ドブに捨てる日」がやってくる。

悪魔《デーモン》の幼な子として　きみは
まにあわせの　泥の小舟《おぶね》　に乗りこみ
没落者　孤独者　無産者　の旗　を
糾問者　攪乱者　背徳者　の旗　を
あかあかとした　焔　の旗
かるがるとした　虚無　の旗
　（これは　ぜったいに　かるがる　でなきゃいけない　くろぐろ　じゃ　いけないんだ）
きらきら光る　無垢　の旗　を
そして　引き裂かれた　自由　の旗　を
へさきに　ひるがえし
未知の大海に　漕ぎだした

襲いかかるため！
たかだかと自由の旗をかかげた知の巨艦に
権威と名声に護られた　反乱する知　に

突きつけるため！
悪魔《ぼく》の　自由　の匕首《あいくち》を
節度と安定の要塞《とりで》にひそむ　自由　の喉もとに

そして　戦慄させ　恥じ入らせるために！
世間の大海にひそむ　常識たち　を
血ぬられた自由　のまえに

（『悪魔のセレナーデ五九～六一ページ』）

泥の小舟で大海に漕ぎだした彼女に、悪魔《デーモン》は二つの「幸運」を贈った。一つは、彼女を信じ、愛し、つきしたがうことになる稀有な「従者にして伴侶」またの名は「使徒」を。もう一つは「悪魔《デーモン》の子の対極にいる」敵を。

この敵に出会ったことによって、彼女は、はじめて、みずからを「悪魔《デーモン》の子」として自覚したのだ。おなじ自由の旗を掲げながら、一方の手にあるのは「情熱」であり「蛮勇」であり「純粋」であり「没落」であるのに対して、他方の手にあるのは「吝嗇」であり「慎重」であり「節度」であり「安定」だ。要するに「没落者の特質」に対する「知識人の資質」である。この「敵」を、悪魔《デーモン》は、もちろん、彼女の「守護神」として贈ったのだ。

人生をまるごと「芸術」だの「自己省察」だのの餌食にしてしまうのは「しろうとのキチガイ」のやることであって、知識人たるもの「自己省察のおよばぬ空白部分」を持つことが必要である。言いかえれば、「世渡りする生活者としての部分は空白にしておくこと」が知識人であることの条件である。

知識人という存在の「私的な部分」は、かくして、「運命にたいして安全に護られたまま」であるのだ、ということを彼女は知らなかった。だから「この空白部分のきわめてすくない」彼女の「守護神」の喉に匕首を突きつけた。そのとき、彼女は「一線」を踏み越えてしまったのだ。

そんな「越境者」に対しては、とうぜん、「石の沈黙」しかかえってこない。人生の全体をおのれの「芸術」の、おのれの「たたかい」の餌食にしてしまったキチガイたちは、すべて、破滅してきたのだ。

彼女はまだうたっている。しかし、「このうたも、あのうたも」もう「石にしかならない」。石でしかないのだ。彼女は「石の牢屋」に、いや、石棺のなかに押しこめられている。その外側には？　そう、「人間」しかいない。

石牢のなかの　きみは　もう　人間ではない。
人間ではなくなってる。
それは　ぼく　だ！
ぼくそっくりの　きみ　だ！
魔力もなく　魔術のこころえもない　ぼく……
ほら人間をわらってる……

（『悪魔のセレナーデ一〇〇ページ』）

悪魔《デーモン》が贈ったもう一つの「幸運」も彼女の運命を変えることはできなかった。「使徒」が書くものは「はなばなしい成功をおさめて」いる。「なぜだと思いますか？」と悪魔《デーモン》は問いかけ、みずから答えている、それは「声援にあたいする少数者」の声だからなのだ、と。彼の作品のなかには「きみの魂のいくぶんか」がつまり「石ころのいくつか」がしのびこんでいる。で、彼の「最良の読者」たちは、その「石ころ」をつつんだ「天使の衣」には「手を振って」いるけれど、その「石ころ」そのものにはぜったいに手を触れようとはしないのだ。

このあたりでやめておこう。「セレナーデ」の「1」から「6」までになにが物語られているかを要約して示してはきたが、それを悪魔《デーモン》がどのように物語っているのかは、このやりかたでは伝えることができない。肝心なのは、そして、その語り口なのだ。読者よ、どうか、『悪魔のセレナーデ』というタイトルのこの本自体をお読みください。

ところで、悪魔《デーモン》のこの申し子は一方的に物語られることに、けっして、甘んじてはいないのだ。悪魔《デーモン》の語るひとつひとつの物語には、そこで物語られていることに対するこの女からの応答が、彼女の書いた詩というかたちで示されている。たとえば、「セレナーデ1」には「休暇」が「セレナーデ2」には「魔よけ」「なにさま?」「真理の発見」が「セレナーデ3」に対しては「専門」「石のうた」「枯葉」がというぐあいに。

みごとな対話が成立しているのだ、ここには。この対話の白眉とも言っていいところだけを紹介しておこう。右に引用した「セレナーデ5」のあとに置かれた二つの詩のうちの一つ「掃きだめの鶴」がそれだ。

鶴が、掃きだめからさえ追放される。鶴は、どこもかしこも掃きだめでしかないことを識っていた。鶴にはもう行くところがなかった。けれども鶴は飛びたった。「大空に向って/光に向って/自由に向って/虚無に向って/狂気に向って」。とつぜん、「掃きだめの卑しい悪意」が襲いかかって、鶴を掃きだめにたたきおとす。鶴は掃きだめのなかで死ぬ。

掃きだめの「塵に芥に埃に屑」たちは、この「自分を掃きだめの鶴だと思いこんだ」ニセモノの「あわれな頭」を嘲笑した。そして、「掃きだめの鶴に仮託したこのうた」の「臆面もない自負心」を「石の沈黙をもって」せせらわらった。いや、「こんどばかりは」石たちまでがいっせいに口を開いて非難した、このうたは「貴族主義の高みから」おれたちを軽蔑してるんだ、と。

ニセモノは答える、「掃きだめを追われて、ひとは掃きだめの鶴となるのだ／恥をすら驕りに変え／驕りのほかには／身に寸鉄も帯びぬ鶴となるのだ」と。

この対話の構造、これこそこの作品の基底なのだ。この構造を予告しているのが、そして、冒頭に置かれた「現実ハコウダカラ」という詩とそれにつづく「独創」である。

「現実はコウダカラ」では、まず、「時代の声」が「催眠術師たちのコーラス」として登場、これを受けて「亡霊の声」が「地底」から「かすかに」ひびいてくるなかで「無数の現実ハコウダカラ主義者たち」が「時代の声」におじぎしながら登場し、「現実主義」の名のもとになされる卑劣な迎合と付和雷同のすべてを臆面もなく謳いあげる。

これに応えるのが「独創」だ。詩人白井愛は、ここで、ひとびとが、自分たちの「安全」と「安泰」を保管している倉庫──じつは「がらんどう」でしかない──のなかに「私の炸裂」とともに生れでる「独創」などという「狂気の胞子」が飛びこまないように、権威と常識という番犬に厳重に警護させている、そのさまを鋭く剔りだしてみせるのだ（『悪魔のセレナーデ一七～二一ページ』）。

「時代」への鋭い諷刺

さて、この本には、もうひとつの特色がある。全体が二部構成になっているのだ。第一部は「悪魔のセレナーデ」で、第二部は「きまじめな石の国のおはなし」である。全部で十篇あるそれぞれの「おはなし」のタイトルはつぎのようなものだ。

冒頭が「巨石諸国　うるわしい石の国を窺う」で、そのあとは「魔法のことば『生き残り戦略』」「なにがなんでも国際化！」「国際化の華　マネーの留学」「悪魔たたき」「悪魔取締法」「内需拡大」「魔法の礼節」「成金大国」とつづき、最後のしめは「魔法の執達吏が来るとき……」となっている。筆者は「キ・キ・キッシー」、翻訳者が白井愛となっている。

敏感なかたにはもう推察がつくだろう。そう、すべて、一九八〇年代ニッポンの政治経済状況、とりわけあいつぐ「国際化」の要求の前に右往左往するさまに対する諷刺なのだ。もちろん、第一部のなかにも「時代」への諷刺はいたるところに散りばめられている。というより、どれほど「私」的怨恨そのものとしか見えないようなものでも、その底流には、かならず、「時代」への痛烈な諷刺が潜んでいるのだ。

一つだけ具体例をあげておく。『悪魔のセレナーデ』の冒頭にエピグラフとして置かれた二つの詩のうちの一つ「現実ハコウダカラ」（「補遺2」一〇八～一一〇ページ）は、一九八六年の後半から吹き荒れた「国鉄分割民営化」の嵐（当時の中曽根内閣による）のさなかに構想されたものだった。

「分割」や「民営化」の是非を再論するつもりはない。ぜひとも言っておかなければいけないのは、そのことではなく、この「国鉄分割民営化」という政策が、現場で働く労働者たちの誇りを微塵に打ち砕き、労働の倫理そのものを大きく変えてしまった、という事実についてである。

この時期、全国津々浦々の駅長・助役クラスの自殺があいついだ。なぜか？　上からの指令と現場からのつきあげの板挟みになったからだとマスコミはつたえた。だが、それがなぜ自殺にまでいきつくような苦悩の原因であったのかについてはつたえなかった。

それ以前、駅長や助役といった中間管理職の多くは、現場で働く労働者一人一人の資質をよく知っていた。たとえ組合活動に熱心で自分にたてつくことの多い「困ったやつ」であっても、運転士としては、車掌としては、保線区員としては、それぞれの現場に欠くことのできない、たよりになるやつだということを知っていた。

なのに、上から下りてくる指令は、その人物が運転士として、車掌として、保線区員としていかに優秀かなどには目もくれず、ただただ、その者が労働組合員であるかないか、組合を脱退する意志を表明しているかいないか、それだけにもとづいて首を切るかどうかを決定せよというものだった。良心的な駅長や助役であればあるほど、この指令と自分自身の判断との板挟みになった。けっきょく、現実に職場がどんな状況にあろうとそれを無視してただひたすら上部からの要求に応えることのできる中間管理職だけが残って、そうできない駅長や助役は「淘汰」されていったのだった。

組合を脱退しない者にはありとあらゆるいやがらせをやって、ノイローゼになった相手が自分から辞めていくようにしむけた。山手線の優秀な運転士を現場からはずして、駅のキヨスクや「立ち食いそば」の店員をさせたり、構内の草むしりをさせたりする、などといった常軌を逸した処遇を日常不断におこなっていたのだ。これくらい働く者の誇りを傷つけるしうちはない。そうではないか、山手線の運転士としてあの過密ダイヤのなか一秒とたがえず正確にしかも安全に電車を運行させるその能力などまったく評価されない。逆に、いかに未熟であれ上司への忠誠（具体的には組合脱退）を示す「能力」さえあれば、それは高く評価されるのだ。

この時期こそ、この国の戦後の労働運動を根底から変質させ、労働者に労働のモラルを喪わせる重大な転換点となったのだと、わたしは考えている。

白井愛は労働現場におけるこういった状況の推移を敏感にそして正確につかんでいた。だから、労働者の誇りを打ち砕く者たちを憎み、誇りを打ち砕かれていく労働者たちによりそおうとしていた。いや、よりそうことなどなかった。なぜなら、彼女自身がまさに彼らそのものだったのだから。

「現実ハコウダカラ」に登場する「亡霊の声」には、この彼女の状況認識のエッセンスが簡潔に表示されている。まさに「序列、統制、管理、心従、阿諛、追従」といった「あらゆる陰気な現実が」この社会を覆いつくし「卑しいものが勝ちほこり、いちばんましなものがいびりぬかれて」いたのがこの八十年代だったのだから。そして、この「現実」はいまもつづいているどころか、もっとひどく、もっとえげつなく深化しているのだ。

小林多喜二の『蟹工船』が、いま、無理無体に職を追われ夜露をしのぐ住処をさえ奪われたり閉塞状況のなかで赤貧を強いられているわかものたちに熱心に読まれている。遠いむかしのプロレタリア文学作品が蘇ったのは、たぶん、このなかに描かれている「やん衆」の運命に、現代のわかものたちが自分自身のそれを重ねあわせているからにちがいない。

それにしても、非正規労働者の組合が結成されたり反貧困の集会やデモに多数のわかものが集ったりするありさまを目にして、白井愛は、いま生きていたら、どんな顔をするのだろうか？

たぶん、ひじょうによろこぶだろうと思う。しかし一方では、わたしたちを使いすて労働力としか見なさない者たちへの根底的異議申立を欠いたままではどのような運動も待遇改善要求に終始してしまうだろうことを危惧するかもしれない。

それというのも、まさに白井愛こそ、そのむかし、こういったひとびとの存在が労働組合員の目にすら見えていなかったときに、こういったひとびとの一人として、こういったひとびとのために、こういったひとびとに向って、このわたしを窒息させようとしているあらゆる力にあらがおうと呼びかけたのであり、にもかかわらず、ほかでもないこのひとたちによって黙殺されたのであったのだから。

白井愛が、「亜人間」という概念を創出することによって、自分自身を、と同時におなじ閉塞状況に追いこまれているすべての「亜人間」を、差別し抑圧している力に根底的なたたかいをいどんだとき、その彼女を黙殺したのは、ほかでもない「亜人間」たちでもあったのだから。

「きまじめな石の国のおはなし」は、ある編集者との偶然の出会いから生れた。その名は福原修。この彼と白井愛とがどこでどのように出会ったのか、わたしの記憶ははっきりしていないが、ともかく、この時点で福原はすでに白井愛の熱烈な読者になっていた。

この彼のユニークな生の軌跡は、のちに、『地下の思考』（一九八二〜九五）と題する大部の本となって「れんが書房新社」から刊行されることになる（一九九六）のだが、この当時の彼は、いくどかの挫折を経て、食い詰め、『財界にっぽん』という月刊誌に拾われて編集長をつとめており、同誌への寄稿を白井愛に求めてきたのだった。

ともあれ、この福原の尽力によって白井愛が当時のこの国の政治と経済に対するこのように痛烈な諷刺文学を創りだすことができたことは事実である。この作品は一九八七年五月から八八年四月にわたって『財界にっぽん』誌に連載された。ここであらためて福原修に感謝したい。

「山ノ湯」――平野甲賀――「外国人労働者」

晩秋、「上林温泉」の「山ノ湯」旅館へと登っていく山道は深い紅葉に覆われる。ひときわ鮮やかな紅葉がこの宿の庭前に一本、宿よりさらに登ったところにある寺の入り口に二本あった。

この宿を発見したのは偶然だった。『あらゆる愚者は亜人間である』を書いたのは会津楢原の「聚星館」だったが、その後、白井愛とわたしは長期滞在ができ執筆に適した宿を求めて処々方々を経巡っていた。お金がなかったから、れっきとしたホテルや旅館ははじめから敬遠した。

お金もないくせになぜ執筆の場を外に求めたのか？　彼女の陋屋はあまりに狭くるしく出稼ぎ稼業の臭いがしみついていたし、いざ執筆を開始したら彼女はとことんそれに打ちこんで日常生活はおるすになってしまうからだった。彦坂がいるうちはまだいい。食事の支度から掃除洗濯にいたる家事雑用のすべては彼が引受けていたのだから。その彼が出稼に行く春から秋にかけては、どうしようもない。いや、彦坂がいるときでも、その彼に白井愛は家事など放りだして執筆作業に協力することを求めたのだ。

「山ノ湯」というなんの変哲もない名を持つこの宿を見つけたのは幸運な偶然によってだった。この宿は、のちに猿たちの入浴で有名になった地獄谷への山道をそれた深い森のなかにあった。普通の民家とさして変らない二階建ての木造家屋で、かつては美人の誉れ高かっただろうと思わせる上品な女将が、いかつい顔だが微笑の柔和な、左足をひきずるようにして歩く初老の男と、夫婦二人きりで切り盛りしていた。

行ってみてはじめてわかったのだが、この宿はむかしから文人墨客に愛されていたらしい。ここで執筆していた作家たちの遺墨や遺品がさりげなく置いてあった。夏目漱石、林芙美子、壺井栄などの名もあった。そういった「由緒」を、しかし、とりたてて宣伝したりはしていない。週末をのぞけば客の数は少なかった。

白井愛はすっかりここが気に入って、すこしでもまとまった時間がとれるとこの宿にこもって執筆に精を出すようになっていた。宿の夫婦もいろいろと便宜をはかってくれた。きまって提供してくれた奥座敷の窓の外は雑木林で新緑や紅葉の時期にはことのほか美しかった。ふと目をあげるとカモシカがじっと覗いていることもあった。

八六年の一〇月二一日から一一月一日までも、白井愛はこの宿にこもっていた。彦坂もこの年は出稼を早めに切りあげ、二日遅れで合流した。双方とも自分の仕事をかかえていたので、部屋は別々にとって、食事や共同作業のときだけ合流した。白井愛が書いていたのは、もちろん、のちに『悪魔のセレナーデ』としてまとめられることになる詩の原稿であり、一方、彦坂のほうは、「ある無能兵士の軌跡」第二部の上下巻と別巻の再校をやっていた。仕事が一段落すると、志賀山に登りその周辺を散策した。このときの滞在が比較的短かったのは、白井愛が、一一月三日には手術後の検診を受けに癌研病院に行かなければならなかったからだ。

この日、病院へ行った帰り池袋の「西武コピー」で「石たちがあまりにまじめなので」をコピーしている。六日には『図書新聞』の大輪編集長から鈴木道彦『異郷の季節』の書評を依頼された白井愛は、彦坂に口述筆記させている。この方式もしばしばとられたものであった。まず白井愛が念頭に浮んだ言葉を口にする。彦坂がそれを筆記し文章を整える。それを白井愛が推敲する。それを彦坂が筆写し、白井が推敲し、といった手順をいくどか重ねて原稿を仕上げ、さいごにそれを白井が浄書する。

一一月一九日、手術後の「抜糸」。その後もしかし容易に恢復はせず、しばしば癌研病院に通いながら、一九八六年は暮れた。

翌一九八七年に入ると、白井愛の創作活動は一段と活発になっていく。創作の手順はこれまでと変らない。白井愛がまず原稿を書く。彦坂が浄書する。それに白井愛が手を入れる。それを彦坂が浄書し、白井愛が推敲し、といった過程をいくどもくりかえしながらしだいに完成していく。

この年の五月までは、ただ、彦坂のほうも「ある無能兵士の軌跡」第二部上下に別巻とを一挙に刊行するという大仕事をかかえていたし、出稼にも行かなければならなかった。この間にも、しかし、乗船する船の入港から出港までのわずかな時間をくすねては「山ノ湯」滞在中の白井愛のもとへかけつけ、いっしょに原稿をいじったりはしている。

とはいえ、それはあくまでくすねとった時間にすぎず、本格的に共同作業を始めるのは出稼ぎシーズン終了後の一〇月一九日のこと、それから二七日までの九日間ぶっとおしでやっている。二八日には、すばらしい秋晴れの一日、蓮池から木戸池を経て志賀山にいたる道を散策。紅葉がみごとだった。「泥の小舟の船出に陽が笑いかけた」のだと彦坂は日記に記す。

三〇日には、長野に出て、完成原稿を二部コピーし、一部は赤松清和に送った。一一月七日、罌粟書房で「広陵印刷」の松本社長と会い、同社に制作を委ねた。

特記しておきたいことが二つある。一つは、印刷にまわす以前に「私家版」とも言うべき和綴じの本を七部ほど作ったことだ。その一部がいまわたしの手元に残されてある。ほかの六部は読んでくれそうなひとに贈った。だれに贈ったのかについては、記録もないし記憶にもない。大西巨人と平野甲賀に贈ったことだけはおぼえている。

これは、Ｂ４の用紙に彦坂が精魂こめて筆写したものをコピーし袋とじにしたものだ。「詩」の部分には、白井愛がいろんな色の鉛筆で縦横無尽に曲線を描いている。絵ではない。ただ曲線を錯綜させているだけだ。

ほとんど落書に近いものだが、いま見ると、その詩にぴったりしていて味わいぶかい。

もう一つは、本の装幀を依頼した平野甲賀のことだ。このひとと出会ったのは『あらゆる愚者は亜人間である』のときだった。本書の「第一章」では記してなかったが、じつは、装幀をたのみたくても、すでに令名が高かったこのひとにふさわしい謝礼を支払う力など罌粟書房にはなかった。ままよ、あたってくだけろだとばかり、白井愛と彦坂は平野甲賀のもとを訪れた。さんざん迷ったすえようやく探しあてたその陋屋をとりかこむ空間は、そこだけが周囲の俗界から孤絶して、晩秋の夕日に映えていた。

平野は、謝礼の額など度外視して無名の一作家のたのみを快諾してくれた。このひとへの感謝の念は終生消えないだろう。このとき贈ってくれた表紙の絵は、本誌『戦争と性』二五号所載「亜人間の誕生」のタイトルの下に置かれている写真からその卓抜さを知ることができる。

以来、白井愛の本が出るたびにこのひとはその装幀を引きうけてくれていた（『悪魔のセレナーデ』まで）。彦坂諦のシリーズ「ある無能兵士の軌跡」の装幀もこのひとが手がけてくれたものだ（『ひとはどのように生きのびるのか』『総年表・ある無能兵士の軌跡』を除く）。これらの作品はいずれも平野甲賀の著書のなかに収録されている。

その平野甲賀に、この『悪魔のセレナーデ』のばあいにはとりわけ存分に腕をふるってもらった。先ほど言及した彦坂の手書に白井愛が落書した私家版を読んでくれたうえで、彼は、悪魔の語りの部分と、それに応えて配置されている詩の部分、さらに「きまじめな石の国のおはなし」の部分とは、それぞれちがった色のインクを用いることにしようと言いだした。

まず、悪魔の語りには「金赤」（「ブロンズレッド」、あざやかな黄赤）を、詩には「墨色」を、「おはなし」には「利休鼠」を使うことになった。本文用紙もこれに照応させてごく薄い「クリーム色」にした。表紙のデザインは、これを受けとった彦坂が思わずロシア・アヴァンギャルドですね！と叫んだように、絵ではなく、練色（薄く黄みがかった白色）の地に黒文字だけの、まさにこのひと独特の、文字の力を最大限に生かしたものだった。これにあわせて、ハードカバーではなく、深い折り返しのソフトカバーにして「グリシン（セロファン）」を捲くことに決めた。

これには「広陵」の松本社長がひどく抵抗した。金も時間もかかるからだった。当時、グリシン捲きをやっている製本屋は都内に二社しか残ってなかった。過密なスケジュールのなかに割りこむしかなかったし、手作業でしかできないから工賃もかさむ。なんとか松本社長を説得できはしたが、その後も装幀者からの指示を現実化するのは並大抵の苦労ではなかった。

一九八八年三月二二日、朝一番で、カバーについての「もうすこしインクを硬くして、圧を強く、面がてからないように、粉っぽく。オフセット的ではなく活版ぽく」といった最後の指示を「広陵」に伝える。刷版づくりに終日かかるので、刷りだしは翌日の午前中からということになった。

そのあとがたいへんだった。細かい事実をいちいち報告しても退屈なだけだろうから、ことのしだいをかいつまんで述べるにとどめよう。

この最後の過程には彦坂が現場で立ち会った。刷りだされてくるものを「一折り」ごとに検品していったのだ。装幀者からの指示はむつかしいものばかりだったから、満足な仕上がりになるかどうか、心配でたまらなかったのだ。

はたせるかな、最初の二、三折りで早くも刷りむらを発見し、刷りなおしを要請しなければならなかった。その後、いくどもおなじことがおこった。現場の状況を知る身にとって刷りなおしを要請するのはつらいことだったが、白井愛のこの本だけは、なんとしてでも悔いの残らぬものに仕上げたかった。わたしは現場を離れることができなくなり、ほとんど徹夜でそこにいすわる羽目になった。

こういった不備が生じたのも、じつは、先に触れた「国鉄分割民営化」を契機に急速に進行していた労働モラルの低下とかかわりがなくはない。しかもそれは、下積の零細企業にあっては、まさに、倒産寸前の経営難と密接にからみあってもいたのだ。

「広陵」はスーパーやラーメン屋のちらしなども手がけなければならない零細企業だったから、そういったすぐに金になる仕事にはとびつく。その分だけ、しかし確実に、本業のほうはおるすになってしまう。「広陵」から印刷を発注された先もまたこれに劣らぬ自転車操業の零細工場であったから、低賃金の「外国人労働者」をこきつかう。いきおい、技量の点でも労働意欲の点でも問題をかかえこむ。現に、わたしが現場で立ち会ったときそこで働いていたのは、日本語もまだおぼつかないバングラデシュからの出稼ぎだった。

三月二七日午後三時、最終検品。まだ刷りむらはあったが、これ以上の刷りなおしは事実上むりだと判断して「目をつぶる」ことにした。

一九八八年四月六日、数々の苦難ののち、ついに見本の百冊が罌粟書房に搬入され、さっそく、献呈用と予約直販用の発送にかかった。

その一週間後、創樹社（罌粟書房刊行の書籍の発売元）倒産確実との情報が入ってきた。翌日、罌粟書房社主内村優と協議、在庫本の一部を、当時彦坂が住んでいた公団の賃貸住宅二ＤＫの一室に疎開することに決めた。

■補遺１■

「掃きだめの鶴」が印刷されたのちも、白井愛はこれに手を入れつづけた。冗漫にすぎると感じたからだ。つぎに掲げるのはその最終稿である。とはいえ、もし彼女の死によって中断されなかったなら、この改稿作業はもっとつづいていたかもしれない。

掃きだめの鶴にむかって
掃きだめの塵に芥に埃に屑が　忠告した
──おたくのような　にせもの　は
　掃きだめにでも　行かれたらどうですか
──おたくのような　にせもの　には
　掃きだめのほうが　快適ですよ
──ここは　われわれ　ダイヤにヒスイにルビーにサファイアが
　燦を競《きそ》る　殿堂です
──ここは　われわれ　ダリアにバラにボタンにシャクヤク
　百花繚乱の園　ですからね
掃きだめの鶴は　しずかにわらって　聞いていた
掃きだめの塵に芥に埃に屑は　やむなく　鶴の追放を決議した

掃きだめの鶴には　じつは　もう　行くところがなかった
掃きだめの鶴は　どこもかしこも掃きだめなのを知っていた
けれども　掃きだめの鶴は飛び立った

　大空にむかって
　光　にむかって
　風　にむかって
　自由にむかって
　虚無にむかって
　歓喜にむかって

掃きだめの鶴は飛びつづけた
怒りの重さゆえに　かろやかに
疲労の重さゆえに　快活に
掃きだめの鶴は飛びつづけた
年老い
疲労困憊し
よたよたと
よろめきながら
　大空にむかって
光　にむかって

　風　にむかって
　自由にむかって
　虚無にむかって
　狂気にむかって

とつぜん
掃きだめの　卑しい悪意　が
この世の悪意のありったけが
襲いかかって
鶴を　掃きだめにたたきおとした

死んでいる　にせものを　見て
掃きだめの塵に芥に埃に屑　は
かれらの信念の勝利
かれらの生の　勝利
かれらの　とうぜんにとうぜんの勝利
を　とうぜんの満足をもって
確認した

そして
自分を掃きだめの鶴だと思いこんだにせものの
あわれな頭　を
せせらわらった

そして
掃きだめの鶴に仮託したこのうたの
臆面もない　自負心を
石の沈黙をもって　わらった

いや　こんどばかりは
石までが　いっせいに口を開いた
——このうたは　貴族主義の高みから
　おれたちを　軽蔑してる！
　われわれを侮蔑するにせものに　死を！

にせものは答えよう
——掃きだめを追われて
　ひとは
　掃きだめの鶴となるのだ
　恥をすら　驕りに　変え
　驕りのほかには
　身に寸鉄も帯びぬ鶴となるのだ

■補遺2■

現実はコウダカラ　白井愛

時代の声（催眠術師たちのコーラス）

いっさいの価値が相対化されたこんにち……
自由　解放　革命……といった　あらゆる
大いなるファンタジーが雲散霧消したこんにち……
亡霊の声（かすかに　地底から）
　序列　統制　管理　臣従　阿諛　追従……といった
あらゆる陰気な現実が価値の王座に返り咲いたこんに
ち……
　卑しいものが勝ちほこり
いゝ、いゝ、いゝ、いゝ、
いちばんましなものがいびりぬかれているこんにち
……
　無数の現実ハコウダカラ主義者たちが　時代の声にお
じぎしながら登場
現実ハコウダカラ主義者たちの合唱
　現実ハコウダカラ
キビシイノダカラ
なに恥じるところなく
ぼくらは強きものの前にひれ伏し
卑しいもの
いつわりのもの
安易なものに九拝する

現実ハコウダカラ
キビシイノダカラ
心やすらかに

ぼくらは弱きものに石つぶてを見舞い
危険なもの
貴いもの
真なるものを十字架につける

ぼくらは信じるから
そうしたら
さあ　十字架から降りてもらおうか

一円の価値でもあるといいたいんなら
あなたの狂気に
しるしを見せてもらいたいですね
いゝ、

いゝ、
しるしを見せたらどうなんですかね
一言半句の讃辞でも！
たった一人の読者でも！

こんな本　読む気しないって
みんな言うんですよね
マスターベーションにすぎんてことだね

現実ハコウダカラ
キビシイノダカラ
無垢な心で

ぼくらは金になる思想を拝み
金になるフィーリングに共感し
金になる物語に感動し
金になる人格を敬愛し
金になるこの現実と情交する

現実ハコウダカラ
キビシイノダカラ
異端審問官の信念をもって
ぼくらは鉄の大釜に投げ入れさせ
地獄の炎で焼き殺させる
金にならない異端の本を
時代と結ばぬ精神を
おじぎしない狂人《きちがい》を

現実ハコウダカラ
キビシイノダカラ
良識の声の命ずるままに
ぼくらはイエスを殺した
ソクラテスもレーニンも殺した
ゴッホを　ゴーギャンを　ニーチェを
その他　有名無名の狂人《きちがい》を殺した

現実ハコウダカラ
キビシイノダカラ
つましい心で
ぼくらは戦争反対の狂信者を殺した
そのあとぼくらは戦争に召され
弱きものを殺し
弱きものとして殺された

殺されても
殺されても
ほろびるぼくらじゃない
殺されても
殺されても
ぼくらを殺す強きものをぼくらは愛する

卑しいもの
いつわりのもの
いいかげんなもの
世に勝ちほこるものをぼくらは愛する

現実ハコウダカラ
キビシイノダカラ

（詩集『悪魔のセレナーデ』九〜一六ページ）

第五章　珍獣の船出

激動の一九九〇年

こんな事態になろうとは予想していなかった。罌粟書房の存続が不可能となったのである。常識的な表現によれば「倒産」したというところだろう。だが、どうもぴったりこない。かなりあとになってからの話なのだが、「れんが書房新社」が倒産寸前に追いこまれた。そのときは、白井愛もわたしも必死になってくいとめようと努力した。じっさいにはなにもできはしなかったのであるが。そういったむちゃくちゃな奮闘ぶりを、罌粟書房の消滅にあたって見せたという記憶もないのだ。

このできごとにかかわる事実がわたしのメモに記されるのは一九八九年一二月六日のことだ。ここに「『蛇蝎のバラード』売りこみのための手紙を白井順氏宛に書く」とある。してみると、この時点ですでに罌粟書房から出版できる見こみがなくなっていたということだったらしい。

白井順は、当時「白順社」から出ていた雑誌『CAHOOTS』の編集責任者で、自身も書き手だった。この雑誌のことはあまり知られていないようなので、つぎに編集部による「投稿募集」の一部を引用しておこう。

（……）すべての栄養不良の現代理論を、大いなる幻想・大ブロシキ・「イデオロギー的仮説」の混沌の中に、もう一度、投げこんでやらねばならない。大ボラ、妄想、反動、夢想、科学、イデオロギー的仮説、偏愛、執念、無益……。いずれが生きのびるか？　足場となり得るか？　今は等価だ！

あらゆる極端な観念を「CAHOOTS」は歓迎する。

『カフーツ』というのはアメリカの俗語で「ぐる」という意味らしい。辞書には in cahoots（ぐるになって）とか go cahoots（山分けする）といった用例が載せてある。

白井愛は、白井順から依頼されてこの雑誌に長編詩「蛇蝎のバラード」を寄稿している。この掲載誌の発行の日付は奥付によると一九九〇年一月三〇日であり、『カフーツ①』と記してあるところを見ると、どうやらこれが創刊号であったらしい。

あらゆる歴史的事件が急速にひとびとの記憶から消えていくこんにち、一九九〇年という年が人類にとってどういう意味を持っていたかを記憶しているひとも多くはないだろうから、その前後になにがおこっていたのかだけでも素描しておこう。

五年前の一九八五年、ソ連邦共産党書記長にミハイル・ゴルバチョフが就任して「ペレストロイカ（つくりなおし）」と呼ばれる大改革をはじめた。翌八六年、ウクライナ共和国のチェルノブイリで原子力発電所の炉心熔融（メルトダウン）による大爆発事故がおこった。この年の秋アイスランドの首都レイキャヴィックで翌八七年にはワシントンでおこなわれた米ソ両首脳（ゴルバチョフとレーガン）会談によって、東西冷戦の時代はおわりをつげた。前後して、ソ連軍はアフガニスタンから撤退した。

一九八八年、かつてスターリンによってなされた、ユーゴスラビア共産党のコミンフォルムからの追放について、ソ連側が正式に謝罪した。いわゆる「東欧民主化」のきっかけをつくったと言われている。

翌八九年にはこの「民主化」の波が「東欧」全体にひろがっていく。二月にはハンガリーで共産党一党独裁体制が廃止された。六月、ポーランドの上下両院選挙で「連帯」が圧勝した。中国では「天安門事件」がおこる。一一月、チェコスロバキアでも無血革命（「ビロード革命」）がおこり、共産党一党独裁体制が崩壊した。「ベルリンの壁」が破壊された。一二月、ルーマニアでチャウスシェク独裁政権が倒された。『カフーツ』が発刊された一月末の段階では、バルト三国（エストニア、ラトヴィア、リトワニア）の最高会議がソ連からの分離独立宣言を採択したことも、当のソ連で複数政党制が導入されゴルバチョフが大統領に選出されたことも、ましてその翌年の反ゴルバチョフ・クーデタが契機となってソ連邦そのものが消滅するにいたることなども、まだわかっていなかったはずだ。とはいえ、時代の流れがその方向へ動きだしていることは感得されていたにちがいない。

このような世界情勢の動きに白井愛が敏感に反応しなかったわけはない。彼女は一九八〇年代ニッポンの政治経済社会の動きを正確につかみ諷刺する詩を書いているのだ。しかも、この彼女の関心のありようは、俗情との結託を峻拒していた。

ここに寄稿された詩の大部分は、けっして、共産主義体制に対する自由主義体制の勝利だとか、専制に対する自由の勝利だとかいった「良識」にくみしてはいない。そうではなく、人類が長いあいだ夢見てきたユートピアが実現できたと心底よろこんだのに現実には裏切られつづけてきたひとびとの側に身をおき、この夢の無惨な崩壊をわがこととしてとらえ諷刺しているのだ。

「株式会社ガチョウの園総裁のうた」で諷刺されているのは、ほかでもないわたしたちのこの国だ。「憎むべきブルジョアジーのまえに／収奪と侵略の帝国主義のまえに」ひざまずいて「経済援助」を乞う羽目におちいった「社会主義の赤鬼ども」に「ガチョウマネー」を貸し「ガチョウの経営テクノロジー」や「ガチョウ式人事管理のノウハウ」や「コンピューター制御の無人工場」を「無償」で「供与」し、「荒野の石をパンに変え、ガチョウの幸福」を「分かち与え」たのだと豪語しているこの国のありさまだ。

「赤鬼さんのお国には……」では、「苦悩を見つめる苦悩」や「絶望をみつめる絶望」がある「赤鬼さんのお国」と「苦悩にそっぽむく繁栄」や「絶望を憫笑する幸せ」がある「わたしたち人間の国」とをするどく対比させている。
「葬送のうた」については、ほんの一部だけだが、ぜひ引用しておきたい。

百年まえ　あなたは書いた、
かつて精神は神であった
やがて精神は人間になった
いまでは精神は愚衆にさえなる。
ぼくらは　いま
誇りをもってつけくわえるよ、
精神はもはや産業廃棄物である。

ニーチェさん
あらゆる価値の価値転換を
たしか　あなたも　叫びましたね、
あなたの時代にさからって、
あなたの時代の
完璧な侮蔑と黙殺のなかで
孤独と狂気　道づれに。

そっくりおなじことば

あらゆる価値の価値転換　を
ぼくらは　いま
時代とともに叫んでる。
でも　それは　ほかでもない
あなたを、正確に言えば
あなたともう一人　あなたの同時代人を、
もう一度　殺すためなんだ。
批判精神だの　反抗の精神だの
強靭な　自由の精神だの
階級闘争だの　といった
有害無用の長物　に、念のためもう一度
とどめを刺そうってことなんだ。

（『CAHOOTS 1』一七二〜一七三ページ）

ここで「あなた」と呼びかけられているのがだれなのかは、あえて、特定しないでおく。ここで「ぼくら」と書かれている者たちのふるまいは『悪魔のセレナーデ』の巻頭詩「現実はコウダカラ」と照応する。「ひとりぼっちの謝恩会」と題する長編詩は、まさに、社会主義社会の創造から崩壊までの歴史を、権力とは無縁であったひとりの人間の視点から叙述したものだ。この詩の大部分はその後棄てられたが、「二」の部分の一部は、まさにこの詩の真髄が結晶したような短詩に変えられ「生きる」と改題されて、『悪魔のララバイ』に収められている。この詩のほうを引用しておこう。

賛歌（ＣＭふうに）

ぼくらは突入した
ハイテク情報化　マネー天国
前人未踏の無限の宇宙
旧思考の星雲けちらして

叛歌

引きずりこまれた、否も応もなく。
強姦された、
手足をじたばたさせたけれど。
いやだいやだとわめいたけれど。

わめいたのは　でも　たった一人　だった？
みんなは　こう　嗤うだけ、
おまえは楽しまなかったとでも言うのかい！
楽しんでないと言えるのか！

わたしは刺していた、
上にのしかかっているこの男
おまえを　おまえたちを。

胸底深く秘してきた白刃抜きはなち。
ほとばしり出たのは
でも　わたしの血、
息絶えようとしてるのは
そして　わたしの心臓。

わたしは生きる、
さからって　さからって。

（『悪魔のララバイ』一七七〜一七九ページ）

『カフーツ』に掲載された白井愛の詩のすべてを引用したい誘惑に駆られる。しかし自制しておこう。これらの詩の大部分はその後どこにも再録されていない。『悪魔のララバイ』に収録されているのは、いま挙げたもののほかに「真実とかいう名のつれあい」と「罠」と「蛇蝎の踊り」の三編だけだ。あとの二編はほとんどそっくりそのままだが、「真実とかいう名のつれあい」は後半がばっさり切りおとされている。

白井愛がこの雑誌への寄稿を依頼されたのは一九八九年の六月八日、締切は八月末だったが、このときすでに「蛇蝎のうた」というタイトルのもとにまとめられることになるいくつかの詩は書かれていた。いや『悪魔のララバイ』としてまとめられることになる詩もあった。

一九八八年八月二九日、わたしは信州上林温泉「山ノ湯」に逗留中の白井愛のもとにかけつけた。この年の出稼ぎは早くはじまり現地で転船をくりかえした（一船の積荷役を終えたのち他船に移ってその船の積荷役を仕あげるのを「転船」と称していた）ので、八月二六日には早くもノルマを完遂してシーズン終了となっていたのだ。

この日のメモに「『悪魔のララバイ』を読む」と書いてある。してみると、もうこの時点で作品はほぼできあがっておりタイトルも決まっていたのだろう。

その翌日には「原稿の筆写にかかる。筆写しつつ修正案を記入していく」とある。白井愛とわたしとのいつもの共同作業がはじめられていることがわかる。もうひとつ、この時期にはまだワープロが使われていないこともわかる。すべて手書きなのだ。九月二日には、わたしの修正が白井愛の気にいらず、これまた恒例の「言いあい（激論）」が展開されたようすが記されている。

とはいえ、じっさいにこの詩集が出版されたのは一九九一年の七月五日だ。いまのべた時点つまりもはや完成かと思われたときから公刊されるにいたるまでにはほぼ二年もの歳月がある。このあいだに、じつは、さまざまなことが生起していたのだ。

出してくれるところがなくなった

なによりも大きなできごとは罌粟書房の消滅だった。一九八八年九月二四日のわたしのメモに、創樹社の米田氏と会って今後の相談に乗ってもらったと書いてある。この時点ですでに創樹社の経営状態はあぶなくなっていたのだ。親亀がこければ子亀もこける。罌粟書房は創樹社に「発売元」を依頼していた。独力で「日販」や「東販」といった「大取り次ぎ」と取引する力はなかったからだ。当時、読者のもとに本を届ける手段としては書店の店頭に置いてもらうことしかなかった。その「流通」を独占していたのが「大取り次ぎ」であったのだ。

一〇月一六日付のメモに「内村君を招いて夕食会。彼の関心はもはや本づくりにはないようだ」とある。「内村君」とは罌粟書房の社主。この彼がこの時点でどうやら本づくりへの情熱すら失っていたらしいことがわかる。

この問題に関する言及は、以後まったく見られず、いきなり冒頭で引用した『蛇蝎のバラード』売りこみの手紙を書いたという記事（一九八九年一二月六日）に飛んでいる。このあいだに、しかし、白井愛と彦坂諦との身辺にはさまざまなできごとがおこっていた。

一一月、白井愛は徳島文理大学の学生たちが出している雑誌『徳香文』の五号に詩を寄稿している。タイトルは「自然に捧げる嬉遊曲」で、「わが世の春――人間さまの愛のうた」「夏の終り――わたしの愛のうた」「秋がきてから――もうひとつの讃歌」「冬の日のたわむれ」の四編からなる。この四編はすべて『悪魔のララバイ』に収録されたが、完膚なきまで改稿されている。

これら一連の詩は、当時はまだほとんど問題にされていなかった地球環境の破壊をテーマにしたものだ。たとえば、「わが世の春」の書き出し「人間は　ついに　きみを征服した／征服したつもりになった／女を征服したつもりの男のように。／人間は　そして　きみを囲った、／きみを　週末の愛妾にした。」などはじつに鋭い諷刺だ。じっさい、あのころすでに自然破壊はすさまじい勢いですすんでおり、残されたのはわずかに「なになに公園」だの「なんやら自然歩道」だのといったまさに「囲われた」自然だけになってしまっていたのだ。「夏の終り」ににじみでているワレモコウやリンドウやミズゴケ、モウセンゴケへの、とりわけワタスゲへの白井愛の愛の深さに、わたしは彼女とともに歩きながらいくたび瞠目したことか。急速に成長して襲ってきた台風の先駆けに襲われて山肌にへばりついていたとき目の高さに咲きみだれていた「きみ」とはチングルマの花だ。栗駒山でのことだった。「冬の日のたわむれ」に出てくる「朽葉」への愛！　一枚また一枚と拾いあげてうちにかえったことがいくたびあったことか。

明けて一九八九年の二月一一日、わたしは「戦争を許さない松戸市民の会」の集会で講演しているのだが、このとき話したのは、もっぱら、シュテファン・ツヴァイクが『権力とたたかう良心』でとりあげているカステリオンのたたかいについてである。白井愛の示唆があってなしえたことであった。

つづいて、二月一八日、わたしは「日曜クラブ」で講演している。「日曜クラブ」というのは故久野収が中心となって月に一度ひらかれていた「サロン」の名だ。声明を発したり決議をしたりといったことはいっさいおこなわず、ただ講師の話を聴いて語りあう、それだけの会だった。だから「サロン」。このような「サロン」が存続しえているかどうかが、その社会にデモクラシーが根づいているかどうかの指標でありうる、というのが久野の持論だった。

このときわたしは、死後まもない天皇裕仁について話している。その内容は「アイマイウヤムヤの象徴が天皇なのだ」というタイトルで「日曜クラブ」の会報に掲載され、のちに梨の木舎から出た『女と男　のびやかに歩きだすために』に収録された（同書一〇六〜一二三ページ）。

四月一日発刊の『朗読者』（これも徳島文理大の学生の雑誌）に、白井愛は「幽霊よ　たけだけしかれ――ゴーゴリ『外套』によせて」を寄稿している。この短いエセーの根幹は、この「世の中全体」を「たけだけしく嘲笑し、愚弄し、ふるえあがらせ」るような「傲岸不遜の幽霊」を待望するところにある。

一〇月一八日から一一月一四日まで、白井愛は信州上林温泉「山ノ湯」に滞在、この年の出稼ぎを終えたわたしも合流してともに執筆にはげんでいる。この期間に『悪魔のララバイ』というタイトルもその構成もほぼ完成し、わたしが持ちこんでいたワープロに入力しおえている。この時期にはもうワープロを使っていたようだ。このとき同時に、わたしは、「ある無能兵士の軌跡」第三部の執筆にもとりくんでいた。

そして一二月一六日、冒頭で触れたように『蛇蝎のバラード』売りこみの手紙を書く。

明けて九〇年の一月一七日、白井愛は『財界にっぽん』の編集者福原修からインタビューを受けた。彼については前回触れたのでくりかえさない。この異色の人物が編集部にいたおかげで、この時期の同誌はその名からは想像もできないような企画を実行している。このインタビューをも含む連載「日本女性群像」もそのひとつだ。このときのインタビューは同誌五月号に「百戦百敗のオプティミスト」というタイトルで掲載されている。エピグラフとして掲げられた「自分に逆らって考える、とサルトルは言いましたよね。私は、自分に逆らって笑いたいのです」という白井愛の発言とともに。

一月一七日、わたしは岩波の雑誌『世界』のための二度目の座談会に出席している。メンバーは前回とおなじ井出孫六と田中伸尚《のぶまさ》と彦坂諦。前回と今回とのあいだには天皇裕仁の死という「事件」があった。国内的にも国際的にも、井出の冒頭発言によれば、まさに激動と呼ぶにふさわしい変動があいついでいた。そのような状況のもとで「改めて天皇制を問う」のがここでの中心課題だった。これは『世界』三月号に掲載されている。

三月一四日から、白井愛は「瀕死の道化フランソワ・ヴィヨン」を書きはじめた。これはこの年の七月に「徳島文理大学比較文化研究所年報」に「諷刺と笑いをめぐる覚書（三）」として掲載されている。これら一連の文章がいずれも田島衣子の名で発表されているのは、白井愛としての創作活動と区別しようとする意志のあらわれだ。とはいえ、内容的には白井愛としての創作活動と密接なかかわりをもっている。

五月一一日、わたしのメモに「罌粟書房から本を引き取るための準備」とある。この時点で罌粟書房の消滅はすでに既成事実となっていたことがわかる。白井愛のメモにもわたしのメモにも、ここにいたる経過はちっとも書かれていない。いまにして思えば、二人とも蚊帳の外だったのだ。ほとんどなにも知らないうちに事態は進んでしまっていて、その結果だけを呑みこまされたにすぎなかった。

とはいえ、手をこまねいていれば、返品され在庫の山を築いていた本はすべて断裁されてしまう。わたしは決断した、すべて引きとることに。送られてきた本は、段ボールのまま、わたしの住んでいた賃貸住宅の一室に、何列にもわたって天井まで積みあげた。それでも収容しきれない分は、赤松清和の屋敷の倉庫を借りてそこに積みあげた。

罌粟書房は白井愛と彦坂諦の作品を出してくれる唯一の出版社だった。そこがなくなってしまった以上、白井愛にとっても彦坂諦にとっても、その作品はもはやどこからも出してもらえなくなった。わたしは、そこで、出してくれそうに思われた出版人あてに手紙を書きおくった。宛先は、岩波書店の安江良介社長（当時）以外はほとんどすべて小出版社のパブリッシャーだった。

どこからもことわりの返事がきた。作品の価値は認めるがこの出版状況では出すことができないとていねいな返事をよこしたところもあったが、形式的にことわってきたところもあった。返事さえくれなかったところもある。そのなかで「れんが書房新社」の鈴木誠からの返信だけはいちじるしくことなっていた。結果的にはことわられたのだが、その文面から、作品を真摯に読んでくれたことがはっきりと読みとれたのだ。

このことが機縁となって、白井愛の次作『鶴』は「れんが書房新社」から出されることになり、鈴木とのいまだにつづく交友がはじまるのだが、それについては次回にまわす。「径」書房の原田奈翁雄社長も懇切な返事をくれ、検討を約束してくれた。

岩波の安江良介社長からの返信も記憶に残っている。わたしたちのこの社会では、無名の新人が著名の士の紹介もなしに一流出版社の社長に手紙を書くこと、しかも、出版を懇願するのではなく、これこそ貴社で出版するにあたいする作品であろうと進言するなどといったようなことは、たぶん、前例のない無礼の所業であったにちがいない。にもかかわらず、安江社長はきちんと返事をくれたばかりか、編集部に検討を指示してくれもした（彦坂註――結果的には、他社で開始されたシリーズを引きつぐことはできないとして、断られはしたのだが）。

十月に入って「径書房」の原田奈翁雄社長から連絡が入り、以後いくたびかじかに会って話しあうなかで、おおむねつぎのような意向が示された。「ある無能兵士の軌跡」第三部は分量が多すぎるし「対談」の部分など冗漫にすぎるのでこのまま出版することはできない。が、このなかの「慰安婦」に関する部分を一冊にまとめることはできないか？　白井愛の作品についてはもうすこし検討してから返事する。数日後に、わたしはこの提案をほぼ受けいれ「慰安婦」について書くことにすると返事した。ただ、これを白井愛の詩作品と同時に制作して出すこと、という条件をつけた。

一九九一年の一月三一日、「径」に電話したら「原田氏は諾とのこと」と、わたしのメモには簡潔に記されている。『悪魔のララバイ』の出版が確定したということだ。二月一八日、白井愛をともなって「径」を訪ねる。白井愛はこのときはじめて原田奈翁雄と会った。「原田氏はなぜ反感をもったのか?」と、わたしは記す。つづけて「原田氏もまた『東京インテリ』なのだ。そして白井愛はやはり蛇蝎なのだ」とも。その翌日には、「だれよりも甘ったれていない白井愛に対して、甘ったれていると『東京インテリ』は言う。蛇蝎性への無知」と。「東京インテリ」とは赤松清和の罵言だ。

原稿はできあがっていたので、あとは最終ヴァージョンを確定するだけだった。三月四日の夕刻、「径」に出向き、白井愛と彦坂諦との原稿を同時に入稿した。彦坂の原稿は『男性神話』として五月二〇日に、白井愛『悪魔のララバイ』は一ヵ月半ほどずれて七月五日に刊行された。

彦坂の『男性神話』には予想外の反響があった。当時「慰安婦」問題を民族問題あるいは戦争責任の問題として論ずるひとはいたが、男の性に関する「神話」という視点から切りこんだものはほとんどなかった。それが男性の筆になるものだという点でも話題性があったのだろう。

六月一〇日の「毎日新聞」文芸欄には彦坂の写真入りでインタビュー記事が掲載され、八月三日には北沢杏子の主催するシンポジウム「戦争と性」にパネリストとして招かれた。松井やよりの注目も惹いたらしい。

前号でも触れた白井愛と彦坂諦との乖離が社会的事実となっていく芽はこのあたりに胚胎している。チヤホヤされて浮れていたとは思えないのだが、それでもやはり、わたしが「チャラチャラしている」と感じさせるようなところもあったにちがいない。

むろん白井愛は心から彦坂の「成功」をよろこんでくれた。しかしわたしのほうはすなおによろこぶことができなかった。なぜなら、げんに「径」書房自体の彦坂への称賛と白井愛への「差別」を実感していたからである。

彦坂諦は白井愛の思想を自分のものとして、自分の言葉で語った。しかしオリジナルが白井愛にあったことはまぎれもない事実だ。彦坂諦は、いわば白井愛の「使徒」としてそれを「祖述」しただけなのだ。にもかかわらず、「世間」はこの「使徒」のほうに拍手を送り、オリジナルのほうは黙殺した。

時期は前後するが、この間に白井愛が書いたもののうち、どこにも収録されなかったものについて、ひとことおぎなっておく。一九九〇年四月一日発行の『朗読者』に発表された長編散文詩「わがハレムの男たち」がそれだ。ずっとのちになって『狼の死』のなかに収録された「戦後民主主義」の原型はここにある。また「十五歳の／知恵たらずの／女の子」が彼女自身の「もっとも深いところで」出会ったサルトルと半生をすごしているうちに「絶対多数の日本人から隔絶した珍獣」になってしまい、この「珍獣」が「自由のたたかい」へと船出したとたんに「座礁」して、「べた凪」の「へどろの沼」の油にまみれていくさまは、『悪魔のララバイ』の第一部「氷原のカプリッチオ」の序詞ともいうべき同名の詩「悪魔のララバイ」として結晶している。

ちなみに、こういった白井愛のすがたを、わたしは、「わがハレムの男たち」が書かれたのとほぼ同じ時期に描きだしている。「父の遺産」という文章のなかでだ。これは、前年裕仁とおなじ時期に死んだわたしの父の追悼文集に寄稿したものだ（『女と男　のびやかに歩きだすために』に再録されている）。この文集には白井愛も「椿の道」という長編散文詩を寄せていて、その内容の大半はのちに「ナスターシア・フィリッポヴナ」のタイトルで『悪魔のララバイ』に収録されている。

この文章のなかで、わたしはまず、父が「かぎりなく誇り高い魂の持主」であったことを指摘した。読売新聞社編『20世紀はどんな時代だったのか――思想・科学編』によれば、核物理学研究者であった彼は、一九三〇年代のなかばに、当時主流であったニールス・ボアの「液滴模型論」に異議を唱え「殻模型論」を提唱したのだが、あまりに「早過ぎた」ために無視され「時流に埋没」してしまった。が、「四半世紀後の六三年」にドイツとアメリカの研究者が「同じ殻模型の業績」でノーベル物理学賞を受賞している。

この父はわたしに「物質的にはなにも遺さなかったけれど、精神的にはどうやらどえらい遺産をくれたようだ」と、わたしは書いている。ほかでもない「とほうもない誇り」だ。そして「そのとほうのなさは父のそれをはるかに上まわる」と、わたしはつづける、「この誇りは、あろうことか、この世であたえられるいっさいの評価を拒否した。自分の能力が、いかなる意味においても、他人によって判定されることを拒否したのだ」。このような魂が「この世の現実において無限の苦悩に焼かれないはずがない。私もまた焼かれたのだ。焼かれるあまり、屈服しかけていたのだ」。

そのわたしを救いだし「私たちを差別し抑圧するいっさいの力の根源そのものにたいする、根底的で終りのないたたかいの場へと誘い入れたのは、私とおなじように、いや私以上に誇り高い、ひとつの魂だった」。こうのべて、わたしは、その「誇り高い魂」の誇り高さについて具体的に語りだしている。この文章のなかに、あきらかに「わがハレムの男たち」からの引用と思われるところもあるのだ。たとえば、つぎのような部分。

「珍獣」は「べた凪のへどろの沼」であるこの国のこの時代とあくまで「格闘」しつづけるのだ。「空無を手に／空無を身に鎧い」。なぜなら「珍獣」は、「空無」以外のどのような武器も持っていないから。かぎりなく誇り高いこの魂は、いっさいの所有を拒否した。みんなが持っているもの、持とうとしているものを、あらゆる権威を、権力を、財産を。そして高らかに叫んでいる。

所有が殺したものを希望は創造する！
私は無だ、だから、すべてだ！

（『木蓮の花――彦坂忠義追悼文集』私家版・一九九二）

この「全身これ倨傲と化して」たたかう「珍獣」のこの「倨傲」と一体化することによって、はじめて、わたしは「不毛の自尊心」を乗りこえ、「この稀有の魂」とともに「終りのないたたかいに身を投ずることができるようになったのだ」と、わたしは告白してもいる。

珍獣から蛇蝎へ――『悪魔のララバイ』

この詩集は「前口上」と「後口上」とにはさまれた四部構成になっていて、第一部は「氷原のカプリッチオ」第二部は「ユモレスク」第三部が「自然に捧げる嬉遊曲」第四部が「氷刃の舞」というタイトルになっている。四つのタイトルのうち三つまでが楽曲名になっているのは偶然ではなく、これらの詩にこめられた白井愛の思いを表象する手段を模索しているときわたしの脳裡にひらめいたものだった。「嬉遊曲」だけは「ディヴェルティメント」といったカタカナ表記を排して漢字をつかったのも深慮のすえだ。

第一部は、「悪魔のララバイ」「真実とかいう名のつれあい」「恥」といった、わたしはどのようにして「珍獣」から「蛇蝎」に変身したのかといった個人史をたどる一連の詩ではじまり、「焦魂歌」「わらべうた」「わが弟ピエロ」といった、われとわが道化を狂おしく哄笑することによって、わたしに「手を触れぬよう／心をくばり」つつ「わたしを蛇蝎のごとく／忌みきらう」まことに「心やさしいひとびと」に刃をむけるインテルメッツォを経て、「蛇蝎のバラード」「蛇蝎の踊り」など、蛇蝎の「芸」を「ルサンチマン」であると批評した「蛇蝎の国を訪れる／さいごの／もはやただひとりの／人間」におろかにも「噛みついた」蛇蝎の「カプリッチオ」へとなだれこむ。

第二部「ユモレスク」には「一九八九・七―一二」という副題がつけられている。これは、ソ連邦の消滅がすでに予感され「東欧」ではなだれをうって共産党一党独裁体制が崩壊していった時期のことだ。その詳細については冒頭で触れたからくりかえさない。ここにまとめられた六編のうち、「罠」は、「正義」「信仰」「忠誠」「献身」「権力」「絶対」「自由」などなどといった「永遠の罠」におちるどころかはじめっからその罠のなかに坐っている「ぼくら」を鋭く諷刺しつつ、この第二部全体のトーンを規定している。「ロンド」と「資本主義讃歌」「ガチョウの国」「ナスターシア・フィリッポヴナ」とは「社会主義体制」の崩壊「資本主義体制」の勝利という「物語」を人間の生のありようの根底から諷刺している。「神隠し」という短詩のイロニーは痛烈にわたしたちを打つだろう。

収奪ということばが消えた
わたしたちの列島から

列島の農民が
田畑も
牛も
水も
魂も
まるごと
収奪されているときに
収奪ということばが消えた
わたしたちの列島から

列島の漁民が

海も
魚も
浜も
魂も
まるごと
収奪されているときに（『悪魔のララバイ』径書房・一九九一年・一〇五～一〇六ページ）

第三部「自然に捧げる嬉遊曲」としてまとめられた「わが世の春」「夏の終り」「秋がきてから」「映像のこちら」「はしゃぐ」「冬の日のたわむれ」そして「無一物」とは、タイトルそのものが象徴しているように、破壊しつくされようとしている自然に対する白井愛の深い哀惜と、残忍な破壊をほしいままにしている人間たちへの痛切な怒りとがこめられた詩の一群である。

さいごの第四部「氷刃の舞」には、「空無を手に／空無を身に鎧い」「全身これ倨傲と化して」たたかった「珍獣」が死んで「蛇蝎」となり「この氷壁の道／絶望を超えていく」さまをうたった六編（「生きる」「蛇蝎退治のコツ教えます」「径」「燦」「調和の時代」そして「氷刃の舞」）が収められている。

一冊の本となったこの詩集の完成度は高い。しかし、そこまでの道のりは平坦ではなかった。わたしの手許に、いま、いつの時点でのものと特定できる日付は記されていないが二つのマニュスクリプトが残されている。ひとつは白井愛の手書きの原稿を綴じたもので、彼女が愛用していた「伊東屋」の大型（B４判）四百字詰原稿用紙に書いてある。もうひとつはわたしがワープロで打ってB５判の用紙にプリントしたものだ。

白井愛の手書きのほうにはなおしの形跡がない。しかし、仔細に見ていくと、最終決定稿からはおとされてしまったものがかなりあるし、また、配列の順序もタイトルもかなりことなっている。こののちまた一段と推敲が重ねられていることはあきらかだ。

わたしのワープロ原稿のほうは赤字だらけだ。徹底的な加筆訂正のあとが見える。書きこんである字はわたしのものだが、わたしが独断でこのようなおしをするわけがない。すべて白井愛との激論のすえである。構成も、この時点では二部構成で、第一部が「一九八九年七月―一〇月、」第二部が「氷原のカプリッチオ」となっている。

ここからもうかがえるように、この詩集に収められた詩は、この期間に書かれた多数の詩のほんの一部だけであり、残った詩にしてもすべて推敲に推敲を重ねられて、なかには原型をとどめないほどになってしまったものもあったのだ。

こうした作業は、むろん、毎日のようになされており、だからとうぜんその場は赤羽台の白井愛の「陋屋」であった。わたしは、時間さえとれればそこへ通って共同の作業に従事しているし、千葉県船橋市小室町の公団住宅にこもって「第三部」を執筆しているあいだでも、ふと変更を思いついた白井愛から電話を受けると、すかさず、手もとのワープロにその訂正箇所を打ちこんでいた。ちなみにワープロは小室と赤羽台とにそれぞれ一台ずつおなじものが置いてあったから、フロッピーディスクに保存して持ちあるきさえすればいつでも訂正作業を続行できたのだ。

信州上林温泉の「山ノ湯」にこもって集中的に仕事したこともいくたびかあった。わたしが出稼ぎに行っているあいだは白井愛が単独で、わたしが暇になったらすぐに二人でこもって、作業をつづけた。八九年から九一年にかけては、さいわい、わたしの出稼ぎ仕事はきわめて効率よく短期間で切りあげることができていたから、「山ノ湯」にこもる時間はたっぷりとれた。長いときは一八日間も滞在した。十日や二週間ていどの滞在はいくどもあった。

邂逅と別離・その一——寺岡秀人のこと

前回は触れなかったが、『悪魔のセレナーデ』が誕生する時期に、白井愛は三人の友に出会っていた。そのうちの二人はこの本の栞としてはさみこまれている「罌粟通信」に名を残している寺岡秀人と加藤敦美であり、もうひとりは小林幹雄である。

寺岡秀人といつどこで出会ったのか、正確にはおぼえていないが、『悪魔のセレナーデ』の栞「罌粟通信」に「代償を支払い続ける覚悟と信念」と題する白井愛論を書いてくれているのだから、この「通信」の日付一九八八年三月二〇日以前に出会っていることはたしかだ。この文章で寺岡は『あらゆる愚者は亜人間である』から『キキ　荒野に喚ばわる』までをとりあげ、「自分の生を受け身で生きさせられることなく、自分の意志で選びとる」という姿勢こそが白井愛の作品を貫いているのだと指摘しいる。

この文章に感動したわたしは、この年の一〇月に刊行された雑誌『辺境』(井上光晴編集)の「本の特集—身近な本から時代を読む」のなかに彼の文章をむりやり押しこんでもらった(このとき寄稿を依頼されていたのは彦坂だけだったのだが)。この原稿執筆に協力することになって、はじめて、じっさいに彼と会ったのだった。

この寺岡との出会いは、まったくふしぎなめぐりあわせと言うほかない。彼は彦坂の『兵はどのようにして殺されるのか』にエピグラフとして掲げてある詩「現実ハコウダカラ」と「あとがき」に引用されていた「石たちがあんまりきまじめなので」を読んで衝撃を受け、「出典」と記してあった白井愛『ひとりぼっちの悪魔』を探しもとめてあちこちの書店や古本屋や図書館をめぐり歩いたが見つけることはできなかった。

むりもない、これは幻の詩集だったのである。じつは、「ある無能兵士の軌跡」第二部『兵はどのようにして殺されるのか』を入稿する時点で、寺岡がここに挙げている白井愛の詩は書きあげられてはいたものの、まだ手稿でしかなかったし「現実ハコウダカラ」というタイトルもつけられてはいなかった。だが、一読して感動したわたしは、ぜひこれを使わせてほしいと白井愛を説きふせた。白井愛の存在をなんとしてでも世に知らしめたいという欲求もあった。引用するには「出典」を明記する必要がある。そこでひねりだしたのが『ひとりぼっちの悪魔』なるタイトルだったのだ。

一方、「石たちがあまりにきまじめなので」のほうは『悪魔のセレナーデ』に収録したときには「石のうた」というタイトルとなり、キ・キ・キッシー原詩の白井愛による翻訳という形になったし、「わたしは知らなかった／きまじめな石は　生命《いのち》を賭けない」ではじまる六行がつけくわえられている。わたしが『兵はどのようにして殺されるのか』の「あとがき」に引用したのは、これ以前の稿である。これを書きおえた時点で、きまじめであることにとことんうんざりしていた、いや、わたしたちの生きるこの時代に絶望していたからだ。この世界の「理不尽さの壁」につきあたって、どうしてきまじめでいられよう？　欺瞞というものはもともときまじめな顔をしているのではないだろうか？　だからこの詩を「あとがき」のなかにとりこんだのだった。

この寺岡は、また、白井愛の『あらゆる愚者は亜人間である』のなかの「メモのプロローグ」を読んで「ふたたび唖然とした」と、『辺境』に寄稿した「魂の無限への飛翔――白井愛『悪魔のセレナーデ』によせて」のなかで書いている、「彦坂諦がみずからの作品で読者あるいは自分自身に問いかけたもの、さらには、彦坂諦をしてあの大作に向かわしめたもののすべてが、おどろくべき密度に凝縮されて、そこにあったのだ」。

この時点ですでに寺岡がことの本質をここまで洞察しえていたことに、あらためて感銘しないではいられない。ここで寺岡が指摘しているこのことこそ、その後のわたしがくりかえし世につたえようとしてつたええなかったことなのだ。

ここでもういちどはっきりと言っておくが、彦坂の仕事のすべては白井愛の創作の解説なのだ。むろん、それが真正の解説でありうるためには、彼自身の真実がそこに付与されていなければならない。その営為を彼はなしえているとすくなくともいまわたしは思う。

すこしちがった言いかたもできるかもしれない。白井愛と出会うことによってわたしはわたしになることができた。彼女がいまのこのわたしを創ったのだ。むろん、なにもないところからではない。このわたしのうちに潜在していたわたしを白井愛が顕在化したのだ。彼女にもし出会わなかったなら、わたしは、みずからのうちに潜在していたこのわたしに気づかないままであっただろう。よし気づいたとしても、それは、そうとうのちのことになっていたにちがいない。

にもかかわらず、世のひとびとは、彦坂の「解説」を称賛し、白井の創作を無視した。なぜか？　そこのところが、これまでもすこしは触れてきたと思うが、白井愛と彦坂諦とのあいだでくりかえし問題とされてきたし、ときには深刻な亀裂を両者のあいだにもたらす原因ともなったのだ。

寺岡が引用しようとしていたところを、あらためて、わたしも引用しよう。

現在のこの状況を、過去のわたし自身がおこなった無数の選択の総決算としてもう一度内側から捉えなおしたい、すべてはわたしが欲したものでありすべてがわたし自身から出ているのだということを再確認したい、このいらだたしい欲求がわたしにペンを握らせたのだ。

すべてがごく自然に、自然な秩序のように定着し、かれら人間はむろんそう信じているし（それ以外のことをかれらが想像だにしえようか！）、わたし自身にすらそう見えはじめている。現在のわたしにはもはや無縁で無意味ですらあるわたし自身の過去の、この帰結を、わたし自身が欲したこの帰結を、ぼんやり受け身に生きさせられるなんて、そんな結末だけは、しかし、断じて受け入れることができない。この現在をなんとしてもわたし自身の手にとりもどさなければならない。これこそかつてわたしが欲したものでありいまも欲しつづけているのだということをわたし自身にあきらかにしなければならない。

（白井愛『あらゆる愚者は亜人間である』）

寺岡のこの白井愛論には彼自身のすべてが投げこまれている。息ができない、生きられない状況のなかでもがいている彼自身が、その生きられなさのなかから、おなじようにもがいているとりわけわかいひとびとへ訴えかけているのだ。

（……）この詩集を、若いひとたちに、とりわけこの社会で蜿《もが》いているひとたちに、ぜひ読んでほしい。傷ついた「掃きだめの鶴」が憩《やす》んでいる情景の美しさ、透明さは、息をのむばかりだ。「風とたわむれ／水とたわむれ／光とたわむれ」「たわむれとたわむれる」魂が、無限の飛翔へと向かい、言葉となって反射している。

これ以上前に進めない、転落しようがない、そのなかで跪《もが》いているひとよ、白井愛はその彼方から（それは彼女がみずからのたたかいでかちとったものだ）、光りを投げかけているのだ。うちひしがれているひとよ、白井愛の魂はきっとあなたの心にとどくはずだ。誰もみんな、ひとりではない。白井愛もまたみんなとおなじように蜿《もが》き、苦しんでいる一人なのだ。そのなかで彼女は自分とたたかい、社会とたたかい、みずから流した血を言葉にかえたのだ。その結晶が『悪魔のセレナーデ』である。この詩集を頭で理解するのではなく、心で感じてほしい。そのときこそ、はじめて白井愛の魂とあなたの魂がふれあうのだ。

寺岡はいまどうしているのだろうか？　もう遠いむかしのことになるのだが、「She is Rain.」という英語のタイトルをつけた小説が送られてきて、きちんと読後感を送らないでいるうちに、彼は消息を絶ったのだ。もともと病身だった。あとどれほど生きられるのかわからなかった。その彼は、いま、生きているのか、いないのか？

邂逅と別離・その二——加藤敦美とのばあい

加藤敦美と白井愛がどこでどう出会ったのかについてもわたしの記憶ははっきりしていない。気がついたときにはもう熱烈な手紙がやつぎばやに送られてくるようになっていた。それらの手紙の一部が、先に挙げた寺岡の文章とともに、『悪魔のセレナーデ』の栞に転載されている。「超一級の詩を読ませていただきました」と、加藤は書いた、「こんなに血を流している詩を、私は見たことがありません。強いて言えば、コトバにからめとられて唖になった幼な子が流す苦悶の涙が、ただそれだけが、辛うじて匹敵するのではないかという、痛烈な感動をもちました。キリストが、わたしだと思えと弟子たちに申しわたした、あの幼な子です」。

この手紙の日付は一九八七年五月二三日だ。この時点ではまだ『悪魔のセレナーデ』は出ていない。白井愛の詩に接する機会は、彼自身が記しているように、彦坂の『兵はどのようにして殺されるのか』(一九八七年五月一日刊)のなかででしかなかった。

それにしても、寺岡と加藤とが二人ともわたしのこの本によって白井愛に出会っているのだということを、こんかいこの稿を書くにあたって発見したことは、わたしにとってもおどろきだった。あの詩をぜひとも使わせてほしいと「おねだり」したそのわたしの感動がたしかにつたわったのにちがいない。

一一月二二日に、加藤は書いている、「孤立孤独の思いにおびえてもいたただなかで、荒野に喚ばわるキキの、人間が人間を呼ぶ声を聞いたとき」の彼自身の「救われた思い、人心地ついた感動とカタルシスの深さ」を、ぜひぜひ、「学校のなかでいのちを絶っていく、世の中を断念してさまよう何十万人もの小・中・高生たち」ともわかちあいたい、と。この加藤とは、その後、個人的にもしたしくまじわるようになっていき、白井愛と二人で加藤夫妻を京都に訪ね寺々を案内してもらったり、箱根に加藤夫妻を招いた記憶もある。

これほどしたしくしていた彼と、まさか、あのようなかたちで絶交することになろうとは予想もしていなかった。原因は、彼の作品への書評を依頼されて書いた白井愛の文章が加藤の意にそまなかったことにあった。この原稿のコピーが偶然見つかった。タイトルは「出撃のときを求めて――アリバイとしての死」であり、とりあげられているのは加藤の長編小説『流星群の王たちは神々の稜線を形づくる』である。このコピーにはわたし自身の手跡での加筆訂正も見られ（と言っても白井愛との協議の結果であるにはちがいないのだが）、しかもわたし自身の手による割付指定の跡まである。これが加藤のもとに送られたのにちがいあるまい。

もうひとつ、ちょうどこのころアムール河下流域の木材積出港で荷役作業中だったわたしが仕事のあいまに船内で認めた原稿（Ｂ６判四百字詰め原稿用紙に手書きした）も発見された。こちらは、右に記した作品の出発点となる作品「大山兵曹」に対する批評である。この作品は、一九六六年河出書房新社の第四回文芸賞で佳作となっているだけでなく、そのとき審査員をつとめた江藤淳、小島信夫、吉行淳之介、武田泰淳、安部公房のいずれからも好意的な評価を受けている。

この「大山兵曹」は加藤自身の予科練体験を作品化したものであり、『流星群の王たちは神々の稜線を形づくる』のほうは、この体験を最終的に意識化したものであると言っていい。この体験を、彼が好きだったユングの表現によれば「意識に統合する」ために、加藤は、二千枚にもおよぶ『流星群の王たちは神々の稜線を形づくる』を書かなければならなかったのであろうし、それ以外ではありえなかったのでもあろうが、そこにいたる道程は「大山兵曹」においてほぼあきらかに見られうるものとなっている、とわたしは書いている。

白井愛によれば、『流星群の王たちは神々の稜線を形づくる』の出版は「ついに来た出撃命令」だった。「天皇の祭壇に身を横たえた生ける死者」がひたすら待っていた出撃命令はついに発せられることなく、かわって受けた「最後の命令」は「復員すべし」だった。この「死に残り」にとって「どのような戦後の生がありえたのか」？　この問いに答えるために、加藤は、この長大な作品を書き出版しなければならなかった。

この二つの作品について詳細に論ずることはいまのわたしにはできない。ただ、白井愛の右の原稿（こちらは完成稿になっている）とわたしの書きなぐりの原稿（文字通りのメモ）とから見てとれるのは、白井愛もわたしもどう書くかに苦慮している、ということだ。

白井愛の文章をいま読みかえすと、加藤への深い愛をいだきながらも、この作品の基盤そのものへの根底的違和をも表出しないではいられなかったことがわかる。たとえば、作中で主人公岩《いわお》に対する唯一の批判者として登場してくる息子の長閑《のどか》について「だが、これまた、対等の批判者ではなかった。自分がげんにあるところのものの責任を他に求めるその精神構造において、この息子は、なんと父に相似であることか！」と評しているし、さいごはつぎのようにしめくくられている――「作品は（……）『父権文明』にたいする父権による壮大な告発となったのである」。

一方、わたしは、「大山兵曹」における「相対化する視線の欠如がそのまま太い流れとなって『流星群の王たちは神々の稜線を形づくる』のなかになだれこみ、後者を壮大なモノローグたらしめているのではないだろうか」と書いている。

戦後の全生涯を投入した渾身の一作に対しては無条件の讃嘆を捧げてくれるであろうと確信していたのに、このような読みを提出されたことに、加藤は衝撃を受け、その衝撃が憤怒の炎となって燃えあがったのではなかったか？

一九八八年七月二二日付の白井愛のメモに「加藤さんからの絶交状（七月一五日付）転送されてくる。短い返事を出す」とある。ただ、そこに「おちつくべきところにおちついた。ホッとする」とつけくわえられているところを見ると、それ以前にいくどかやりとりがあったのであろうことが推察される。このときわたしはアムール河畔にいた。このようななりゆきなど知りうるはずもなかった。

四日後の二六日には「そんなふうに理解したということで彼自身の卑しさをさらけだした、ということです」

という メモが見られ、「そんなふうに」と「卑しさ」には傍線が引いてある。さらに二日後の二八日には「あの長い手紙でわたしの友情は死んだ。この屍体を復活させる気はない」とあるし、翌二九日は「あのメッタ切りでわたしの友情は死にました。関係の破綻を一方的に相手の責任にしてしまうようなひととわたしはおつきあいしたくありません」とある。これは加藤への手紙の一節ではないだろうか。三〇日には「書かなかった手紙」として「やるせないのは、すべてを卑小な彼自身の真実に変えたこと。彼自身の卑小さをさらけだしたこと。わたしの信頼は死んだ」というメモが残っている。

これ以後、このできごとについてはひとことも書かれていない。このわずかに残されている短いメモから、加藤との絶交(加藤「から」絶交されたとは、あえて、言わない)というできごとのうちにも白井愛の根源的な姿勢があらわれているのであることが、いまにしてみれば、はっきりと了解できる思いだ。

未刊の作品——「カロ」

このできごともまた白井愛によって作品化されている。「カロ」というタイトルを持つこの作品は、しかし、刊行されるにはいたらなかった。その手稿が二つわたしの手もとに保管されている。一つは二部構成で、第一部が「悪魔のララバイ」、第二部が「カロ」となっているもの、もう一つは第一部が切り離されて「カロ」単独となっているものだ。この後者のほうには「決定稿」とわたしの手で朱書されている。

前者の第一部にふくまれていた詩の一部は、のちに『悪魔のララバイ』として刊行される詩集のなかに、そっくりそのまま、あるいは大幅に改稿されて、収録された。冒頭の詩は、タイトルはそのまま「悪魔のララバイ」で第一部「氷原のカプリッチオ」の巻頭詩となっているが、なかみは徹底的に推敲されて見ちがえるほど上質の詩に変貌している。「真実とかいう名のつれあい」もかなり手を加えられおなじタイトルでとりいれられた。「瀕死のわたし自身をひきずって」という詩は「焦魂歌」というタイトルに変えられただけでなく根底的に改稿された。「作品」という詩もおなじように「恥」と改題され大幅に改稿されている。その他の詩はすべて棄てられ、散文の部分でも「教養沼」の「魂芸術協会」副理事長はじめ「魂芸術販売協会事務局長」や「評論家」「消費者代表」「大学教授」などなどの演説の部分（全編これ諷刺なのだが）も棄てさられた。

後者は前者の第二部を改稿して独立の諷刺的物語としたものだ。作品の場は「教養沼国」、主な登場人物はこの沼のゴミ捨て場に遺棄された魂、その名はカロと、ゴミ捨て場にポツンと立っていたこの魂（カロ）にたまたま出会ってその「孤独な姿に感動し」家につれてかえった孤独なカエル、その名はケルマドンの二人。そこに、ケルマドン氏につれられてゴミ捨て場を去る道ばたでカロがひろいあげ「涙をポロポロこぼし」その涙によってこびりついていた泥が洗いおとされ生命がよみがえってきた竹笛のピロがくわわる。

このケルマドン氏、じつは教養沼の生れではなかった。龍の国の高貴な姫のご落胤なのだが、彼をきらった母に棄てられ教養沼のカエルになってしまったのだった。その彼は、だから、教養沼のカエルたちのあいだでいかに孤独であったことか！

かくしてこの彼はカエルの王のなかに母の愛を求め、王のために死ぬことが彼のアイデンティティとなった。十五歳のときに志願して少年航空士官になり特攻で死ぬはずだったのに、死におくれた。敗戦後の飢餓の時代、「カエルがカエルの肉を求めて殺しあった」ころ、彼は「カエル共産党」に入党する。戦時中、「自分が助かるために」彼を「人身御供として王の祭壇に捧げたあの土着のヌマガエル、そして戦後は同胞の肉を食いあっているそのおなじヌマガエル」たちを「統制しうる全体権力」となりうるのは共産党だけだと信じたからだ。

この党はまもなく非合法化され、彼もとらえられて監獄に放りこまれた。が、半年後に釈放される。教養沼共産党が「恐るに足りない」ことを権力側はちゃんと知っていたのだ。じっさい、そののち、「カエル共産党」は「民衆の惰性態そのもの」となって「ずるずると堕落していく」。高度成長の時代以降、彼は「もう、とうに党から脱走して」いたのだが、働くのはやめて「カエル文明批判」に専念することにした。妻が、彼にかわって十字架を背負い、彼の生活を支えた。しかも、死にあたって、彼が安んじて「全カエル文明の批判」に生涯を捧げることができるだけの物質的基盤をも遺してくれたのだった。

ヒメスイレンの葉かげの小さな家にぶじ帰りついたケルマドン氏は、カロに「王女の白いローブをまとわせ、冠をかぶらせ、宝石をいくつもぶらさげさせ」て、「サロンに飾り」、通りすがりのカエルたちを呼びいれては「この王女こそ龍の化身であって、わたしがじつはカエル文明とたたかう龍の国の王子であることをあかしするためにつかわされた」のであると「誇ってみせ」た。

このようにケルマドン氏が讃えているその「火を噴く龍の化身である王女」というのが、じつは「ケルマドン氏自身の夢」にほかならず、カロ自身とは「なんのカンケイもない」のであることは、カロにもすぐにわかった。けど、カロになにを求めようと、カロをどうあつかおうと、それはケルマドン氏の自由ではないか。ケルマドン氏にも「ケルマドン氏所有のカロにも」カロ自身はほとんど無関心だった。

カロは「情熱のすべてをかたむけて、笛のピロと愛しあっていた」のだ。「真夜中、ケルマドン氏が眠りにおちるやカロとピロは「抱きあって踊り、この世のものならぬ笛の音を創りだそう――いまひとたび、蟷螂の斧をふりあげよう――とする情熱のるつぼのなかで」すべてを忘れた。「蛇蝎疫病神のかなでる笛の音にょって地上の陋劣な桎梏をたたきわりたい、というキチガイじみた欲求」をカロとピロはともにしていたのだ。

ピロをつくった笛師は「キチガイ病院に監禁されて死んだ」のだった。笛師がピロ以前に制作した三本の笛はだれにもみとめられなかった。「とっぴょうしもない、できそこないの笛」だとしか言われなかった。笛師は「魔に憑かれたようにピロを創り、魔に憑かれたようにピロを吹きながら、諸国をさまよい」あるいた。

この笛師が夢見ていたのは、「生きとし生けるものを踊りださせるような陽気な笛の音」だったのだが、彼が「じっさいにかなでたのは、深い哀しみの純粋な結晶」だった。そうピロは言う。「その悲しい音色」はいまだにピロの「心の奥深いところ」で鳴りつづけているのだった。

ケルマドン氏は、妻が「働きづくめに働いて」遺してくれた遺産のおかげで、「もうながねん、無職のままで、ゆたかではないけれど貧しくもない平均的庶民のくらし」をいとなんでこれた。しかし氏は孤独だった。「金あまり大国に浮かれる教養沼ガエルたち」のなかにあって「ことあるごとに孤独をなげいて」いた。「充たされぬ自負心に悶々として」もいた。「金のために働くカエル並のつとめを放棄してまでカエル文明の批判に心血を注いできたにもかかわらず、そしてそのありあまる才能と学識にもかかわらず、一介の庶民という枠のなかで、その壮大な文明批判を世に認められる機会もなく朽ちてゆかねばならない。そんな怒りと焦燥が、氏を駆りたてていた」のだった。

六十六歳の誕生日がきたとき、ついに、ケルマドン氏は「われとわが手でわが魂を売りにだそうと決意」した。カロは「軽率にも、心からの協力」を申しでた。そして「この軽はずみの代償を身をもって支払うことになった」のだった。なぜ、そうなったのか?

このケルマドン氏の魂のなかに、カロの眼は、見ないわけにはいかなかった、「権威にたいするうやうやしいお辞儀を。無邪気な、無自覚な、男の権力そのものを。あるいは、その内奥を覆いかくしている感傷の涙や深刻な身ぶりや、みずからをかえりみることのない、大義と学識の鎧を」。なんのことはない、「蛇蝎疫病神が全身で抱擁しようとしたそのケルマドン氏の魂」とは、「キチガイの魂でも荒野の魂でも珍獣の魂でも」なく、「正常な教養沼ガエルの魂」にすぎなかったのだ。

ふつうの「教養沼魂」であれば、それは教養沼で広く受けいれられるにちがいない。だからカロはそのことをよろこぶべきだった。そして「たとえ目をつぶってでも、その魂の旅立ちを祝福すべきだった」のだ。それなのに、ああ、「そこが蛇蝎疫病神たるゆえんなのでしょうねえ、カロにはガマンならなかったのです」、それがどこをどう押しても「教養沼ダマシイ」でしかなかったことそれ自体が。

この国の最高の美徳が「和」であることから「和魂」と呼ばれている魂のこのありかたこそ、この蛇蝎にとっては、まさに蟷螂の斧をふりあげずにはいられない敵の戦車だった。「やわらかい個人主義」なる別名で称賛されているこの種の魂をまえにすると、わが蛇蝎は突撃し、「沼泳ぎの高度のチエからだけなりたっているこの化け物の正体をあばき、そのガランドウぶりを嗤わないではいられなかった」のだ。

とはいえ、カロは、やさしく繊細な魂でもあった。「蛇蝎と疫病神の存在にもかかわらず繊細な魂であったのか、それとも、そのやさしさや繊細さのゆえに蛇蝎と疫病神であったのか、そこのところは問わないでおこう」。だから、カロは、ケルマドン氏の魂への怒りにもかかわらず、「できるものならそれを傷つけずにすませたかった。なんといっても、それは恵まれない魂にちがいなかった」のだから。カロが陥ったこの苦境も知らずに、しかし、ケルマドン氏はもはや騎虎の勢いで走りだし、有頂天になっていた。「この歳までわたしが発表をひかえてきたのは、もし発表したら教養沼は上を下への大騒ぎになることがわかってたからなんだ」。だけど、「一匹ぐらいはわたしの深遠な文明批評に感動して、ついに、わたしを龍と知るでしょう。この稀有な出会いに感涙を流し、涙は池となって、わたしの魂を永遠に浮かべるでしょう」。

カロはピロに救いを求めた。ピロの「陽気な音」によって「せめて、ある留保を表明したい」と思った。ところが、なんと、カロの胸にとぐろをまいていた言葉たちがその音にあわせて歌いはじめると、それは思いもよらぬ歌となってひびいていったのだ。

きまじめに語るな
　きまじめなことばを！
おもおもしく語るな

おもおもしい真理を！

深い哀しみ知るものは

陽気に　かろやかに　語るもの

ここでちょいと道草をくってわたし自身の注釈をほどこしておく。この小説のなかに挿入された七一行にものぼる長大な詩のなかに、二ヵ所ほど、楽譜の描かれている箇所がある。わたしが手書きしたものだ。一つは「E-Fis-G-A-H- 休止符号」という上行旋律（いずれも八分音符で一小節のみ）、もう一つは「H-A-G-Fis-E- 休止符号」という下降旋律（これも八分音符）といったごく単純なものだが、旋律が問題なのではなく、こういういたずらをしているところがおもしろい。

この歌にケルマドン氏は激怒した。むりもない、「六六年の生の結晶」である「カエル文明批判学研鑽の全成果」を「こんなメチャクチャな」歪曲によって「否認された」のだから。そうとしか彼には思えなかったのだから。「晴天の霹靂」だった。ああ、なんという裏切り！　なんという背恩！「あんなにも絶賛してやったカロが、おなじ絶賛をかえすかわりに、最大級の悪罵を、いや嘲笑を」投げつけてきたのだ。「焼キコロシテヤル！」

ケルマドン氏の「侮辱されつづけてきた」生涯に積り積った「恨みの堆積」に火がついた。「咆哮しているのはもはやカエルでは」なかった。「おろち」だった。この「おろち」がカロとピロめがけて「口から焔を吐いて」いたのだ。「カロとピロは抱きあって、せまりくる炎に向きなおり」焔のなかで歌った。

笛は「音色を変えて、またべつな歌を」うたった。ふたたびわたしがしゃしゃり出て注釈を加えると、ここに挿入されている詩は、のちに「罠」というタイトルで『悪魔のララバイ』の第二部「ユモレスク　1989.7-

12」に収められた。ただし、残っているのはほんの数行だけで、あとはもののみごとに換骨奪胎されている。「歌う笛の音に炎は消えて灰に」なり「おびただしい量の灰が降り、ピロとカロを埋めて」しまう。「沼の一角」をすっかり埋めてしまったほどのその灰の下から、しかし、翌日、「もの悲しくて陽気な」笛の音と歌声がかすかに聞えてくる。「蛇蝎疫病神はキチガイ笛師の遺児とともに」まだ生きているらしい。「もはや、そうながくはないでしょうが」。

「おや、かすかだけれど、まだ、はっきりと聞えますよ！　さびしくてはなやかな、陽気で悲しい、笛の音が。おお、美しすぎる！　悪魔の音色だ！」

ケルマドン氏は健在だった。教養沼魂というものは、蛇蝎疫病神の毒だの棘だのに傷つくようなやわな魂ではない。氏は、いまはケロっとして、「時機到来とばかり」タマシイの売り出しに精力を傾注しておられる。いささかくわしすぎる紹介だったかもしれないが、ひとつにはこの作品が陽の目をみていないこと、おそらくはこののちも陽の目をみることはあるまいと思われることと、この作品が諷刺しているところを知ることによって、白井愛と加藤敦美とが、なぜ、どのようにして絶交するにいたったのかを理解していただけるだろうと思ったからだ。

小林幹雄については、もはやスペースがなくなってしまったので、次回にまわすことにしよう。ただ、この彼との深い友情は白井愛が死ぬまでつづいたし、彼女の死後もわたしとのあいだでつづいているという事実をだけ記しておく。

第六章　断食芸人の誕生——『鶴』第一部

はじめに

こんかいはあえて邪道をいく。理由はふたつだ。

ひとつは、『鶴』という作品がその全体として読まれることはほとんどなかったのだなあという思いを、いま、あらためて深くしていること、もうひとつは、この『鶴』のようにほとんどが隠喩《メタフォール》からなりたっているような作品にあってはその背景についての解説があってもいいのではないかと考えたことだ。

作品は作品をしてその世界を開示せしめるべきであるとわたしは考えているのだから、その背景を解説するのが邪道であることは承知のうえである。

『鶴』は、白井愛が白井愛となったことをあかしする作品である。これまでわたしが書いてきたこの連載のタイトルをたどってみて、わかった。「第一章」のタイトルは「亜人間の誕生」。これは白井愛という名の作家の誕生を告げる前奏曲だった。ついで「第二章・浦野衣子との訣別」では白井愛がすべての過去を断ちきってひとりの無名作家としての道を歩みはじめたあとをたどった。「第三章・キキが荒野に喚ばわるまで」では徒手空拳で出発した無名作家が荒涼たる曠野のはて孤絶のなかで「喚ばわる」さまを語った。

ついで「第四章・キチガイの誕生」では白井愛がついにキチガイとしての本領をあらわしたさまを物語り、つづく「第五章・珍獣の船出」においてはこのキチガイすなわち珍獣の出立を、というより珍獣が蛇蝎へと変身する過程を描いた。

いまここでわたしはこの蛇蝎のなかからひとりの「断食芸人」が生れてくる過程について書く。具体的には『鶴』の前半、第一部とわたしがかってに名づけた「石」について。

一九九一年七月五日に刊行された『悪魔のララバイ』と、その一月半ばかり以前の五月二十日におなじ径書房から出された『男性神話』と、このふたつの本の刊行のされかたのうちにも白井愛と彦坂諦とがかかえこまなければならなくなった矛盾の萌芽が胚胎されていた。一九九一年四月三〇日、『悪魔のララバイ』出版に関して彦坂諦と白井愛が「径書房」とのあいだでとりかわした契約は、形のうえでは通常のとりきめとかわらなかったとはいえ、実質的には自費出版契約にかなり近いものであった。

もともと「径」は彦坂の『男性神話』を出すことには乗り気だったが白井愛の詩集（『悪魔のララバイ』）を出すことには消極的だった。だから彦坂はかなり強引に白井愛の本との抱きあわせ出版を押しつけた。そういう経緯があったからあるていどの妥協はやむをえなかったのである。

じっさい、彦坂の『男性神話』は再版を出すほどには売れたが白井愛の本の売れゆきはかんばしくなかった。彦坂の本はあちこちで話題になったが白井愛の本は黙殺された。

前回も触れたが、『男性神話』は『毎日新聞』の文芸欄「著者訪問」に写真入りでかなり大きくとりあげられたのを皮切りに、『読売新聞』の「家庭とくらし」欄に女性記者（林千章）の署名入りの論評が載ったし、『朝日新聞』も書評欄でとりあげ、さらに、共同通信の配信によって『北海道新聞』や『河北新報』から『京都新聞』や『沖縄タイムズ』『琉球新報』にいたる全国各地の新聞に書評が掲載されもしたし、一部のミニコミや女性誌にまでとりあげられることになった。

彦坂には、講演や寄稿の依頼がまいこむようにもなった。「性を語る会」主催のシンポジウム「戦争と性『従軍慰安婦』パート二」で林郁とともにシンポジストをつとめたことには前回触れたが、このほか、九月には『インパクション』に「男らしさと戦争」を寄稿、「明治大学女性問題研究会」「全国高等学校女子教育問題研究会」、

「ヒューマンサービスセンター」などから講演を依頼されたし、「アジアの女たちの会」一五周年記念集会でシンポジストをつとめたり、新潟や長野の女たちのグループに招かれたりもした。

ものめずらしさが先にたっていたようにも思う。男たちのうちに根をはっている、性にまつわるもろもろの思いこみを、男の筆者が分析し、そうしたものはたんなる思いこみつまり「神話」にすぎないのだと言いきったこと、それがこの時期では稀有なことであると、女たちから評価されたらしい。

しょうじき意外だった、わたしにはそういった気負いはなかったからである。たしかにわたしはいわゆる「慰安婦問題」をたんに民族的差別と抑圧という視点からではなく朝鮮民族の男たちをもふくむ男たちの女に対する意識の問題としてとりあげた。だからこそ、被差別民族の男のうちにも存在している女への差別意識のありようをあばいてみせもしたし、女性をよく描いていると評価されてきた男性作家たちの作品のうちにひそむ「男性神話」のありようをえぐりだしもしたのだった。

とはいえ、わたしはとりわけそうしようと意図してやったのではなくごく自然に違和感は違和感として表明したにすぎない。その違和がどこからどのように出てきたのかを考えていったにすぎない。

こういった姿勢がごく自然にわたしの身についてしまっていたのは、ほかでもなく、わたしが白井愛と出会い彼女とともに生きたいと切望したがゆえにいささかなりともその障碍となりうるところはとりのぞくか変えるかしなければならなかったことの結果であるにすぎない。わたしを変えたのは「一人の自立した女にかかわりつづけた三十数年におよぶ私の生そのものである」と、この三年後にわたしは書く、「彼女が私を変えたのではない。私が自発的に変ったのだ。彼女とともに生きたいという、ただそれだけのために」とも、「彼女はなにひとつ私に要求しなかった、ただ彼女とともに生きるためには、私が変わらなければならなかったのだ」とも。

じっさい、『男性神話』の原稿にはすみずみまで彼女の目が通っている。いくどでも言うが、わたしたちは書いたものすべてを読みあっていた。そのすべてにおいて最初の熱烈な読者であると同時に厳しい批評家でもあったのだ。

それだけではない。このテーマに関しては、とりわけ「レイプ」されることが女にとって屈辱であるといった観念は社会的につくられたものにすぎないのだと言いきっていいのかどうかについては、男でしかないわたしには最後まで迷いがあった。いいのだと白井愛がきっぱり言ってくれたことではじめてそう書くことができたのだった。

まぎれもなくこの本はわたしが書いたものだ。ただ、そのわたしのうちでは、白井愛の感じること考えることがそのままわたし自身の感じること考えることになっていたのだ、ごく自然に、無意識のうちに。こういった言いかたがゆるされるとしたら、『男性神話』は白井愛に一体化したわたしが書いたものなのだ。

この事実をきちんとふまえておかないことには、これからわたしが書こうとしている、白井愛とわたしとのあいだに生れてきた矛盾の萌芽にかんして正確に理解することはむつかしいだろう。

「プロローグ」

一九九一年六月一〇日、白井愛の手帖にこんな記事がある。

『毎日新聞』文芸欄に彦坂諦のまっとうな紹介。うれしい。だれに知らせようかと頭がいっぱい。しかし、これでこの本が売れたとして、径のわたしに対する差別待遇を思うと……。

彦坂の仕事が三大紙の一つで「まっとう」に紹介されたことを彼女はよろこんでいる。この事実をできるだけいろんなひとに伝えたいと思っている。この記事の影響で本が売れることを心からねがっている。以上はたんなるわたしの憶測ではない。と同時にここには彦坂の作品との比較において自分自身の作品が貶められるであろうことへの根源的な怒りも見られるのだ。

『鶴』についてなにかを言ったひとたちは、ほとんすべて、この本のなかに収録されていて本のタイトルそのものともなっている短編「鶴」だけを問題にしてきた。しかしこの本自体は二つの部分からなっている。第一部と第二部といったしわけはわざとされていないのだが、「石」というタイトルでまとめられている五篇と「プロローグ」および「エピローグ」によって構成されている部分が第一部であり、「インテルメッツォ」を介在させてそのあとにおかれている「鶴」が第二部となっているのだ。

冒頭におかれた「プロローグ」を読めば、「根源的な怒り」とわたしが名づけたものがなんであったのかがわかる。ここで表明されているのは、まぎれもなく、このなかではフジノキミチという名で登場する男に対するタチバナヒカリの「腹立たしさ」ではあるが、しかしけっしてそれだけではない。そのような関係をこの二人のあいだにどうしようもなくつくりだしていく外からの力に対する怒りがその根源にはあった。

対タチバナヒカリ戦略においてついに百戦錬磨となったこの男は、かれのうえに降った幸運のにわか雨――じつは、ほんのおしめりていどにすぎないのだが――をわたしが冷笑しても、いまでは一も二もなく同意する。百戦錬磨！　だって、かれは、わたしが身をもってあがなったことばを、わたしの魂を、盗みとっていくんだもの。

（『鶴』一一ページ）

ところが、この男は「わたしのそぶりひとつで」、彼が「やっとこさ獲ちえたささやかな運命の寵愛をすら投げすてて、これみよがしに奈落の淵に身を投げるだろう、それも「えもいわれぬ快感におののきながら……」と、白井愛は書く。しかも、この彼がこの決意を表明することそれ自体がなによりも深刻な「脅迫」となって、「こんな運命の寵児への信頼など破棄して境界を閉鎖し絶対の孤立の道を突き進もうとするわたしの衝動を、断崖上に踏みとどまらせている」のだ、とも。なんという正確な観察！
この主題は、つぎの「傲岸の罪」において展開され、「天使たち」「氷壁からのオマージュ」「猿神自由民主大国」という変奏のなかで深められていき、「石のアリア」において終結部にいたる。
この本の「第四章」（「キチガイの誕生」）でもすこしは触れておいたけれど、この主題が白井愛の作品のなかで最初に提示されているのは、じつは、『悪魔のセレナーデ』においてだった。「セレナーデ」の「５」で悪魔が語りかける。

きみの「使途」の書くものは、はなばなしい成功をおさめているようだ。
なぜだと思いますか？
声援にあたいする少数者　だからでしょう……
天使の声　でもある。
きみのほうは　抹殺すべき孤独者　なんだが。
かれの作品のなかには　きみの魂のいくぶんかが　つまり
石ころのいくつかが　しのびこんでますよ　ね。
最良の読者は　天使の衣につつまれた石ころに、いや
石ころをつつんだ天使の衣に――と言うべきだな――手を振ってますよね、
でもね　石ころそのものには　だれも　ぜったいに
手を触れようとはしないんだからね！
石ころそのものからは　最良の読者も　目をそむけるんですからね！

（『悪魔のセレナーデ』一一九～一二〇ページ）

この段階ですでに白井愛はこの矛盾を正確に予見していたと言うべきだろう。

「傲岸の罪」

この「傲岸」とは、「あっちに噛みつきこっちに楯突いてすでに満身創痍であったにかかわらず、満身創痍であったからこそ、まっとうな良識人からすればまさに蛇蝎のごとく、現実的観点からすればまさに蟷螂《とうろう》の斧」を「文明」という名のこの社会に向けて「振りあげ」つづけたポール・ゴーガン——「死体となって力つきたその日まで」——の生の根底にあったものだ。ゴーガンは「傲岸のあらゆるむくいを背に負い、傲岸によって、傲岸への意志によって、傲岸の全重量にあらがいつづけた」。この「傲岸」を、白井愛はみずからの生の根源としたのだった。

「傲岸の罪」のなかで「あなた」と呼びかけられているのは「むかし、オーギュスト・ロダンには天才の肩書だのロダン美術館だのを贈り、カミーユ・クローデルをキチガイ病院に押しこめたあなた」であり「権威による解説やレッスン、導かれること、管理されること」を求め、「自分の責任において生きること、自分の目で見、自分の頭で考え、自分の魂によってたたかうこと」をおそれている、そうしたひとびとなのだ。

この短編のなかに散りばめられているエピソードはすべて現実にあったことを下敷きにしている。ことわる必要もないことだとは思うが、あくまで下敷きにされているのであって作中に再現されたときにはすべて虚構化されている。

とはいえ、現実に生じたことのひとつひとつが白井愛にけっして小さくはない衝撃をあたえたことは事実だ。だからこそ、こうした瑣末なできごとが作中のエピソードとなったのだと言ってもいいだろう。ふたつだけそのような例をあげておく。

そのひとつ。『男性神話』の出版を機にわたしのもとへ一通の手紙が届いた。疎遠になっていた妹からだった。そこにはわたしの作品に対する熱烈な讃辞があふれていた。

この手紙も、むろん、白井愛とわたしのあいだに確立していた「完璧な情報公開制度」によって（これは、つぎに触れる「オピニオンリーダーのはしくれとしてのあなたに」のなかで用いられている白井愛自身の表現である）白井愛の読むところとなった。これが引き金となって白井愛は「祟るすべなき祟り神」を書いた。

詩のなかみを解説するなど芸のない話ではあるがあえてその梗概を記す。「名もない祟り島」にあるとき一艘の宝舟が「霧にまかれて迷いこみ」漂着した。舟に積まれていた財宝はすべてとなりの「名のある正義島」へ送られるべきものであった。この舟を宰領する「使者」は「祟るすべなき祟り神」の逆鱗に触れ斬ってすてられ財宝は海にすてられた。あえなく海に沈んだ財宝は「こはいかに」すべてが「ガレキの山」であった。

現実にわたしが受けとった手紙には白井愛の作品に対する誹謗も中傷もなかった。批判さえなかった。兄である彦坂諦への絶賛はあったが白井愛についてはひとことも触れていなかった。

ひとことも触れていなかったというまさにその事実が、じつは、白井愛をしてこのような寓詩――他愛がないといえば他愛のない詩のようなものにすぎないのだが――を書かせる動機になったのであるということが、このわたしではないひとに、はたして、理解されうるのかどうか、わたしにはわからない。

もうひとつ「オピニオンリーダーのはしくれとしてのあなたに――ある女への手紙」も彦坂諦と白井愛の身におこったできごとを下敷きにしている。『男性神話』を読んだある女性から彦坂あてに私信が届いた。このひとの名は伏せておく。が、いまもなお、フェミニストとして、平和運動・市民運動の活動家として、行動し発言しているひとだ。

彦坂あてのこの手紙に白井愛が返事を書きたくなって書いたのは事実であるし、その内容がここに作品化されているところとほとんどそっくりであることも事実だ。まあ、よくもそんなことをしたものだ、というのがわたしの率直な感想だ。

このひとに「返事を直接書きたく」なった「その主要な動機は怒りです」と、タチバナヒカリは書いている。なぜ怒ったのか？

いまこれを読みかえして、まっこと白井愛はキチガイだわい、これだからみんなに嫌われたのだなあと、つくづく思う。客観的に見れば——という表現を彼女は嫌い、わたしもイロニーをこめずには用いないのではあるが——このひとは、彦坂諦に、したがって白井愛に、もっとも近い位置にいたひとたちのひとりなのだ。こういった近いひとに対するとき、皮肉にも、白井愛の舌鋒はもっとも鋭くなる。このわたしに容赦ない批判の矢を浴びせてやまなかったことがなによりの証拠だ。そして、このわたしをのぞいては、ある意味ではとうぜんのことながら、それをまともに受けとめたひとはまずいなかった。

このひとが彦坂諦によこした手紙は、どこからどう見てもまっとうなものであった。『男性神話』を自分の体験——すぐ身近にいた男（夫）からすさまじい暴力をこうむりながらあらがうことができなかった——にひきつけて読み、深いところで共感し、そこで触発されたことについて語るという、まったく非のうちどころのない姿勢によって書かれていたのである。

このひとは、きわめて個人的な、であるがゆえに普遍的な、男に対する根底的不信——からだの奥底からわきおこってくる拒否感——から、『男性神話』を読むことによって解きはなたれたことに感謝しつつ、自分もまた、自身を縛っている呪縛から解きはなたれたいとのぞむゆえに、もっとも身近なところにいた男との関係を、また自分自身の性意識を、ひとつひとつ解きほぐしていく作業をしていきたい、と語っていた。

そうした作業をおこなうことに異議はない、ただ、それをどのような姿勢でどうおこなうのか、そのしかたに、タチバナヒカリの批判の矢は向けられたのだった。

なぜ、あなたは、あなたご自身は、あなたが夫として選んだ男とたたかってこなかったのですか。（中略）男と女の関係のなかに入りこむタブラカシや差別意識とたたかわないで、信頼と対等の関係が、どうしてつくれましょう。（中略）ひとは、愛ゆえに、愛のために、たたかうのです。愛が、愛への希求があるのなら、その反対物とたたかわずにはいられないはずなのです。

（『鶴』二一二ページ）

このような愛があなたには決定的に欠けていたのではないか、と彼女はつづける、それはあなた自身が夫と対等の立場に立っていなかったからだ。夫に他の男との情事を「告白」したら半殺しにされるまで殴られたあげく強姦された、と言うが、その告白は対等の立場からなされたものではなく「おそらく、優位者に対する劣位者の復讐」だったのだ。

だから、その「優位者」であるはずの夫は「とてもあわれに見えます。制裁の手段として性的暴力しか持ちあわせていないなんて」。そしてまた、「そのあわれな夫をあわれとも思わずに、屈辱だ、絶対に屈辱だ、とさけんでいるあなたも同様に」あわれに見える、とまでタチバナヒカリは言いきる。

ヒカリの怒りがどこから来ていたのか、どこへ向けられていたのかがわかる。要するに、女が男と対等の立場に立ちえていないこと、しかも、非対等なその位置にあまんじていながら、その自分がこうむった「屈辱」は「男と女の関係の基本」であるなどと「短絡」させていること、そこへ向けられていたのだ。

この「怒り」の根底にあったのは、白井愛がその作家としての出発点において選びとった姿勢そのものであったように思う。その姿勢を象徴している部分を、もういちど、ここで想起しておこう。

現在のこの状況を、過去のわたし自身がおこなった無数の選択の総決算としてもう一度内側から捉えなおしたい、すべてはわたしが欲したものでありすべてがわたし自身から出ているのだということを再確認したい、このいらだたしい欲求がわたしにペンを握らせたのだ。
すべてがごく自然に、自然な秩序のように定着し、かれら人間はそう信じているし（それ以外のことをかれらが想像だにしえようか！）、わたし自身にすらそう見えはじめている。現在のわたしにはもはや無縁で無意味ですらあるわたし自身の過去の、この帰結を、わたし自身が欲したこの帰結を、ぼんやり受け身に生きさせられるなんて、そんな結末だけは、しかし、断じて受け入れることができない。この現在をなんとしてもわたし自身の手にとりもどさなければならない。これこそかつてわたしが欲したものでありいまもなお欲しつづけているのだということをわたし自身にあきらかにしなければならない。

（『あらゆる愚者は亜人間である』一一〜一二ページ）

それはまた、この『鶴』という作品の冒頭にかかげられたエピグラフにも直截に通じている姿勢なのだ。

出口がなかった
出口はぜんぶふさがれていた
自分で自分の出口をつくった
生きるために
わたしの出口だった
たったひとつの

理があろうとなかろうと
邪であろうと正であろうと

タチバナヒカリがこのひとにつきつけた問いがこの姿勢を象徴している。「なぜ、自分のために、自分が生きるためにたたかってはいけないのですか」。

この言いかたのなかに、いまあらためてわたしはこの時点での白井愛そのひとのいらだたしい思いを読みとりうるように思う。この社会におけるあらゆる差別抑圧に抗してたたかっているひとたちから、彼女は、「傲慢」だの「民衆蔑視」だのと、要するに「アマッタレ」なのだとののしられていた。この世のなかにはもっとかわいそうな被害者がいるのですよとたしなめられていた。

だから彼女はあえて言いきるのだ、「たしかに、わたしは敗者ではあっても被害者ではない。たたかう意志をもった人間、自己の生の責任を要求する人間、これは被害者ではないのです」と。

「オピニオンリーダーのはしくれとしてのあなたに」はここでおわっているのだが、そのあとにつづく部分は、この「傲岸の罪」の「2」の部分と照応しあって、白井愛とわたしとがこの当時つくりあげていた関係をユーモラスに描きだしている。

タチバナヒカリはフジノキミチ（「片道一二〇〇円の距離に住んでいる、となりの男」）、に「電話して」たずねる、「ある女への手紙」で書いたみたいにミチとたたかったんじゃないって気がするんだけどな、と。

ミチは答える、「あれがたたかいだったんじゃないか！　ぼくにたいして、なにひとつ要求しなかったからこそ、それが、もっとも有効なたたかいとなったんだ！」。

ヒカリが「たたかう」って言葉で意味するところと、ひとびとがふつうイメージするところにはズレがあるのだ、とミチは言う、ひとびとは、女が男とたたかうってのは糾弾することだと思っているのだ、と。「そういうたたかいはわたしには縁がなかった。個人的カンケイはわたしの自由の領域だったからでしょうね」とヒカリは述懐する。そのつぎにくるミチの台詞が、いまここでわたしがいだいている感想をはしなくも代弁している。

ミチはこう言うのだ、「それにしても、きみには、またしても讃嘆するほかないよ。感嘆ではなく讃嘆だ。『フジノキミチとたたかってきた』と書いたことによって、やっと、きみは、女たちとの接点をつかんだんじゃなかったか。ところが、その舌の根もかわかぬうちに、そいつを取り消して、またも、孤絶のなかに跳びこもうとしてる！　そうやって、きみは、否定に否定を重ね、孤絶に孤絶を重ねてきたんじゃないか！」

そして、この「女の生きかた専門家の言のほぼ正当であることを」ヒカリは「うらがなしく承認した」あとで叫ぶ、「そうだ、わかったわ！　『きみの自由』がアイクチだったんだわ！」と。わたしはミチとたたかってきたのではない、「もっともっと大きな力」とたたかってきたのだ、そのたたかいについてくるかこないかは、ミチの自由だったのだ、と言った、その直後のことである。

この叫びを受けて、ミチは答える、「そうだよ！　ムチャクチャなたたかいなんだ！　滅びるほかないようなたたかいなんだ！　だからこそ、ともにたたかうか、たたかわないか、その問いがアイクチになるんだ！　しかも、ぼくがそこで一瞬でもためらったりしたら、きみはただちにぼくを見放してただろう。いつだって、即座に、無条件で、きみについていかなきゃならなかったんだ。遠足にじゃない。地獄にだ」。

なぜヒカリは「地獄の戦友しか」求めなかったのか？　彼女は「とんでもない弱虫のくせに、この社会に向きなおっていたから」だ。「この小さな、なさけない、全存在をあげて」彼女は「この社会に対抗しようと」してきた、「くずおれまい」と必死に自分で自分を支えてきた、彼女を「排除」し「辱める強大な力」のまえで、「屈服はすまい」と。「貧しさの牢獄」のなかで、「無力な倨傲」「無力ゆえの倨傲」を「無限大にまで高めて」。

「天使たち」「氷壁からのオマージュ」「猿神自由民主大国」

つぎの短編「天使たち」は、これらの短編をまとめあげてひとつの作品としている「石」の主題の変奏である。「天使たち」は七人いた。もっとも「第二の天使」と「第三の天使」のあいだにはさまれて、なんとも奇妙な「ソクラテス先生」なる男が番外として登場してはいるのだが。これらの「天使たち」について、作者は、辛辣に、そしてあたたかく、自分とのかかわりかたのエッセンスを形象化してみせた。

第一と第二の天使の原型をわたしはよく知っている。ひとりはもはやこの世にいない。もうひとりの消息はわたしにはわからない。いずれも錚々たるインテリであり反体制運動の活動家でありフジノキミチの後援者であった。この二人に関して、しかし、白井愛の筆鋒はとりわけ辛辣だ。なぜなら、この二人こそフジノキミチは絶賛しタチバナヒカリは黙殺しその存在すら否認して白井愛の対立物としてあらわれていたからである。余談だが、この部分がのちにとんでもない筆禍事件のひきがねとなる。

つぎに登場する「世にも珍しい羊飼い」の原型は、わたしの知るかぎりもっともすぐれた文字通りの教育者であったし、いまもそうでありつづけている。教師とか先生とか言った表現ではなくまさしく「教育者」と呼ぶにふさわしい男だ（彦坂註——この本が世に出るのをまたずに、この男は、二〇一八年六月、この世を去った）。「おどろくべきことに、かれはわたしの作品を羊教育のテクストとしてとりあげてくれたのです」とあるのはじっさいの事実にも符合する。あるとき、ふいに、彼はわたしにたよりをよこして『悪魔のセレナーデ』をなんと十冊も（だったか、正確な数はおぼえていないのだが、とにかく、びっくりするほど大量に）弟子たちとともにやっている勉強会で使いたいからといって、注文したのである。

これが機縁となって、この彼との親しいまじわりがはじまり、それは、わたしとのあいだでは白井愛の死後もなおつづいている。この彼の生の姿勢については、わたし自身も感銘して、あるエッセーのなかに書いていているのだが、いまとりあげているこの短編における白井愛の表現によればつぎのとおりだ。

わたしはかれを知り、「人間」性の一部をなす奴隷根性から遠い、その大胆な知性、大胆な生きかたに感嘆しました。かれの育てた羊たちのけなげな志にも感動しました。

（『鶴』四五ページ）

補足しておけば、この彼を「ソクラテス先生」と呼んだのは、彼が弟子である羊たちに「この世の不正を不正と認識させて、それと闘う術と力を身につけさせせようと苦闘し」ていたさいに採ったのがまさにソクラテス的対話の手法であったからにほかならない。

ついでに言っておけば、ここで「かれの育てた羊たち」と表現されているひとたちとはわたし自身もまた深いよしみをむすんだのであるし、その交情はいまなおかたちを変えてつづいている。

内容にはわざと触れないでおくが、世にもまれなこの男に関しても白井愛の批判の舌鋒はことのほかするどい。その辛辣さにおいては第一や第二へのそれなどもののかずではないだろう。にもかかわらず、この「ソクラテス先生」は、第一や第二の天使のように怒りたけって中傷だ名誉毀損だなどとさけぶことはまったくなかった。ばかりか、そののち、白井愛との友情の絆をますますかたくしていったのである。

第三の天使の原型となった女性に関しては、わたしは、その名さえ思いだせないほど遠ざかっている。いっときは、だれよりも頻繁に白井愛のもとを訪れ、だれよりも熱烈に白井愛に語りかけ、「万人が否認する」白井愛の作品を「敢然と愛して」いたことによって「わたしの作品のたったひとりの読者」とまで言われた存在であったというのに。この彼女の「絶望を知らぬ天使の声」とそれに対するタチバナヒカリの「怒りの不意打ち」は、ここに記されているとおりのものであった。

第四の天使についてははぶく。第五の天使のモデルはもはやこの世にいないが、このひとの画いた絵は白井愛の書斎の壁にかけられていたし、いまなおわたしの目にふれるところにある。「ガラス越しのキスなんか、もう、たくさんです」という台詞はじっさいにこのひとからわたしが受けとった手紙のなかにあった文言で、結婚こそ女のしあわせであり、女をしあわせにするのは男なのだと無邪気に信じこんでいるらしいこのひとの真情にどう答えればいいのか苦慮したことを、わたしはおぼえている。

第六の天使の原型も女性だ。このひととはわたしのほうが先に知りあいになった。このひとの住む町の女たちが「女の生きかた専門家」のわたしを呼んだのがきっかけだった。このときもわたしは白井愛とわたしのたどってきた道程のことばかり語った。とうぜんのなりゆきとして、ひとびとは、この男の「男性性」をこれほどまでに変えてしまったのはいったいどういう女なのかと興味を持った。その関心のもっとも強かったのがこのひとだった、というわけだ。

このひとの実名もあげないでおくが、この彼女と白井愛との関係がたどった道も前回に触れた加藤や寺岡のばあいと大同小異であったとは言えるだろう。

最後の天使つまり第七の天使の原型は男性である。この作品のなかでは、「日本の津々浦々にスーパー秘書ワープロ氏が雇い入れられたおかげで、きれいさっぱりおはらいばこになってしまった廃棄物たち」の化身であり「失意のどん底でフジノキミチの作品に出会い、支持者となり、おなじ廃棄物先生の窮状を見るに見かねて、ついにヴォランティアを買ってでた奇特連。フジノキ先生の強引な誘導でタチバナヒカリの作品の価値にも目を開いたフジノキ学校最優等生諸君であった」と描かれている。

この紹介のしかたは現実とほぼ一致している。じじつ、この男は、まず彦坂諦に惚れこんで、ついで、彦坂が盲目的に崇拝している（と、見えたにちがいない）白井愛の作品を読まされ、むりやり好きにならされた、といったところだったからだ。

フジノキミチの「窮状を見るに見かねて」この男が「ついにヴォランティアを買ってでた」という部分の現

実における内実は、しかし、聞くも涙語るも涙の物語である。現実の彦坂は貧乏で、思うように本を買うこともできないでいた。それに生来の不精者、図書館めぐりも古本あさりも得意でなかった。なのに、彦坂がこのときやっていた仕事は、さまざまな資料を必要不可欠としていたのである。

古本屋めぐりが生きがいでありその道の達人の境地に達していたこの男は、彦坂の手となり足となって、いや、目とさえなって、必要な資料をかきあつめてきた。たのまれれば、どんなにむりな注文でも二つ返事で引きうけた。ときには、たのまれもしない資料まで集めてきてくれたものである。この彼の活躍が彦坂の執筆活動をどれほどたすけたことか！

ただ、この男にとって、タチバナヒカリはさいごまで鬼門であった。ミチの「強引な誘導」によって、いくどか、ほんとうに彼女の作品の価値がわかった、好きになったような気にはなったものの、すぐそのあとにまた地金が出てくるのはどうしようもなかった。

それに、この男にとっては、タチバナヒカリがフジノキミチの執筆活動の支障になっているとさえ、ときには、思えるのであった。この作品のなかでユーモラスに諷刺されているのは、この男のこういったすがたなのである。この彼も、しかし、もはやこの世にはいない。わたしよりはるかにわかかったのに！

つぎの「氷壁からのオマージュ」では、「ユキ」と呼ばれる男への「オマージュ」のかたちをとりながら、この男を「戸籍という紙切れのうえの夫」としてくらした数年のあいだに「わたし」のうちに生まれ、どうにもとどめようのないところにまで育ってしまった根底的な生の衝動について語られている。

この「ユキ」の原型についてもわたしはよく知っている。たまたま結婚することになった、いっときたりともおなじところにとどまろうとしない、つねに法外な希求にさいなまれている女を、これほど「稀有なやさしさ」をもって愛しえた男はいなかった。

この彼が「その発想においても実行力においても、なんとも型破りのひと」であったことはこのわたし自身が身にしみて感じとっていた。好きだった、このひとが。このひとがのちの白井愛とまだ結婚生活をしていて、そこにわたしが入りこんでいったことによってはじめてこのひとを知ったそのときから、このひとがこの世を去ったそのときまで、わたしは、このひとを敬愛していた。白井愛とふたりでこのひとの追憶にふけったことも一度ならずあった。

「世間的常識」から言ったらまことに奇妙なことであったにちがいない。だって、わたしはこのひとからその妻をうばいとったのだから。「うばいとった」という表現はあくまで「世間的常識」をきわだたせるためにわざと用いたものだ。言うまでもないことだが、白井愛は「もの」ではないのだから、うばったりうばいとられたりすることはできない。

医師としてもこのひとは「型破り」だった。もともと結核医であった彼は、医師にとってなによりもたいせつなのは「治療」ではなく「予防」なのだということを骨身に徹して知っていた。だから、医師としても研究者としても約束されていた輝かしい未来をかなぐりすてて、医学界では一段低く見られていた保健所の医師となり、みずから志願して離島や辺地におもむいていた。

このひとがたまたま「妻」となった女のために、その彼女のうちに潜在していた「才能」を開花させるために、文字どおりわが身を犠牲にして、どれほど献身的につくしたかは、のちに白井愛となる彼女自身がだれよりもよく知っていた。

ただひとつ、その当時このひとが理解していなかったのは、この女の「才能」が「いつの日か花開く」ためには「苛烈な試煉」が不可欠であったこと、その「試煉」とは、まさに、「なんでもかんでも投げすて」このひとを「裏切る」ことであったのだということだった。そのことをすら、しかし、このひとはのちに理解した。「だからこそすべてを受けいれ」たのだ。

ここで「デモン」が登場し、この女に語りかける。『悪魔のセレナーデ』における手法が受けつがれているのだ。

「デモン」は言う。「大空に飛びたち、奈落に堕ちて」はじめて「才能」は才能になったと言うのか。しかしその「才能」とはいかなるものであったか、「断食芸人」の才、「狂信的に断食に打ちこむ能」でしかなかったではないか。しかも「断食芸などもはや見むきもされなくなった時代」にねえ!

ここではじめて「断食芸人」という表現が登場する。ごぞんじですよね、フランツ・カフカの短編「断食芸人」の主人公にみずからを擬したものだったのです。

断食芸人の芸は断食しかない。この芸は、はじめのうちこそもてはやされもしたが、そのうちだれからもかえりみられなくなる。それでもなお彼はこの芸をつづけるのだ。というより、監視する者がいなくなった、ばかりか、断食の記録をつけることとさえ忘れられてしまったなかで、純粋に、この芸をきわめ、ひっそりと死んで、檻のなかの藁といっしょにかたづけられる。

白井愛の「芸」がこの断食芸人のそれとさえちがっていたところがひとつだけある。カフカの断食芸人にはそのむかし見物人がいた。しかし、白井愛の「芸」については、そもそものはじめっから見物人はいなかったのだ。

つぎにおかれている「猿神自由民主大国」はイロニーにつらぬかれた作品だ。イロニーによってしか語れない内容のものだからだ。

この作品で物語られるのは「ぺぺ」と「わたし」という、共通の地点から出発しながら、一方は権力構造に順応して「出世ザル」となり、もう一方はそれに反抗して袋だたきにされて「オチコボレザル」になった二人の生の道程だ。この「ぺぺ」と対蹠的な「わたし」のあゆんだ道が語られることによって、この「わたし」がいまの「わたし」になっていく理由が根底的にあきらかにされていく。

この「ぺぺ」の原型も、じつは、わたしはよく知っている。二人の出発の時点から、わたしはつねにこの二人の対照的な生の道程をつぶさに見てきたのだ。ただし、「ぺぺ」の原型となった女性のほうはそんなことは知らないだろう。

このひととのかかわりを白井愛が作品のなかではじめてとりあげたのは『悪魔のセレナーデ』に収められた「無数のYに」という詩においてであった。この詩のキーワードは「なりたかったところのものに　ひとはなる」である。ここであなたと呼びかけられているのが「猿神自由民主大国」における「ぺぺ」の原型なのだ。

この「あなた」は「有名大学の教授」になり「国際級の国際人」「世にときめく有識者」になった。つまり「社会的重要人物」であり「序列と権威の守護神」であり「自由や狂気や叛逆の気《け》を　万里のかなたから／嗅ぎつけて黙殺する　番犬知識人」になったのだ。

これに対する「わたし」のほうは「ゲジゲジ」になり、ついで、気がつくと「魔力」も「妖術のこころえ」もない「驕りの妖怪」になっていた。この妖怪が手にいれた「慢り」とは、「虚無」の、「愚かな生」の、「にせもの」の「驕り」だった。それでしかなかった。この詩のエッセンスを散文でかかれたこの短編のほうでは、もうすこしくわしくていねいに物語っていく。

「石のアリア」

わたしがかつてに第一部と名づけた「石」のしめくくりは「石のアリア」である。ここでは彦坂諦を原型とする人物が「ララ」という名で登場する。物語られるのは、このララと「わたし」とがたどってきた生の道程である。「わたし」がそれを物語っているのは、このララと「わたし」が「ともに世の荒波にむかって漕ぎ出してから、ほぼ、三十年」たった時点でのことだ。

ともに漕ぎだした、と言っていいところだが、しかし、より「厳密にいえば、わたしがおそれも知らずに魔の海を漕ぎすすみ、そのあとをララが必死で追ってきた」のだ、「比翼連理の愛人であろうとして」。

この「比翼連理」は、「石のアリア」の、というより、これをもふくめた「石」全体のキーワードであると言っていいと思う。「比翼」とは二羽のからだがくっついて一体となった鳥のことであり「連理」とは二本の木の枝がくっついて一つになっているさまのことで、両方あわせて男女のなかが切っても切れないほどむつまじいことをあらわしている。

ララと「わたし」が荒波にむかって漕ぎだした小舟はたちまち難破し、気がついてみると二人とも「ありとあらゆる廃棄物で埋ったヘドロの浜にたたきつけられ」ていた。それでも「わたし」は「どうにかこうにか這いだして、舟を棄て、泳ぎ出した」。ララは「必死であとを追ってきた」。「わたしたちは、はげましあって泳いだ」。それが「不遜な企て」なのだなんてことはつゆ知らずに。

「わたし」はながいあいだ知らなかったのだ、「ヘドロの海に首までつかって飲んだくれ、オレハダメナオトコダ節に涙しあうのが人間なのだってことを」。こうした「人間らしさ」のなかにいる分には憎まれることもなかっただろうに、「わたし」は「一介の人間（それも女）の分際」でありながら、「自分の選択の責任を自分で負って生きぬこうと」した。こういう人間を「憎悪する」のは「人間たち自身なのだ」。

いや、「知っても知ってもまだ知りたりなかった」のだ、「わたし」は「この国のたったひとりの異教徒、異邦人、異民族、異人種、異端、異類、異物なのだってこと」を。その「わたし」のうちには「魔物」がすみついていた。「魂」という「このやっかいなイソウロウ」。「この国ではひたかくしにかくしておかなきゃならないオタズネモノ」であり「繊細で、このうえもなく傷つきやすくて、とっぴょうしもない魔物」だった。

三十年前、ララは「わたし」に恋をした。この「わたし」とは「魔物をかくまっているわたし」だったから、「魔物は、ふいに立ち現れてはララを苦しめ、愚弄した。試しに試した」。苦しめられても、愚弄されても、試されても、ララはめげなかった。

この「魔物」はいつなんどき「わたし」のなかから躍りでて「わたし」を滅ぼしてしまうかもしれなかった。ということはつまり、この「魔物」が「いつなんどき」ララを「奈落の底に突き落すかもしれない」という「危険な日々」がつづくことだった。

この「魔物」に対抗するためにララが持っていた「唯一の武器」は「比翼連理への絶対の意志」であった。「魔物のどんなおそろしい気まぐれ」にも「ただち」に「絶対」に「つきしたがう」という「絶対の意志」だった。「ララはこれをつらぬきとおした。あげくのはてが、廃棄物の山に打ちすてられていたのだった」。

ここまでのこの寓話的記述は、いまのわたしから見て、現実にこのわたしが白井愛とのあいだにつくりあげた関係と、なんとしてでもこの関係をこわすまいとして必死に努力していたわたしの努力とを、過不足なく要約していると言っていい。

さて、かんじんなのは、そのあとなのだ。「わたし」のほうは、冒頭での記述とそっくりそのまま照応するように、ふたたび、荒波のなかへ「泳ぎ出した」のだった、たったひとりで、だからララにはなんのことわりもなく。その「わたし」をララは「またもや必死で追ってきたのだ」。

にもかかわらず、「その後の運命」は道をわけた。「一方は呪われ、他方は祝福される」ことになるのだ。「わたしを待ち受けていたのは、炎の海であり、氷の野であった」。この「炎の海」を「炎に焼かれながら」必死に泳ぎわたり、つぎに待ち受けていた「はてしない氷原」をしっかと「こうべをあげて」どこまでも「歩きつづけた」ことによって、「わたし」はもはや「決定的に人間たちからかけはなれた」存在となっていた。「決定的な異物」つまり「怪物」となりはてたのだ。それも、決定的に「無力な」怪物に。

その「わたし」にララは必死でついてきた。まさに「うそいつわりなく」この「わたし」に「つきしたがい」、正真正銘「この「わたし」と「苦難をともにした」のだ。にもかかわらず、「ララの切なる願い」にもかかわらず、このララを待ち受けていたのは「うらうらとした春の海であり野であった」。

またしても白井愛はこれ以上にない的確な表現でこのララの運命を要約している。ララは「怪物」とは「ならなかった」、「なれなかった」、「ならずにすんだ」のだ、と。いつしか、「わたし」は「石」になっていた。

ララのほうは「雪だるま」になっていた。

これこそ「オリジナル」とこれに「つきしたがうもの」とのあいだの「間隙」なのだ。この間隙がその後の運命を決したのだ。始祖は処刑され、エピゴーネンは祝福される。

その後のこのふたりの「なりゆき」を叙述している八ページを、いま、わたしは○○なしに読むことができない。この「○○」のなかに入るのは、常識的には「苦い思い」であるだろう。しかし、ちがう。わたしがここに挿入しうる副詞句はひとつしかない。「涙なしには」読めないのだ。

以下は「石のアリア」の「3」にあたる、つまりこの短編の終結部である。

時は特定されていないが、ララが「雪だるま」に変ってまもなくのことであろう。場は、この国の「津々浦々どこにでもあるような」「きらびやかな」「民衆宮殿」である。この「民衆宮殿」の「演壇」で「熱弁をふるっている」のは、まだ「小粒の雪だるま」である「ララ氏」だ。「会場を埋めつくしている」のも「その多くは雪だるま」である。会場の熱気によっても「雪だるま」たちの雪は溶けだすけはいがない。「それもそのはず、雪だるまたちのからだをつくっているこの雪は、民衆の熱気が降らせた名声」なのだ。したがって「この雪は、ひとたび根雪となれば雪だるま式に肥りつづける魔法の雪、万年雪となって歴史に残るかもしれない雪」なのだ。

熱演がおわって、パーティとなる。ここでも「ララ氏は、雪だるまたちにとりかこまれて、料理を口にすることもできません」。これだけ見ればこれは「全国津々浦々で開かれている無数のパーティとあまり変わらない」ものだが、じつは、「ここに集って祝杯に目のふちをそめておられるのは、アジアの飢えた民衆のためのたたかいに心身の一部または大部を捧げておられる美しき雪だるま」ばかりのだ。

さて、やっとのことでみんなと別れたあと、ララがひそかにむかうのは、とある「石」のすまい。「まちがえないでください。すまいが石でできているというのではありません。コンクリートの集合住宅のなかに石が一個うずくまっているのです」。

ララがここにやってきたのは、きょう彼が体験したことを石に伝えるためだ。「雪だるま」になったとはいうものの、ララは、いまはもう石になってしまっている「わたし」に対する「比翼連理の意志」は棄てていなかった。ララだけは「石」の「叫び」を聴きとることができたのだ。

「ほとんど一日中、石は石の労働に従事しています」とあるのは、そのまま、白井愛が現実に耐えていた日々の苦役を意味している。なぜ、そういった苦役に耐えなければならなかったのか？　彼女が「石の宿命に釘づけになったまま」でいたからだ。

その「石」は、「石の宿命に釘づけ」にされても、なお、胸のうちの深いところで「焔を燃やしつづけていた」。日々の「苦しみの叫びを炎に変えて」。

この「炎の意志」が「奇跡」を生みだした。「石が空にむかって飛び立つ」ようになったのだ。とはいえ、この「奇跡」は一瞬にしておわる。「石が空にむかって飛び」たったといっても、「ほんの一瞬、ほんの三センチばかり」にすぎない。それも、「朝、あけぼのが大空を希望の光に染めるとき」にかぎる。このときだけは、「石」もまた「希望の炎を燃え立たせ、希望の翼をはばたかせて」飛び立つのだ。

運命に「釘づけ」にされながら、なおも、胸のうちの深いところで炎を燃やしつづけているこの「石」を、ララは「どんなに愛してきたことか。どんなに敬ってきたことか」。

ここに、ひとつひとつそれだけとってみればなんの変哲もない短文が二つつづけておかれていることから、この当時のわたしの白井愛に対する愛のありようを、どれほど的確に、どれほど深い愛をこめて彼女が理解していたかが、いまのわたしには痛いほどわかる。「敬愛してきたか」とひとつの文にしてしまったのでは、とうてい、この愛のありようをあらわすことはできなかっただろう。この愛は、具体的には、つぎのようなかたちをとることによってかろうじて表現されていた。

この「ララ」は、「片道一二〇〇円の距離」に住んでいながら、「できるだけ足しげく石をおとずれては、石の陋屋を掃除し、石にへばりついた塵や芥を洗いおとし、その目がいっそう鋭く研ぎすまされ、その炎がいっそう熾烈に燃えあがれるように」と、けんめいに「かしづ」いていたのだ。

そしてまた、じっさい、「雪だるまとして立たなければならないときには、あらかじめ石の炎に焼いてもらってから出かける」ことにもしていたのだ。この「石のアリア」の冒頭「1」におかれた「デモンのレチタティーヴォ」を想起していただきたい。「デモン」はこう語りかけているのだ。

盗むわけじゃないよ、ララは。
心の底からきみの炎に賛嘆し、きみの炎を熱愛するんだ。
だからこそ、きみの炎が、ララ自身の炎になる。
危険な焔が、たいまつ［松明］に変る。
だからこそ、世間は、ララのことばに喝采し、ララのことばを求める。
たいまつがイルミネーションに変る。
よくわかってるじゃないの。
オリジナルは、はりつけになる。

（『鶴』九六ページ）

おなじことが、この部分ではこんなふうに表現されている。

石の炎に焼かれると、ララのことばはふしぎな輝きをおびるのでした。
このふしぎな輝きにうっとりしたララ・ファンの内輪の集りに招かれたときなど、ララは、率直に、この石の存在について語りました。石の炎のことや、石の目のことを。そして、せつせつと訴えるのでした。

「みなさん！　この石にたいするあなたがたの熱い共感、深い愛、それだけが石を人間にもどせるのです！」

このセンセイ、頭のどこかがイカレてるんじゃないだろうか、と肩をすくめた健全な頭たちもすくなくなかったものの、この率直な告白にいたく感動し、ますます先生を敬慕した率直な心たちも、すくなくありませんでした。

しかし、だれが、いったい、呪われた石になど、まじめな関心を寄せるでしょうか。そんなもの、なんの関係があるというのでしょう。

「パワフルな石ころもあるんですわねえ、ホホホホホ」

かえってきたたった一つの反応が、これでした。しかも、なんともふしぎなことには、その石に対する敵意が、ララ支持者たちのうちに、漠然と、しかし確実に、高まっていったのです。

（『鶴』一〇四ページ）

ながながと引用してしまったことを、どうか、おゆるしください。こういったことがらについて語るには、それ相応の文体が必要なのです。その文体としてこれ以上に適切なものを、わたしは、いまここに引用したもの以外に見いだすことはできなかったのです。

先にとりあげた「ソクラテス先生」のモデルは、ララのモデルであるこのわたしを、しばしば、「白井愛の番頭さん」といってからかったものだった。わたしは、こんなふうにからかわれても、そのこと自体に抗議したことはない。それどころか、いや、ぼくは「使徒」なんだ、とすら言いつのったものである。不遜なたとえであることは百も承知だった。番頭さんには「旦那」がいる。だが、わたしには「旦那」つまりご主人さまはいない。いたのは師だけだった。

さて、雪だるまたちの集りからぬけだして「石」の「陋屋」にかえりついたララは「石を抱擁し、かたわらに」坐る。すると、ララは雪だるまではなくなり、彼女も「石」ではなくなる。ふたりとも「二つのおさない心」にもどるのだ。そこで、ララは、「きょうあったことをできるだけ正確に語ろうと努力」する。

肝心なのは正確に語ることであるのだということをララは知悉している。「正確に」というのは、自分の身に「ふりかかって」きた「成功」のひとつひとつを「ひとごとのように、風景のように、距離をおいて」語ることだ。なにごとであれ、それについて語ることが苦痛であるようなことであれ、いっさい言いおとしはすまいとつとめることだ。だから、ひとびとが、意識的にであれ無意識のうちにであれ、口にした、あるいは動作にあらわした「石にたいする攻撃」についても「いささかも省略することなしに」つぶさに語る。ララの語るその日のできごとのいっさいに「石」はただじっと聴きいっている。聴きおわってから、しずかに言う。

もうこれ以上あなたにはかかわらないことにしたい。もうじゅうぶんにララはひとりでやっていける。「わたしの炎も、目も、もうじゅうぶんに、ララ自身のものになってることだし」。じっさいに、ララは「独力でやってるじゃないの！」その「ララ自身の焔、ララ自身の目のほうが、ずっと、みんなの心をとらえる力をもってるじゃないの！　わたしがかかわらないほうが、ずっと、支持されるのよ。支持者の幅もずっとひろがるのよ！」　そのとたんに、ララは叫びだす、「それじゃ、ぼくは、なにもかも投げすてる！」と。「ぼくは雪だるまなんかになりたくはないんだ。きみの使徒として、きみの炎をひとびとにつたえるために、きみの炎を世に知らしめるために、ぼくは雪だるまになってるだけなんだ。すべてはきみのためなんだ！　すべてをぼくらがともにするんでないんなら、ぼくらがバラバラに生きるというんなら、いったい、なんのために、ぼくは雪だるまなんかになってるんだ！　そういうことなら、ぼくも石になるよ！　なにもかも投げ出せば、それですむんだ！」（『鶴』一〇五ページ）

こう叫ぶことにはララにとって正当な理由があった。なにか？　ララもまた「石」になるということは、二人とも「自滅」することになるのだ、と彼は信じていたのだ。もし、ララと「石」とが「バラバラの二つの石になって、バラバラに死んで」いくことになったなら、それこそ「世間の思うつぼ」じゃないか！「世間の術策に、差別と分断の陰謀に、してやられることじゃないか」！

ララは、そしてその原型となった当時のわたしも、本気でそう信じていたのだ、このわたしを白井愛に対する「攻め道具」に「仕立てあげ」ようとしている「やつら」に、わたしは、白井愛とわたしはともに立ちむかわなければならないのだ、と。

このララの叫びを聴いた「石」は「ただ、つぶやきました」としか書いてない、「もう時間がないのよ」と。このとき、現実の白井愛が、未来の運命を、つまり、ガンにおかされて先にこの世を去ることになるのだということを、予見していたとは思えない。けれども、いまこれを読むわたしには、そうでしかなかった、ありえなかったのだ、という思いがどうしてもこみあげてくる。

このどうしようもなくつらい思いなしに、この短編にあたえられているつぎの帰結を紹介することも、わたしにはできそうにない。

それから「まもなく、ララは、十三巻にわたるシリーズ『アジアを生きる』を完結し、広く、高い評価を受けることになりました」と、ここに書いてあるのは、彦坂諦のシリーズ「ある無能兵士の軌跡」の完結という事実をふまえてのように、つい、このわたしでさえ錯覚するのだが、現実には、この時点でこのシリーズはまだ完結していないどころか、「罌粟《けし》書房」の消滅によって、第三部の出版さえあやぶまれていた。全シリーズ九巻が「柘植《つげ》書房」という版元を得て完結するのはそれから二年以上経った九五年末のことだ。白井愛は、だから、想像上の事実として書いていたことになる。それにしては、しかし、なんという的確な予感であることか。

とはいえ、この予感の的確さについてわたしがいま感慨をあらたにしているのは、白井愛がこの時点においてこのシリーズが「広く、高い評価を受けることに」なると書いたことについてではない。そうではなく、ここで、この完結したシリーズからはララが持っていたある「ふしぎな輝き」が消え去っているという事実をさりげなく指摘していることについてなのだ。よくもまあ、この時点ですでにこのことに気がついていたものだ、と、わたしはしみじみ思う。

シリーズ完結「祝賀パーティ」をおえてララが「やっと石をたずねた」とき、「石」は「石の芸」を「披露したい」と言う。「石」はそのころ三センチではなく三十センチばかり「舞いあがって、そのまま十数分も、宙に浮いていられるようになっていた」のだ、「うたをうたいながら、うたをうたっているかぎりは」。

ララのまえで「石」は「三十センチばかり舞いあがって」うたった、「かなしみのうた」を、「かろやかに、かろやかに」。観客は「ララたったひとり」だった。この「全観衆」がつまり「全世界」が、「涙を流し」た。「とめどなく流し」た。この「涙を見て、石は、自分も、あふれる涙にぬれながら」うたった。すると「かなしみのうた」は、いつのまにか「よろこびのうた」に変っていた。「かなしみの極にありながらよろこびの極でもある」そういううたに。

そして、このまま「二十分たち、三十分たち」して、ついに、「石は、ぱっくりと二つに割れて、こなごなに砕けちってしまいました」。

さいごはそのまま引用したい。このわがままをもどうかおゆるしあれ。

ララが、石を思って涙を流すと、涙にぬれながら石のうたったあのうたが、どこからともなく聞こえてくるのでした。そして、あらたな涙をそそりました。

涙のつづくかぎり、うたはつづきました。

ララは石の思い出を本にしました。

本は売れませんでした。

でも、ララがその本をあけると、涙がこぼれて、うたがきこえてくるのでした。

せっかく雪だるまになっていたのに、けっきょく、ララは、貧乏のなかで、まもなく死んだということです。


（『鶴』一〇八ページ）

じつはこのあとに「エピローグ」が来る。どこまでもはにかみやであくなき相対化の権化である白井愛は、右に引用した詩的な結末をもまたひっくりかえさないではいられなかったのだ。だが、この「エピローグ」について語ることはいまはすまい。

おわりに

一九九三年二月二〇日、「鶴」の原稿を読み涙を流した、とわたしは日記に書いている。三月八日にはこの原稿を「ワープロ」に打ちこむ作業に着手している。一一日にこれができあがり、一二日にはコピーを一五部つくり製本して赤松清和ほかに送った、とある。この段階で「鶴」と呼ばれているのは、わたしの言う第二部の「鶴」のほうだけで、第一部の「石」はまだ完成はしていないし、この部分をもあわせて『鶴』というタイトルの本にするというアイディアも生れてなかった。出版してもらえるあてもなかった。コピーを送った相手も友人知人の範囲を出ていない。唯一の例外が大西巨人で、このひとには四月八日に送り、ごていねいにも、九日後の一七日には「改訂版」まで送っている。

五月一〇日、意を決して、出版してほしい、もしくは出せるように口を利いてほしいという依頼の手紙を添え、彦坂の名で『鶴』のコピーを送った。相手は、わたしのメモによると、七人しかいない。羽田ゆみ子（梨の木舎）、菅孝行、林雅之、降旗康男（映画監督）、北嶋孝（共同通信）、山中恒と鈴木誠（れんが書房新社）である。鈴木誠は脈のありそうな返事をよこした。ほかの六人からも懇切丁寧な返事はもらったが、いずれも出版に結びつく内容のものではなかった。

この四日後に大西巨人から白井愛宛てに手紙が届いた。「衝撃と感謝と発憤と……」とだけわたしは日記に記している。大西巨人は、その後も（六月一七日）白井愛に電話してくれて、某文芸誌の編集長に話してみたが彼はあなたの作品を理解できるひとではなかった、などと伝えてくれたし、作品構成のうえでの助言をしてくれもした。

五月三一日、「れんが書房新社」から白井愛に出版を引きうけるむねの手紙が届いた。翌六月一日、彦坂が「れんが」に電話して、その週の土曜日に会うてはずをととのえ、白井愛は、さっそく、手なおしをはじめている。六月五日、午後一時、白井愛と彦坂諦が「れんが書房新社」に鈴木誠を訪ねた。「歓談七時間におよび、八時近くに辞去」と、わたしのメモには書いてある。七月一三日には、出版の時期を九月下旬にすることがきまり（じっさいには一ヶ月遅れて十月末になったが）、白井愛は原稿のさらなる推敲に専念し、彦坂のほうは本にはさみこむいわゆる「栞」の執筆をだれに依頼するかに心をくだいた。白井愛ともたびたび話しあったけっか、最終的に落合恵子、山中恒、菅孝行の三人に依頼することになり、いずれも快諾をえた。「栞」には、だから、三者三様のユニークな文章が掲載されている。

第七章　断食芸人の誕生・承前――『鶴』第二部

なぜ「承前」なのか？

ひきつづいて『鶴』のことを書く。今回は、わたしがかってに第二部となづけた「鶴」についてだ。これが、この作品集のタイトルになっていることからもわかるように、この本の中枢を占める小説だ。そしてまた、とりわけ毀誉褒貶の的となった作品でもある。

この作品によって、白井愛は、いよいよ真正の断食芸人になったのであるとわたしはおもう。断食芸人は、断食という芸がもうとうに時代おくれになって世人の関心をひかなくなってしまったのに、断食芸をつづける。それしかできないからだ。その芸によってしか断食芸人ではありえないからだ。白井愛のばあいもこれと酷似している。「欺瞞」も「自己否定」も死語になった時代に「鶴」を書いているのだから。

この項を書くために「鶴」を読みなおした。新鮮なおどろきと感動があった。これまでいくたび読みかえしたかしれない。もう一四年も前に学生たちのために書いた「鶴」評の冒頭に「不朽の名作の条件は二つある」と、わたしは書いている、「いくども読む気にさせること、どこから読んでもいいことだ」。「鶴」を「不朽の名作」にかぞえいれているわけだ。こう書いたときわたしには気負いがあった。白井愛はまだ生きていて、その死の原因となる癌の発現を自分で発見する一年前だった。

この書評をわたしが書いたのは一九九九年だから、「鶴」が世に出てからすでに六年の歳月が経過している。

そのあいだ、この作品に対する反響は皆無に近かった。というより、わたしにはそう感じられていた、と言ったほうがより正確だろう。というのも、『悪魔のセレナーデ』を機に白井愛の熱烈な読者になってくれたごく少数のひとびと——看護師や旋盤工や非常勤講師やアルバイトなど権威も権力ももたない——からは熱いおもいでむかえられはしたけれども、名のあるひとたちからは黙殺され、白井愛がこころからそうねがったように、「現実が神——序列や権威が神——であるこの国のどこか見えない片隅で荒れ狂っている叛徒」に出会うということは、ついになかった。だから、芝浦工大生協学生委員会から『芝浦工大書評誌』への寄稿を依頼されたときふたつ返事でひきうけた。この機会にぜひとも「鶴」を紹介しようとおもったからだった。（彦坂註——このころわたしは三〇年もつづけた人足稼業もおはらいばこになって、職安通いをしていたおり、ふとした縁で芝浦工大の非常勤講師という職にありついていた）

黙殺された、と、いま書いたけれど、例外が四人はいた。この本をゲラの段階で読んでこの本の「栞」のための文章を書いてくれた落合恵子、山中恒、菅孝行の三人と、発刊後半年たったころ、『ほんコミュニケート』というミニコミ雑誌にすてきな文章をよせてくれた高橋敏夫だ。それぞれに、そのひとでなければ書けない文章だった。いまでも、わたしは、この四人に深く感謝している。

とりわけ、落合恵子の文章に接したときのあの感動はいまも消えることはない。こんど読みかえしてみても、からだじゅうがふるえるおもいをあじわった。せめてその一端だけでも、だから、ここで共有したい。

この文章は「ある女性への私信」と題され、じじつひとりの女への語りかけとして綴られていて、「わたしは『わたし』に生まれたのではなく、わたしがわたしを生きてくる中で『わたし』になってきたのだ。たとえ、かけがえのないと思えた、最も大事なひとに理解されなくとも、わたしは『わたし』に向かって、胸を張ってそうつぶやけるような日々を送りたい」という手紙をうけとったその三日後、「一冊の本……正確には、これから本になる作品をゲラの段階で……読みました」と、書きだされている。

白井愛さんが書かれた作品集です。

美しい本でした。美しいという、めったに使わないこの形容詞を、なんのためらいもなく丸ごと贈りたい……。そんな毅然とした誇りと、深く豊かな孤独に貫かれた作品でした。『鶴』の女性主人公、「わたし」は次のように言います。

……この出発の時点で、すでに、わたしは、自分がなにもの「である」かによってではなく、なにもの「になる」かによってでもなく、これからなにを「つくる」か、なにを「生みだす」かによって、自分を問おうとしている。過去としての現在ではなく、未来としての現在に、つまり、未来を創る「仕事」のなかに、自分を賭けている。

『鶴』はそういった意味で、この社会で、敢えて「異教徒」として生きることを自らの宿命として選び取った、ひとりの「女」の、dignityを描いた作品だと言うこともできるでしょう。（『鶴』の栞）

これほどに鮮烈なオマージュとともに世に送りだされたのに、そのあと、この作品は黙殺されつづけた。白井愛の使徒と揶揄されたほど熱心に白井愛のすばらしさを説いてまわっていたわたしが、この学校の学生しか読まない小誌であってもいい、この作品について語っておきたい、とおもいたったのもゆえなしとしない。この書評のなかで、わたしは、落合恵子のこのことばを援用してつぎのように書いた。

『鶴』は「異物」となった女の物語だ。この社会のなかでどう生きていくかを自分自身の責任において選び、結果として自分がこの社会の異物となってしまったことに気づかなければいけなかった、そういう女の物語だ。

ヒロインは、もともと、先頭に立ったり目立ったりするのが苦手だった。みんなのうしろにひっそりかくれていたかった。だが、不可能だった。彼女はひそかに考えた。他人にイバラレルのはしかたがない、せめて自分がイバルことだけはしないで生きていきたい。

しかし、とりわけこの国のこの社会は、イバル者にはペコペコしイバラナイ者にはイタケダカになる卑屈で残忍なところだ。イバラナイで生きようとすると、よってたかってイジメる。イジメ殺されるかもしれない。彼女はどうすればいいのか——権力にも権威にもよりかからないで、つまりナサケナイ弱者として、しかし、殺されてしまわないように生きていくためには?

彼女は、自分自身の無力を知りながら、あえて、この社会の異分子（異教徒・異端・異邦人）として生きることをわが身の「宿命」として選ぶ。「宿命とは、自己のもっとも深いところでの選択、生涯を賭けた選択のことにほかならない」。『鶴』は、そのような「ひとりの『女』のd・i・g・n・i・tyを描いた作品」なのだ。

（『芝浦工大書評誌』生協学生委員会編・一九九〇年四月）

このような評価を否定するのではないが、しかし、もっと広くもっと深い呼びかけがこの作品にひそんでいることに、いま読みなおして、わたしは気づいた。ひとことでいうと、この作品によって白井愛は白井愛になったのだ、ということにだ。前号でもたしかにわたしはそう書いた。しかし、この作品に具体的に即して、このおもいをいっそう深くしたことはいなめない。ある意味で、この作品は白井愛の生の総決算なのだと言ってもいいだろう。この作品ひとつによって、白井愛の名は、この世界に生きるひとびとの記憶に永遠にとどめられるであろう。

このわたしのいまのおもいのゆえんが、高橋敏夫の書いた書評のなかに、いま読みかえすとはっきりわかるのだが、すでに正確に指摘されている。落合恵子は、ひとりの女として、「鶴」という作品の核心を衝いてくれたが、高橋敏夫は、第一線で活躍する文芸評論家のひとりとして、「嫌悪」というキーワードによってこの作品の特質をみごとに浮刻したのであった。

「嫌悪」とは、「いうまでもなく、『いまとここ』にたいする全面的で持続的な拒絶を、もっともよくあらわす感情である」と、高橋は、まず定義する。「呪詛」や「憎悪」といった感情は「激しいが、しかし特定の対象以外とは親和的であるがゆえに、『いまとここ』につなぎとめられてしまう」。これに対して「嫌悪」は「『いまとここ』に、いささかも慣れ親しむことはない」。

「いまとここ」とは、高橋自身がそうしているように、「常識」あるいは「世間」と言いかえることができる。つまり「嫌悪とは、非常識、非世間的であることをこえて、常識、世間にたいする根底的な異物そのもの」なのだ。

この嫌悪を、「文学も思想も、すべての芸術、いっさいの創造的文化も」その「根底にひめている。逆に言えば、嫌悪をとおさない芸術はありえない」と、高橋は言いきっている。この「嫌悪」が消失してしまっているので、いま、文学も思想も「その力を著しく喪失させてきている」。そのような状況のもとで、ここに「まぎれもない嫌悪の物語がある」、と高橋は指摘した、「嫌悪の消失をみすえ、それを徹底的に嫌悪する、そうした物語が奇跡のようにある」のだ、と。

この視角から見ると、作中の「あなた」と「わたし」との「たたかい」としての恋のありようが的確に浮びあがってくるだろう。

この女性の二五年間の奇跡のような軌跡が、嫌悪をもたず才能だけで鶴学の大家になった反体制的知識人とのあいだの、まさしく愛の闘争として濃密に描かれるとき、この嫌悪の物語は、人間を問い、知識人を問い、芸術を問い、この二五年間の反体制を問い、女と男の関係を問う物語として姿をあらわす。（彦坂註――『ほんコミュニケート』はいま手もとに見あたらないので該当ページをあげることはできない）

なにを「つくる」かによって自分を問う

この「鶴」という作品は、白井愛の処女作「あらゆる愚者は亜人間である」とおなじテーマをより鮮明に浮きたたせている。登場人物もおなじ。ムノワーラは「わたし」、JPは「あなた」だ。ただしブスケは、完全にかげにかくれていて、登場しない。

一人称で書かれていることに注目したい。私小説をのぞいて、一般に、小説作品は三人称で書かれる。そのほうが、作中人物と適切な距離をとることができると考えられているからだ。しかし、白井愛があえてヒロインを三人称で描かなかったのは、自分自身の真実をよりいっそう切実に表現したかったからではないか。

そういう意味でなら「鶴」は私小説だと言っていい。しかし、このくににあらわれたどの私小説よりも私小説的ではない。はじめからおわりまで観念的な文体でつらぬかれているからだ。あまりに観念的すぎるとおもう読者も「いるにちがいない」と高橋も予想しながら、しかし「それらの観念は、嫌悪にひたされて、なまなましく、そして重い」と的確に指摘している。白井愛の文体の抽象性についてわたしがかつて書いたところとくしくも一致する。白井愛は「下層亜人間的心性に淫している私の姿を」とわたしは書いている「明晰で抽象的な文体によってこのうえもなくリアルに描きだしたのだ」。『あらゆる愚者は亜人間である』におけるブスケの描きかたについてなのだが。

この『あらゆる愚者は亜人間である』を連載の初回にとりあげたとき、わたしは、「メモ3」から「メモのエピローグのエピローグ」までに描かれたムノワーラとJPとの「せつない恋」のなりゆきにはわざとふれなかった。この恋におけるふたりの関係が象徴している人間と亜人間とのありよう、もっと正確にいうなら、亜人間がおかれている状況に焦点をあてたかったからである。「鶴」では、この関係がその根底からあざやかにてらしだされている。

冒頭からキーワードが登場する。「説明」だ。ヒロインである「わたし」が、二五年間つづいてきた恋人と「もう、別れたい！」と「とうとつに、涙を噴出させながら（中略）叫んだとき」（彦坂註――涙を「流す」のではなく「噴出させ」、「言う」のでも「口に出す」のでもなく「叫んだ」といった語法に注意）、「だれとでも、対話は可能だ」と「公言」してきた知識人の「あなた」は「説明」を求めた。

あくまで説明を求める知識人の「あなた」と、だれに対してでも「説明」など拒否してきた「非知識人」の「わたし」とのコントラストがあざやかに示されている。それでも「わたし」が「説明」をこころみたのは、「ただ、ゆるしあい感謝しあって別れたかったからだ」。のちにじゅうぶんにあきらかになることではあるが、ここからも「わたし」が相手との関係性をなによりも重く考えていることがわかる。

ところが、この「わたし」のことばは「あなた」には通じなかった。「わたしたちはべつべつのくにのことばを話していた」。「あなた」にとって「説明」とは「あなたがたのくにのことばで語ること」すなわち「理」によって、「理の道」に立って「明らかにする」ことだ。ところが「わたし」に「理」はなかった。前号で紹介したこの作品集『鶴』のエピグラフをもういちど記しておく。

出口がなかった
出口はぜんぶふさがれていた
自分で自分の出口をつくった
生きるために

わたしの出口だった

たったひとつの
理があろうとなかろうと
邪であろうと正であろうと

このいまの閉塞状況から脱出する出口を、「鶴」のヒロイン「わたし」は「自分で」つくらなければならなかった。出口を「発見する」のではない。まったくないところから自力でつくりださなければならなかったのだ。そうしてつくりだしたのは、この「わたし」だけの「たったひとつの」出口だった。あえて、彼女はそう言う。その「わたし」に「理」があろうとなかろうと、それが「正」であろうと「邪」であろうと。

この「わたし」は、そのむかし「美しい女に姿を変えて人間界に飛来した鶴」であったらしいが、「あなた」との恋の物語の「発端で」は、すでに「人間の女」である。「二十七歳、博士課程の大学院生」だ。「モンゴル語、朝鮮語、ナナイ語、ニブヒ語、アイヌ語、教えます！」という「看板」を「老朽化した賃貸アパート」のドアにかけているが「客は来ない」。

読みなおしてここにきたとき、わたしは胸をつかれた。とうにわすれていたのだが、この作品へのわたしの関与のあとが、ここにのこっている。「モンゴル語」と「朝鮮語」「アイヌ語」までは白井愛自身がたやすくおもいつく。しかし、「ナナイ」「ニブヒ」といった当時ソ連の「極東」地方に自治を認められてくらしていた少数民族の言語のことにまでおもいいたることはむつかしい。ヒントをあたえたのはこのわたしだ。

関与というのは、しかし、この程度のことにすぎない。白井愛のどの作品の制作過程においても、わたしは、つねに、第一の読者であり批評家ではあったが、けっして、共同制作者ではなかった。どれほど深くその制作過程にのめりこんでいようと。個々の文脈におけることばのつかいかたにまで口をさしはさんでおおげんかになることもありはした。とはいえ、創作それ自体に干渉することはけっしてなかった。

この大学院生は、貧窮のなかで「その場かぎりの、いろんなアルバイトにありついて、なんとかくらして」いながら、つねにつねに、時間とおかねにかつえていた。おかねを手にいれるための「アルバイト」の時間が「研究」にうちこめる時間を削減していた。

「美しい女」としての「わたし」を「男という男」たちが「追いまわしている。みみっちい餌をいともおおぎょうに見せびらかしながら」。そうだったなあ、とわたしはおもう、現実の浦野衣子にもつきまとう男たちはおおぜいいた。美しいだけでなくしとやかにも見えたからである。しかし、ある距離まで近づくとびっくりして逃げていく。あきらめないのはバカかキチガイだけだった。

「ところが、わたしには『女』という偶然性にたよって人間界を渡るつもりなどない」。このように言いきることができるのはこれまたバカかキチガイだけだ。おおかれすくなかれ「成功」し「世に出る」女たちは「女」を利用している。

とはいえ、ここまでならまだそれほど特異であるとは言えないだろう。特異なのは、「この出発の時点で、すでに、わたしは、自分がなにもの『である』かによってではなく、なにもの『になる』かによってでもなく、これからなにを『つくる』か、なにを『生みだす』かによって、自分を問おうとしている」という点においてだ。この作品を読みとくもうひとつのキーワードがここにある。落合恵子の眼をひいたのもここだった。

大学院生の「わたし」は、「鶴の一生」をテーマに論文を書いている。なにか自分でもまだわかっていない「衝動」につきうごかされて、だ。この時点ですでに彼女が人間であることは先にのべた。だから、あくまで人間として、人間の側から鶴を見ている。「にもかかわらず」人間である「先人」たちの「業績」に接すると、「まるでわたし自身が鶴ででもあるかのように、鶴としての違和感や反撥が」わきおこってくるのだった。

この「鶴」が、白井愛の作家としての出発の原点においてすでに提示されている「亜人間」つまり「人間」

よりひとつ下のランクにおかれている存在の象徴であることは、容易に読みとれるだろう。

この「わたし」のまえに「あなた」はあらわれた。「鶴学の前衛」として。「古今東西の文献を渉猟し、厳密な文献批判をおこな」っているばかりか、みずから「鶴の生息地に身をおいて綿密な観察を重ねている」。いや、それだけなら、「あなた」は「わたし」を魅了するにはいたらないだろう。この「あなた」は、たんに鶴を対象として観察する研究者の位置から一歩ふみだして、「鶴とわれわれとの関係を問う」ところまで進みでている。すなわち、「貧しい被抑圧民族」に対する人間としてのわれわれ」の「犯罪を告発しつづけている」。文字どおり「ラディカルな知識人」でもある。この人物像はすでに『あらゆる愚者は亜人間である』に登場したJPの形象と完全に一致している。JPも「あなた」もおなじプロトタイプから造型されているのだ。

この時点での「わたし」にとって「鶴の一生」をテーマとする「論文」を書くことには、一人前の研究者として認められ「経済的安定」を手にいれるための「業績づくり」としての意味ももっていた。ただ、この時点でも、すでに、彼女は「わたしの仕事」を生きる根拠にしていた。だから、キャリアをめざすだれもが当然のこととしてやっていたように「人脈づくり」のため「ステータス獲得」のために「時間を捧げる」ことはしていなかった。「わたしの仕事」が「寸刻」でも多くの時間を要求していたためであり、しかも「わたし」には「寸刻」の時間しかなかったからだ。

「わたしの仕事」へのこの無垢の献身、「世間をかえりみぬひたむきさ」がまさか「世間」からうとまれることになろうとは予想だにしてなかったのだ。権威＝世間に「よりかかる」ことをしないで「持てるすべてを仕事に捧げようとする」この「純粋さ」は、「世間」に対する「敬意を欠いた不遜」と見なされる。彼女がそのとき「生きていたたぐいの、仕事への無垢の献身」は、この「世間」に生きる、生きなければいけないひとたちにはそぐわないものであったのだ。

ただ、「仕事」に対するこの「無邪気な信頼」が、「まるで罠のように、すばやく、あまりにもすばやくむくいられた」のだった。「わたし」の「研究報告の一部（「鶴の一生」の一部）」が、「新しい仕事のパートナー」をさがしていた「あなた」の眼に「たまたま」とまったのだ。この「あなた」は「革新的」な研究者の名に恥じず、まったく無名の大学院生にすぎなかった「わたし」を「共同研究者に抜擢」したのである。

ここでも、わたしは胸をつかれる。さりげなく抽象的にしか書かれていないこの事実の背後を、わたしは知っているからだ。より正確には、ともに生きていたからだ。邪道であることは承知で、その一部をあかしておく。

ことの発端は、サルトルが日本でもてはやされるようになってはいたが、その「受容」のしかたにはこのくにでありがちなかたよりや誤解が感じられたことにあった。そこで、このくににおけるサルトル受容のありようをしらべてみようと、浦野衣子はおもいたった。

当時は、わたしも彼女とおなじ博士課程の院生だったから、図書館の「書庫」に立ちいる権利をもっていた。その権利を行使して、彼女とわたしは、書庫に収められている文献を、単行本から雑誌にいたるまで、かたはしから手にとってその内容を読み、サルトルに直接かかわる記述だけでなく、サルトルの作品や思想にかかわっているとおもわれる「痕跡」まで、のがさず収拾していった。総あたり戦術である。いまおもえば、いったいどこからあれだけの情熱と持続力が生みだされていたのかと、ふしぎにおもう。ふたりとも、わかかった。

ＰＣ時代にはまだ入っていなかったけれど、このたぐいの調査研究にあっては、キーワードを定めて検索するのがつねであった。ところが、じっさいにわたしたちがやったことといえば、文字どおり網羅的に書棚の本や雑誌を手にとり、その場で読んで、手がかりになりそうなところはカードに抜き書きする、という、じつに単純素朴な作業だった。時間と手間がかかる。あの時代だったからこそやれた。

この手段をとったことが、結果的には成功だった。サルトルとか実存主義とかアンガージュマンとかいったキーワードだけをたよりに検索するのとはちがって、おもいがけない発見がつぎつぎとあった。おもいのほか広く深くサルトルの影響がおよんでいたことがわかった。むろん、先にのべたように、誤解というよりはあまりにもキミョウキテレツな理解もそうとうに多く発見した。

この作業の目的は、たんに、サルトル思想のこのくににおける受容のありかたを知ることではなかった。このくにの戦後文学戦後思想の流れを、サルトル受容という切り口から批判的に探っていくことが主眼だった。この視角から発見したことはいくつもあった。

この調査研究の結果は、「日本におけるサルトル受容」というなんの変哲もないタイトルによって、浦野衣子が学会で発表した。そのさいにくばった「年表」がこの作中で「あなた」と呼ばれている研究者の目にとまったのだった。

この年表づくりには、歴史研究の手ほどきを受けていたわたしの経験も大いに寄与した。わたし自身、のちにガダルカナル戦に関する「年表」ならぬ「日表」を、ことの本質が一目瞭然になるように作成したことでもわかるように、この当時から、ありきたりの年表などつくるつもりはなかった。なにを、どのように取捨選択するか、どのようなかたちで配列するかだけでも、できあがる年表の質には格段の差が生ずる。

そこに、浦野衣子の手によって、簡潔なコメントがつけられた。それも、彼女の見解をじかに出すのではなく、みじかい引用によって、その書き手の思想や心情、性癖までも浮きぼりにしていくといった、ユニークなコメントだったのだ。このコメントをたどっていくと、そこに、この国の戦後文学史思想史の全体像がおのずから浮びあがってくる。このしごとの独自性と、それをなしえた浦野衣子の資質を、だれよりもはやく見ぬいたのが「あなた」だったのだ。

孤独の川をわたる

この「あなた」は「わたし」の研究者としての資質にだけでなく「女」としての魅力にも目をとめた。彼女を食事に誘い、ともに「酒杯を傾けて、おたがいのまたとない知的親近性を確認しあった」。この「無邪気で無心の歓楽のひとときが、歓楽の総仕上げを要求しないはずはない」。そうでなければ「画竜点睛」を欠く。いたって「自然ななりゆき」で「あなた」は「わたし」を家まで送りとどけ、「竜にひとみ（晴）を書き入れ」た。

このときの「わたし」はまだ「無邪気な天使」だった。「孤独の川」の「存在など夢想だにし」ていなかった。「無邪気な天使」は、「あなた」の「影響」のもとに「自己を形成」していった。あらゆる「欺瞞」を恥じ、たえざる「自己否定」のもとに生きようとした。「たたかい」にアンガージェし、その姿勢を研究にもつらぬこうと苦闘した。

その「わたし」は、しかし「氷の像」でもありつづけている。「あなたがあたためるすべを知らない氷の像」なのだ。「沈黙の氷野で、わたしたちは、むなしく不器用に恋のこころみをする」。

この時期「わたし」の関心はもっぱら「研究」にむけられている。「あなた」との「共同研究」や、それによってひらかれたあらたな地平における研究に「熱中して」いたのだ。むろん、そこには、「一刻も早く」大学に「ポスト」を獲得して経済的に「安定」する「必要にせまられ」ているという事情もあった。

とはいえ、ポスト獲得のほうでは、おもいもよらない試煉がまちかまえていた。そのなりゆきを、白井愛は、抽象的な筆致で書きつけている。そのとき予想したよりはるかにながく生の最後までつづいたこの苦難の現実をともに生きたわたしには、このようなかたちでしか描きえなかったそのことが、肉体的痛みとして感じられる。

院生であった首都の大学も、そのほかのどの大学も、専任はおろか非常勤としてでも彼女を雇ってくれはしなかった。ただQ市の有力大学教授だけが、専任講師として招いてくれた。ところが、じっさいに行ってみると、その「口約束」はとりけされていて、「わたし」は、「その地方に雨後のタケノコのように」群生していた大学をいくつもかけもちする「非常勤」講師になっていた。

そのQ市から、翌年には「憤然と去って」V市におもむく。Q市では二四コマかけもちしてなんとか自活していたが、V市では一〇コマしかなく、「わたし」は「食うや食わずの最低生活」を余儀なくされる。

Q市を去った理由も「専任のポスト」を「餌」にして「寝る」ことを要求し、失敗するや、もみけしをはかって脅迫におよぶという「権威ある大学教授」(複数)の「下賤卑劣な品性」に憤然としたからだと書いてあるだけだ。この「小ボス」教授先生たちの、いまならさしづめセクシャルハラスメントという概念で明示できるふるまいを具体的に知っているわたしとしては、よくもこう簡潔に要約できたものだとおもう。

肝心なのは、しかし、彼女が憤然としたのはそれだけではなかったということだ。そのたぐいの「教授先生」たちによって「能力と人格」の名において仰々しくとりおこなわれる「選考人事」そのものにあきれかえったからだ。ここではじめて、彼女は、この仰々しい儀式の奥に秘められている「差別」を、身をもって知っただけでなく、それを「あけすけ」に「無作法」に「嗤う」というふるまいに出た。

「この世の不動の階層秩序」のなかに安住している「世間」からすれば、彼女のこのようなふるまいはけっしてゆるされることではない。この「嗤い」は「危険な嗤い、孤独な嗤い」であるしかなかった。だれひとりこの「嗤い」をともにしはしなかった。

このとき「わたし」がこの世でどういう位置にいたのかも、あらためてはっきりさせておかなければなるまい。そのことにふれているのが、「専任」という語が「非常勤」をあいてに発音されるとき「いかにこうごうしい響きをおびたか」ではじまる一節だ。大学という世界になじみのうすいひとびとにはピンとこないかもしれないが、大学の「先生」にはふたとおりある。学生から見ればおなじ先生だし、「非常勤」だからといって質の劣る授業をしているとは言えない。むしろ十年一日のごとき授業をくりかえしている「専任」の教授先生たちよりはるかに生きいきとした質の高い授業をしていることだってある。にもかかわらず、この両者の処遇には歴然とした差がある。

大学という世界にだけ見られる特殊な現象では、これは、ない。「派遣」や「アルバイト」などといった非正規雇用の者たちが正規に雇用されている「正社員」といかに差別されているのかとまったくおなじことだ。ただ、大学という世界にあっては、ほかのどの世界よりも顕著に、この差別の核心があらわにされる。「能力」による差別という点においてだ。非常勤も専任もひとしく研究者だ。研究者としては、すくなくともたてまえのうえでは、同格なのだ。この関係を理解するキーワードとして、白井愛が『あらゆる愚者は亜人間である』においてつくりだしたのが「人間」と「亜人間」という概念だった。むろん、この概念は研究者だけに該当するものではない。とはいえ、なによりもくっきりとその実体をきわだたせているのは、やはり、大学という世界においてであるだろう。

階級や身分のちがいによる差別は見えやすい。しかし「人間」による「亜人間」の差別のありようは見えにくい。なぜなら、それは「能力」という全能の神に支えられているからだ。階級や身分や民族・性別による差別には「いわれ」がない。しかし、これらの差別がすべて消えてしまった社会にあってさえのこるのは「能力」による差別であるだろう。なぜなら、それは「いわれ」のある差別であり、そこで差別される者自身がその「いわれ」を呑みこんでしまっているからだ。差別はほかならぬ被差別者のうちでより深く内在化される。

階級・身分・民族・性別による差別では、差別される者が努力して別の階級・身分・民族・性別に移行することはできない。が、しかし、「亜人間」のばあいは、「自己開発」の結果「人間」であるにあたいする「能力」があると「人間」から認めてもらえささえすれば「人間」に昇格することができる。逆に言えば、終生「人間」になれない「亜人間」は、それだけの「能力」をもたない「無能」な存在だということになる。

まどわされてはならないことがふたつある。ひとつは、能力とは、つねに、そのひとが属している世界で必要なことをなしうる力である、ということだ。たとえば、兵隊にとっての能力とは、自分の頭で考えずに、パヴロフの犬のように条件反射的に命令にしたがって、できるだけ効率的に多くの敵を殺す力だ。もうひとつ、「能力」とは、それをもっていると認められてはじめてそのひとのものとなる、という事実だ。ここに「能力」の名における差別の核心がある。

言いかえれば、だれかが評定しない能力など存在しない。評定するのは、自分ではない他人だ。しかも、この階層序列社会において自分よりすこしでも上のクラスにいる他人である。「亜人間」に「能力」ありと認めるのは「人間」だ。「専任」が「非常勤」にとって「神」であるのはこの文脈でのことだ。「専任」とは、「『能力』の後光を背負って光り輝く神」なのだ。「非常勤」は、「専任」という残忍できまぐれな「神」の要求する「いけにえ」を、アブラハムがわが子イサクをささげたように、ささげなければならない。

そこは「現実という神」だけを崇拝する一神教の世界だ。ためされているのは「ステータスという現実神」への「信仰」なのだ。ところが、「わたし」はこの「現実神への拝跪をひそかに拒否していた」。それも「誇りをもって」。たとえ「わたし」が、ステータスという「ニンジン」を鼻先にぶらさげられて走る「競走馬」の一頭にすぎないのだとしても、「神の命ずるゴールにむかって走らない自由」はあるのだと、「ひそかに叫んで」いたのだ。

こんな叫びはだれの耳にも達しない。万一きこえていたとしたら「神々」はもとより「馬」たちも「どんなに憫笑したことだろう。餓死する自由なんて虚妄だよ。自由とは、ゴールにとびこんでから味うものさ。現実はこうなのだから」と。

このような「わたし」が安泰でありうるはずはない。彼女が食い扶持を稼いでいたのは「権威ある」V大学だったから、「神々」からも「馬たち」からももはや遠く離れて隠者のように生きている「わたし」のところにまで、神々は押しかけてきて「信仰不足」を責めたてた。「胸の奥がの嗤笑の高まりに反比例してわたしの稼ぎ高は墜ちていった。笑い鳥さえ、われとわが無能に絶望して、ついに死の淵へと降りていったほどに」。

このあとに白井愛ならではの台詞がおかれる。「死の淵に立った誇り高い弱虫の奥深いところから、さらに誇り高い一匹の弱虫が這いだしてきて、立ちあがる。／決然と立ちあがるしか能のないわたしが、立ちあがる。

／憤然と立ち去るしか能のないわたしが、Ｖ市を立ち去る」。

それでもなお、「競走馬のなかのたった一匹の駄馬に徹して」でも、「わたし」は「ひたすら『研究』に生きるつもり」でいる。「共同研究」もまだつづいていた。「金と時間の絶対的窮乏に苦しみながらも、情熱的に研究に打ちこ」んでいた。「生きなければいけない現実」と「研究」とのあいだにはおおきな「クレバス」が口をひらいていた。そのクレバスを「情熱の力だけで跳びこえ」て。

その「情熱」が、しかし、「消え失せていった」のだ。この短いフレーズのうちに、白井愛のすべてがこめられている。この連載「第二章」でわたしが指摘した「浦野衣子との訣別」が、浦野衣子の「作家・詩人白井愛」への「変身」の全過程が、だ。

もはや「わたし」は「無邪気な天使」ではない。「王道も大道も正道も棄て、千尋の谷の崖っぷち」に立っている。「前途に待ち受けているのは、はてしなくつづくぬかるみの根曲り竹の斜面」だけだ。「さいしょの『孤独の川』を渡ったところだった」。

研究を放棄するということは、「職業がら、たとえ駄馬であろうと、ゆるされることじゃない。千尋の谷に墜ちることを、それは、意味して」いた。とはいえ、「わたし」には、その「千尋の谷」のほかには「もう、関心をひくものなどなかった」のだ。


「みんな」とわたしの相剋、いえ、たぶん、否認され辱められ追放された異教徒のドラマであるわたしの生それ自体に向きあうこと、そこにしか、もはや、情熱をかきたてるものはなかった。その情熱とは、そして、わたしのもっとも深いところからの命令だった。深いところにいるわたし――異教徒――の生を生きぬこうとする選択だった。

（『鶴』一三六頁）

白井愛の白井愛たるゆえんの、しかし、たぶん、わかりづらいだろうとおもわれる台詞がこのあとにつづく。『恋』のなかに飛びこんだのも、この、深い、わたしの命令によるものだ」。だから「わたし」は「あなた」とのこの恋を「すでに全的に生きはじめている」。


わたしはもう氷の人形ではない。触れなば落ちん、どころか、触れなば悶える、官能的な肉体に豹変している。

もう、むかしのようにあなたを尊敬していない。判断を留保して、千尋の谷底から、あなたを見つめている。あなたとわたしのドラマを見つめている。

わたしを辱める社会の一頂点に立っているあなたを。

雲のうえのエリートとしてのあなたを。

もっとも卑しめられたひとたちのために誠心誠意たたかっているあなたを。

「知」の世界のもっとも鋭い鋭鋒をよじのぼっているあなたを。

しあわせな家庭を維持しながら、わたしとの恋にも意を用いているあなたを。

この矛盾した人生に破綻なく成功しているあなたを。

（『鶴』一三七頁）


ここに、「わたし」と「あなた」との立ち位置が、その「わたし」と「あなた」との「恋」とはどのようなものになっていくのかが、はっきりと示されている。『あらゆる愚者は亜人間である』では、ここからすべてがはじまっているのだが、『鶴』では、これまで見てきたように、この「恋」のありようを理解させる重要な前提が具体的に示されている、といってもいいだろう。

たたかいとしての恋

ここでもやはり冒頭にキーワードがおかれている。「見つめる」だ。しかし、そこにいたる道程はそう単純ではない。「あなたとともにすごした時間」の「大半」を「わたし」は、目をつぶって、ひたすら「歓喜と陶酔がさしまねくめくるめく闇の頂上」にのぼりつめようとしていた。目を「見ひらいていた」ときは、「グラス片手に、かろやかなうわべの真実とたわむれていた」。

女のエロティシズムの受動性を、かぎりなく主体的にわたしは生きる。かぎりなく主体的に、受動性そのもの、官能そのもの、となる。（中略）
かぎりなく主体的に、つまりかぎりない矜恃をもって、わたしはわたしの孤独を生きる。
孤独と矜恃の道場として、この恋を生きる。

淫乱の海深く溺れながら、ともにあなたも引き入れながら、わたしはあなたを拒んでいる。魂の海へのあなたの立ち入りを拒んでいる。
その海の底では、あなたがたに拒まれたひとりぼっちのわたしが、うずくまって血を流しているかもしれない。そんなわたしの存在を、でも、わたしがあなたに――あなたがたのひとりである、敵である、あなたに――かいま見させることなどありえない。そこは、誇りが見はりをしている誇りの領海、矜恃の海だ。
愛を拒絶するため、わたし自身の愛の希求を拒否するために、淫乱の海に溺れて、わたしは愛する。惜しみなく、おそれもなく、あなたを愛する。

この孤独と矜恃はかぎりないやさしさの顔をしている。
敵とすごす一瞬が、ほんの一瞬でしかないだろう一瞬が、せめて、かぎりなくやさしい時間であってほしい、と、わたしはねがっている。
その一瞬のなかに、わたしは、情熱のすべてを注ぎ入れたい。自恃の情熱であろうと、裏切りの情熱であろうと。

あなたは、わたしの「奇妙なやさしさ」に感動している。感動しつづける。

（『鶴』一三八―一四〇頁）

いま引用したこのこの部分に、「わたし」と「あなた」とのこの恋のありようが凝縮されている。引用しながら、わたしは感動している。このような恋のありようは、これまで文学作品のなかで描かれてきたどのような恋のありようをも超越している。稀有なありようだ。それかあらぬか、白井愛のこの作品を愛してくれたひとびとですら、女と男とのこのような恋のありようを肌で感じとることはできなかったようだ。いや、理解することすらむつかしかったのかもしれない。

「あなた」は「わたし」にとって「敵」である「あなたがた」の一員なのだ。「あなた」との恋とは「敵である「あなた」との恋なのだ。「あなた」と「わたし」との恋はたたかいなのだ。この「あなたがた＝敵」とは、『あらゆる愚者は亜人間である』において白井愛が創りあげた「人間」であり、その「あなた」との恋に身を投じる「わたし」は「亜人間」である。

ところが、「亜人間」が「人間」を愛するというのは「まず、まちがっていると、そういう前提が、ふつう、常識的にあ」るのだ、と白井愛自身が語っているところが、本誌『戦争と性』第二四号「白井愛×彦坂諦・対談第二回『たたかい』（本書三八六ページ）」に掲載されている（彦坂註――「対談」となってはいるが、じっさいには、本誌『戦争と性』の編集発行人谷口和憲もまじえての鼎談である。この鼎談は白井愛の死の一ヶ月前になされた）。「でも、ここでは、要するに」と、白井愛はつづけて語る、「なんとしてでも『人間』というものの正体を見たいわけです。見とどけてやりたいわけです。自分がなれなかった、そして、いま、自分を支配している『人間』たちの真の姿を。それを見とどける手段として自分に許されているのは、しかし、セックスだけだ。性的関係だけだ。そういう前提のある関係なのです、それは。」

こういった恋のありようが理解されないのは「ふつうはそこに図式があるからです」と、彦坂は補足説明をこころみている、「つまり、心では反撥しながら身体で惹かれちゃうとかいった通俗的レベルの図式からはじまって、もろもろの。愛するっていう、あるいは恋するっていう以上はこれこれこうなのだっていう、完璧な図式があって、だから『たたかい』としての恋っていうのは、ほんとうに理解されなかった」。

まちがってはいないが、解説にすぎない。白井愛はこれに不満をいだいていた。初回の鼎談のなかで、「鶴」が名作である理由のひとつとして、どのページを無作為にひらいても、『聖書』がそうであるように、深みのあることばが散りばめられているのだ、と解説した彦坂に対し、『鶴』のエピグラフとなった詩「出口がなかった」をとりあげ「この詩につきるわね」と言ったのも「間接的な反論」だったのだと白井愛はここでたねあかしをしてみせた。「『鶴』について言うんだったら」、と、彼女はつづける、「もっと、自分がなにに感動したのかを言ってほしかった」。

ここまで書いてきて、わたしは、不安におそわれる。はたして、わたしは、白井愛のこの作品を、白井愛をしてこの作品を書かしめた根源を、どれほどまで理解しているのか、いや、感じとっているのだろうか？

白井愛は絶対の恋人であると広言してきたわたしは、このひとのすべてを知っているつもりであった。しかし、このわたしが知りえていたのは、ほんの一部にすぎなかったのではあるまいか？　この作品のなにに感動したのかを自分のことばで語ってほしかったと言った彼女のおもいに、いまだにこたええないでいるのではあるまいか？

この世を去ってしまった白井愛の耳にとどくことはもうありえないが、いま、わたしは、痛恨をこめて、「わたしは感動している」と書く。この感動を自分のことばで表現したい。結果的には、これもまた解説におわってしまうのかもしれないのだが。

わたしが感動したのは「女のエロティシズムの受動性を、かぎりなく主体的にわたしは生きる」という表現に、だった。女と男との性的関係のありようをこれほど鮮烈に浮刻したことばを、女が発したことへの感動だった。男は主体で女は客体であるといった男性神話はもとより、その虚妄性をあばきだしたフェミニズムの言説ですら、このことばの深い真実にはとどきえないだろう。このようなことばをつむぎうる女だからこそ、「わたし」は「孤独と矜恃」の「道場」として「この恋を生きる」のだ。だからこそ、この「孤独と矜恃」とは「かぎりないやさしさの顔」をしているのだ。

この第二回目の鼎談で、白井愛は、こうも語っている、「あれはだれの言葉だったかな、ツヴァイクのドストエフスキー論かな、要するに、恋愛っていうのは、おたがいの矛盾を激化させること、たたかいを激化させることなんだって」と。「恋愛は幸福の状態でも安定でもない」と、ツヴァイクはまさに書いている、「むしろたたかいを激化させることであり、永遠の傷口をいっそう激しくかきむしることである」と。

この恋について、白井愛は、このわたしにすべてを語っていた。すべてをあきらかにしていたのだ。この作品での「あなた」のプロトタイプであるひととのそもそもの出会いのときから、わたしは白井愛のかたわらにいて、この恋のなりゆきをつぶさに見ていた。この恋人の名をあかすことはすまい。かりにX氏とでもしておこう。ただ、わたしが、いま、言えるのは、白井愛の現実のこの恋をわたしもともに生きていたのだ、ということだ。

はじめからそうであったのではない。はじめのころは、わたしもふつうの男なみに嫉妬していた。しかし、やがてわたしは白井愛と一体化していった。「タイジンを背負って恋してるのよ」という彼女とともにその恋を生きた。

壁のこちらがわには、ただ、叫びがあるだけだ

『あらゆる愚者は亜人間である』の末尾で「ゲジゲジに変身」して天井にはりついたムノワーラは「天井から墜ちて死んだ」。けれども、『鶴』においてヒロインとして復活した「わたし」は、ＪＰであった「あなた」との恋のなりゆきを、いっそう深く生きることになる。そのありようは、そして、前作とおなじように、抽象的にであるがゆえにいっそうリアルに描かれる。

鶴がみずからの羽をひきぬいて織りあげたタピスリーとは『あらゆる愚者は亜人間である』のことだ。織りあがったこの「魂のうた」二枚のうち一枚は「あなたに捧げる愛のうた」でありもう一枚は「現実が神――序列や権威が神――であるこの国のどこか見えない片隅で荒れ狂っている叛徒に捧げる星のうた」だ。

手にとる「あなたのこころひとつで／刃　にもなれば／あなたとわたしを焼く／炎　にもなる」このタピスリーを受けとった「あなた」は、「嘲笑され辱められスキャンダルの炎に焼かれることになるだけのわたしの魂に（中略）あなた自身の血にまみれた、かぎりなく美しいはなむけを贈って」くれた。「怒り」の頂点で「怒り」を乗りこえて。そして、去っていった。「地獄の火の道を」。

一方、「星のうた」はだれの手にもとどかなかった。それのみか、「あなたのスキャンダル」として「雲のうえの社交界」で評判になっていた。そんなスキャンダルの火の粉は「あなた」の「生涯の同伴者」のうえにもふりかかった。「ぼくは、これから、全力をあげて女房を支える！」と、「あなた」は言いきった。

「それなのに、あなたは、ふたたびわたしのところに通ってくる。もう、ほとんど、わたしを憎みながら」。

その「あなた」を「わたし」も「もう、ほとんど、憎んでいる」。もう、男と女であるこの「あなた」と「わたし」のあいだには、「なすべきただ一つのことしかない」。

「わたし」は、ふたたび、織りはじめる。あらたなタピスリーを。こんども二枚。織りあげた「魂のうた」を、一枚は「あなた」に。もう一枚は「前回とはべつ」の「魂専門問屋」の手にゆだねる。しかし、それが「その届くべきところ」に届いたのかどうかさえ、わからない。「なにごともおこらなかった」からである、「あなたの足が数ヶ月遠のいたこと」のほかには。「わたし」の「魂」は行方不明になる。

この「わたし」の「いのちの火」も「うた」も「なにもかも呑みこまれてしまって」、その「わたし」にたったひとつのこされたのは「目」だ。「その目がブラックホールを見つめている」。

この「ブラックホール」とは「ひとのこころ」のなかにあるものだ。「またの名」を「世間」ともいう。見ることだけがゆるされている、見ることだけしかゆるされていない「わたしは」、ひたすら、見る。視線そのものと化する。その「わたし」は、「指導的知識人」の座を棄てさり「無名の一専門家」「無名の一生活者」として生きようと決意した「あなた」を、「沈黙のやさしさ」のなかに「受け入れ」ている。ただし「刃」をうちに秘めて。なぜなら、「わたし」は、もはや、「無名の専門家」とも「無名の生活者」とさえ対立する「キチガイ」の坂を「這いのぼりつつあったのだから」。

この「わたし」と「あなた」とは、いまや、「無限の距離をへだてた異世界」へと遠ざかりつつあった。「あなた」は、「妻子もステータスも不動産も、多少の名声さえ、所有している男」の「帰るべきところ」へ。「おだやかな、あなた自身のふるさと」へ。そして「わたし」は、「地位も家庭も財産もなにひとつ所有していない女のむかうべきふるさと」へと。「殺しあう二つの世界」へと。「宿命の命ずるままに」。

この「宿命」という、のがれようもなく、ただ受け入れるしかないとおもわれている力に関して、ここで、白井愛はまことに白井愛にふさわしい金言を書きとどめる、「宿命とは、自己のもっとも深いところでの選択、生涯を賭けた選択のことであろう」と。このことばは、とりわけ、このいま、このわたしに生きる勇気をあたえてくれる。

「わたし」を「辱めるあなたがたの世界」に帰った「あなた」を、「わたし」は、「ひややかに、鋭く」見つめる。見つめつづける。「刃をつきつけて、いや、わたし自身が刃と化して」。

ただ「欲情にしびれるひとときだけが、この「ほとんど敵対する二つの生を、刃のうえでからみあわせる」。すると「こよなくやさしい、やさしさの夢」が、「またしても、いつかしら」生れている、「刃のうえに」。

ここで「わたし」は、もういちど、「羽をむしって魂を織りあげる」。二度目に織りあげた「わたし」の「魂」もまた「行方不明」になったという事実、すなわち、この「わたし」に対する「あなたがた」の「二度目の死刑執行」がおこなわれたという事実を、事実として受けいれたのち、もういちど、「気力をふるいおこ」して、「死の灰のなかからもういちど炎を燃やそうと、こころざす」。この「わたし」の「魂の奥ふかく燦然と輝いている夢にむかって、いのちを投げいれる」。

織りあがったタピスリー二枚のうち一枚は「もういちどだけ」あなたに。ほかの一枚は、この「わたし」自身が「足まかせ運まかせに売りあるいてみることにする」。もしも、万にひとつでも、「これを欲しがるキチガイがあらわれたなら」よろこんで「提供するつもり」だ、もちろん無償で。

ところが、またしても、「わたしのタピスリーはボロキレになる。だれもが避けてとおる血まみれの汚物」にされてしまう。「金無垢」の「天使」たちからは「沈黙」によって。「加害者、侵略者、収奪者としての自己の責任を糺弾してたたか」っている「銀髪の天使たち」からも「沈黙にはねかえされ」て、「石ころ」と化す。つぎに出会った「真珠の天使たち」、すなわち「『私』の困難に直面したり『私』の空虚に悩んだりして、みんなで語りあっている真率の天使たち」からは、「ゴウマンダ！／アマッタレルナ」と石つぶてをもって追われる「罪びと」にされてしまった。

「あなた」も「足が遠のいて」いる。「わたし」は、冬のある日「死神とたわむれるために」家を出る。「死ぬつもりではない」。生きながら死んでいるこの屍の「わたし」に「もういちど、いのちの火を」おこそうと決意して。

やっと「わたし」が「生の炎を立ちのぼらせて」帰ってきたとき、「あなた」は駆けつけてきて「わたしを抱きしめる」。そのあと、たぶん「もういちど欲情を燃やしあった」のちにであったろう、「わたしを見つめて、しずかに、あなたは言う。／『なにかしら、ひじょうに深いものが、ぼくらを結びつけている……』／わたしはそっぽをむく。／白目の端に涙をうかべて」。

「あなた」と「わたし」との「さいごの一年」は、死に面した妻への「あなた」の献身と、「仕事――という意志と希望のなかにだけ」生きている「わたし」とのことなった日常のなかですぎていく。

この「あなた」の妻が「亡くなったことを知らされてから、一ヶ月」すぎたとき、もういちど「わたし」は、訪れてきた「あなた」に会って、「あなたが全身全霊を捧げて支えようとしたひとつのいのちの壮絶なたたかいを、そのけなげな最後を」ひたすら綴った「レクイエム」の手稿を受けとる。

このとき「あなた」は「わたしのためのやさしさを、やさしさの夢を」表現した、「これからはあなたの望むことをしよう……ぼくらの関係をあなたの望みどうりのものに……あなたの望む愛のかたちに」と。

このとき、「いっしょにくらすことも、ともに旅だつことも、もはやなにも望んでいないわたしの胸底」から「ふらふらっと」ひとつの夢がさまよいいでて、「子供たちが宝物を、恋びとたちが指輪を交換するように、なんと、わたしたちも、珠玉の魂を贈りあった」。この「レクイエム」の返礼に、織りあげたばかりの作品を、もはやけっして贈るまいとこころをきめていた相手に、ふらふらと贈ったのだ。

贈られた「レクイエム」を読みおえた、「わたし」は「あなた」の「無邪気」さにあきれはてる。「あなた」と「わたし」との「深い関係」のあかしとして贈られたはずの「珠玉のエクリチュール」が、ほかならぬ「あなた」

の住む世界と「わたし」の世界との「無関係」を、あざやかに照しだしていたのだ。「あなた」は「あなたがた」の特権的世界のなかにすっぽりはまりこんでしまっていた。「あなた」が感動していることは「わたし」を感動させなかった。しらけさせた。

これほどのしらけを予想できないでいる無邪気な「あなた」にたいして、邪鬼である「わたし」は「同情」を感じる。感じようとしている。「だって、これは、哀しみの頂点で彼女に捧げられた、彼女の生の讃歌ではないか！」

「だから、またいちど、会う」。このときが、この作品の冒頭におかれた決定的な別れの場面となる。「あなた」が「わたし」の贈ったタピスリーに「言及した」のだ。「遠慮がちに」ではあったが。「ルサンチマンは想像の原動力とはなりえない、とおもうんだけどね……」

「もう別れたい！」と叫んだ「わたし」に「あなた」は説明を求めた。「わたし」は「嫌悪し、侮蔑し、拒否してきた」はずの「説明」という「壁」にいどむ。もはや愛することをやめた以上、せめて「ゆるし」あい、「感謝し」あって別れたいという「熱いねがい」が「わたし」をつきうごかしたからだ。この「わたし」は「あなたがた」がくだす「死刑の判決」に「さからって」生きるのであることを、なんとか「説明」しようとこころみる。しかし「壁はびくともしない」。なぜなら、「苦しみはただ苦しみのなかでのみ」聴きとりうるのであるから。

「わたし」自身がこうした「説明」にいらだち「自己嫌悪」におちいっている」そのとき、その「わたし」に「あなた」の「悪罵」がおちてくる「ゴウマンダ！」「アマッタレルナ！」このようなことばが「ほかでもないあなた」の口からとびだしてきたことに「わたし」は衝撃を受けて、問いかえす、「だれにアマッタレテル」のか、と。「社会」に「アマッタレテル」のだという答えがかえってくる。このうえもなく明確な。

それから三ヶ月ほとのちのある深夜「あなた」は電話をかけてきて、別れるという「わたし」の意志に変更はないかどうかをもういちど「最終的に確認」したのだ。そのとき「あなた」は言ったのである、「ぼくが怒ったのは、あなたが『あなたがた知識人』と言ったからなんだ」と。

自分はそのなかに入っているのではない、と、「あなた」はあくまで言いたいのだ。「わたし」だってどれほどそうであってほしいとねがいつづけてきたことだろう。「どんなにかながいあいだ、熱い期待をつないできたことだろう」。

なのにその「あなた」が「アマッタレルナ！　ゴウマンダ！」と「わたし」をののしったのだ。そのとき「あなた」は、「あなたがた」の「一変種」でしかなかったことを「みずから証明してみせた」のだ。

それ以後、二度と、「わたし」のことばが「あなた」に通じることはなかった。もはや「わたしたちにできるただひとつのことは、こころならずも、よりふかく侮辱しあうことだった。そして、あなたとわたしの『対話』の不可能性を、身をもってあかしたてることだった」。

「それでもまだ、わたしは学びたりなかったのだ」として、「わたし」は「別れたい！」と叫んだそのときから「あなた」とのあいだにとりかわされた六通の手紙を紹介している。六通のうち四通は「わたし」から「あなた」へのもの、二通は「あなた」からのものだ。

この手紙のやりとりのなかで、最終的にそして決定的にあきらかにされたのは、「わたし」と「あなた」とをへだてている「生死のわかれにひとしいほどの絶対の壁」だった。

かつて自分が愛した男をつつんでいるうすぎぬのヴェールをはぎとるなんてことは、じつは、わたしの趣味にあわない。関係の全責任をひっかぶって、相手を美化し、なつかしむほうを、断乎としてわたしは好む。また、じっさい、あなたのことをやさしく思いやろうとする衝動が、いまも、わたしにないわけじゃない。

それでも、あなたとわたしの関係の核心を、わたしは衝かなければならない。

なぜなら、あなたとわたしのあいだにつねにあったのは、いまもあるのは、生のありようを賭けた死闘なのだから。もっと厳密にいえば、あなたがたにたいするわたしの、勝ち目のないたたかいなのであるから。

（中略）みんなにたいするキチガイの、世間にたいする罪人の、正統にたいする異端の、魂をもたない氷虫にたいする魂の、はじめから勝負のきまっている勝負。

壁は、もともと、あなたがたのものである。

あなたがたのために、壁はある。

あなたがたの安全を、安泰を、安心を護るために、壁はある。

壁のあちらがわには理があり、正義もあれば、やさしさもあり、壁のこちらがわには、ただ、叫び声があるだけだ。


（『鶴』一八〇―一八一頁）


壁のあちらがわにいる「あなた」には理があり、こちらがわにいる「わたし」には理はない。非しかない。だから「説明」は不可能だ。もともと「説明というのは、深いところにある真実を見えなくしたり聞えなくしたりするためにあるのではないか、とわたしは疑う。安心してなにも見ないため、なにも聞かないために、ひとは説明を求めたり与えたりするのではないだろうか」。

いま「わたし」に必要なのは「なにがどうまちがっていようが、生きようとするわたしの意志に歓呼する、おなじ、ムチャクチャな意志なのだ。石のつぶてに立ちむかうかよわい邪鬼に涙する、おなじ、かよわい邪鬼なのだ」。いま、「あなたがた」からくだされた「死刑宣告」に抗して生きようとしているこの「わたし」には「敵か味方があるのみで、論評家など一匹のアオバエでしかない」。

「あなた」は言った、「ぼくは人間を信頼する」と。「わたし」も「人間を信頼する」。ただ、「わたし」は「人間にさからってでも人間を信頼する」のだ。

ついに「わたし」は「鶴」にかえって、とびたつ。

白井愛が忌み嫌われるわけ

当初の計画では、このあとに「ぎんねむ自由法廷」というタイトルをもつ奇妙な特集についてふれるはずであったのだが、今回読みかえしてみて、これは、ここでついでにふれていいような内容のものではとうていないと観念したので、今回は割愛する。ただ、そのなかで、『鶴』という作品集をとりあげながら白井愛の創作のまさに核心を衝いたひとつの文章だけは、ぜひとも紹介しておきたい。

『ぎんねむ』は、沖縄にくらしている小林幹雄が独力で発行していた個人雑誌だ。この小林幹雄については、これまでふれないできた。ここで書きとめておこう。

白井愛とわたしはしたしみをこめて「みきお」と呼んでいた。名古屋の三菱重工を組合活動のゆえにくびになった生粋のつまり祖父の代からつづいた労働者だ。くびになったあと、東京にやってきて労働者としての立場からいろいろな運動にかかわっていたようだが、しだいに「おたずねもの」になってきたので沖縄に逃げ、小さな鉄工所ではたらいていた。

白井愛の『悪魔のセレナーデ』を、たまたま、那覇の本屋で買って読み、感動して白井愛に手紙をくれた。こうして彼とのつきあいがはじまる。みきおは文学にしたしむ政治青年だった。だれからたのまれたわけでもなく、おもいつくまま書きとめた詩やエッセーや政治評論をまとめて『ぎんねむ』というタイトルの雑誌をつくり、知りあいにくばっていた。手書きの雑誌である。そのころはもうガリ版の時代ではなかった。みきおが出していたのは、手書きの原稿をコピーして製本しただけの雑誌である。製本といっても、これまたあきらかに手作りとわかる稚拙なやりかたのものだった。

この雑誌に、みきおは、白井愛の詩や散文を毎号掲載するようになった。白井愛も、この雑誌に詩やエッセーや、ときにはまだ完成していない小説の断片を送るのをたのしみにしていた。

白井愛の『鶴』が上梓されてまもなく、これまで彼女の創作活動に肩入れしてきた男が、この『鶴』にだけは、白井愛も彦坂もとうてい容認できない誹謗を投げつけた。彼は、この当時彦坂の「親友」で、フランス現代文学の翻訳者研究者としても、行動する革新的知識人としても、すでにかなりの名声をかちえていた。もうこの世を去っているので実名をあげてもさしつかえはないとおもいはするが、この彼とともに白井愛を誹謗したもうひとりの知識人はたぶん存命であろうし、また、このふたりへの白井愛および彦坂とそれに協同したひとたちの反駁を特集した「きんねむ自由法廷」にあって、このふたりは、それぞれの名をもつ個人としてではなく、白井愛が『鶴』において造型した「あなた」と共通の生の姿勢をもつ「あなたがた」の一員としてとりあつかわれているのだから、しいて実名をあげるにはおよばないだろう。かりにＹ氏、Ｚ氏としておく。ふたりとも『鶴』第一部の「天使たち」に登場する第一と第二の「天使」の原型である。

さて、この特集に寄せられたかなり多数の文章――その書き手の大半は無名の一市民であった――のうちまさに白眉であるとわたしが感じたものをお目にかけたい。とはいえ、全文を掲載することはかなうまいから、抜粋にとどめておくが。

この文章は、これまた「天使たち」のなかに「世にも珍しい羊飼い」の名で登場してくる坂口耕史が白井愛と彦坂諦のふたりにあてて書いた手紙という形式で書かれている。この彼との出会いも、小林幹雄とのそれとおなじく『悪魔のセレナーデ』がきっかけになっている。それまで名も知らなかった坂口耕史が、不意に、手紙をよこして、この本を大量に注文したのだった。たしか十部だったかと記憶しているが、白井愛や彦坂にとっては驚嘆すべき大量注文であった。よくきいてみると、看護学校生たちの合宿のテクストにつかいたいとのことであった。

学生時代に哲学を学び、大学院で教育学を専攻した坂口が当時非常勤講師として教鞭をとっていたのは、国立国際医療研究センターに改組される以前の国立東京第一病院時代の付属高等看護学校だった。彼が受けもっていた授業の正確な名称は知らないが、そうとうにカワリモンの教師であったらしい。

わたしのシリーズ「ある無能兵士の軌跡」をお読みになっておられるかたならたちどころにおわかりのように、「カワリモン」というのは最高のオマージュである。じっさい、坂口は、教育というしごとのためにこの世にやってきたと言っていいような、ことばほんらいの意味における教育者であると、すくなくともわたしは、断言する。

剣道五段の腕前をもつ彼は、学生時代から私塾をひらいて、算数を教えるにも剣道を教えるのとおなじようにあくまで自発性をひきだすユニークなやりかたをあみだしていた。その塾生であった童話作家の九十九耕一などは、いまなお彼を師とあおぎ坂口の名「耕史」の一字をとって筆名としているほどである。

この彼は、わたしより十年以上は年下なのだから、敗戦時十二歳であったわたしほどにもかつての戦争を体験しているはずはない。にもかかわらず、その彼は、かつて、「ぼくは中国でね、三光作戦をやっているんです」と本気で言いきったことがある。歴史的民族的記憶へのこの彼のかかわりようにわたしは感動した。

さて、「白井さんの作品が、世にもてはやされない原因が、ようやくわかりました。すなわち、白井さんが、まだこの世に生きておられるからです」と、坂口は書きはじめ、そのゆえんを自分自身に即してときあかしている。

はじめ「私は、白井さんの文明批評のようなのが好きでした」と、彼はつづける。『悪魔のセレナーデ』の冒頭の詩「現実ハコウダカラ」に感動して白井愛に近づいてきたゆえんが、あらためて彼自身の口からここで語られた、「それは、現代を、的確に（いわば客観的真理として）とらえて見せてくれ」ていたからなのだ。

その一方で、この『鶴』に結実していくであろうような「いわば白井愛のルサンチマンの部分」はかならずしも「評価」しなかった。そういう白井愛からは「できるだけ遠くにいようと思って」いた。こう、率直に告白したうえで、彼は、その理由を的確にのべる。彼がかつて評価した部分は、Y氏の言うように「己を歌いながら、抑圧構造の普遍を、稀な筆致で抉り出していた」からだ。それは「一つの貴重な『説明』、まことに秀れた『説明』だった」からだ。「説明」を聞くとき、ひとは、そのことと自分自身がどのようにかかわっているかを問われることはない。安んじて、「普遍的」な「真実」を「聞いて、喜んでいれば良い」。

ところが、『鶴』は、「ないしは『鶴』的な文章・作品」は、たたかっている白井愛自身を読む者に「突き付けていく」だけでなく、究極の問いをつきつけて返答をせまる。わたしとともにたたかうのか、たたかわないのか？「白井愛のルサンチマンを共有しつつ、『人間』であ」りうるはずはない。「あるとしたら、奇怪な化け物です」。だから、読者はY氏のように「軽蔑して黙殺してくれればいい」とねがうか、「さもなくば白井さんという『蛇蝎』の手先になるか、どちらかです」。

『鶴』は単にルサンチマンの化身であるだけに止まってはいません。「闘わない」ものが、なぜ闘わないのか、その論理、心情までを摘出して、結果的に（失礼、無論白井愛に於いて意図的に）、単に「みんないっしょに」身を寄せて白井の追及から逃げるだけの敵を浮き彫りにするに止まらず、「天使」たちの怯懦をも余すところなく描き切っています。しかも、類い希な共感と優しさをもって……。最も優しい者が、最も厳しい、という意味で……。（中略）

これこそ、怯懦な坂口が、本能的にスタコラ逃げ出して、白井さんにだけは近づくまいとしたもの。

白井さんの「怖さ」なのです。

白井さんが現に生きている限り、白井さんに近づくことは身の破滅ですから、殊に「人間」がこれを忌み嫌うことは、当然のことでしょう。（中略）白井愛さえこの世から消えれば、「人間」が、寄ってたかってその作品を「研究」し、白井愛協会なり白井愛学会なりが、安心して作られるでしょう。

（『ギンネム』第一六号、二八―二九頁）

そのようななりゆきのたとえとして、毒舌家の坂口は、くそまじめなひとびとの顰蹙を買いそうな例をあげていく。ルソーがいま生きているとしたら「ルソー研究家」のなかでルソーそのひととつきあえるひとが「一人でもいるでしょうか」。あるいは、クリスチャンだと自他ともにゆるしているひとたちのなかで「イエスの友となり得る人がいるでしょうか」など。余聞だが、白井愛は、イエスもエラスムスも「おともだち」だと言っていた。

「白井さんは、ついにそういう所まで」と、坂口は言いつのる、「つまり、ルソーやイエスのところまで、『墜ちて』しまわれたのではないでしょうか」。

私自身が、ペテロのように、明日の暁に、鶏が三度鳴く前に、三度白井さんを否むであろうと知る故に、このように言うのです。「オリジナルは、はりつけになる」のですから。こう書いても、「敵か味方があるのみで、論評家など一匹のアオバエでしかない」いまの白井さんの地平からは、たわごとに過ぎないでしょうが、あらずもがなことを書きました。私の読みを信じて下さい。怯懦なりといえども、文章の鑑定については、信用して戴いて結構です。

（『ギンネム』第一六号、二九頁）

むろん、わたしは、いま、痛烈なおもいで信じる。白井愛も、これを読んだとき、坂口のこの読みに感動していた。

第八章　まつろわぬ一族、その暗い輝き――『狼の死』

『鶴』を上梓した二年半後の一九九六年四月、白井愛は『狼の死』を世に送る。三部構成になっていて、第一部に「狼の死」と「傍観者志願」を、第二部に「こうのとり神社」と「春草の夢」を、第三部に「戦後民主主義」「カッサンドラ」「あそび」をおさめる。

この稿を書くにあたって、わたしは、『狼の死』を読みなおし、驚嘆した。はじめて読むように感じたからだ。じっさいには、いくども読んでいる。というより、わたしは、白井愛の書いた原稿をパソコンに入力して印刷し、彼女が手を入れたものをさらに入力し印刷するといった作業をいくどもくりかえしていたのであるから、これらの作品はすべて知悉《ちしつ》しているはずなのだ。なのに、なぜか、すべてが新鮮に感じられたのだ。

この稿のタイトルは、じつは、『狼の死』にはさまれた栞にある高橋敏夫の文章のタイトルを剽窃したものだ。これ以上にこの作品の中核を衝いたことばはないとおもったからである。『狼の死』において「白井愛の文学はこれまでにない展開をみた」と、高橋はここで書いている、「ひとことでいえば、『まつろわぬ一族』（まつろう＝服従する――編集部註）の発見である。日本的近代の闇を縦に裂いて、まつろわぬがゆえに惨憺たる生をいきた一族をすくいあげる白井愛の行為は、あまりに過剰な愛情にそめあげられてほとんど非情とさえ感じられる」。

断食芸人となってしまった白井愛は、このさき断食芸人として生きていくほかに道はなくなった。この時点で、彼女は過去をふりかえる。わたしは、なぜ断食芸人になったのか？

「戦後民主主義」

「戦後民主主義」をまずとりあげたい。この作品もふくめ第三部の作品群は、この本の「栞」のなかで坂口耕史がいみじくも指摘しているように（坂口の文章のタイトル「まつろわぬ魂たちへ」にも「まつろわぬ」というキーワードがある）、『悪魔のセレナーデ』に「直結」するものだ。『悪魔のセレナーデ』では散文詩というかたちで語られたことが、ここでは、小説というかたちをとってリアルにえがかれている。

はじめにえらばれていたタイトルには、たとえば「知恵足らず」にも「あそび」にも「賽の河原」にも、それぞれじゅうぶんな根拠があった。しかし、そのすべてをまとめて「戦後民主主義」としたところに、じつは、深い意味がある。なぜなら作者自身がまさに、「絶対の権威であったすべてのものの崩壊」にたちあい「おとなたちのあられもない変心をまのあたりにした」世代に属していただけでなく、そのおとなたちからおしつけられた戦後民主主義的価値をうけいれようとせず、「ホームルーム主義＝ミンナイッショニナカヨク」に対して「ほとんど絶対的な否」を「はぐくんで」いたからである。

この作品のなかにわたしは戦後民主主義に対する根底的イロニーを見る。これは、この作品の時点ではまだ「大日本帝国」の旧植民地にいて、支配権力のドラスティックな交替によって日本国内でのそれとはまたちがった茶番を体験した、わたしの感覚にも通じている。

ヒロインである「わたし」は、はじめ「どちらかというとおっとりした優等生」にすぎず、「ひととあらそうよりは、ひとりぼっちでいること」の好きな「はずかしがりや」の少女にすぎなかったのだが、「戦後民主主義」の象徴「男女共学」に対するおとなたちの危惧——男子の学力が低下する——から実施された学力テストで男子生徒をはるかにひきはなしてトップになったことを契機に「世の中の異物」にしたてあげられていく。

要するに「わたし」は「人生を誤る」だろう。具体的には、これは、文学への熱中というかたちをとってあらわれた。「わたし」は、ヴェルテルによる「自我」の確立からはじまって、シュトゥルム・ウント・ドゥラングを駆けぬけ、ジュリアン・ソレルやマチルド・ドゥ・ラ・モールを熱愛し、マダム・ボヴァリの嫌悪と倦怠をともにした。「わたし」はほとんどだれとも口をきかずにいた。その分だけ「自分を見つめ自分と対話した」ことになる。「孤独の、最初の荒修行」の時期だった。

このあとに、作者は、「十五歳の、わたし自身による自画像」を提出する。これは、作者の母が書棚に秘蔵していたものを、その死後偶然見つけだしたものだった。このなかに「わたし」は、「だれもがおとなしく自分のつとめにはげんでいる」という真実を、はやくも、書きのこしている。この「雑記帳」（と、作者はあえて書く）は「全ページ」これ小説の「出だしのヴァリエーション」であり、「さまざまなスタイルのさまざまな試行錯誤がつめこまれている」のだが、「四十数年のち、これを一瞥した松永竜彦」は、「わたし」をからかって、「いまのきみよりも、はるかに作家らしいよ。どれも、本格的レアリスム小説の書き出しだ」と言った。

この松永竜彦のモデルはわたしだ。たしかに、この草稿を読んでおどろいたおぼえがある。そこにあったのは、白井愛があのイロニーにつらぬかれた精緻な文体をつくりあげる以前の、ふつうの小説家としての、おそらくは父親ゆずりの自由闊達さであったからだ。この草稿を、「わたし」は、まもなく「四十枚たらずの短編」にしあげた。

この短編の主題は、十五歳の少女の孤独であり、孤独であることの自己確認である。少女は、「われとわが内奥」を「一日じゅう」ながめていた。だけど、出会えなかった、「衝動」にも「欲求」にも。見つからなかった、「規範」も「命令」も。見つかったのは「無」だけ。少女は「嫌悪」していた、「倦怠」していた、「明晰」に、「純粋」に。

それから三年後にサルトルの『蝿』が邦訳出版されたとき、その主人公である「流謫の王子」オレストの自己確認は、おなじ「不在」のこの少女の「魂を魔法のようにとらえる」だろう。

あらゆる隷属から　あらゆる信仰から　自由で、
世界中を旅し　万巻の書を読み　古今東西の哲学を学んだ　懐疑の子オレストは、自分の内にも外にも
見いだせない、
行動へと自分を駆りたててくれるような　怒りも　憎しみも　規範も　命令も。

かれは嘆く、
クモの巣から風に引きちぎられて地上三メートルのところに漂うクモの糸のような自由を。

なんと、ぼくは自由なんだろう、
そして、なんとすばらしく不在だろう、ぼくの魂は。

（『狼の死』二二〇ページ）

この短編に「あそび」という題名をあたえた「あの十五歳の少女は、なんと孤独であったことだろう」と、
白井愛は書く。

そしてその少女は、それから四十五年の時間を生きて、なお、なんと完璧な孤独のなかにあることか。
保身と処世の大家たちの敵意と侮蔑に包囲されてしまった、そのなかで！
人事と業績に身をやつす大学人のかたわらで！
上には卑屈、下には尊大なわが国民性の渦中にあって。
「秀才」のレッテルにまもられてかろうじて存在をゆるされていた十五歳の孤独者は、身をまもるほんの

わずかな権威も棄てさった四十五年の歳月のはてに、とんでくる石つぶてのなかに立って、なんとおなじで、なんとあたらしい、孤独を生きていることか。

自由であること、明晰であること、深い洞察者であること、これは、わたしが生きてきたこの社会にあっては、石つぶての刑にあたいする大罪であったらしい。

（『狼の死』二二四ページ）

この短編は、「現代ならどこかの雑誌に投稿するところかもしれないが」、しかし、あの当時の「孤独な少女」には「三好一政のところに見せにいくしかすべがなかった」。

三好一政のモデルは赤松清和だ。この少女の高校時代にその学校で教えていた歴史教師の三好は、たまたま「代講」にきて、彼女を「発見」し「こんなところにおいておくのはかわいそうだ」と、惜しんでくれたのだった。

この少女のほうも、「『餓島』の体験を『ユーモラスに』語って驚倒させたかとおもうと、『国家論』をテーマにクロポトキンやレーニンを論じたり、その日の三面記事を問題にしたり、もっともラディカルな授業でクラス全体を魅了した」この教師にこころひかれ、のちに彼が、死の戦場における飢餓の後遺症によって、休職自宅療養にはいってからは、毎朝、うちをでると、学校とは正反対の方角に住んでいる三好のもとにかよっていたという。

この「あそび」に、三好は「熱い賛辞を惜しまなかった」。ラディゲに似ていると言ったそうだ。くらべるのならラディゲではなくサガンであったはずだが、この当時「残念ながらサガンはまだ現れていなかった」と、白井愛は付記している。しかし、ことはこれで終る。なぜって、「学校全体を敵にまわしてたたかっている多忙な一教師に、これ以上のなにを期待することができたであろう。後年、わたしは、かれからもっとも愛される『教え子』となり、晩年の孤独なかれの『肝胆あいてらす』友となるが、わたしの『畢生の傑作』そのものは、三好一政ただ一人をただ一度読者としただけで、他に読者を見いだすすべもなく、『自己否定』狂となった作者自身の手でやがて焼却された」。

じっさい、現実の赤松清和は、このとき「学校全体を敵にまわしてたたかって」いただけでなく、生涯、反体制であるべき組織のなかにすら浸潤していくあらゆる「体制的なもの」を「敵にまわし」てたたかいつづけていた。この彼のたたかいと、それゆえの孤独とのもっとも深い理解者が白井愛であった。また赤松清和は、まったくの偶然によって再会することとなったかつて生徒のうちに、「ミンナナカヨクイッショニ」のこの世界に抗してたたかう、たぐいまれな孤絶の作家を見いだし、その作品を愛し、根底的な支持者となったのである。

併設中学三年から高校一年までの二年間、「成績トップの座」にすわっていた「わたし」にやがて「わたしの自由＝わたしの運命」が命じた、「俗なる価値を身をもって否定せよ」と。高校二年、つまり「本気で受験勉強にとりかかる」べきその時期に「わたしであるところの知恵たらず」は、「学校の勉強をいっさい自分に禁じた」。

なによりも「世俗的価値のためにではなく、わたし自身の価値のために、厳密に言えば、無のなかからわたし自身の価値を創りだすために、最大限の時間を確保しようとした」のだ。これは、やがて「生涯をつらぬくわたしの選択」となる。「世間の価値のうえにわたしの価値をおくこと。十六歳の孤独者がみずからに厳しく課したのは、この課題の実践であった」。この少女がみずからの「転落」を「担保に入れて」自分自身の「時間」を「あがなった」その結果は、「ただひたすらタイクツしたにすぎなかった」としても。三年後、十九歳になった「わたし」は、「わたし一己の一瞬」をあがなうために「死」を「担保」におくだろう。

そして、二十年後、三十年後には、この「わたし」の「時間」は、もっと「ほんもの」の「転落」つまり「身分的、経済的、社会的」な「転落」と「ひきかえ」に獲得されているだろう。そして五十年後の「わたし」の手には「餓死」という「さいごの担保」しか「もはや、残されていないだろう」と、作者は断定する。

「あそび」

「転落」とは、しかし、たやすい道ではありえない。それは、「その社会全体の侮蔑と黙殺の岩盤の下に押しこめられる」ことなのだ。この「びくともしない岩盤の下で、自己の現実的無力を噛みしめつづける」ことなのだ。「岩盤」とは「社会全体」であり「万人の重み」なのである。

この「重み」に「抗して生きる」には、だから、「真に自由な精神」が必要だ。「万人の価値体系にとらわれない精神、万人の価値に自分一己の価値を対抗させるだけの強い精神」が、「全社会を敵にまわしてもたたかいつづけられる強い自我」が必要なのだ（ツヴァイク）。「角度をかえて」言うなら、「世俗的」な「転落」が、自分自身の「やむにやまれぬ――あとにはひけぬ――選択」であることが「肝要」なのだ。

十六歳で「すでに世俗的価値よりもわたし自身の価値を上においていて生きようとしていた知恵足らず」を待ちうけていたのは、「むろん、平坦な道ではなかった」。しかし「試練が孤独者を鍛えあげる」だろう。

最初の試練を主題にしたのが「あそび」である。これは、「戦後民主主義」のなかで詳細に描かれた十五、六歳のアンニュイそのものである少女がいたりついた極地をえがいたものだ。この「あそび」は、十五歳の少女が書いた短編における「あそび」とは次元をことにする。十九歳に達した「わたし」の「あそび」とは「わたし一己の一瞬」をあがなうために「死」を「担保」におく究極の「あそび」であった。

十八歳の「わたし」はフランス文学専攻の学生だ。「かろやかに、器用に、カッコよく生きていくのだ」と「自分に誓って」いる、「孤独」である正体はかたく秘したまま「みんなとおなじ種族の顔をして、適度に、いいかげんに世を渡ってやるのだ」と。その「わたし」のまえに、対照的な二人の男、八雲玲次と竹山伸也があらわれる。

八雲玲次と「わたし」は「わたしたちを欺いた国のあらゆる伝統あらゆる権威」に背をむけていた。「その国のあらゆる現実」を、「その国にまつわるすべてのもの」を「嫌悪」し「拒否」していた。

玲次も「わたし」も、たえず「お金」に困っていた。しかし、その「あわれな現実」を「ひとつのあそび」として生きていた。お気に入りの「合い言葉」は、「萌え出る木の芽」だの「地上数メートルのところに漂うクモ糸の自由」だの「スラ・メ・テガール Cela m'est égal（どっちでもいい）」だのだった。きそって「感傷」を軽蔑し、「明晰さ」を愛し、「かろやかさ」にあこがれた。玲次はいつもモーツァルトを「口笛」で吹いていた。

玲次と「わたし」がサルトルやカミュなどフランス戦後派の文学に熱をあげたのは「ことの必然」だった、「わたし」はそこに「まさにわたし自身の問題」を見いだしていたのだ。「自分の内にも外にも、支えも命令も、当為も規範も、なにひとつ存在しない、という絶対無の哲学、絶対の自由と責任の思想」を、「わたし」は、「とうに——十五歳のときから——身をもって生きていた」のだから。

玲次と「わたし」は「指一本触れあったことがなかった」。ふたりとも「かぎりなくロマネスクな、まだ稚《いとけな》い、ピュリタンだった」のだ。

竹山伸也は、しかし「わたし」と「おなじ種族」ではなかった。なにか「根底的なズレ」があるらしい。「それがなになのか、まったくわからなかった。わかる必要もなかったのだ」。一方に玲次がいて、「わたし」の知的欲求に、「打てば響くように答える役割を引きうけていた」のだから。

この竹山伸也は、しかし、八雲玲次を「出しぬいて」ひとりで「わたし」と「寝たい」と表明した。「この種のプロポーズ」を「はねつけるだけの根拠」が「わたし」の「内にも外にも」見あたらなかった。この「孤独であるべき男、絶対の孤独のなか、恥辱のなかを、永遠に這いつづけるべき男」が「かろやかな人生を、楽しみたい」というのか、「洗練を、かろやかさを、だれより愛する」この「わたし」と？　この「怒り」が「いともあっさりと」伸也のこの「プロポーズ」を「わたし」にうけいれさせた。

竹山伸也という「このルンペン、このフーテン」のなかに「わたし」は「わたし自身の自己嫌悪」を「投影」

していたのだ。「孤独の地底に突きおとそうとしている」あいては、ほかでもない「わたし」自身なのだ。「孤独な、ぶかっこうな、生きられない、わたし自身を、わたしは、竹山伸也のなかに憎んで」いたのだ。

玲次が、とうとつに「運命のひとこと」を「わたし」に投げかける、「死なないか」。拒否する理由はない、と「わたし」は明断に考えている、拒否する理由がないのとおなじように、しかし「同意するだけの理由」もない。「拒否する理由がないからといって同意する、これはインチキだ」。

「でも、どうせインチキばかりやってきたんじゃないの！　インチキしかやってこなかったんだわ！　だれかが彼女に叫んでいた。インチキ偏愛狂の天秤は、ぐらりとかたむいた。『死』というインチキのほうに」。「わたし」は伸也にあてて「遺書」を書いた。「ひとりとりのこされる伸也の身の上」だけを「わたし」は「ひたすら案じた」のだ。「ちゃんと生きていってくれるように」。ただそれだけを。

玲次は、「決然と、すすんで、いっしょうけんめいに、ガスを吸った」。彼は「たったひとことの責任、自分の言葉の責任を、にないとおした」のだ。そのことが「この世の中で、どんなに希有の輝きをもっているかを」、そのときから「四十年生きたわたし」は知りぬいている。「わたしは、心たいらかに横たわっていた。どうせ死ぬんだから、死ぬはずだったから。まさか生きのこるなんて、おもってもみなかったから。まさか、もういちどインチキするなんて……」。

伸也は、狂ったように、生きのこった「わたし」に求婚して、はねつけられ、そののち、とどのつまりは「人間の道をけっして踏みはずさ」ないまともな生涯をおえた。「わたし」のほうは「人間にいたる道を這いのぼり、人間になりかけたところで、ふたたび、道を踏みはずした」。

伸也の盛大な葬儀がいとなまれている寺に背をむけて「どこにも通じていない道」をたどる「わたし」の耳に口笛がきこえてくる。モーツァルトだ！　玲次があるいている。「わたし」のすぐかたわらを。

「狼の死」と「春草の夢」

白井愛とわたしは、うまれそだった家庭環境について考察することがあった。『男性神話』のなかで表明したような思想をわたしがいだくようになったのは、白井愛と出会ってのちのことだが、そのようになりえた原因の一端はうまれそだった家庭の環境にもあるらしいと気がついたからであるし、白井愛のほうも、うまれそだった家庭が世間一般のそれとはいちじるしくことなっていたことに注目したからである。

わたしのうまれそだった家庭に女性差別はなかったが、白井愛の家庭は「女上位」ですらあった。それかあらぬか、彼女は、大学院を出て就職しなければいけなくなったそのときまで、日本国に女性差別が存在していることを知らなかった。こういった家庭環境をつくった父と母のことが「春草の夢」と「狼の死」にはえがかれている。

わたしが、青年期に絶縁した父と「再会」したのは、敗戦まぎわに旅順で現地召集され四平《シヘイ》（現、中国連寧省四平《スーピン》）の聯隊に一兵卒としてほうりこまれたときの父の年齢（四十歳）にわたし自身が達したときだった。このときから、わたしは、父としてではなく、わたしより三十数年早くこの世におしだされたひとりの男として、その生きかたに関心をもつようになった。白井愛のばあいも似ている。このふたつの作品のなかで、父と母は、白井愛がどのように白井愛になったのかをさぐろうとする視線のもとで、いきいきとよみがえってくるだろう。そのすがたは、現実にわたしが知っている田島清・冨美夫妻の生きたすがたと二重うつしになって、わたしの脳裡によみがえる。以下の記述は、作中人物としての父母と現実の父母とのあいだをいったりきたりしているかもしれないが、それでもあえて、このスタイルで書く。

田島清は、大正リベラリズムの時代を早稲田でフランス文学を学ぶ学生としてすごし、昭和のはじめ、大恐慌・就職難の時代にようやく大阪府立中之島図書館の司書（「ふみくらもり」とかれは言っていた）の職にありつき、職務のかたわら「さる全国紙」の懸賞小説に応募して「佳作」となったのを機に、地方紙に小説を連載したり、ＮＨＫ大阪放送局（ＪＯＢＫ）での児童劇を創作するなど作家活動もはじめたが、「戦争の勃発」によって「出るべき舞台」をうしなってしまった。

敗戦の時点で、かれは、当時ついていた堺市立図書館長の職を辞する。戦時中、かれは、図書館蔵書の一部を押収しようとする憲兵隊の要求を拒否したり、貴重な蔵書を地中に保管して空襲の被害からまぬかれさせたりするなど、むしろ職務をよくまっとうしえた図書館長であったと言ってもよいのだが、「たとえ組織の末端においてであれ市民の知的精神的指導者の一人」であったことへの責任をとったのだった。

図書館長を辞任したにとどまらず、かれは、作家も文化人も廃業して「一介の商人」になり、「大阪商人たち」から「学者」だの「人格者」だのと「嘲笑」されながら、「裏切られ、騙され、追いつめられ、金策に駈けずりまわ」るうちに五十台に達する。

五十四歳のとき脳出血でたおれる。「日本の資本主義が戦後の混乱のなかから大企業による系列支配を完成していく疾風怒濤のなかに、かれの乗った笹舟は没してしまった」のだ。「なにをしでかすかわからない無謀な娘」に関する「懊悩」もひきがねになっていたかもしれない。

じっさい、かれは「家長」として君臨することを知らなかった。知っていたのはただ「過度に案じる」ことだけだった、と白井愛は作中でのべているが、現実にわたしの知る田島清は、まれにみるリベラルなひとであった。かれの伴侶もそうだった。白井愛とわたしとは正式に結婚せず同居もしないでともに生きる道をえらんでいたのだが、清と冨美は、そういった関係をそのままうけとって、家族の一員としてわたしをむかえいれてくれた。わたし自身の両親もリベラルではあったが、こちらのほうがよほどたいへんだった。

この父が娘に遺したのは、「動産でも不動産でもなく、膨大な原稿の山」だった。しかし「生きるためのたたかい」にあけくれていた娘が父のこの遺産に目をとおすのは「十数年も経ってから」のことだ。「自分がなぜこの社会のこれほどの異物になったのかをたずねる」旅の途上でのことである。

この「原稿の山」をわたしも読んでいる。そのうちのいくつかを出版したいとほねおったこともある（実現はしなかったが）。なにしろ「娘とちがって、父は、なかなかのストーリーテラーである」と、白井愛が書いているように、遺された原稿のなかには「適度の大衆性」もあって、読ませるところがあったからだ。

そのうちのひとつ、七十五歳をすぎてから書いたらしい小説「望郷」のエピローグに引用されていたアルフレッド・ド・ヴィニーの詩「狼の死」に、白井愛は衝撃をうけた。そこにみずからの「宿命の愛」を見いだしたからだ。白井愛は、やがて、自分の作品集のタイトルに、これをえらぶだろう。

この小説の主人公・東二郎は「『時代』との格闘に全身全霊を捧げる。最後に潜水艦の艦長として決死の出撃を命じられ、艦も部下も自分自身もともに生きのびさせることに成功して帰還したかれは、みんなの白眼視にあう」。しかし、たちまち「時代は一転」し、かつて「卑怯者」とののしった「みんな」がこんどはかれを「戦犯」と指弾する。「時代」は「さらに転回」し、「旧友たちが手をさしのべてくる」が、二郎は「責任ある地位につくことを拒み」つづけ「燃えつきるように」死んでしまう。「まさしく、これはわが父の自画像である」と娘は感じる。この作品をもふくむ「原稿の山」はいまなおわたしが保管している。わたしが死んでしまったら、はたして、どうなるものか。

わたしの手元にいまあるのは、これだけではない。田島清が学生時代に買いあつめたフランス語仮綴《かりとじ》「原書」の数々である。そのほとんどが酸化してボロボロになってしまっているのだが、古典として定評のあるものだけでなく、かれの学んだ当時の現代作家たちのもの、たとえばロマン・ロランやプルーストの作品などもあり、そのほとんどに読んだ形跡があった。この「零落の王女たち」と白井愛自身のかかわりについては、「春草の夢」のなかで、ユーモアを秘めたかなしい筆致によってえがかれている。

「一介の商人」にすぎなくなった「没落の日々」の食卓で、父は、くりかえし、かれの青春のものがたりを語り、娘はこの「敗者のノスタルジー」を「スポンジのように」吸いこむ。ノスタルジーのかなたには「自由と反抗の化身」としての父がいた。この父とともに、いや、父をとびこえて、娘は「立身出世の臭う官立大学」を「嫌悪」する。この世の「実利的価値」を「侮蔑」する。「自由と反抗」と「あそび」を、「無償」で「無用」のものを、つまりは「文学」を「絶対的価値の殿堂」にまつる。

父をこえて、娘は、「いつかこの世のまったき異物」となるだろう。そして、父とおなじように、娘もまた「敗者」となるだろう。「父が魂の奥底に抱きつづけた敗者の気魄の、正統な継承者になるだろう」。

母についてのものがたりのなかで印象的なのは、娘が思春期に達したとき「女としてのしつけ」をしようとした母に対して、「しつけられてなんかやらない！」と娘が宣言したというエピソードだ。「母は、じつは、とうにあきらめていた」と作者はコメントしている。娘はすでにこの母の手に負えない「問題児」になっていたのだ。この「問題児」は、「常識の権化」としてたちあらわれる母を「ことごとにやりこめ嘲笑した」。

その後、しかし、この母自身が「いつのまにやら、世間からも常識からも自由になってしまって」いた。自立して生きるために苦闘している二人の娘――かつての「問題児」とその妹――の無二の親友となったのだ。

「傍観者志願」

白井愛には妹が一人いた。この妹について、ここでは、彼女は「いわば、世間と反世間との境界地帯に身をおき、茨の藪をかきわけて血を流しながら進んだ」、具体的には「安定した研究職についてはいたが、愚かな結婚をし、子供を生み、離婚し、苦労に苦労をかさねて独力でその子を育て、ようやく愛する相棒にめぐりあい、二人の子を生み、博士の学位をとり、家庭と完璧な仕事をめざして身を粉にして働いた」のに、「愛する相棒」の背後に存在していた「古い古い世間」からいびり殺された、と手みじかに触れているだけだ。

この妹にまつわるものがたりを作品化した短編もあるのだが、これはこの『狼の死』の時点ではまだできあがっていなかったので、ここには収録されていない。収録されているのは雑誌『あるく』の第四号（一九九九年）だ。この雑誌についてはのちに触れる。

白井愛には弟が二人いた。このうち存命なのはただひとり「東大」と「新日鐵」という「世間的価値」をまっとうした男だけだが、このかれにしても、世間の常識からはかなりはみだしたところがあり、やはり田島家の血筋はあらそえないとおもわせられる。そのしたのかなり歳のはなれた弟のものがたりが「傍観者志願」だ。姉とおなじ異物でありながら、異物として生きぬくだけの力をもたず、中途半端にこの世間とかかわってしまった男のありさまが、かなしみをこめてえがきだされる。

天野泉の名で登場するこの弟は、おさないころ「玲瓏たる天使」だった。「遊びの天才」であり「あふれでることばの天使」だった。だが「出発点でのプラスの総和は、いつか、みごとにマイナスに転化する」だろう。「あふれでる天使のことば」は、この世間のだれからもきいてもらえない「あふれでる毒舌」に変るだろう。そして「社会が聞くことをのぞまない」ことばをあふれだす人間は「狂人」とよばれる。

あの学生反乱の時代に、まだ高校生だったくせに「反乱の先がけ」となった「ノン・セクトの孤立した少年」は、あらゆるセクトからの集中砲火をあびて「立ち往生」し、「なすすべくもなく、無能の頂点で、ついに深淵に身を投じた。脱走。家出」。

大学生になった泉は、もはや、なににも参加せず、「シニックな目で」世のなかと自分を見ていた。卒業して入った会社からもたちまち脱走しなければならない羽目におちいった。この「無能」な男にできる唯一のことは試験に合格することだった。かれは国家公務員上級職試験にパスして中央官庁の官僚になった。ブランド商品になった泉にはたちまち縁談がもちこまれ、女ならだれでもいいという最悪のシニスムにおちいっていたかれはひとなみの結婚をする。ようやく到達しえた「世間並」から転落しないために。この「たびかさなる挫折者」は、「平穏」を夢みていたのかもしれない。そして「平穏」の別名を「平凡」すなわち「世間並」と信じこんでいたのかもしれない。しかし、「平凡」が「平穏」でありうるためには「傍観者自身が世間並でなければならなかったのだ」と、白井愛はコメントしている、「世間並でない男が世間に対して傍観者であることは、ゆるされないだろう。人並でも世間並でもない男にとっては、たぶん、最悪の選択」。

ここで、作品のなかではカットされている実人生でのできごとについて、現実のかれを知る者として補足説明をしておく。かれは行政のしごとになじむことができず、あろうことか、失意のあまりの脱走を、それもしばしば、おこなった。そのつど白井愛とわたしの奔走によって懲戒免職にはならずにすんできた。作品のなかでふれられる精神病院への入院は、こうした事件のあとのはなしである。

泉のような男が中央官庁の「毛並みのいいおぼっちゃまたちに伍して仕事をしていくためには、その伴侶に、泉のたっている状況を理解できるだけの、せめてそのていどの、心あるいは頭が必要」だった。ところが妻の由佳にはそれが完全に欠けていた。どころか、ブランド品を買ったつもりだったのにとんだオシャカをつかまされたという不満でいっぱいだった。泉は精神病院への入退院をいくどもくりかえし、そのつど、妻の由佳のみかその母親からも、見当ちがいの苦情が姉のもとへよせられていた。

そのようなあるとき、泉が姉をたずねて、入院に必要な保証書への捺印を求めるところでこの作品はおわっている。

死ぬのがこわい。そのことばが、いつまでも姉の耳になりひびいている。
電車にとびこんで死ぬのが怖いから、病院につながれて死ぬ……傍観志願者の王宮で……。
ときどき、姉は涙をこぼした。

弟は、いつまでも、出てこなかった。

（『狼の死』五九ページ）

この作品が発表されてからほどなく、この弟は焼身自殺をとげた。いや、正確には、その場では死にきれず病院にかつぎこまれていくにちも苦しみながら死んだ。白井愛がもっとも愛した、わたしもおなじくらい愛した男だった。

まつろわぬ一族の風貌

この本の三分の一の分量を占める「こうのとり神社」は、これまで見てきた「自分はどこからきてどこへいくのか」を確認する旅のはてに白井愛がたどりついたところをものがたる一篇であるとおもう。ここで、白井愛は、自分自身の「まつろわぬたましい」が、じつは、父母だけでなく祖父母へ、さらに曾祖父母へ、そしてその先祖たちへとつながっていく一本の糸にからまれているものでもあったことを、新鮮なおもいで発見する。

この作品はつぎのような構成をもっている。まず、プロローグとしておかれたのは、戯曲の形式で再現されたサホ姫の物語。すめらみこと（垂仁天皇）の后《きさき》でありながらこころの奥底に「まつろわぬたましい」を秘し、ついに、天皇軍にかこまれた稲城（砦）の燃えさかる炎のなかで、皇子だけをひきわたし、みずからは死をむかえた姫。その姫をたたえているのだ。この物語にかかわりのある古代一族鳥取部氏にゆかりのある神社が「こうのとり神社」であり、語られるのは、この神社に代々仕えてきた神主一族のものがたりである。

つぎに「父による回想」というタイトルのもとにこのものがたりの中核部分が語られる。タイトルのとおり、話者は、作者からすれば父にあたるひとであり、ここで、あらゆるかたちで、この一族の歴史が詳細に語られる。なかでも、「九、幼時の山野」「十、小学校時代」「十一、哀愁の森」の三篇には、わたし自身のおもいいれもある。というのは、この部分は、白井愛の父・田島清の死後に遺された「原稿の山」のなかから白井愛とわたしが発見した文章に依拠している、というより、ほとんどそっくりそれを踏襲しているといってもいいからだ。告白すると、田島清の遺稿のこの部分をはじめて読んだとき、わたしは、涙をぬぐいえないほどに讃嘆した。わたしの父ともおなじ世代の清がそだった村のこどもたちの生活がいきいきと目にうかんだ。

しめくくりのひとつ手前におかれた「娘による追想」は、文字どおり、この父の文章に触れた娘の感動を入り口に、この一家の「略系譜」のなかに、はるかに先立つ世代のひとびとの筆（残念ながら直筆によってではなく父の書写によってであったが、と作者は付記しているが）によって、そこに息づいている時代の空気と生のありように、じかに触れることのできた、その感慨を語ったものである。

そしてさいごの「エピローグ」には、まさにこのいまのこの国においてひとびとが、自分たちをはぐくんできたはずの神々＝自然をいかにないがしろにしているか、しかも「自分たちがかくもないがしろにした、かくも冒瀆した、まさにその神々にむかって」、いかに「つつましく手をあわせつづけている」かに対する、作者白井愛自身の深いイロニーにみちたことばがおかれるのだ。

この「こうのとり神社」の執筆にあたっては、わたしも白井愛とともに父・田島清（一九八二年歿）の遺稿を読みあさった。また、一九九四年、大阪府和泉鳥取（現阪南市）の「波太神社」をたずね、さらに桑畑を経て鳥取池まで足をのばしてそのあたりの変貌をたしかめ、堺市立中央図書館スタッフの協力を得て、田島一族に関する資料を収集した。

雑誌『あるく』の創刊

この時期の白井愛に関して無視することのできない画期的なできごとがある。雑誌『あるく』の創刊だ。かなりまえから、こういった雑誌をつくろうという計画は、白井愛とわたしとのあいだで熟していたのだが、『狼の死』を上梓した四ヵ月後の八月に、「あるく」は創刊号をだした。

白井愛と彦坂諦のほかに、前年「アンデルセンのメルヘン大賞」を受賞した童話作家九十九耕一と、彦坂のシリーズ「ある無能兵士の軌跡」の資料集めに奔走してくれた古本屋あるきの達人上野誠（故人）とがくわわり、当初はこの四人だけで、企画から編集・製作までやった。「れんが書房新社」がたすけてくれて、発売までひきうけてくれたから、外目にはちゃんとした雑誌にみえるつくりとなったのだが。

この雑誌のタイトル「あるく」は彦坂の提案できまった。人間の背の高さで、あるくはやさで、目にうつるすべてのことがらについて、どう感じたか、なにを考えたかをことばにしたいというおもいのこもった誌名である。白井愛の「巻頭言」が、この雑誌にこめるわたしたちのおもいを表現していて、毎号掲載された。タイトルは「進軍せよ、星にしたがえ」。ウナムーノの『ドン・キホーテとサンチョの生涯』を下敷きにしている。全文を引用したいのだがそうもいかないので、ほんの一部だけをお目にかけよう。

（前略）

進軍せよ。

星にしたがえ。

そして、騎士がなしたようになせ。目のまえに立ちふさがる不正を正せ。いまここでなさねばならぬことをなせ。

ウソツキと出あったときには、面とむかって、「ウソツキ！」と叫び、そして先に進むのだ。賢《さか》しらなことを言い、それにたいして群衆が口をあけて感心して聞く、そんな男に出あったときは、「賢《さか》しら！」と叫び、先に進むのだ。前進あるのみ！

一度、ただ一度、ただ一人のウソツキを完全に永遠にとりのぞくならば、ウソもまた永遠にとりのぞかれてしまうであろう。（中略）

ひとりで出発せよ。

きみのかたわらをすべての孤独者が歩いているのだ。

完全な、真実の孤独にむかって。

その孤独とは、自分自身ともいっしょでないことである。きみが墓のかたわらできみ自身を脱ぎ捨てないうちは、きみは完全にひとりではない。


うたは、星が墜ちるようにわたしの魂のなかに墜ちた。涌き出る泉のうえに墜ちた。

それがあなたのうたなのかわたしのうたなのか、もうわからなかった。


創刊号の特集は「『能力』という神」で、わたしの「無能だって？　それがどうした⁉」はここに掲載された。白井愛は「長生」という「謡曲」をのせた。また、石堂清倫（故人）にたのんで「あいまいな軍部とあいまいな国民」を寄稿してもらってもいる。現場の教師であった上野誠（故人）は「評価ってなんなの？」を寄せ、ユニークかつ非凡な「教育者」坂口耕史（故人）からは、「非・競争原理としての『能力』を錬磨しよう」が寄せられた。当時、郵便配達員であり、上司からの職務命令としての「胸章」着用に反対しおなじ郵便配達員なかまとともに裁判にうったえていた貝塚純二へのインタビュー（聞き手は彦坂）「労働者の自己決定権を確立するために」や、都内の病院に勤務している看護婦（現看護師）たちへのインタビュー（聞き手は白井愛と彦坂）「仕事のできる看護婦ってどんなひと？」も、沖縄に移住して苦闘している生粋の労働者・小林幹雄の「私的沖縄報告」も、九十九耕一の童話「甲羅をなくしたカメ」も、掲載されている。いまふりかえってみると、どうして、たいへん充実した内容だ。

きれいはきたない、きたないはきれい

この年一九九六年の十一月、白井愛は跡見学園女子大学英文学科で講演している。タイトルは「わたしの愚神礼賛」。白井愛とは早稲田教育学部の非常勤講師なかまで彼女を敬愛していた木下高徳が本務校で企画した講演会だった。「愚神礼賛」とはいわずとしれたエラスムスの本のタイトルだ。白井愛は、一九八〇年代からエラスムスに傾倒し、八六年には当時「出講」していた徳島文理大学の『比較文化研究所年報』第三号に田島衣子（戸籍名）の名で「諷刺と笑いをめぐる覚書（1）――「Homo ridens と『痴愚神礼賛』」を、二年後の一九九六年には同誌第五号に「諷刺と笑いをめぐる覚書（2）――Homo ridens と stultitia crucis」とを寄稿している。

この講演の記録は『跡見英文学』の第十号（一九九六年）に「きれいはきたない、きたないはきれい――わたしの愚神礼賛」のタイトルで収録されているが、この「きれいはきたない、きたないはきれい」は、これまたいわずとしれたシェイクスピア『マクベス』に登場する魔女たちの台詞だ。

白井愛は、ここで、エラスムスの「愚神」、白井愛のことばによると「アホウ・キジルシの女神」の「お知恵を拝借」して、この世界を「逆さの目」で見る方法を紹介している。つまり「カーニヴァルの笑い（ことば）」を、だ。

カーニヴァルというのは、つねひごろはこの世のがっしりした階層秩序にがんじがらめにされているヨーロッパ中世の民衆が、この日だけは、この世のあらゆる秩序や価値をひっくりかえすことができた、そういうおまつりのことだ。このときだけは、民衆は、この世の権力や権威を笑いとばすことができた。

笑いというのは世界を「逆さの目」で見るひとつの方法だ。そういったカーニヴァルの笑いを日常でも笑うことをゆるされていたのが道化である。そのかわり、道化は「アホウ・キジルシ」と見なされ、この世の階層

秩序の最下層に、あるいはその外側に、位置づけられていた。

この、現実の価値をひっくりかえして笑いとばす「カーニヴァルの笑い（ことば）」をこそ、「愚神＝アホウ・キジルシの女神」の「お知恵を拝借して」白井愛は、女子学生たちにつたえようとしているのだ。

そこでは、たとえば、「狂気こそ叡智であり、叡智は狂気である」とか「愚こそは賢であり、賢とは愚である」とか「醜こそは美であり、美とは醜である」といった価値の逆転が平然とおこなわれる。

さて、エラスムスが「アホウ・キジルシの女神」の口をとおしてつたえようとしたこの価値逆転のしかたを、五百年近い歳月をとびこえて、わたしたちの生きるこのいまに活かしてみると、どうなるか？

ここで、白井愛は、「無能・有能」という価値について語りかける。「無能」であるという判定は、わたしたちのこの社会では、そっくりそのまま、そう判定された個人の全人格的価値の否定となる。これは、わたしたちのこの社会の「深い不文律」だ。「能力を崇拝する賢い人たちみんなが、この不文律を、クモの糸のように吐き出して」いる。そのクモの糸に「哀れな犠牲者は、がんじがらめになって動けなくなる」。この「クモの糸」にたちむかえるのは、と、白井愛は語りかける、「アホウ・キジルシ」だけだ。

この「アホウ・キジルシ」なら、ひらきなおって、無能ってなんなの、能力ってなんなの？　と問いかえすことができる。あるいは、「カーニヴァルの笑い」を笑って、「きれいはきたない、きたないはきれい」とでも、「有能とは無能、無能とは有能」とでも言えるだろう。シェイクスピアのソネットをもじって「才能は乞食に生れ、無能無知がはなやかな衣裳を着て、芸術はお金にさるぐつわされ」とでもなんとでも言える。

こういった言いかたで、白井愛がつたえようとしていたのは、「いじめ」にまけるなということだった。上から下まで「いじめ」につらぬかれたこの社会に生きるあなたがたであっても、けっして、「そんな社会に殺されてはならないのです」。そしてさいごに、どう生きるのかという問いに対する「答えはありません」と、言いきったうえで、つぎのようにはげましのことばを贈っている。

「答えはないのだという答えしか、ありません。ただ、どんなに八方ふさがりに見えても、かならず出口はある。どこかにある。出口は自分で創るしかないのです。そして、八方ふさがりの中から自分で自分の出口を創るとき、人は、とっても強くなるのです」

第九章　この道しかなかったんや――『タジキスタン狂詩曲《ラプソディ》』

この道しかなかったんや

どうしても引いておきたい文章がある。赤松清和が電話口で語り彦坂が書きとめたものだ。白井愛『タジキスタン狂詩曲』の栞に掲載されている。赤松清和は、教育者としても運動家としても、根っからの実践者であったから、みずからの手になる著作は遺していない。ただ、彼の口からこともなげに吐きだされるのは、寸鉄ひとをさすだけでなく、そのまま書きとめれば秀抜なエセーとなりうることばの流れであった。

このときも、いきなり彦坂の耳にとびこんできたのは驚嘆すべき台詞だった。

「白井愛はゴッホであって尾形光琳じゃない」

「そのむかし、耐えがたいと感じたひとは」と、赤松はつづける、「男は山に入って鬼になり女は荒野にさまよい出て山姥になった。白井愛は、鬼にも山姥にもならんと、ゲジゲジになって天井にへばりついたんや」まことに、『あらゆる愚者は亜人間である』から『人体実験』にいたるまでの白井愛の立ち位置をひとことに凝縮してみせた評言と言ってよい。白井愛は、なにに対して「耐えがたい」と感じたのか？「正面から言えば」と、赤松はまたもや意表をつく、「人間の法則、世界の法則、いや宇宙の法則に対してだ」。

こう言ってから、赤松は、その「法則」とはどういうものなのかを、比喩によって語る。ゾシマの死をみとめないアリョーシャ、こどもの死をみとめない母親、「淪落した」身でありながら「清純な娘であるかのようにふるまう」姉（映画『欲望という名の電車』）。このみっつのばあいがひきあいにだされる。

ゾシマが死ぬ。死体が腐って、臭気をただよわせる。これは、「無慈悲な、残酷な、とどめることのできない巨大な力」だ。アリョーシャはその力にうちひしがれる。刃むかえない。しかし、容認することもできない。ただ「耐えがたい」。

子供が息をひきとろうとしている。医者は、必要な処置をほどこし、何時何分「ご臨終」です、と言う。医者は「事実にもとづいて」言っている。しかし、その子の母親はそれをみとめない。

「淪落した」姉が「清純な娘であるかのようにふるまう」のは、「本気で」こころのそこからそうおもってのことだ。

「たしかに、そんなん、無理なんや。自然の法則からすれば。アリョーシャも、母親も、姉も。それこそが、しかし、人間のなかで信仰してきた法則に対する、人間的な、これもまた法則なんや。死んでいくのが、生きてる者の法則なら、死ぬのを認めないのも、生きてる者の法則なんや」。

このように「法則」をもちだすところが赤松清和の面目躍如たるところだ。以下、その赤松節を、断片的にではあるが、引用紹介する。

白井愛の『耐えがたさ』っちゅうのも、そういう法則なんや。宇宙の第一法則に対する人間的法則によるたたかいなんや。

第一法則にどっぷり浸かっていれば、「死んでない！」と抗議することはない。抗議するのは「ヘンなやつだ」としか思わない。そういった「ミンナナカヨク」の世界、それに対する抗議の叫びが、白井愛の作品なんや。（中略）

物質的・肉体的なものにどっぷり浸かって、そこに満足しきっているありかた、これを、白井愛は「豚」と呼んでいる。マルクスは「素町人根性（俗物根性）」と呼んだ。

ここでこのようにマルクスをもちだしてくるのもいかにも赤松らしい。マルクスと言えば唯物論と短絡し、唯物論と言えば物質主義とまた短絡するひとびととはひとあじちがった赤松特有のマルクス理解がつぎに披瀝される。

人間の精神面における矛盾の摘発、これは、マルクスにおいて一貫している。『資本論』にしても、そのそこには強烈な精神的要素があるのだ。この当時の「ミンナナカヨク」の連中をマルクスは「死が生きている姿」と名づけた。これが、物質的状況を指した「素町人根性（俗物根性）」と呼応する。

肉体的・物質的進歩に満足している者に対して、精神的なものに準拠して出てきた抗議の声、豚にとどまっている者に対するプロテスト、これが、白井愛の作品の底を、処女作からいまにいたるまで、一貫して流れている主調低音なんや。

神を食い物にして生きている教会に対して、キェルケゴールは金切り声をあげて抗議した。ニーチェは、冷然と絶縁状をつきつけた。白井愛もそういう叫びをあげつづけているんや。汚され犯されつつある人間性のために抗議しつづけているんや。

この叫びは、いかに巨大な「ミンナナカヨク」の力をもってしても真の意味で抹殺することなどでけへんのや。この白井愛の路線こそが大道なんや。それは、むかしから、あるいはセルバンテスになったりニーチェになったりマルクスになって現れてきたやないか。よう滅ばされんやないか。白井愛もよう滅ぼされん。

抹殺されようとしている白井愛の状況を知悉するゆえに、なぜ抹殺されようとしているのか、その根底的な理由をだれよりもよく理解しているゆえに、赤松は、あえて、このような歴史上の人物たちまでひきあいにだしている。

その数日のちに、ふたたび赤松からの電話を受けたわたしは、衝撃とともに、深い真実におもいいたった。

　あんたは、ぼくという人間を通して、言うなら「戦争のなかの人間の研究」をやったやろ。そのなかで、赤松は軍隊のなかでも赤松でありとおした、これは異常と言っていいほどの強い意志の力がなければできないことだった、と書いてるわな。

　それ、ちがうんや。ぼくはただワガママ通しただけなんや、強い意志など必要なかった。強い意志で護らなあかん、抵抗しつづけなあかん、それではじめて護れるというようなもんやない。そんなごつい努力なんかいらんのや。あれかこれかがあって、そのうちの一方を護ったちゅうわけではなく、ぼくにとってはあの道しかなかったんや。

　白井愛と赤松とに共通している、他の人間には共通していない独特なものが、そこには、あるんや。白井愛も、これまで辿ってきた道を辿るほかなかったんや。二つの道が目の前にあってやな、こっちの道を行ったら出世することがわかっていて、ともすればその道に引きこまれそうになるのを抑えて、自粛・自戒・努力によってかろうじてもう片方の道を辿る、そういうひとは大勢いるが、白井愛はそうではない。まったく違うんや。強い意志も目標も持たなかった。そんなん必要なかったんや。白井愛の辿った道、それしかなかったんやから。（傍点は彦坂）

「この道しかなかったんや」。これほど正確に白井愛の生とそこからつむぎだされた作品との中核を言いあてたことばをわたしは知らない。

赤松清和をとおして、わたしが「戦争のなかの人間研究」をこころざし、全九巻におよぶ膨大な著作を書きあげたのち、なお、当の赤松本人から、右に引用したようなするどい批判をうけなければならなかったことは、このいまでも、痛恨のきわみとして記憶している。どうしてそこに気がつかなかったのか、などと、いまさらくやんでもくやみきれないおもいだ。しかし、そこには、わたしの理解の不足というよりは、わたし自身の生きかたの根底に、いまなお払拭しきれないでいる常識的感性の罠があったのだ。

白井愛にとっては、あれかこれかという意味での選択ははじめからなかった。白井愛がじっさいにたどってきたその道だけが、彼女のなしえた唯一無二の選択だったのだ。ほかに道はなかった。この点では、赤松がここで明言しているように、白井愛と赤松清和には共通するところがあった。そして白井愛とわたしとのあいだには共通するところがなかった。

いまでは、もう、はっきりとわかっているのだが、白井愛とともに生きていると信じていたあのころには、ここのところがわたしにはわかっていなかった。しかし、彼女にはそれがはっきりと見えていたのだ。わたしにとって、白井愛とともにあゆんだ道は、意志的に選びとったものであって、それしかなかったのだとは言いえない。その道しかなかったと言うことはできる。しかし、そこにはひとつの条件が付随する。白井愛とともにあゆむためには、という条件だ。みずからのうちなる声にみちびかれなかったとはいえない。しかし、かりにわたしが白井愛と出会わず彼女とともに生きるときめなかったなら、そのうちなる声が、それでしかありえなかった唯一の選択として、その道を行っていたとは、しょうじき、言いえない気がする。そこのところに、彼女とのあいだのさけめが潜在していたのであることが、いまのわたしにはわかる。

『タジキスタン狂詩曲』には、その名の示唆するように、さまざまにことなる主題の作品が自由にくみこまれていて、一見、なんの脈絡もないように見える。しかし、その通奏低音として流れているのは、断食芸人として生きるしかなくなった白井愛自身のひそやかな、かなしみにみちたほこりであると、わたしはおもう。

冒頭におかれた「邪鬼」については、ここでは言及しない。ただ、このヒロイン小湊美花の人物像に関して、赤松清和が卓抜なコメントを寄せているので、その部分を引用しておこう。

白井愛は、小湊美花やアカアキ・アカベエ（彦坂註——『キキ 荒野に喚ばわる』のなかの人物）によって、現代の日本人の典型的な像を描いた。（中略）支配する側の人間ではない、支配される側の民衆の像を描いたんや。

支配される側の人間たちは、大別すると、二つのタイプに分けられる。おおかたのタイプ、これは、時の支配体制を受け容れて、そこに合わせるかたちで自分の人格を形成していく。小湊美花やアカアキ・アカベエがこのタイプだ。なんというタヨリナイ、ナサケナイ、そして、なんというフテブテシイ、タノモシイひとびとであることか！（中略）白井愛の描いたそういう人物像が、現在のこの国の大衆のタイプが、その中身が、どんなに貴重なものであるか、白井愛にはわかっていない。わかきドストエフスキーに対してあなたは自分がどんなにすばらしいものを書いたのかがわかっていないと言ったベリンスキーとおなじ気持ちで、ぼくはそう言いたい。

ベリンスキーまでもちだしてくるとはおそれいったが、しかし、赤松の慧眼は白井愛の創作活動の中核になにがあるのかを、正確に見ぬいている、と言っていいだろう。

このあと、珠玉の諷刺詩「ユートピア」を間奏曲として、「火山の星の小さな王子に」と「臥龍——新イソップ物語のための四つの蛇足」がおかれている。いずれもこのわたしがともにした体験を基盤としているが、白井愛は、想像のつばさを存分におもうままにはばたかせて、詩情あふれるものがたりにしたてあげている。

カムチャツカへ

「火山の星の小さな王子に」は、一九九七年七月二四日から八月二八日までのほぼひとつきのあいだ滞在したカムチャツカ半島での体験が下敷きとなっている。この滞在は、作中に竜太の名で登場する人物の好意にあふれたおっせっかいのおかげで瓢箪から駒が出るように実現したものであった。

ソ連が崩壊したあと、ルーブルは暴落していたため、円の価値が相対的に上昇していた。日本国内では貧乏なわたしたちでも、おかげで、ロシアになら長期滞在が可能になっていた。ただ、わたしとしては、国家の崩壊によって塗炭の苦しみをあじわっているひとたちのなかに、カネモチ然として入っていくのはいやだった。

そのわたしも、しかし、具体的に提供された好条件には気をそそられざるをえなかった。ロシアといっても、そこは、あのさいはてのカムチャツカ半島だったからだ。ここで、白井愛とともにひとなつくらすことができる。この誘惑には勝てなかった。滞在するために必要な具体的条件は、すべて、竜太がととのえてくれた。わたしたちは、彼が交渉してくれた条件に同意して、ヴラジヴォストックを経てカムチャツカのペトロパーヴロフスク空港におりたてばいいだけだった。そのありさまは「プロローグ」から抜粋しておく。


わたしは、ただ、「変人」のこの熱い好意、いたれるつくせりの配慮に身をまかせて、ここに来た。（中略）

なにやら大いなる諦念を胸に宿し、遺書まで書いて。

じつは、「仕事」をするためでも「観光」するためでもなく。

ただ成り行きのままに。

ただただ、わたし自身の偶然に身をまかせるために。

（中略）

海外旅行も国際研修も拒否してきた頑迷固陋のわたしが！
日本の邪鬼の物語を書くことだけに生きてきたわたしが！
そのわたしが、ついに、精も根も尽きはてて、なにもかもどうでもよくなって、たんなる成りゆきのなかに逃げこんだのであろうか。
出発点からつきまとって離れないこの問いを、わたしが忘れ去さることはあるのか。

（『タジキスタン狂詩曲』八五～八六ページ）

「いや、たびたび、わたしは忘れた」、と、白井愛は、作中で、ルフランのようにくりかえすことになる、「わたし自身への問いを、憂鬱を、悲しみを」と。

カムチャツカ滞在のこの一ヶ月は、わたしにとってもみのりゆたかなものだった。ソヴィエト社会主義共和国連邦という国家が崩壊したことによって、この国家がほんとうに社会主義をこの地上に実現しえた政治社会体制でなかったことはだれの眼にも見えてきた。ただ、この政治社会体制のもとで二世代から三世代にわたるながい年月をすごしてきたひとたちが、この政治社会体制の崩壊とそののちに成立したエリツィン体制とをどのように受けとめているのか？　それを知りたいというおもいは、かなえられないまま、わたしのなかでくすぶりつづけいたのだ。

ソ連という国家体制のもとでくらす庶民たちとのつきあいは、三十年におよぶアムール下流域かよいのなかで、かなり深いものになっていた。とりわけ、あのクーデタのおりおなじ船に乗りあわせたロシア人乗組員たちと、船舶無線から流れるラジオの情報を唯一のたよりとして、一喜一憂しながら推移を追っていたあの数日間は、わすれられない痕跡をわたしの記憶にとどめている。

クーデタ支持派と反対派とに、船内はまっぷたつにわれていた。船長は反対派、一等航海士は支持派、機関長は反対派、そのほかの乗組員たちがひとりひとり明確な意見を表明しただけでなく、それぞれ、自説をうらづけるしっかとした論理を具体的に構築していたことにも、つよい印象を受けた。わたし自身は、クーデタ派の政治主張はどう考えても時代錯誤としかおもえなかったから、船長と意見をともにしていた。ただ、この間、得られる情報は極度にすくなかった。

もし日本国内にいたなら、情報の過多、というより、洪水に翻弄されていたであろうと考えるにつけ、あのソビエト船内にあってこの事件に遭遇しえた偶然にむしろ感謝したい。それにしても、この船の通信士は、あの困難な状況のなかで、よくもあれだけ貴重な情報をとらえてくれたものだ。モスクワ放送はいちはやくクーデタ派に占拠されてしまったらしく、はじめにもたらされたのは、クーデタ派の宣言だった。これは比較的はっきりときこえた。しかし、通信士は、かすかな電波までひろうことに専念してくれた。その結果、わたしたちは、ソ連邦のさまざまな地域での動きを、断片的にではあったけれど、知ることができた。

そこから知りえた情報をつなぎあわせていくと、ソ連邦の全土でクーデタが支持されているとは言えないことがわかった。じつにさまざまなうごきが、さまざまにことなる地方で、まさに自発的自立的におこっていることが感じられた。そのことにも、わたしは、衝撃を受けたことを、はっきりとおぼえている。わが日本列島で、このような事件がおこったとき、これほどまでに自発的自立的なうごきが、はたして、民衆のなかからおこりうるのだろうか？　衝撃は、この問いに直結していた。

船内という閉鎖された環境のもとで、母語ではない言語＝ロシア語によるそれもはなはだ聴きとりにくいかすかな音声によってつたえられるふたしかな情報だけをたよりに、この政治情勢を分析し、自分自身の意見を構築するばかりか、それを他人との議論のなかで検証していくといった作業は、わたしにとっては、二度とえられない貴重な体験だっだ。エリツィン政権に対する失望も批判もこの段階ではまだいだきようがなかった。

あのときから七年の歳月がながれたけれど、わたし自身の経済的状況もロシアの政治的状況も、アムール下流地域にくらすひとびとを再訪する機会をゆるさなかった。こういう時期にだったのだ、カムチャツカ滞在が実現したのは。竜太のおせっかいに感謝しなければならない。

この滞在期間中に体験しえたさまざまできごとやそこで出会ったひとびととの交流からえられた貴重な体験のかずかずを、白井愛はみごとに作品化しえている。そうした体験のほとんどをおなじようあじわった、というより、そうした体験を彼女にもたらす仲介者であったはずのわたしが――なにしろわたしは通訳兼雑用係だったのですからね――おもいもよらなかった手法で、だ。

カムチャツカの首都ペテロパーブロフスクの上空に近づくいたとき「森のむこうに、近々と、くっきりと、姿をあらわす」「みごとな山容の真っ白な」二つのコニーデ型活火山――荒々しいカリャークと優美なアヴァーチャー――がこの作品全体の主調低音となるだろう。美しい自然ときびしい気候のもとで、広大な国家のさいはての地に生きるひとびとのかいがいしさと生活の知恵とを、いくつかのエピソードによってうかびあがらせる。観察がこまかい。するどい。

首都ペテロパーヴロフスクのはずれに近い「殺風景な五階建ての棟」の一室で、盛大なロシア風おもてなしがわたしたちをむかえてくれた。「それはそれはながいあいだ、お待ちしておりました！」と、この家の主婦カーチャが乾杯のグラスをあげた。「いま思えば、このことばに誇張もいつわりもなく」と、白井愛は書いている、「わたしたちはたしかに待たれていたのだ、ドルを運んでくるカネモチのヤポンスキー」として。

カーチャは五十二歳の年金生活者、七十二歳になる夫のワーニャも「高額の年金受給者」であるはずだった、社会主義国家が「この二人にゆたかな老後を約束」していたのだ。その社会主義体制が崩壊してしまったおかげで、猛烈な「インフレが年金の価値を紙切れ同然のところまで下落させ」てしまった。

この夫婦のひとりむすめソーニャは大学を首席で卒業し大学院へ進もうとしている。しかし、社会主義国家の崩壊によって学費は無料ではなくなった。資力のない親にかわって、ソーニャの近未来の夫ボリスの父親であり教育大学（この地の最高学府だ）教授をつとめるマンダレンコ氏が学費を負担してくれることになっている。などなど、いちいち書き出せばきりがない。とにかく、「賢明な主婦」であるカーチャが「相場よりとびきり高い家賃でニホンジンに家を貸し、とびきり高い週給でニホンジンの世話をすることにしたその背景には、もろもろの「事情」があったわけだ。

この「賢明な主婦」が、「賢明な主婦」の「誇りをもって、日本の御大名からさらにしこたまドルをまきあげる」ようすが、このの ち描かれていく。すべて、これ、わたし自身が矢面に立って体験したことなのであるが、そういったかずかずのエピソードをこれほどユーモラスな物語にしたてあげたとは、おそれいるほかはない。

ワーニャは、じつは、スターリニズムの犠牲者のひとりだった。とくべつなことではない。あの時代のあの国ではありきたりの人生だ。ソ連の崩壊後「赤い表紙の小さな手帳」をもらった。「名誉回復証明書」である。この彼の「生涯をつらぬく哲学」は、「自分の労働によって獲得したもののみが尊い」だ。いくども、いろんな主題について、腹蔵なく語りあったが、民衆の叡智をおもわせる男だった。白井愛も魅了されたにちがいない。それは、作中にしばしば描かれる彼の人物像のゆたかさにおのずとあらわれている。

空港までむかえにきてくれていた病院づとめのわかい医師ミーチャとその美しい妻マリア、「小皇帝」のひとりむすめエレナ。この三人もしばしば登場する。ミーチャはいかにもソビエト後のわかものといった感じの男で、内視鏡などの医療器具一式を日本で物品税ぬきで購入することに関心をもっている。マリアは、三十歳前後だろうか、成熟した知的な女の魅力を発散している。「均衡の魅力」であると白井愛は書く。精神と肉体との、知性と感情との、やさしさと手きびしさとのみごとな均衡。「他者の魅力、遠い異境の魅力を、そののびやかな肢体のむこうに、わたしは見ていた」。

「火山の星の小さな王子へ」

弟四章はタイトルそのままに「火山の星」で出会うことのできた「小さな王子」たち――ひとりの男と少年――へのオマージュだ。白井愛がなぜこのような、かつてサンテックスが「小さな王子」に捧げたような絶対の礼賛を再現したのか？　この当時白井愛をおおっていた絶対の嫌悪と対照してはじめて理解しうるだろう。

わたしがどんな月の国から来たのかをお話することからはじめなければなりません、そこでは、人間が――競走馬ではなく人間が――鼻先にニンジンをぶらさげられ、鞭でお尻をぴっぱたかれながら、走っているのです。ニンジンは、「金」と「地位と「安楽な暮し」を約束しています。鞭は、業績！　業績！とうなりながら、振り下ろされています。

目隠しなどしなくても、馬が脇見する気づかいは、まったくない。よそ見などしていたら、脱落してしまうのだから。脱落したら、餓死あるのみ。馬たちは、そう信じています。たぶん、そのとおりでしょう。

（『タジキスタン狂詩曲』一五六ページ）

講演やエセーにおいてではなく、作品のなかで、これだけむきだしに、白井愛が嫌悪を語ったのは、たぶん、はじめてではなかったか。批判ではない。嫌悪だ。白井愛は、こう語っている。

それにしても、「やらなければならないこと」と「やりたいこと」とを一致させうる人間は、なんて幸福な種族なのか！　こういう種族がオエラガタになっていくのでしょう。

わたし自身は、鼻先にニンジンをぶらさげて走らされることに、もう、どうにもガマンならなくなっ

ていました。三十代も半ばを超えようとしていたころのことです。（中略）
ある日、わたしは決意しました。
ニンジンなんか要らない！　ニセとして生きてやる！　すべてをニセとして！　（同書一五七ページ）

この「決意」は、ある日、突如として、天啓のように、彼女のうえにおりたったのだった。ゆくてにあるふたつの道のうちのひとつを選択したのではない。この道しか、彼女には、ありえなかったのだ。もうひとつの道を、喜々としてこの道をゆくひとびとを批判しているのではない。ただ、ひたすら、嫌悪しているのだ。とうぜん、彼女は「根源的な無能」となる。この社会の要求する「規格」に「合わない」だけでなく「合わせよう」としない、いや、積極的に「合わせまい」とする存在だからだ。

ただし、人体が、体内に侵入した異物を条件反射的に排除しようとするように、この社会は、けっして異物の存在をゆるさない。だから、彼女は、おのれの存在を「敵の目からごまかし、敵陣のかすかなスキマにもぐりこみ、なんとかつじつまを合わせるふりをして、その場その場をきりぬけつつ、奪いとられた時間のいくぶんかでも奪いかえすこと、そして、『有能』にしがみつく無能なホンモノたちの卑しいニセモノ性を嗤うこと」に専念する。

この「たたかい」、この「綱わたり」を、この「たわむれ」を、「日々に、必死で」生きる。言いかえれば、「プロへの道を棄て、プロとは逆の『シロウトでニセモノの書きもの屋』の道に踏みいった」。

「このときから、わたしは」と、白井愛はこの「ニーナが答える」のなかで書く、「この道を転がりつづけているのです。恥の火だるまになって」。この「恥」とは「常識にてらしての恥なんかじゃ」、むろん、ない。「笑ってもらえなかった道化の恥」に、彼女は、なぞらえる。

だから、これもこの社会の当然として、「書けば書くほど、道化の孤独は深まり、書けば書くほど、道化の生きる道は狭まった。なにしろ、それは。シロウトでニセモノの道化だったから。——敵は必勝の怪物だというのに」。

「でも、だからこそ」と、彼女はだめおしをする、「わたしは書いたのでしょう。その、生きられないわたしの恥を——責任を——引受けるために」。


わたしは責任偏愛狂です。むかしもいまも、われとわが責任を引受けたおかげで、わたしは生きつづけることができたのです。いま思えば、そのおかげで、奇人変人の熱い友情をいつか知ることにもなるのだし、リョーヴァとコーリャ、あなたがたにめぐりあうこともできたのです。(あ、コーリャは眠ってしまった!)

(『タジキスタン狂詩曲』一六〇ページ)


たしかに、白井愛ほどの「責任偏愛狂」にわたしは出会ったことがない。この「責任偏愛狂」ぶりは、彼女の処女作『あらゆる愚者は亜人間である』の冒頭に、はやくも表明されている。「現在のこの状況を、過去のわたし自身がおこなった無数の選択の総決算としてもう一度内側から捉えなおしたい」と、彼女は書いている、「すべてはわたしの欲したものでありすべてがわたし自身から出ているのだということを再度確認したい、このいらだたしい欲求がわたしにペンを握らせたのだ」。

この「責任偏愛狂」で「あるはずの」白井愛のうえに投げつけられた罵詈雑言のなかでも、もっとも的はずれな、それだけに彼女を「驚愕」させ、深く傷つけたのは「アマッタレ!」という悪罵だった。「アマッタレ」とは「自己の責任を他に転嫁する態度」白井愛の「対極にある姿勢」ではないか! 「にもかかわらず、いくにんもの知識人が——オエラガタをその本来の名で呼ぶことにします——わたしを『アマッタレ』と呼び、いまだにだれひとりそれを撤回していない」。

この「知識人たち、この正義のオエラガタ、このホンモノたち」が、ニーナ＝白井愛のなかのなにをきらっているのか？　「その文体ほど不快なものはない、と、いとも率直に語ってくれています」。語るにおちた。これほどの率直さを見せてくれたことによって、逆に白井愛の文学の中核が鮮明にうかびあがってくるではないか。彼女の文学は、まさに、ポール・ニザンがみずから語ったように、ひとを不快にするものなのだ。どういう「ひと」をか？　言わぬが花。「この正直な告白を聞くと、わたしは笑いだしてしまいます」と、ニーナはつづける、「なんと平板な、なんと月並みな！」

こういった「ホンモノ」たちと、「わたしとのあいだには」と、ニーナはさらにつづける、「絶対の断絶が、いや、不倶戴天の敵対関係が、ひそんでいるにちがいありません。」必勝のホンモノたちが、まるで『邪悪』な『文体』にいびりだされるみたいに、ゾロゾロと這いだしてくるのですから」。

このような「不敵のホンモノ」たちが、「異論の余地ないところに異を立てた」かどによって、「邪悪」なソクラテスを殺した。イエスを、レーニンを、ゴッホを、ゴーギャンを、ニーチェを殺した。「その他、有名無名の狂人を殺した」のだ。「殺したことによって、かれらは、永遠のお笑いぐさになっているのですが……」。

さいごに、ニーナは、「火山の星の小さな王子」へのかぎりない愛にあふれながら、このオマージュをつぎのようにしめくくっている。

> 勇気とか愛とか、無垢とか高潔とか、人間の、このうえもなく美しいもの、きよらかなものは、石を投げつけられてむなしく死んでいく運命にあるのでしょう。けれども、その宿命的な力にさからい、力をふりしぼって、美しい、きよらかな、なにかしらを、まもりつづけようとする、奇妙な、ヘンな人間が、どこかに生きていないはずはない。
>
> （『タジキスタン狂詩曲』一六一～一六二ページ）

「タジキスタン狂詩曲」前史

「臥龍」については省略する。「火山の星の小さな王子に」の周辺にこれほど勢力をそそいだあとには、もう、この、つけたりのような作品にふれる気力はのこっていない。

つぎに、この本のタイトルにもなっている「タジキスタン狂詩曲」についてだが、この作品にこのタイトルをつけようと提案したのはわたしだった。なぜか？　ラプソディとは、きわめて自由奔放な楽曲であり、一種の幻想曲でもある。この作品の内容にふさわしい。

作品の舞台は当時ソ連邦に属していたタジキスタン共和国の首都ドゥシャンベとアフガニスタンとの国境近いパミール高原の一角、時は一九七一年、つまり、この作品が書かれる四十年ほどまえである。

この作品の内容にわけいるまえに、その前史ともいうべきことについて、まずふれておかなければなるまい。白井愛の前身浦野衣子とわたしが出会ったとき、彼女は、早稲田の大学院博士課程フランス文学専攻に在籍していて、サルトル研究者への道をあゆもうとしていた。とはいえ、のちに白井愛という名の詩人・作家になっていく資質はすでにめばえていて、研究者というよりはサルトリアンそのものであったと言っていい。

このひととの出会いは、わたしにとって、鮮烈なカルチャーショックだった。うまれてはじめて、わたしは、知的にも心的にもわたしを凌駕する女に出会った。こころのそこから、そのひとをうやまい、ともに生きたいとねがった。このひとは、自分では高い知性をもちながら、知を尊敬していなかった。知を尊敬し、知の象徴である書物を尊敬してきたわたしには、驚天動地のできごとだった。

浦野衣子は、大学院の博士課程を優秀な成績で修了しながら、どの大学にも採用されることなく、生涯非常勤の身分だった。一方、彦坂諦のほうは、非常勤講師の口にもありつけず、学生時代にアルバイトとしてやっていた「ソ連材検収員」というロシア語業界落伍者の吹きだまりのような日雇稼業にもどる羽目になっていた。

浦野衣子は生涯非常勤のままだったと、いま、わたしは書いたけれど、その非常勤の口にさえ東京都内ではありつけず、京都のある私立大学教授の口車にのせられて京都にひっこしたのに、ふたをあけてみれば、約束されたはずの専任の口はなく、非常勤の身分でいくつもの私大をかけめぐる貧乏ぐらしが待っていた。それどころか、翌年は「専任」にしてあげるからといって、いまどきならセクシャルハラスメントというれっきとした呼称をあたえられるようなふるまいにでたこの教授が、ことわられると、卑劣きわまりないしかえしにおよぶといった、えがたい体験までさせられている。

憤然として京都を去ったものの、東京へはもどれず（東京での職にはありつけず）名古屋で、いっそうひどい貧乏ぐらしをしなければいけないはめにおちいった。「タジキスタン狂詩曲」の舞台になったのはちょうどこのころのことである。

ぜひともつけくわえておかなければいけないことがある。この浦野衣子について、わたしは、つぎのように書いたことがあるのだ。

彼女は、私が出会ったそのときから、もののみごとに自立していた。精神的自立のことを私は言っているのだ。経済的にはといえば、彼女は、女であれ男であれおよそ恭順でない者など認めないこの社会に投手空拳ではむかって、最小限の自立を獲ちとるために、つまり自立した貧乏ぐらしを維持するために、悪戦苦闘していた。いまもしつづけている。これだけの悪条件のもとにありながら――だって経済的自立こそが精神的自立の不可避の前提ですものね――にもかかわらず精神的にあれほど毅然と自立している女を、私は、そのとき知らなかったし、いまも知らない。

（「『あけぼの』第三八巻七号、聖パウロ女子修道会、一九九三年。のち『女と男のびやかに歩き出すために』梨の木舎、二〇〇二年、に収録）

一九六八年、三五歳になったわたしは、せっかくありついた「ソ連材検収員」のしごとからも解雇されて、極度の窮乏におちていた。電話代を滞納して電話をとめられ、それじゃしごともこなくなるじゃないかと電話局にねじこんだのもこのときだ。名古屋にいる浦野衣子に会いにいく切符代などない。とぼしい収入のなかから彼女が送ってくれたお金で会いにいったことをおぼえている。そのとき、オホーツク海にニシンの積みとりにいく船団の通訳をやらないかというはなしがでてきた。わたりにふねととびついて、何ヶ月間だったかもうおぼえていないが、その船団の通訳をやった。

じつのところ、通訳をつとめるだけのロシア語会話力などわたしにはなかった。けど、そしらぬかおで通訳団の一員にもぐりこんだ。このときの船団は百トンクラスの漁船が何隻だったか、これについても記憶はない。漁船の狭い二段ベッドにおしこめられ、排便は海に尻をつきだしてやるようなありさまだったが、オホーツク海の北端にあるマガダンの沖合に着いて、そこで、ソ連の漁船からニシンをうけとるというのがこの船団の任務だった。わたしは船団の通訳としてやとわれていったので、ひとつの船のしごとがしあがると、つぎの船へ転船させられ、おなじしごとをさせられる。それに、酒乱でしごとができなくなり途中で返されたシベリアがえりの主任通訳のあとがまにすえられたため、けっきょく、さいごの船がしあがるまでは帰ることができなかった。

通訳というふれこみだったが現場についてみると、積みとったニシンの数量を現場で数える「タリーマン」の仕事もやらされた、相手側のタリーとの立ち会い検収である。ここまでは通常のしごとだからいい。問題は、しかし、立ち会い検収とは名ばかりで、じっさいには、相手側から受けとる数量をごまかして、じっさいに積みとった量よりすくない数量を書類に記載させるのが任務だった。これだって正常な行為を逸脱した問題行動なのだが、じっさいには、れっきとした盗みのかたぼうまでかつがされるところだった。

船団にやとわれている労務者たちは、閑散期でしごとがないあいだ失業保険をもらってくらしている「ヤン衆」だ。かれらをやとう親方はそこをみこして、失業保険とあわせてかつかつの生活費になるくらいの賃金しか払わない。ヤン衆は、もともと「不正行為」をやっている（失業保険をもらいながらしごとについている）ことをばらされてはこまるから、だまって、親方のいいなりになっている。

そのうっぷんばらしに、かれらは、相手側＝ソ連船からニシンをぬすむ。チャッカーというボートをソ連船の舷側にこっそり横づけして、雌のニシンだけをえらんでぬすむ。目当ては数の子だからだ。これを、稚内に帰航したとき、税関の眼をぬすんで陸揚げし、売りさばく。そうやって、低賃金のあなうめをする。

れっきとしたドロボー行為だ。だから、相手側＝ソ連側の監督官は目くじらをたててとりしまろうとする。が、ヤン衆たちはてなれたもので、監視の網にひっかかることなどしない。ソ連側監督官は怒りをわたしたち通訳にむけるほかない。「ニホンジンはみなドロボーなのか！」

いくらなんでも、このドロボーのかたぼうをかつぐことは、わたしにはできなかった。すると、ヤン衆から罵声をあびせられる。「てめぇ、それでもニホンジンかよ！」ニホンジンということばのこういうつかいかたを、わたしはここではじめて知った。これもオクニノタメだったのだ。ペイはわるくなかったから、あらかせぎにはなった。が、精神的には最悪なしごとだった。

この翌年の夏のことだった、「タジキスタン狂詩曲」をうみだすもとになった「事件」がおこったのは。まさにそれは「事件」だった。なぜなら、浦野衣子とわたしとの関係をゆるがすもとになったできごとなのだから。

そのころのわたしは、すでに、大学という世界から落ちこぼれと見られていたのだが、そのわたしの才能をおしむひとたちがまだいて、ソ連政府が世界各国のロシア語教師の資質向上のために開催していた「十ヶ月講座」の受講生へとおしこんでくれたのであった。このできごとは、作中では、つぎのように淡々と記されているにすぎない。

政府留学生としてモスクワに滞在していた太郎が、ない知恵ふりしぼっていかさま申請書の山を築き母校のもと指導教授に泣きついてソ連作家同盟に手をまわすなどあらゆる手をつくした結果、わたしは太郎のいるモスクワ大学学生寮に四十日間の滞在を許可されたが、かんじんのタジク旅行についてはたった四日間の許可しかもらえなかった。それも帰国直前になって、ようやく。

（『タジキスタン狂詩曲』二三四ページ）

「政府留学生」というとフルブライトやブルシエのようなのをおもいうかべるかもしれないが、どっこい当時はソ連に関するかぎりそうした正式のルートはまだひらかれていなかった。ここで言う留学とは、モスクワ大学の予備学部でおこなわれていた「ロシア語教師資質向上のための十ヶ月講座（通称十ヶ月講座）」への参加のことだ。白井愛は、つづけて、こうも書いている。

太郎にとってこの留学は、帰国後どこかの大学に職を得るためのぎりぎり最後のステップであった。アカデミシャンとしてのキャリアからすでに転落しかけていた太郎の才を惜しんだもと指導教授がそうとうむりをして太郎をそこに押しこんだのだから、太郎としては、ここでこそ緊褌一番「業績」づくりに邁進しなければならないはずであった。それをもとでに一生食べていけるだけの文献資料をかかえこむという重大な使命をも担っていたはずなのだ。（彦坂註——太郎を「押しこんだ」のはじっさいには、「もと指導教授」ではなく、この時点でまだ太郎の才能を見かぎっていなかった一部の先輩・友人たちだった）

にもかかわらず、太郎は、このわたしをモスクワに呼ぶための、そしてわたしとタジック旅行をするための、カネ稼ぎに夢中になっていたのだ。ソ連政府広報誌の翻訳というお手軽なバイトが手近なところに転がっていた。キャリアのための最後のステップを、こうして太郎は決定的に踏みはずしてしまう。

愚かな選択、愚かな趣味。そのツケを、太郎は、その後十二分に、つまり一生かかって、支払うことになるだろう。

（『タジキスタン狂詩曲』二三四～二三五ページ）

作品のもとになった現実のたねあかしをするなど無粋なしわざではあるが、ここでは、どうしても、現実になにがどのようにおこったのかを、語っておきたい。

まず、留学という行為そのものが、じつは、浦野衣子と彦坂諦との関係の根幹をゆるがしかねないものであった。浦野衣子は、フランス文学研究者になりかけていたのに、フランスへの留学はおろか短期の旅行すらしたことがない。それがどんなに不利になるかを知悉していたにもかかわらず。

経済的に苦しかったからではない。じじつ、彼女が修士課程にいたとき、夫の浦野元幸は彼女をフランスに私費留学させる資金をよろこんで出しただけでなく必要な手はずをととのえることまでしていた、にもかかわらず、彼女がそれを拒否したのだ。なぜか？　理由はふたつあった。

ひとつは、あらゆる特権を、彼女は拒否したかったからだ。大学院博士課程にまで進むことそれ自体がすでに十二分に特権的なことであった。ふたつめは、外国文学研究者がアカデミーの世界でステータスを得る必須の条件として、留学が、ごくごくあたりまえのことと考えられていることへの反発、というより留学＝キャリアへの道というコースへの嫌悪を感じていたのだだった。

だれにもわかってもらえないことだった。しかし、彼女のうちにあって、これは、根底的な生の姿勢だった。その彼女とともに生きることを決意していた彦坂諦が、たかが「十ヶ月講座」の受講生としてであれ、留学するってことそれ自体が、浦野衣子への裏切りでなくてなんであろう。わたしの煩悶は深刻だった。彼女自身が作品化しているように、わたしにとっては、これは大学に職を得るための起死回生の機会でもあった。そして、わたしがなんとか安定した地位と収入とを獲得するというのは、わたしと彼女との共通の悲願でもあった。

それに、現実の問題として、このとき彼女は、あらゆる意味で苦悩の深淵にいた。その深淵から、ともに、ふたりで、脱出しなければならないそんなときに、十ヶ月ものあいだ、この彼女から遠くはれてしまうことができるだるか？

わたしたちは、真剣に、いくども、はなしあった。さいごに断をくだしたのは衣子だった。行ってきな。この機会を活用するのよ。わたしたちのために。すこしはましな道がひらかれないでもないでしょう。

こうして、わたしは出発した。その直後から彼女ととりかわした膨大な手紙がいまなおわたしのもとに保管されている。ほとんど毎日のように、日記あるいは日報のように、わたしたちは手紙をとりかわした。当時、ソ連と日本との文通は自由でなかった。ソ連側でも日本側でも検閲していることは歴然だった。手紙が届くまでに、いまでは想像もつかないような日数が空費されていた。そのうえ検閲によって渋滞が加速される。

さしだすすべての手紙に、わたしはランニングナンバーをうって、そのうごきをチェックしていた。彼女にもそうするようすすめた。あきらかに検閲による遅滞によって、日付とナンバーのことなる何通かがいちどきに配達されることもあった。検閲官どのが休暇をとっておられたのではなかろうか、などと、そういうばあいは、わざと、手紙の文面に皮肉をしるしておいた。

わたしからの手紙は、その日その日のできごとをできるだけ詳細に報告するものだった。そのなかにモスクワの現状やモスクワ大学の学生や教師の日常だけでなく、この講座にあつまってきて大学寮のおなじ棟のおなじ階にくらしている留学生たち――このときは資本主義諸国から、とりわけヨーロッパからの留学生がほとんどだった――の動静まで、ことこまかにしるしていった。授業をさぼってまで街中をうろつきまわり、偶然に出会った庶民のだれかれとかわした会話の内容も書きおくった。

モスクワ生活をはじめて三ヶ月をすぎたばかりの一二月八日に、わたしは、一一月二八日正午に投函された手紙を受けとった。

第二二信、第二三信を受けとった。
あなたはもうわたしとは関係のないひとだ。
そんなふやけた感傷的な「愛」なんか、ほしくない。

絶交をつげる手紙だった。わたしはそう読んだ。彼女は深い苦悩の淵にしずんでいた。孤独だった。ほとんど完璧な孤独。なのに、わたしは、つねに彼女をおもい彼女とともに生きていると手紙に書き自分でもそのつもりでいたけれど、鋭敏な衣子は、そこに、彼女ほどには、彼女のようには孤独でない彦坂諦を感じとったのだ。留学は、やはり、わたしを浮かれさせていたにちがいない。

帰ろう！　と即座に決断した。とはいえ、かってに帰ることはできない。なによりもヴィザを手にしなければならない。そのためには、わたしを「十ヶ月講座」に招いたソ日教会の同意が必要になる。それにはモスクワ大学予備学部長の承認が要る。これらの手続を最短時間でクリアして、モスクワを発ったのは一二月一三日、「バイカル号」から横浜港大桟橋におりたったのは一七日のことだった。桟橋で衣子と再会し、それから二十日あまりをわたしたちは奈良県十津川沿いのひなびた温泉宿でともにすごした。

この間の記録をさがしてみたが、まったくなかった。むろん、とりかわした手紙はない。日記はつけていない。ふたりとも、ともにすごすことに夢中になっていて、それを記録することなどおもいつきもしなかったのだ。記憶もおぼろになっているが、毎日のように、雪のなかを歩いていたことはおぼえている。歩きながら、ありとあらゆることをはなしあった。

わたしは、もうもどらないつもりだった。しかし、ほかならぬ浦野衣子に説得されて、新年あけにはもどることにした。急に帰国してしまったという一事だけで、もはや、とりかえしのつかない汚点をのこしてしまったとはいえ、とにもかくにも留学をつづけ、所定の課業を修了する必要をみとめたのだった。そのあとのことである、しかし、一世一代の芝居を打つことになったのは。

「太郎が、ない知恵ふりしぼっていかさま申請書の山を築き母校のもと指導教授に泣きついてソ連作家同盟に手をまわすなどあらゆる手をつくした結果」と、白井愛が簡潔に記していることの具体的内容は、つぎのようなことだった。

モスクワにもどって留学をつづけることにはしたものの、衣子とまたはなればなれにくらさなければならない日々は苦痛だった。そこで、彼女を呼びよせることのできる方法を考えだした。わたしが居住していたのは、大学院生以上の研究者のための宿舎で、一室を真ん中で区切り二つの独立した部屋をつくってあった。彼女とふたりそこですごすに十分な広さだった。学生でも結婚したふたりが同居できる制度上の便宜がはかられていることをつたえきいていたわたしは、スタジョール（と、わたしたちは呼ばれていた。研修生という意味だ）にもその権利があたえられるであろうと推測した。

先例は皆無だった。だが、あたってくだけろだ。おもいきって、わたしは、まず、担任の教師（女性）にうったえた。わたしの妻は精神的に病んでいる。このあいだ、臨時に帰国して小康を得たが、また、かなりながいあいだ離れていることにはおそらく耐えられまい、なんとかして、このスタージュの期間のせめて一か月でもいいから、妻を呼びよせていっしょにくらしたい。あのころのわたしのロシア語作文力などまだたいしたものじゃなかったのだが、一気に書きあげてもっていったこの長文の手紙は、担任の教師を感動させるにじゅうぶんだった。彼女は、必要な手続きを逐一指導してくれた。まず提出しなければならない予備学部長宛の手紙も添削してくれた。

平行して、彼女の滞在ヴィザを獲得するために必要なさまざまな障害をひとつずつとりのぞいていかなければならなかった。だいいち、浦野衣子は彦坂諦の妻ではなかったのだから、急遽、彼女には婚姻届を提出させて、彦坂衣子名義の旅券を取得させた（彦坂註――彼女は、帰国した翌日、離婚手続きをすませている）。早稲田の黒田教授にたのみこんで、滞在ヴィザがおりるよう斡旋してもらった。（彦坂註――白井愛が「もと指導教授」と書いているのは、正確には、この黒田さんのことで、このひとは、制度上の指導教授をきらったわたしが、かってに指導をあおいでいたひとだ）

それでも、手続はすんなりとはいかなかった。いや、むしろおおいに難航したと言っていい。ちょうど共産党の大会が開催される時期とかさなっていたのも不運だった。それで、なんとかうまいぬけみちをさがしだしてくれて、とにかく、彼女はモスクワに到着することができた。じっさいにはすぐにわたしの部屋に居住することができたが、法的な手続はそのあとにやっとととのえることができた。つなわたりだった。

そのすぐあとから、タジック旅行への準備をはじめた。なにしろ先立つものがない。わたしの手持ちのドルはたいした額じゃなかったから、タジク旅行などにつかったらそっくりなくなってしまう。衣子のもってきたオカネも帰りの旅費ぎりぎりだ。だから、あとはここでわたしがルーブルを稼ぐしかない。稼ぐ手段はなくはなかった。ソ連の日本人むけ日本語の雑誌はすくなくとも二種類はあり、いずれのばあいも翻訳者の獲得に苦慮していた。留学生のアルバイトにたよっていたものの、かれらの翻訳力水準はそう高くない。日本語の手練れともいうべきロシア人編集者の目からすると不満たらたらだった。その点、わたしは日本国内ですでに翻訳書を出しているいわばプロなのだから、やりますと言いさえすればしごとはいくらでもきた。

問題は、翻訳に精を出せばその分「勉強」がおろそかになることだった。授業を休まなければいけないこともあった。しかし、背に腹はかえられない。「太郎は、このわたしをモスクワに呼ぶための、そしてわたしとタジク旅行をともにするための、カネ稼ぎに夢中になっていたのだ。（中略）キャリアのための最後のステップを、こうして太郎は決定的に踏みはずしてしまう。愚かな選択、愚かな趣味、そのツケを、太郎は、その後十二分に、つまり、一生かかって、支払うことになるだろう」と、白井愛が作中で簡潔に書いていることの現実とは、こういうものだったのだ。

「タジキスタン狂詩曲」

「タジキスタン狂詩曲」の「プロローグ」は、「タジキスタンで秋野豊氏たち国連監視団員四名が虐殺された」という短文ではじめられている。この事件がおこったのは一九九八年の夏、白井愛がこの作品を書きはじめたころのことである。というより、「その関連ニュースが登場するたびにテレビ画面に映しだされる」タジキスタンの首都ドゥシャンベにある「大統領府の正面玄関」や「虐殺の現場となった山岳道路」が、そのむかしここを訪れた記憶をいやでもよびおこしてこの作品を書かしめた、と言ったほうがいい。

この作品を書くことになった動機は、しかし、もうひとつある。タジキスタンという土地とわかちがたくむすびついているポール・ニザンへのおもいが、この作品の執筆をおもいたった時点での白井愛自身の生の状況と、より正確には、その状況を生きていた彼女の精神的風土と、共振したのではなかったか? 彼女はこう書いている。

一九三四年の春、一〇万へクタールの綿畑に生れわろうとしているワフシ高地砂漠を訪れて、〈彼〉がまず目にしたのは、馬に乗った男たちが一列に並んでゆっくり進んでいく光景だった。男たちは粉を投げつけていたのだ。それは、種まきではなく、バッタとの戦闘にすぎなかった。未舗装道路を無数の黒点がはねている。羽化したばかりのバッタだ。それが成虫になって飛びはねるのを妨げなければならないのだ。それだけのことだった。この広大な領域に、人間は不要だった。人間がそこに来て、人間の都合を押しつけたのだ。とはいえ、人間の最初の刻印は、ダムにしても運河にしても、まだ、とるにたりないものだ。

この旅で〈彼〉が目にしてきたのは、いつもいつも、ヒナゲシの大海原だった。すべてが、人間ぬきで申し分なくみごとに整えられているのだ。このことを〈彼〉は、くりかえし語っている。この広大な高地は、ヒョウやナイチンゲールやカメやバッタなどなど、そこに棲むあらゆる動物や鳥や虫たちに完全にゆだねられた領域だったのだ。

（『タジキスタン狂詩曲』二四〇ページ）

白井愛がゴシックにしている年代は、スターリンによる大規模な「粛清」がタジックにまで波及していた時だ。これに先立つ一九三三年、「農業計画に失敗した」かどで、タジック共和国元首と首相が処刑されている。「こうした事実は」と、白井愛は書いている、「一九三四年春のタジックを描いた〈彼〉のこの旅行記にはいかなる影も落としていないように見える」。

「ように見える」と、白井愛は書いているが、けっして、この〈彼〉の苦渋に満ちた選択を見のがしてはいない。一九三七年にイタリアの文化評論誌『ソラーリア』の一月号に〈彼〉が発表した「ジッドとロマン・ロランへの抗議」は、「公然たるスターリニズム批判」であったことに、この六行あとでふれているのだ。「ソ連はスターリンの独裁のもとにありヒトラーの治下に劣らないほど恐怖と屈従と画一主義に支配されている」というアンドレ・ジッドの非難に対して、ここで〈彼〉が、そのことを「事実としてことごとく承認」し、「ソ連は武装ファッショの国」となりつつあると「断言」しさえしながら、にもかかわらず、「スターリン失脚後」のソ連に希望を託している、とコメントしているのだ。

この当時、世界ではじめて労働者と農民の手になる社会主義国家を樹立したソ連に対するヨーロッパ、アメリカをはじめ世界中の知識人の幻滅がひろがりつつあったことは事実だが、しかし、社会主義革命への憧憬がまだ完全に消えていないことも事実ではあった。なんといっても、たんにロシアでだけでなく、アジア中東地域において、永遠につづくと見られていた差別と抑圧の体制を廃絶し、人民による人民のための人民の政治体制をあらたに樹立したという記憶はまだ消えてなかったのだ。だからこそ、白井愛がここでは一貫して〈彼〉としか書いていないニザンも、社会主義建設途上のタジックを訪れたのだった。

タジック社会主義共和国は、封建制とイスラム神学から社会主義と集団農業化を隔てる幾世紀もの時を一挙に飛び越えようとしているのだった。

生活は一見安定していておだやかだった。しかし、ここは暴力の歴史に刻印された町でもあった。内戦が終ってからまだ日は浅い。

極貧、飢餓、襤褸をまとった群衆、疫病、天災、難民、狂愚のかずかず——そのアジアの地に、平和はまだ始まったばかりだ。ということを忘れないためには、語らなければならないのだった、女は、ベールを脱いだだけで男に殺された、そう遠くない時代のことを、男は、バスマチ軍とのかずかずの戦闘のことを。バスマチ軍が捕虜の喉を耳から耳へ切り裂き赤軍指揮官たちの胸を割って心臓を引きぬいたことなどを。

（『タジキスタン狂詩曲』二二七ページ）

この〈彼〉のソ連体制への批判は、この旅の記録のなかからも読みとれる。タジック共和国元首と首相が粛清された原因となった「農業計画」そのものが、「そこに住むあらゆる動物や鳥や虫たちに完全にゆだねられた」この土地に、「人間は不要」である「この広大な領域」に、はたして、「人間の都合を押しつけ」ることができるのか？　そのこと自体の不可能性を〈彼〉は、正確に見てとっているのだ。

ポール・ニザンは、高等中学校《リセ》から高等師範学校《エコール・ノルマル・スペリウール》を通じてサルトルと親友づきあいをしていたのだが、この彼が少年時代にどのような苦悩をいだきながら生きていたのかをサルトルが知ったのは、ニザンがいちはやく作家としてデヴューし、共産党員となり、独ソ可侵条約に反対して脱党し、戦死してしまったのちにだった。

ニザンは、まっしぐらにあの時代をかけぬけて、死んだ。わかいサルトルの理解を超えた深刻な生の悩みを内に秘めながら、いくども、現状からの脱走をこころみ、いくども挫折していた。共産党員となったのちも、その党に裏切られ、のぞまなかった戦場にかりだされのぞまなかった死をむかえたそののちにすら、この党から裏切り者の烙印をおされ、アラゴンなどから攻撃されなければならなかった。

この〈彼〉については、ジャン＝ポール・サルトルの珠玉のような追悼の文章がある。そのなかから、ほんのちょっぴり、鮮烈なことばだけを引いておく。（彦坂註——以下の引用は『シュチュアシオンⅣ』、鈴木道彦訳、人文書院、一九六四年より）

> 彼の憎しみの言葉は純金だったが、わたしのは贋金だった。（二九ページ）
>
> 変わらなかったのはかれの過激主義《エクストレミスム》である。何はともあれ、既成の秩序を破壊せねばならなかったのだ。一方わたしは、この秩序が存在し、それに爆弾を、つまりわたしの言葉を投げつけることができるのを、喜んでいたのである。（一二〇ページ）
>
> 一切の根源に、まず拒否があるのだ。今は、老人たちよ去れ、この少年をして兄弟たちに語らしめよ。「ぼくは二十歳だった。これが人生のもっとも美しい年齢だなどとは、だれにも言わせまい。」（カッコのなかはニザンの文章、一五三～一五四ページ）

一九三四年、当時スタリナバード（スターリンの街）と呼ばれていたタジック共和国の首都（のちのドゥシャンベ）で、〈彼〉はある昨品の最初の草稿を書いた。この作品が出版されたのは、翌一九三五年、それから三五年のちの一九七〇年に、当時浦野衣子の名で活躍していた白井愛による翻訳が出た。『トロイの木馬』である。

「その作品の世界は」と、のちに、一九九九年、「タジキスタン狂詩曲」のなかで白井愛は書く、「抑圧する者とされる者とに分割され引き裂かれた世界である。いくつもの区画に区切られた天国と地獄とであって、両者はたがいにたたかっている」。

一方にあるのは「余暇と国家と工場の所有者たちの聖域」である。ここは、「法律」と「警察」と「諸官庁」とに「囲い」され、「いくえもの武器の列で、青ヘルメットをかぶり短銃や戦車や機関銃を装備した諸部隊で、まわりを固められている」。そこに立ち入ることができるのは、ごく限られた特権者だけだ。そして「立入禁止のその聖域を歩いているのは、象牙のような肌をした、あまりに美しい女たち」だ。

もう一方にあるのは、貧しさゆえにもうひとりの子をもつことのできない女が闇の「堕胎による出血多量でひとりひそかに死んでいかなければならない苦役と窒息のくに」である。「そこでは、希望は、もはやただ一つ、戦闘や銃火や屍に充ち充ちた未来、犠牲者が概数でしか数えられず、だれひとり特定の何某の死に注意を払ういとまをもたない、あの信じがたい未来」でしかない。「歴史をつくる暴力」でしかない。

敵はたくさんいた。敵ばかりだった。
かれらに敵対する権力（中略）、それは城のように侮蔑的だった。

（『トロイの木馬』晶文社、八八ページ）

まさにこの状況規定に、白井愛の心は共振したのだった。たかが非常勤と専任とのちがいとおもわれるかもしれない。しかし、この二つの世界は完璧に引き裂かれていた。彼女はまさに〈彼〉の「マニ教的世界」に生きていたのだ。「専任」は「敵」だった。「その敵の牙城」で、彼女は「まったくのひとりぼっち」だった。希望は、「もはや」、ただ一つ、「仕事」に打ちこむことでしかなかった。その「仕事」を、しかし、「専任」は、無視・侮蔑した。

「一九九八年のいまも記憶に焼きついているのは、あの方丈だ。P県立大学の非常勤講師室は方丈そのものだった。広さも方丈なら形も方丈、花ひとつ、飾りひとつない」。だれもよりつかないその方丈に彼女はいつも「ひとりぼっち」だった、「なによりもまず物理的に」。なぜなら、おなじ非常勤の身であっても「事情通のプロたち」には、じつは、ほかに「顔を出すべき場所」があったからである。

ほかでもない「専任教官のたまり場」で、そこには、「人事」や「業績」をめぐる「情報」もあれば「コーヒー」もあった。彼女ひとりが、「事情通」でも「プロ」でもなかったのだ。だいいち、彼女は「いつまで経っても専任教官の名前も知らなければ顔も知らなかった」のだ。

この彼女に「一身上のドラマ」が生じた。彼女の「関知しないところで」はじまり、彼女の「関知しないところで」おわったドラマだった。どういうことか？

当時はまだ彼女の「行く末」を「気にかけて」くれている「老サンタクロース」が東京に二人いた。ひとりは彼女の父とクラスメートであった関係で彼女が学生であったころから「厄介をかけっぱなし」であった私的な「恩師」、もうひとりは制度上の指導教授で、彼女が、いかなる指導も受けつけず、「横紙破り」「無手勝流」の研究方法をとっていても「放任」してくれていた。私的な「恩師」のほうは、この「非学問的」研究方法に対して「愛の鞭」をふるったが、彼女には「馬の耳に念仏」だった。

「西龍大学教授」たちの「口車に乗せられ」て東京を棄て京都に「移住」してしまったさいにも、彼女はこのふたりの「恩師」に相談しなかっただけでなくひとことのあいさつもしなかったが、「恩師」たちのほうはこの愛弟子の「軽挙妄動」を案じて、なんとか正道にひきもどそうとしてくれていた、つまり、専任への道をひらこうとしてくれていたのだった。

とはいえ、ふたりともすでに老いて権力を失っていた。だからこの「はなし」がうまくいかなかった、のではない。最大の原因は、これまた彼女の「関知しない」ところではあったが、彼女自身にあった。ほかでもない、「どう拡大解釈しても、あなたには業績がない」と宣告されたのだ。

このような宣告をおおまじめでくだすひとびとのあたまのなかにある「業績」とは、たんに、大学の紀要をはじめ学術誌というお墨付きの雑誌に掲載された論文や学会での発表だけであるらしい。ところが、大学院博士課程の時代から彼女が渾身の力をふりしぼってやってきた大部分のしごとは、サルトルやニザンやフランツ・ファノンの翻訳だった。ところで県立大学のれっきとした専任教官海原教授は「ホンヤクを学問だなどとわたしも思ってません」とのたもうた。

翻訳という作業は、原文を書いている作家や批評家とすくなくとも同等以上の力量をもっていないと、まずなしえないものであると、すくなくともわたしは考えている。たんにフランス語があるいはロシア語が「できる」といった程度の者になしうるしごとでないことは、「思想的誤訳」とでも言うほかないまちがいを平然とおかしながらそれに気づいていない高名なフランス文学者・ロシア文学者がおられる事実が証明している。

浦野衣子の訳業は原作者との思想的・文学的格闘であった。そのひとの書いた原文を、それが書かれた状況から文体のすみずみにいたるまで、文字どおり「体現」したとおもえないかぎり、それを彼女自身の日本語で表現することはなしえない。そう彼女は信じていた。その彼女が書いた「訳者あとがき」は、だから、その作家のその作品に彼女自身が肉薄して得たことの表明だった。ありきたりの「解説」ではけっしてなかった。これをしも「学問」でないとけなすのだとしたら、では、その御当人は、いったいどれほど深みのある批評を「紀要論文」のなかで展開しておられるのか？

そんなことをほざいてもはじまらない。なにしろ海原教授は専任教官であらせられる。つまり、浦野衣子を専任として任用するかしないかの決定権をにぎっているのだから。愛弟子の「行く末」を「気にかけて」くれ

された。

ふたりの「老サンタクロース」の奔走は、かくして無に帰した。浦野衣子の「大学人」としての未来はとざ

ニセとして生きる

タジックから帰った彼女を待ちうけていたのは、「もはや逃れるすべのない」現実だった。「死にたくなるほど貧乏な、死にたくなるほど無能な」。

この当時、日本経済は「無限の成長」をめざして驀進しているさなかにあった。「邪魔者は切りすて踏みつぶして」。その驀進の「全重量」を積みこんだ大型車両が、「日本の動脈と呼ばれる大幹線道路を、来る日も来る日も、昼夜の別なく、地響きをたてながら驀進していた」。

その「大幹線道路が七本の中小幹線道路と交わる」交差点の一角にあるビルの一室を借りて浦野衣子はくらしていたのだから、とうぜん、「一刻の休息もあたえない騒音と振動の拷問に憤然として」、ある日、「道路に面した窓をすべてベニヤ板で覆ってしまった。ベニヤ板を三枚貼り、上からカーテンをおろし、本棚を並べた。そして、光を失ったその部屋の暗闇に住みつづけていた。持っていき場のない怒りの凝縮ででもあるかのように。ベニヤ板を何枚重ねようと、その遮蔽効果などなきにひとしいものであったにもかかわらず。」

「じっさいに、死にたくなってしまった。死のうと思った」と、彼女は書いている。先にものべたが、大学院博士課程の後半からこのときにいたるまで彼女が「全力投球で」やってきたのは、「どう拡大解釈しても」「業績」とはならない「仕事」だった。その「仕事」を、彼女は、「すべてに優先」してきた。その「仕事」に「すべてを捧げ」て生きてきた。「大いなる自負をさえいだいて」。なのに、その彼女を「駆り立て支えてきたその情熱の炎が、いつのまにやら消え失せていた」のだった。「あとに遺されたのは、ただ、無能このうえない、みじめったらしい敗残の骸《むくろ》にすぎない」。それも、「骸」になりきれない骸だった。

このつぎに彼女がおいたつぎの一文は、まさに、このときの彼女の心情をあますところなく表出しえている、と、わたしはひそかにおもっている。

わたしが志した、わたしひとりのトロイの木馬は、運びこまれるまえに、そのできばえを嘲笑されて遺棄されたのだ。

（『タジキスタン狂詩曲』二六七ページ）

そのあとにつづくのは、このわたしにとっては、耳が痛いなどといった表現ではけっしてあらわしえない、いまなおくやんでもくやみきれないおもいを、読みかえすたびにいくどもいくどもあらたにさせる一節だ。

太郎にだけは心を開いてきた。しかし、そのたった一人の戦友は、わたしのようには、わたしほどには、孤独じゃなかった。わたしのようには、わたしほどには、無能じゃなかった。

（同書、同ページ）

「ふとした空想にすぎなかった『死』が」、と、このあとすぐにつづけて、彼女は書いている、「たちまち、あらゆる現実性をおびてわたしを魅了した。『死』は、わたしにとりつき、わたしを愛撫し、わたしを責めた」。

ここから、彼女の変貌がはじまる。変貌というよりは、むしろ、再生というべきだろう。このときはまだ明確な名をあたえられてはいなかったのだが、のちに浦野衣子という名の翻訳者・研究者を棄て、白井愛という作家・詩人へと転生するその変貌である。

人生の転機は、たいてい、意外に平凡なできごとから生ずる。浦野衣子のこのばあいは、義理の母、すなわち、さきごろ正式に別れたもと夫の母からきた一つの手紙だった。彼女とこの義母とのあいだには「稀ににみるやさしい関係」があった。この関係は、夫と別れてくらすようになったあとも、彦坂諦というあらたな「戦友」ができたあとも、かわりなくつづいていた。わたしは、彼女といっしょにこの義母をたずねたこともある。そのひとを「悲しませ」たくなかったので、彼女は、「戸籍上の離婚」までしたことまではつたえていなかった。そうなったからといって切れてしまうような関係ではなかったのだが。

この義母からの手紙は、元夫名義の公団住宅にかかわることだった。「もはや二度と帰らぬつもりで」浦野衣子がそこを立ち去ったあと、夫である浦野元幸は「知人の一家に留守番をたのんで、居住権を確保しつづけて」いた。彼自身は「海外出張をくりかえし、国内にいるときは、ひとりぐらしの母親の家に身をよせて」いたのだが、彼自身のものであるその住宅を失いたくはなかったのだ。

ところが、この「留守番役」の一家が隣近所と「いざこざ」をおこしたのがもとで、公団は、名義人である浦野元幸に対して、「本来の契約者が居住するのでないかぎり明けわたすよう」要求してきたのだった。本人は国内にいなかったので、義母は彼女に連絡してきたのだ。

わかいひとたちには想像がつかないかもしれないけど、当時の公団住宅の家賃は民間にくらべてはるかに安く、住環境もよかった。それだけに入居希望者の数も多く、そこに入居するには、しかし、一定の水準以上の定収入があること、公的な身元保証があること、家族があること、など厳格な審査基準をパスしなければならなかった。浦野衣子は、社会人の妻というまともな資格を失ったいま、これらの要件のすべてを欠いていた。つまり、この国家が要求する「人間」の基準以下の「亜人間」にすぎなかったのだ。

このとき、「ジャンヌ・ダルクに囁いたのとおなじ声、神の声」が、「立ち入り禁止」という札がぶらさがっている「見知らぬ土地のご大層な構築物」の「門前」で、永遠の「立ちんぼう」をさせられていた――「しょぼくれ、しおたれ、死を思って」――衣子に「命じて」いた、「帰るんだ、あそこに！」と。

もはや「無縁」になってしまっていた過去＝東京が「わたしを呼んでいた。このわたしではない、もはやこの世のどこにもいないわたしを！　このわたしが決然と棄てさったあのわたしを！」。「もはやどこにもいないあのわたし」の「代役」を「このわたし」が演じるのだ！　「このわたしのままで！」

浦野元幸の妻としての彼女があの家に帰りさえすれば、「なにもかも一挙に解決する」。なぜなら「このわたし」が「あのわたし」でないことを知るひとはいないのだから。「もと夫とお役所をのぞいては」。むろん、離婚を解消するつもりはなかったが、それでも彼女には確信できた、「もと夫」が彼女の「帰宅」をよろこぶだろうことを。なにより、「人間以下の収入で生きていくための最低限条件がそこには転がっていた。六千円の家賃！」

東京にもどる。もと夫とともにくらしていた家にもどる。ことは単純だ。しかし、単純なのはその見せかけだけだ。ここにもどるのは、もはや、この家の名義人とは法律上縁のない他人なのだ。その他人が、名義人の家族といつわって入居する。つまり、この家にもどるのはニセモノの妻なのだ。

このとき彼女が決意したのは、ほかでもない、ニセになるということだった。住居問題も、アカデミア世界から門前ばらいをくったことも、ほんのきっかけにすぎない。ここで、彼女は、おのれの行く道を発見したのだ。生きる姿勢において、ニセをつらぬこうと決意したのだ。「ようし、生きてやる！　人生をニセでかためて生きてやる！」こう決意したとき、これまでの「子羊」は「子狼」に「変身」したのだ。彼女に「とりつき」彼女を「愛撫し」ていた死は退散した。「鬱病は全快していた」。「子狼」は、「手のうちにまだかろうじて残っていたカードのすべてをかき集め、生涯を賭けたインチキ勝負に打ってでようとしていたのだ」。

のちに彼女は、『愚神礼賛』のエラスムスに、カステリオンのたたかいを描いたツヴァイクに、ドン・キホーテを称揚したウナムーノにしたしみ、カーニヴァル的笑いをもって価値の逆転をはかることのなる。ニセということばは、そこでのキーワードとなるだろう。

そうときまれば彼女の行動はすばやかった。東京へ行って、公団住宅の近隣のひとびとに迷惑をかけたことを謝罪し、まもなく正当な居住者がもどってくると告げ、その足で「老サンタクロース」のひとりをたずねた。とたんに、非常勤の口が十コマころがりこんだ。名古屋に帰って「フランス行きにきまった連中がつねにそうするように」、一年契約の後半をほうりだした。

「衝撃を受けたのは太郎であったかもしれない。しかし太郎は『すべてをともに』しようと決意して、わたしの運命に従った」ではじまるつぎの一節に採用されているエピソードは、いま読みかえしてみても、太郎のモデルであるわたしの肺腑をつく。なんと、明晰に、彼女は見とおしていたことか。つぎの作品『人体実験』の主要な一部を占める、おなじ太郎のふるまいを、この段階ですでに予見しているような筆致だ。

そうしたある日、かれはわたしにいそいそと報告したのである、「ぼくらの選択」を妹の夏菜に報告した、と。（中略）

わたしは憮然とした。ところが太郎は無邪気にもこうつけくわえたのだ。

「それはよかったって、よろこんでくれたよ」

よかったかどうか、だれが知ろう！

生きてみなければ！

生きるのはわたしだ！

ひんまがったワルの心で、ひそかにわたしは嘲笑した、この兄と妹、この善人のひろい心、ひとを信ずるまっすぐな心を。

このときこのわたしが大魔王にでもなったつもりで傲然と見つめていたのは、ニセモノの行く手に待ち受ける悲壮な荒行であった。千仞の谷上の、綱のない綱渡り。

（『タジキスタン狂詩曲』二七三～二七四ページ）

「夢のあとに」

このあとにみじかいインテルメッツォ「先生は断食芸人」をはさんで、つぎに、もと夫であった男にささげるオマージュ「夢のあとに」が配される。離婚したもと夫の生涯をこれほどの愛をこめて描いた作品は希有ではないだろうか?

この一篇は『タジキスタン狂詩曲』の続編であるとも考えられる。もと夫との出会いから別れにいたる経過を語りながら、いまわたしが紹介したばかりの彼女自身の「綱渡り」の決意を浮刻しているからだ。

「プロローグ」においては、まず、荒沢冬樹の名で登場する浦野元幸が田島衣子と出会う以前のじゅうぶんにドラマティックなプレヒストリが紹介されている。冬樹はある名家の血筋をひく私生児としてうまれたが、うまれてすぐ荒沢家にもらいうけられ、嫡男として両親と祖母の愛を一身にうけながら「感受性ゆたかな少年」になっていく。十歳そこそこで父をうしない、荒川家当主の役割を「重々しくこなしつつ」も、ピアノに「人生のすべてを捧げよう」ともしていた。

十五歳になったとき、二十四歳の女性に純な愛情を捧げるにいたったが、それは道ならぬ恋であったため一大スキャンダルにまきこまれ、少年の「生まれのいやしさ」があばきたてられる。この事件を契機としてかれは「荒川家当主としての運命に服従」することになったが、「一族の糾弾の矢から息子を守りきれなかった華(母)の弱さを」生涯ゆるさず、ほとんどの親族と「絶縁して」しまった。

「少年は、ピアノを断念し、結核医となった」と、白井愛は簡潔に要約している。

春山魔子の名で登場する田島衣子が冬樹に出会ったとき、彼はすでに「結核療養所の若手医師」だった。この時点での彼についての描写がおもしろい。じつに的確なのだが、その的確さはおそらく白井愛でなければつかみえない性質のものだからだ。冬樹は「なみはずれて活動的、情熱的な医師であった」と、ここまでは、ありきたりの描写なのだが、そのあと、「知りすぎるほど世間を知り細心に慎重に世を渡る破格の世間人でもあった」という描写を「同時に」でつないでいるところがユニークだと、すくなくともわたしはおもうのだ。というのも、さらに「この世間知によって、彼は、破れ衣を纏い、破戒の身を護っていたのだろう」というまさに的確な性格規定がつづいてくるからである。

この彼が「破戒の身に破れ衣のまま、破格の世間知らずとしてたたずんでいた」魔子に出会って、すすんでその庇護者となった。「すでに有用性有効性の世界に生きる有能な大人」が「いまだに無能で無用な子供」に出会って「有用有能であることが要求される大人の世界のとばぐちで行き暮れ途方に暮れている」その子に「あらたな激情の炎を燃えあがらせて、彼自身のデリカシのマントのなかにこのたよりない子供を包みこもうとした」。

魔子のほうは、「上質のデリカシで織りあげた桁外れに大きく暖かくしなやかなマント」にくるまれたいとおもった。「自分の対極にあるおとなに魅了された」。このように、ふたりが結婚した理由を、白井愛は、的確に分析している。

この分析がいかに的確であるかを、のちに、わたし自身が身をもって知ることになる。こんなすばらしい夫と離婚するなんて、常識ではまったく考えられないだろう。夫としても、医師としても、彼は非の打ちどころのない男だった。そのことが、結果的にこの彼から妻を「うばった」ことになるわたしには徹頭徹尾わかっていた。彼を尊敬し、愛していた。いまでもこのおもいはかわらない。

医師としての彼は、生涯を、めぐまれないひとびとの健康をたもつために捧げた。当時まだ米軍の占領下にあった沖縄の離島の無医村地帯を駆けめぐり「行政の末端とたたかい、民衆の無知蒙昧とたたかい、同時に民衆から学びつつ――ここがもっとも感動的なところだ――底辺に広く蔓延していた結核の撲滅のために献身」していた。それは、文字どおり「命を賭けた献身ですらあった」。離れ小島に渡る「サバニ（小舟）」で荒波にもまれ沈みかけたり、「みずからジープを駆って断崖上を」走ったり、「みずからレントゲン機器を一式を肩に担いで亜熱帯の村々をたずねまわった」。

日本「内地」にもどってのちも、有名病院からの誘いをことわり、当時もいまも一段低く観られている「保健所の医師」にすすんで志願し、これまた離島の無医村ばかりをまわっていた。病気にかかってから治療するのが医師の本命ではない、かからないように、かかるまえに必要なことをなすのが医師本来の任務であるという信念から、予防医学の発展に献身した。

『あそび』のなかで描かれたような「たわむれ」の「共死」――世間では「心中」と名づける――からひとり生きのこり、スキャンダルにまみれて退学した大学に、冬樹は、魔子を復帰させただけでなく、フランス文学を専攻していた彼女を大学院の博士課程まで進ませ、フランスへの私費留学の費用まで出そうとしたのだった。申し分のない庇護者だった。

申し分のない庇護者であった冬樹は、その種の庇護者がおちいりやすい欠陥から完璧にまぬかれえていた。いささかも、魔子を教えみちびこうとはせず、束縛もしないで、完全な自由を彼女にあたえていた。深い関心と配慮をもって、妻を見守っていたのだ。

まさにこの申し分のなさが、しかし、魔子をして彼との離婚を決意させた原因だったのだ。そしてまた、魔子のこの申し出に冬樹がさいごまで同意しなかったのもこのおなじ原因によってだった。

魔子が、はじめて、この申し分ない庇護者の援助を拒否したのは、フランス留学に関してだった。あの当時、フランス文学者は留学してはじめて一人前という風潮があった。いや、いまでも根強くその風潮はのこっている。魔子はこの風潮に反抗したのだった。そんなふるまいをすれば研究者としての未来は閉ざされてしまうだろう。すくなくとも、大学の専任スタッフにしてもらえる道は閉ざされるだろう。

それが彼女にわかっていなかったとは言えないだろう。しかし、そのわかりかたが、世間知の観点からすれば不十分であったとは言えるだろう。そんなことよりなにより、彼女は、じつは、そのとき、どのような特権をもみずからに拒否したかったのだ。そのときの彼女はすでに十二分に特権的な位置にあった。すくなくともそれ以上の特権はもとめまいというきもちだった。副次的には、留学＝キャリアという風潮に反発していたせいもあっただろう。

現実に、彼女は、留学をしていないほとんど唯一のフランス文学研究者となるだろう。しかも、留学経験をもつ有象無象の大学人をはるかにしのぐ翻訳者としても世に知られることになるだろう。しかし、同時に、大学という閉鎖社会にあっては、先に紹介した「タジキスタン狂詩曲」において活写されているように、こうした翻訳の仕事が「業績」として認められることはけっしてないだろう。

この時点から、魔子は、冬樹からの金銭的援助をいっさいことわって経済的に自立した貧乏ぐらしをえらぶ。そうした、世間的には非常識な妻の申し分をも冬樹はすんなり受けいれている。「タジキスタン狂詩曲」のなかに太郎の名で登場するわたしという恋人＝同志を魔子が得たと知ったときも、そのことに対して、冬樹は、ひとことも苦情を呈していないばかりか、その彼女をも「暖かくしなやかなマント」でくるむことをやめなかった。

だからこそ、魔子は、この「暖かくしなやかなマント」からしゃにむに身をもぎはなそうとした。そうしなければならなかったのだ、彼女には。その彼女とわたしが出会い恋人＝同志となったことが離婚の原因ではない。そういうこととはいっさい無縁のところで、魔子は冬樹に執拗に離婚をもとめつづけたのだった。そして、世間的に許容されうるあらゆる手段によって魔子との親族関係を維持しようとこころみた冬樹も、さいごにはあきらめるほかなかった。

このようにしてむりやり別れた冬樹を、魔子は、さいごまで愛していた。冬樹もまたこの魔子を自分なりに愛しつづけていた。彼が、死後、魔子にかなりの金額を遺送するよう遺言し、その遺言を、その後冬樹が再婚した夫人が忠実に魔子につたえて実行したという事実も、冬樹のこの愛の一端をものがたっているだろう。すくなくとも、世間的には、そのような「もと夫婦」の関係は考えられないにちがいないが、わたしには理解できる。

この「夢のあとに」と題する作品の終末の部分には、死の床についていた「もと夫」の冬樹が「もと妻」の魔子に会いたがっていると現夫人から連絡を受けた魔子が冬樹に会ったときのようすがことこまかに描かれている。脳梗塞の後遺症で言語不明瞭になった冬樹との会話や、その彼の一挙手一投足を酷薄とすらおもえるほどリアルに描きだしているこの部分を読んでいて、わたしは、ゆくりなくも、ボーヴォワールの『別れの儀式』をおもいうかべた。

この作品は、男たちからは評判がわるかった。サルトルが口からよだれをこぼしたり食べこぼすありさまにいたるまで、病床に伏している彼のようすを、精細に、正確に、描いていたからだ。愛する男の無惨なさまをこれほどまで微細に描きだすとは、なんと冷酷な女なのだ、という風評が立っていた。しかし、貧乏ぐらしのなかでありついていた木材検収員の仕事で出かけていった先のソ連の港で、長期間の「接岸待機」をさせられていたときにたまたまこの本を読んだとき（彦坂註——海老坂訳はまだ出ていなかったので、わたしは辞書を片手に読んでいたのだが、しまいには辞書を引く手間がもどかしくなり、一気に読みおえてしまった）、わたしは、滂沱をおさええなかった。そこに彼女のサルトルへの愛の深さを読みとらないわけにいかなかったからだ。

「まちがいなく、魔子は冬樹のミスキャストだった」と、ここで彼女は書いている、「だって、だれが断食芸人を夢見るだろうか。冬樹から暴力的に身をもぎはなした選択を、魔子はいまあらためて、冬樹のためにも自分のためにも祝福した」。このすぐまえにおかれている文章を、この稿のしめくくりとしておきたい。

十五歳の少年はピアニストを夢みた。三十歳の壮年が魔子という非現実的な女をとおして非現実世界への夢をよみがえらせた。無用無能な存在であった魔子が有用性有効性の世界に生きるきわめて現実的な男の、現実的な夢となった。男はすでに知っていた、現実的な力なしに非現実世界での成功もありえないってことを。その現実的な力を彼は魔子に貸しあたえるだろう、彼は彼のその夢に、彼の賭けうるすべてを賭けた。魔子自身と同様、冬樹のほうでも、思ってもみなかったのだ、この無用無能な女が、無用無能な存在としての自己の道を、断食芸人にいたるまでとことん突き進むだろうなどとは。

（『タジキスタン狂詩曲』二四九ページ）

第十章　人体実験

この章のタイトルをきめるのに、まよいながら、さいごに「人体実験」にきめた。それ以外のタイトルは不正確であると気づいたからだ。

この作品は、白井愛が死の床でまで書きつづけたものだ。病床で最終ゲラを校正し、なおしの箇所をわたしに指示したのち、まもなく、この世を去った。だから、これは、白井愛の最後の作品であると同時に遺作でもある。また、これは、白井愛の意志によって、このわたしが、彼女の死後も、彼女が最後に点検した最終ゲラをいささかも変えることなく、そのままのかたちで、「れんが書房新社」鈴木さんの手を経て出版されたものでもある。

なぜ、こんなことをわざわざ書くのか？　できることなら、わたしは、ニーチェの妹やロマン・ロラン夫人の例にならって、これを出さずにおくか、改変したかったからだ。この作品を出版することによって、わたしは、これまでこのわたしによせられたきたすくなからぬひとびとの信頼を、致命的にうしなうだろうことが予想できたからだ。なぜか？

この作品を構成する二つの柱のひとつは、このわたしの生きかたに対する根底的批判であったからだ。この作品を、忠実に、いささかの手もくわえずに世に問うことそれ自体が、だから、このわたしの、彼女への愛のしるしであると同時に、自己批判の第一歩でもあったのだ。

白井愛のこの最後の作品のタイトル「人体実験」には二重の意味がふくまれている。ひとつは、ガン治療のどれがどれほどまでに有効であるのかを、彼女が自分自身の生身のからだを供して実験したという意味、もうひとつは、ひとりの男との共生をどこでどれほどまでになしえたか、なしえなかったかを、これもまた彼女の精神身体のすべてを供して、体感したという意味である。

ガン治療の開始

ことのしだいとして、まず、ガン治療に関する実験について。

二〇〇一年、一〇月二日、白井愛は、わたしに、自分が直腸ガンにおかされていることを告げた。医師からの宣告があったのではない。彼女自身が、自分の体内におきている異変に気づき、その異変の根拠をしらべて判断したのだ。医者でなくても、細心の観察眼と、その現象の根拠を判断しうる知力をそなえていれば、なしうることだと、こともなげに彼女は言ったが、わたしはおどろいた。

彼女には以前おなじようなことがあった。彼女の父の体調不良をパーキンソン病のゆえだと言明したのだ。この判断がまちがっていなかったことは、医療機関での検査と診断によって確証された。

翌日、下谷の私学共済病院で彼女を診断した医師は、ガンではない、痔にすぎないといったが、その診断を彼女が受けいれなかったので、「あなたがそう言い張るのなら」と検査を予約してくれた。その一連の検査の結果、直腸ガンであることが確定した。一〇月一九日のことである。

翌二十日、白井愛の弟湧二が全身に灯油をあびて焼身自殺をこころみ、死にきれずに東京女子医大病院に収容された。姉はすぐにかけつけたが、弟は「包帯でぐるぐる巻き。意識不明」だった。「弟――レクイエム」と題する詩がここに挿入されている。

弟――レクイエム

姉は弟に説いてきかせた、いくどとなく。

熱っぽく、苛だたしく、言ってきかせた、
まわりにいるのは、みんな、あんたの敵なんだってことが、どうして、わからないの？
鎧兜に身をかためて立ちむかうべき敵なのよ！
ぜったいに、心なんか開いてはいけない敵なのよ！
敵しかいないのよ！

（『人体実験』一三ページ）

「中央官僚の身で、弟は、しかし、いつまでたっても、無邪気な子供でありつづけた」とつづけて、白井愛は、この彼の生涯を的確に要約している、「座をしらけさせる邪魔者として、嫌われ、邪魔にされ、拒絶され、追放されながら、そして、おそらくは、うちひしがれながら、にもかかわらず、弟は、無邪気な子供でしかありえなかった」。

この要約は、そっくりそのまま、彼の姉にあてはまる。この弟は、まさに、この姉の分身であった。この分身について、五年まえに、白井愛は、「傍観者志願」というタイトルによって、作品化している（『狼の死』所収）。わたしも、この弟とは、ふかいかかわりをもちつづけてきた。

六日後の一〇月二六日、日医大北総病院へ紹介患者として送られ、田中外科部長の診断を受け三日後に入院することにきまったのだが、入院にあたって、主治医ときまった田中外科部長にあててあらかじめわたしが書いた手紙の一部を引用しておく。むろん、白井愛の「検閲」を経ているものだ。

田島衣子（白井愛の戸籍名）は、わたしにとりましては、じつは、たんなる「つれあい」以上の、かけがえのない存在なのです。わたしがいまのわたしになりえたのは、このひとの存在があったればこそ、ともうしあげても誇張にはならないでしょう。

このひとのことを、わたしは「わが師にして絶対の恋人」などと臆面もなく公言しております。(中略)これほどたいせつなひとを、むざむざ失うわけにはまいりません。先生、どうか、なんとしてでも救ってください!

とはいえ、主観的願望のみによってごりおしするつもりはございません。わたしも、けっして、客観的事実を直視しえない人間ではないつもりです。衣子はといえば、それこそ、どのような事態にも、まれにみる冷徹と明晰で対処しうるひとです。ですから、どのような事実であろうと、事実を事実をして告げてくださいますよう、先生の忌憚のない御意見をお聞かせくださいますよう、こころからおねがいいたします。

以後、診察のさいはかならずわたしが同席することが、この病院では公然と認められた。前例のないことだった。なぜなら、わたしは田島衣子の「家族」ではないからだ。法的には夫ではない。「他人」なのだ。「お見舞い」に行くことはゆるされても、診察から検査から手術から、なにからなにまで立ちあうことなど、通常はゆるされない。

じつは、法的に婚姻しないときめたさいに問題になった最大の難関はこのことだったのだ。かんじんかなめの瞬間にそばにいることがゆるされる「家族=近親者」として公に認められないこと。

しかし、わたしたちは、別の手段でこの隘路をきりひらいた経験をすでにもっていた。白井愛が子宮筋腫の手術を受けた「ガン研付属病院」でも、わたしたちはこの手紙という手段をフルに活用していたのだ。

田中医師は、つねに、衣子とわたしを等分に見て話すことになったし、わたしたちはわたしたちで、ガン治療の過程で発生しうるあらゆる問題に関して、疑問が出てきたら、そのつど、手紙で、あるいは口頭で、率直に質問することができた。

手術は一一月一〇日の一〇時から一二時三〇分にかけて、田中医師の執刀でおこなわれた。除去されたのは「高分化管状腫瘍」、二・七センチ×四・〇センチ×一五・三センチ、リンパ節への浸潤は一群に一個、二群、三群にはゼロだが、静脈への浸潤も見られる（二カ所）との結果を知らされた。

じつは、この数日前、左腎臓にもガンが発生している公算のあることがわかり、左腎臓の全摘と直腸の手術をいっしょにやってはどうかと言われ、わたしたちは、急遽、仙台近郊の病院で内科医をしているわたしの弟に電話で問いあわせるなどして対策を練っていたのだが、前日の夕刻になって、腎臓のほうはあと三年ほどは放っておいてもいいだろうという田中主治医の決断により、直腸だけの手術ときまったのだった。

術後の回復は順調で三日後には歩行開始、九日後にはテレビ体操を再開、一八日後には退院できた。この段階でも、療養のしかた全般について、田中医師あてに手紙を書き、助言を受けている。ここでたしかめたのは、術後服用せよと処方された薬ひとつひとつについての詳細と、なんらかの「代替療法」（念頭にあったのは免疫療法だが）との併用の可否などだが、「現状を明確に認識する」ために「組織検査」報告書のコピーを、できれば写真の部分も同時に、いただきたいと依頼してもいる。このようなやりとりは、最後までつづいた。

むろん、白井愛もわたしも、ガンに関する文献を集め、熱心に読んで、事態の把握につとめていたから、主治医とのやりとりもかなりつっこんだかたちでなしえたのであった。それに、もともとわたしは口下手なので、手紙という手段を活用する習慣ができあがっていたのだ。学んだのは、医学的な文献からだけではない。じっさいにガンを体験したひとたちの手記なども、眼光紙背に達する読みかたをした。免疫療法に関しては、文献だけにたよらずに、あらゆる手段を駆使して、できるだけ正確な情報をつかみたいと努力した。その成果は、この『人体実験』にも反映されているとおもう。

じっさい、白井愛のその後の生は、すべて、文字どおり自分自身の身体をもちいての「実験」にささげられたといっていい。病院での「現代医学」による治療も、免疫療法も、白井愛は、けっして、まるごと信じてはいなかった。それらが全幅の信頼をささげるにたりないことは承知していた。そのうえで、しかし、無視するにたるほどかすかにであれ、そこになんらかの可能性を見いだしうると判断すれば、すすんでその方法をためしたのだった。これをしも「人体実験」と言わずにいられようか。

道化として死す

二〇〇二年二月五日、白井愛は六八歳になった。この誕生日の日、わたしたちは、犬吠埼の灯台から海をながめている。

その半月後の二月一六日、上野誠が路上死した。わたしの『ひとはどのようにして兵となるのか』を読んで感激した手紙をよこしたのが機縁で、その後わたしの「押しかけ助手」を買ってでて、「古本屋めぐり」の達人であったことから、続編執筆に必要な資料を探しだし、たのみもしなかった資料まで集めてくれるようになった男だ。白井愛の著作も愛し、同人誌「あるく」の編集委員にもなっていた。ふりだしは公立高校での数学教師だったが、「制度」の制約をきらい、小さな塾の教師に徹していた。終生独身、収入のほとんどすべてを本の蒐集につぎこんでいた。

おなじ二月の二一日には、赤松清和が世を去った。このひとについてはいまさらつけくわえるべきことはない。白井愛作品の中核をだれよりも深く理解していたひとだった。

三月三一日、中野商工会館で、『タジキスタン狂詩曲』の出版記念会がおこなわれた。企画・演出は「胸章反対」の裁判闘争を最高裁までつづけた杉並郵便局の「郵便屋さん」たちの「酔人山楽会」。たのしい会になった。

四月一〇日から一一日にかけて、箱根に出かけている。いつものように、湯本から旧鎌倉道「湯坂道」をたどり、浅間山の手前から大平台に降りて、私学共済の宿舎「対岳荘」に一泊、翌一一日は浅間山から鷹巣山まで行って、ひきかえし、小涌谷へ降りた。

この時期から、白井愛は徳島文理大への出講を再開している。とにもかくにも日常生活へ復帰したことになるのだが、しかし、快癒していたわけではない。

四月一八日、日医大千葉北総病院で腎臓のＣＴスキャンを受けた。結果は灰色。念のため、五月二四日、千駄木の日医大本院で新鋭のＣＴによる検査を受けた結果、腎臓のかたすみに「腎細胞ガン」があると判定され、七月一五日、「腹腔鏡」による左腎臓全的手術をおこなう手はずがととのえられた。

この手術を、しかし、延期してほしいという手紙を、白井愛は、七月四日、泌尿器科の助教授と担当の医師あてに書いている。その手紙の内容はそっくりそのまま『人体実験』に引用されている（二六～二七ページ）。そして、この年の九月、再度、手術の予定を組んでくれたのにもかかわらず、こんどは、はっきりと拒否した。そのときの心境を、白井愛は、この本のなかでつぎのように記している。肝心なところだとおもうので、つぎに引用しておく。タイトルは「道化として死す」だ。


見よ、わが死の床に怒濤のごとく押しよせてくるわが作中人物たちの憤怒の列を！

てんでにふりかざしたその当世最強のプラカードを。

「私生活をみだりに公開されない権利」

「個人の人格的尊厳と名誉！」（中略）

わたしは弁解しない。弁解のしようもないのだから。

われとわが身への有罪宣告に全的に同意する。

わたしの全作品が、作家のフリをしたニセモノの犯罪的な落書きでしかなかったことを承諾する。

諷刺家の「盾」を鍛えなおすだけの時間も力ももはや残されていないいま、わたしはわたしの気力のすべてをあげて、自分の生きた過去のすべて、人生のすべてを、全的に抹殺する。このようにしか生きようのなかった、「たちどころに死」すべきであった、われとわが人生を。

この世に生きたわれとわが痕跡のすべてをきれいさっぱり無と化してから、あの世という無のなかに消えゆくことができるのだとしたら、これはまた、なんという栄光の終末であろう。

「無の巨匠」として生きた道化にのみ恵まれる究極の栄光なのだ、これは！


「考え違いしないでくれ！」と、大津波が叫んでいる、「運よく都合よくおまえが死神の手のなかに逃げこんだとしても、おまえの犯した大罪は、未来永劫に、消え去ることはないのだ。償いという大業が残される。おまえの出版社や遺族がおまえに代ってそれを背負うことになるのさ。おまえの代りに、全人生を捧げて償わなければならないだろうよ！」

（『人体実験』二七〜二八ページ）


この時期、白井愛が徳島文理大に出講したおりを利用しての小さな旅は、ちょくちょくやっている。四月二一日から二二日にかけては宮島へ行き弥山に登ったという記録が残っている。五月一二日から一四日にかけて、ふたたび宮島をおとずれ弥山に登っている。七月七日から一〇日にかけては、岡山から蒜山高原へ旅している。そのほか、近場の箱根にはかなり頻繁に足をはこんでいる。箱根と言ってもいわゆる観光コースからははずれた「湯坂道（旧鎌倉道）」を歩くのが定番で、湯本から山道に入り、浅間山、鷹取山への尾根道をたどり、大平台へ降りて私学共済の「対岳荘」に一泊し、翌日はまた「湯坂道」をたどって湯本に出るのだ。

わたしの日記八月一三日の項に「焦人に原稿を読んでもらい、註をつけるべき箇所について助言を受ける」とある。してみると、発表するまえに白井愛の「検閲」を受ける習慣はこの時期にもまだつづいているわけだ。これは、一一月に出る彦坂諦『無能だって？　それがどうした？！』の原稿のことだ。同じ日の白井愛の日記には「災難に逢時節には災難に逢がよく候、死ぬ時節には死ぬがよく候、是はこれ災難をのがるう妙法にて候」という良寛のことばが引いてある。

おなじく白井愛の日記の八月二五日には「毎日、毎日、凶暴な犯罪の報道。（中略）アメリカ最大の原子力空母リンカーンが佐世保に入港、自治体と民間業者に補給などをやらせ、市民二千人を招待、反テロ戦への日本の協力に感謝。コンナ世ノ中ニダレガシタ！　毎日、毎日、医療事故、院内感染の蔓延」という書きこみがのこされている。

九月一日から八日まで、北海道へ旅している。二日は丸山公園など札幌市内を散策、翌三日は北大植物園をおとずれたあと大沼公園へ移動、四日の午前中は徒歩で、午後はレンタサイクルで大沼の周囲を散策（彦坂註――じつは、この一年まえ、わたしのたってのねがいをいれて、彼女は、自転車に乗る稽古をはじめ、短期間で習得していたのだ）、五日は頂上からの展望がすてきな日暮山に登り、翌六日は函館に出て函館山周辺を散策、七日は恵山を歩いて、八日に帰京している。これが二人で出かけた最後の大きな旅となってしまった。

一〇月三〇日、わたしと知りあう以前の浦野衣子の夫浦野元幸が死んだ。このひとによせた挽歌「夢のあとに」についてはこの本の第九章で触れている。

免疫療法

一一月二七日、国立佐倉病院の香村医師に腎臓摘出手術を受けるかどうかに関する「サードオピニオン」を求めたのちに、一二月一四日「まないたの鯉になる」決意をかためて、術前のＣＴ検査を受けたところ、肝臓への転移が発見され、腎臓摘出手術のほうはキャンセルされた。

『人体実験』の第二章と第三章では白井愛が受けた三種類の「免疫療法」について語られている。これもまたガン治療において彼女が身を挺してこころみた「人体実験」の重要な一面だった。それぞれの療法がどのようなものであったかというその実状の詳細は、この本のなかでくわしく語られているので、ここではははぶくが、ただ、これを受けようと決意した動機については、すこしおぎなっておきたい。

三種の「免疫療法」のうち、まずはじめに受けることにしたのは「免疫監視（ＢＲＰ）療法」だった。白井愛が半信半疑ながらこの療法を受けることに踏みきったのは、この本のなかでは「太郎」という名で登場するわたし彦坂の東北大時代の友人からの勧誘と紹介だった。この友人は大腸ガンの肝臓転移巣を手術で摘出した直後からこの療法を受けはじめ、もう一年以上になるが、経過はすこぶる順調だった。ちなみに、彼は、このときから十年以上たった現在もなお健在だ。

「漢方療法」に出会ったのは偶然だった。免疫監視療法を受けはじめて半月後に、白井愛は、この療法を受けはじめたのだが、そのきっかけとなったのは、たまたま創刊されたばかりの雑誌『ガン治療最前線』に収録されていた「銀座東京クリニック」福田一典院長へのインタビュー記事の内容が彼女の注目を引いたことだった。どこにか？

このひとが、よくあるように東洋医学万能にこりかたまっているのではなく、西洋医学の欠陥をおぎなう適切な漢方治療によって全身の治癒力を高めていけば、おのずから延命という結果が得られるし、ばあいによっては、ガンの自然退縮をも実現できる、と考えていることに、である。

彼の言説の「端々に見られる謙虚さがわたしの注目をひいた」と、白井愛は書いている、「そこにはおのが代替療法を鼓吹する諸先生がたによく見られるような、これこそ唯一絶対の方法であって他はおしなべてインチキであるときめつける教祖的尊大さが感じられなかった。」

そしてさいごに「ＡＮＫ療法」についてだが、これは、ガンとのたたかいにおいて、白井愛の比喩によれば、「強力な遊撃隊員になるべき兵士を養成し、前線に投入」するはずのものであった。それだけに、「巨額の資金」と「激烈な」「肉体的負担」を要求するものでもあった。「ＡＮＫ療法」とは「Amplified Natural Killer Therapy」の頭文字をとったものであることからわかるように、もともと人間の体内に存在していて免疫機能を担うリンパ球である「NK細胞」から、「独自の培養法」によって、活性化されガン細胞に対する殺傷力のつよい「NK細胞」をつくりだし、体内にもどすというやりかただ。

まさに「夢のように『画期的』な」、ガン治療の「最前線」にある「免疫療法」だった。ただ、それは、白井愛の「蓄えの大半を前払いするようにと要求」しながら、「治療効果」については「期待」はできるが「約束」はできないと「契約書」に明記する「リンパ球バンク」という名称の株式会社が運営する機関によって実施されるものであった。

「この金額が要求しているメフィストがはたして悪魔なのか天使なのか」知らなかったし、知るすべもなかったのだが、「わたしは、しかし、けっきょく、この責任不在の『画期的』療法に賭けたのである」と、白井愛は語っている、「責任の不在」を「ゆるしがたいと感じながらも。」

この療法が功を奏していないことがほぼあきらかになりかけていた二〇〇四年の二月五日、この日は白井愛の七十歳の誕生日であったのだが、彼女は「七十歳を祝って」という文章を書き、そこに「プロローグなのか、エピローグなのか」というサブタイトルを記した。

(前略)なんという幸運か! 七十年のあいだ、空爆にも、強盗にも、サリンにも列車事故にも、テロにも出会わなかったのである。わたしを乗せた飛行機はいちども墜落しなかった。たえず病気をしていたくせに、死にいたる病にまではならなかった。雨露をしのぐにたる住いはあって、凍死にも餓死にも無縁でいられた。死神がいたるところで待ち伏せしているこの世のなかを七十年も生きぬいてきたなんて、奇跡としか思えない。(中略)

背後にのこしてきたあらゆるもの、つまり、わたしの人生、わたしの生きる理由であり情熱のすべてであった「仕事」、にもかかわらずぼやぼやと飛びさらせてしまった年月、そうしたすべては、もはや、にがい塩に凝固した塵と芥にすぎない。そのことを、わたしだって、とことん承知している。承認している。だから、そんなことは、もう、どうでもいい。

春だ。春がもうそこまで来ている。空にはやわらかな春の光が充ちている。風はつめたくとも、光は春。

沈丁花が咲き、梅が開いた。

生きようぞ、七十歳のおまえ、新しい世界の、この新しい日々を！　（『人体実験』六五〜六六ページ）

この時期、白井愛は、ひとりの精神科医が書いた「痛快きわまりない」本に出会った。頼藤和寛『わたし、ガンです』というタイトルの「闘病記ではない「耐病記」だ。このときの彼女の心情をわたしの表現力で示すのはむつかしい。白井愛自身に語らせよう。

（前略）「認識の鬼でありたい」著者が、「破れかぶれの一患者として」、医学も医療もこきおろし、医者への期待も信頼も固く戒め、「溺れる者がつかむ藁」（代替医療）の一本一本にまで難癖をつけつくして、ガン患者の心の隙間に「夢と希望」の芽生える余地などありえなくするために、奮闘してくれている、その奮闘ぶりがじつに痛快なのである。おかげで、わたしはこの本にのめりこんでしまった。本書のリアリティにつきあいすぎると「たぶん健康にわるい」という「はしがき」がついていたにもかかわらず。

そして、たしかに、この本は、まさに「健康に」わるかったのだ。

この「絶望の書」に溢れる才気、ユーモア、ウイット、イロニーに感嘆するあまり、わたしは、げらげら笑いながら「素直に絶望」してしまった。ガン患者であるわが身の生命の未来に絶望したのではなく、未来の「耐病記」作者であること、つまり「書き手」としての無才無能に、あらかじめ絶望したのである。書きたいという欲求を投げ捨ててしまったほどに。（中略）
もちろん、わたしは作品を創造したかった。生きているかぎりは。
ガン患者の生きる世界とはべつな世界を創造したいと思っていた。
ところが、たえず、ガン患者という状況に引きもどされるのだった。たえず、ガン患者としての選択を迫られた。ガンのことはほとんど忘れて生きていたにもかかわらず。　（『人体実験』六九～七〇ページ）

じじつ、白井愛は、自分のガンとの「闘病記」ではなく「耐病記」を、『人体実験』というイロニックなタイトルのもとに書きつづけている。このタイトルはこの本がまだできあがらないうちに、白井愛自身がそれときめたのであった。
いくども引用をするではないかと言われることは重々承知のうえで、もうひとつ、この時期を象徴する彼女の文章を引いておく。

わたし自身が本気で「書く」気になったのは、今日、二〇〇四年四月二六日、はじめて肝臓に鈍痛を感じた記念すべき日のことだ。おおがかりな大「作品」を志していたわたしが、たんに、わたし自身の死への道程を記録するだけにとどめようと心をきめたのである。時間がないという切迫感がわたしをかりたてている。　（『人体実験』七一ページ）

このように書きしるしながらも、しかし、白井愛の関心が内にしか向けられないということには、けっして、なっていない。「イラクでヒトジチになった三人へのバッシング」に、右の引用からほどとおくないところで、彼女は言及している。ひどい「バッシング」だった。「心理的精神的レヴェルを超えて身体的テロにさえおよびかねない」その「バッシング」の裏に存在していた当時の「日本人」一般の心理を、正確に指摘した文章だ。「日本では、お上にたてつくものはバッシングの標的にされる」と、彼女は書いている、とりわけ標的とされやすいのは「組織のバックをもたない個人、名声にも権威にも権力にも庇護されていない『ただのひと』」である。と。（『人体実験』七二〜七三ページ）

わたしが注目するのは、この「ただのひと」のなかで「とりわけ女」、それも「ステータスもないくせに『フツウ』じゃない女」が、「要するに、この世間の『異物』」が標的とされやすいことを的確に指摘しているところだ。「ヒトジチ」たちの運命を、彼女が、自分自身にひきつけて感じとっていることが、ここからうかがえる。「戦前戦中の日本型支配形態が一般化しつつある」ことをも、白井愛は敏感にとらえている。「定着した、と言うべきなのかもしれない」と、この時期に、すでに、的確に。その支配形態の象徴としてあげていることも、けっして、研究者的な一般的事例ではない。「男が男であるだけの理由で女に命令できる国」。

皇太子妃への「バッシング」に対して皇太子がおこなった「せいいっぱいの反撃」（「雅子のキャリアや、そのことに基づいて雅子の人格を否定するような動きがあったことも事実です」）に関連して「皇室はまことに日本の象徴である！」と、天皇制を否定する姿勢と矛盾するかのようなコメントを記しているが、じつは、これ、雅子への「バッシング」を「個として主体的に生きようとする女にたいして日本中で行われている」行為であるとして、白井愛自身にくわえられた「バッシング」にひきつけて受けとめた文章なのであって、「象徴である！」には「日本国憲法」第一条を故意にひきあいにだしたイロニーがこめられている、と、わたしは読む。

ついでに、「皇太子夫妻への国民の支持・共感を高めるための仕組まれた演出に欺かれて、天皇制の本質を見誤るべきではない、皇室に人間を見たり、人間的苦悩を見いだしたりするのは、天皇制に癒着し荷担することだ」といった「大義」を「背にした」まっとうな意見をのべるであろう評論家、「バッシングの加害者であっても被害者体験にはまったく無縁の」、「身分」も「収入」も「保証されている」大学教授への、まさに私的な反感まで、もぐりこませていることも、わたしには感じとれる。（『人体実験』七七〜七八ページ）

動注化学療法

さて、不審の念をいだきながらも一縷の望みを賭けてもいた、画期的免疫療法は、高額な治療費と激烈な副作用による肉体的苦痛にもかかわらず、「たった二ヶ月半」の「延命」にすぎなかった。「腫瘍マーカー」の数値は「二倍にはねあがった」。なぜか？　それはだれにもわからなかった。二〇〇四年五月一七日、日医大北総病院の主治医田中先生から、白井愛は「動注化学療法」を提案された。

「わたしの三人の先生は責任をのがれようとしておられるごようす」と、白井愛は、五月二一日の項に、記している。「抗ガン剤治療を目のカタキにしておられたはず」だった「画期的免疫治療」の大久保先生も、「漢方治療」の福田先生も、ヨーロッパ医学の田中先生も。そのことについて、白井愛は、けっして非難もしなければ、恨みもしていない。「お三方の身になってみれば」と、彼女は書いている。「わたしはもう手のほどこしようのないところにいるのだろう。医者としての責任など負えないところに。正直な先生たち！」　いっさいの責任を自分自身に引きうける白井愛にしてはじめて到達しうる心境であろう。「『画期的』免疫療法からも漢方からも見放されて抗ガン剤に舞いもどった患者」であるとみずからを規定した彼女は「わたしは、わたしの全責任において、行く手に光の見えない道に踏み入った」と書く、「そこにしか、道が見えなかったから」。

五月二二日、「動注」を受けるために入院。二四日、冠動脈にカテーテルを挿入する手術を受け、二八日から抗ガン剤「５ＦＵ」七五〇㎎の点滴注入を開始、六月四日に退院、以後、通院して点滴を受けることになった。

七月四日の項に「終末はもう近い、という思いがする。七月一日に『結婚』手続（相棒と、法的な）をすませて、ともかくも、よかった。あとは、まあ、なんとかなるだろう、と思う」と、白井愛は記している。

手続をとりなさいとわたしに命じたのは白井愛だった。その理由として彼女があげたのは、そうしておかないと、わたしは、彼女の死後、いまくらしているこの家に住みつづけることができなくなるかもしれない、ということだった。そんなことなど、考えたこともなかったわたしは、狼狽した。言われてみれば、たしかに、この家の所有権は、法的には、彼女とわたしとが二分の一ずつもっている。その二分の一の権利は、とうぜん、法廷相続人にひきつがれる。わたしは、いかに生涯を彼女とともにしてきたとはいえ、法的には、あきらかに他人だったのだ。

彼女が診察を受けるさいも、入院・手術にも、わたしは近親者として立ちあってきた。主治医に懇切丁寧な手紙を書いて、わたしが事実上「夫」の立場にあることをみとめさせたからであったが、しかし、法的に、彼女の三等親以内であることを証明するてだては、わたしにはなかった。

白井愛とわたしとの関係はまぎれもなく私的なことであるのだから、その関係を国家から「みとめていただく」必要はないし、そんなこと、ごめんこうむる。わたしたちは、ふたりとも、そうおもっていたから、「婚姻届」など提出するつもりはまったくなかった。婚姻の条件である「同居」もしなかった。そうしながら、しかし、つよいきずなでむすばれていたし、しごとをともにしていただけでなく、私生活のうえでも、可能なかぎり、ともにすごしてきた。彼女の父母や兄弟姉妹は、はじめから、なんの抵抗もなくわたしたちのこの関係を受け入れていたし、わたしの父母と兄弟姉妹には、かなり強引にではあったが、けっきょくはみとめさせてきたのだった。

ところが、ここにきて、法の壁があついことを、わたしも、さとらなければならなくなった。そんなことにはいっさい気がまわらなかったわたしなんぞより、白井愛のほうがはるかに現実を見すえていたのだった。しようことなしに婚姻届を出しにはいったが、しかし、「姓」を選択する欄には白井愛の戸籍名「田島」と書きいれた。おかげで、結婚して夫の姓をなのることになった妻たちがこうむっているあらゆる不便を、わたしは実感することができた。私的には、せめてもの意趣返しのつもりであったが、実質的にはなんの意味もなかった。(『人体実験』八三、一〇〇~一〇一ページ)

この年の一二月、手術をするという三度目の提案がなされ、白井愛は、セカンドオピニオンを求めた結果、ついに手術に同意した。なのに、術前のCT検査で、肝臓への転移が発見され、腎臓の手術どころではなくなった。

明くる二〇〇三年一月一七日、肝動脈塞栓術(TAE)の実施を北総病院田中医師から提案され、了承、二二日入院、二四日実施と決定。

晴天の霹靂

第五章「晴天の霹靂」は、白井愛のもうひとつの「人体実験」についての記述にあてられている。この章のタイトルが象徴しているように、このできごとは、彼女にとって、まさに「晴天の霹靂」であった。この章の冒頭を、まず、引用しておく。

じつは、八月八日の夜はほとんど眠っていなかったのだ。たぶん、絶望的な怒り、なさけなさ、やりきれなさ……のあまり――生涯の同伴者としてしまった男への。

自分は「普通の男」じゃないんだ、常識なんか無視するんだ、と豪語することで正当化された、女に対するなれなれしさ、ずうずうしさ、そのじつ「普通の男」いや「普通の瘋癲老人」よろしく、元女子学生(それも常識の権化のごとき)の前に跪いて熱い「愛」の言葉を捧げているわが同伴者。もちろん、わたしには秘密の情事。

わたしが惨憺たる「ガン難民収容所」京都山科の病院（ANK療法）で未曾有の苦しみを苦しみぬいていたまさにそのときに、わが老いたる伴侶は、わたしとの二人の住まいであるはずのわが家に「愛する桃江「いとしいいとしい桃江」をひそかに呼びこみ、ワイン片手に密会を果たしたあと（たぶん、いわゆる性的行為をともなわないセンチメンタルでプラトニックな密会であったのだろう）、せつないプラトニック・ラブメールを送りつづけていた。

（『人体実験』一一三ページ）

ここで「普通の男」「普通の瘋癲老人」と名指されているの小沼太郎とは、このわたしのことだ。そう呼ばれることに忸怩たるおもいはするが、否定できるとはおもわない。これからのち、作中では小沼太郎の名で語られているところも、すべて、「わたし」と書く。

いま、この部分を読みかえして感嘆するのは、白井愛が、ことを正確に見ぬいていることだ。たしかに、この日、桃江（これも実名ではない）をこの家に招いたことは事実であるし、それが「情事」とはいえ「性的行為をともなわないセンチメンタルでプラトニックな密会」と言いうるだろうことも、彼女の洞察のとおりであったからだ。

あらかじめおことわりしておくが、白井愛が、ここで、「生涯の同伴者としてしまった」この男に対して感じている「絶望的な怒り」とは、「浮気」した男に対する女としての怒りなどというレベルをはるかにこえた、根源的な怒りなのだ。「性的行為をともな」っていようといまいと、そんなことは問題にもなっていない。彼女の「戦友」であったはずの男の「裏切り」に対する怒りなのだ。なぜ「晴天の霹靂」であったのか？　彼女の「知らなかった小沼太郎」の、これは「唐突な出現」であったからだ。

わが伴侶と信じていた男がここに展開している世界（つまりは、わたしに隠れてこの男が生きていた「演歌」

の世界)と、わたしが死神を前にして生きてきた世界との、なんという隔絶! なんという懸隔!

(『人体実験』一二三ページ)

わたしがもっともいやがることを百も承知のうえで、白井愛は「『演歌』の世界」という規定をここでつかっている。だが、焦点はそこにあるのではない。白井愛が「死神を前に生きてきた世界」とわたしが生きてきた世界とのこの「隔絶」、この「懸隔」が、このとき、あらわにされた、というところが肝心なのだ。この「絶望的な怒り」をひきおこした直接の原因は、彼女が全文を引用している桃江あての「ラブレター」の内容なので、その部分を引用しておく。

愛する桃江

ありがとう! たのしいひとときだった。つかのまの! しかし、永遠の!

月へ帰っていく姫を見送るようにきみを見送ってから、さびしさのしのびよるいとまをあたえまいとばかり脱兎のごとく逃げかえって、台所で食器洗いに熱中した。家事って気がまぎれるんだよ。

もういちど、ありがとう! きみがもういないってことがにわかに信じがたいほどに、ぼくはおしゃべりに熱中していた。きみの「けはい」を胸いっぱいに吸いこんでいた。きみの存在をまぢかに感じていた。そのあいだ、ああ、どれほどぼくが幸福であったかを、きみはわかってくれるだろうか?

なにごとにもおわりがくることを知悉していながら、それでもなお、そのおわりのおとずれぬことを、よしおとずれるにせよ一刻でも遅くあれとねがわずにはいられなかった。そのくらい、きみとのこの時間はここちよいものであった。

無事に帰りついてくれただろうか? 疲れたでしょ? あたたかいお風呂に入って、ぐっすりおねむり。明日は明日の風が吹く。言いわすれたが、きみはたしかに不器用にしか生きられないのかもしれないが、しかし「まっとうに」「人間として」生きていけるひとだ。そう、ぼくは確信している。

では、おやすみなさい。

（『人体実験』一一四〜一一五ページ）

書きうつしていて、顔から火がでるおもいだ。十五歳の少年じゃあるまいし、よくもまあ、こんな文言を書きつらねたものだ。そんな感慨は、しかし、どうでもいい。これに対する白井愛の正確なコメントを引用しておく。

白井愛に対するこの男の「愛」は、たしかに、「絶対の愛」だった。長年、彼はそれを誇りとし免罪符とし隠れ蓑として生きてきた。

ところで、この「絶対の愛」とは、いま、この時、苦しみのなかで目前の死とたたかっている白井愛への絶対の無関心を意味していた。惨憺たる「ガン難民収容所」で悪寒にふるえ四〇度をこえる発熱に意識朦朧となり極度の不快感と嘔吐に苦しんでいた白井愛への完璧な無関心の、これは別名であった。

当の白井愛のほうは、しかし、老いたる伴侶の「高血圧」「動脈硬化」などなどを、なによりも案じつづけていたのだった。自分の苦痛や不安よりは、老いたる相棒の老いたる身体を気遣っていたのだった。

（『人体実験』一一五ページ）

「絶対の無関心」とまでいわれてしまおうとは、このときわたしは予想していなかった。すくなくともこの時点でのわたしの意識のなかでは、白井愛への「絶対の愛」はこゆるぎもしていなかったのだから。しかし、ここで白井愛が批判しているのは、まさに、わたしのその意識のありようなのだ。

いまのわたしには、はっきりと指摘できることがある。ほかでもない、白井愛への「絶対の愛」はこゆるぎもしていなかった、と、いま書いたばかりのことについてである。その当時のわたしの主観的意識においては、これは、完全に正しい。しかし、白井愛が正確に指摘していること、すなわち、白井愛への「完璧な無関心」を、このときわたしがまったく意識していなかったことは、まぎれもない事実だ。

このメールがどのようにして白井愛の目にふれたのかという事情が、このことをものがたっている。わたしの留守のあいだに、必要となったものをさがすために、彼女がわたしの書斎に入ったところ、たまたま机上においてあったこの手紙のコピーが目に触れたのだ。このとき、わたしは、作中で桃江という名をあたえられているこの女からたのまれて、彼女の半生を作品化しようとしていた。このコピーはその資料だったのだ。これを机上に放置したまま外出していたこと自体、これが白井愛に対する裏切りの証左であるといった意識が、わたしにまったくなかったことを示している。しかし、この意識そのものが、白井愛への裏切りであったことに気づいたときには、もう手遅れであった。

桃江への愛は、わたしにとっては、いわば、「偶然の愛」のひとつにすぎなかった。それが白井愛への「絶対の愛」をゆるがすであろうなどとは、おもいもしなかった。「偶然の愛」とは、言わずとしれた、サルトルにおけるそれの剽窃である。

このメールは二〇〇三年一二月七日の二二時二三分に送られている。一八時すぎに「ジャンヌ」こと井村桃江を「月へ帰って行く姫を見送るように」見送り、「さびしさのしのびよるいとまをあたえまいとばかり脱兎のごとく逃げ帰って、台所で食器洗いに熱中した」あと、二一時すぎ、「ジャン」こと「太郎先生」は山科の白井愛に電話して「無事」を確認した。同時に、「戦友」の身を案じている白井愛に自分の「無事」をも伝えた。これっぽちの「やましい意識」もなく。

(『人体実験』一一五ページ)

たしかに「やましい意識」などまったくなかった、この時点でのわたしには。ただし、その理由が、この一節につづけて白井愛が書いているようなものであったとは、そう指摘されるまではわからなかったのだ。「ジャンヌとの密会は白井愛とは無関係」なものだった、と、白井愛は書いている、「つまり白井愛には立ち入りを許していない、『ジャン』と『ジャンヌ』の世界、二人だけの、二人のための自閉した世界のできごとなのだから。白井愛と共有する世界には、たしかに、なにごともなかったのだ」。

このようなきめつけは不当なように、その時点でのわたしには感じられたが、しかし、そう抗弁することはできなかった。言い分があるならちゃんと言いなさいと言われても、その時点では言えなかった。いま、これを書いている時点でのわたしには、白井愛が、なぜ、ここまで断定したのかがわかる。

このラブレターの存在が「発覚」したのはこの時点のことであったが、じつは、この「姫への『愛』、あるいは『愛』の告白は」、それより半年もまえから「めんめんと」つづいていた。そのあいだに「白井さん」の「症状は決定的に絶望的な段階を迎えていた」にもかかわらず。それのみか、もしこの時点で「発覚」してなかったなら、これからも「つづいていただろう」と、白井愛はここで書いている、「なにしろそれは『つかのまのしかし永遠の』『愛』なのだから」。

小沼太郎は、自分は白井愛の使徒であって白井愛の教えを弘めるために生きているのだと自称して、である。

白井愛。それは小沼太郎にとって絶対の義務である。白井愛が危篤だと聞けば、なにをおいても駆けつけるであろう。白井愛が生きていようと死んでいようと、それはどうでもいい。「臨終」の枕もとに万難を廃して駆けつけること、そのこと自体が「絶対の愛」である。絶対のよろこびであり、絶対の誇りである。

その自称を弘めてまわっている（つもりだ）。

だから、生身の白井愛の物理的不在を、白井愛はなぜいまここにいないんだろう？　とか、「それが理不尽なことのように感じられる」（引用は桃江へのメールから――彦坂註）とかいった思いをぜったいに生まない。「ジャン先生」がその不在を「理不尽なこと」として嘆いているお相手はべつな女だ。白井愛は、このとき、まさに絶対の不在であり、絶対の不在でなければならない。先生の心にも、頭にも、物理的にも。なにより、白井愛の物理的不在こそがこの密会の前提条件ではないか。この前提すら、しかも、先生の意識からはきれいさっぱり抜けおちているようだ。白井愛の不在につけこんでこの密会を周到に企て準備しておきながら、それほど自然に、先生の意識に生身の白井愛は不在なのだ。絶対の不在である。

（『人体実験』一一九ページ）

ここで指摘されていることを、いまは、無条件に承認しうるが、その時点では、なぜ「絶対の不在」などと言わなければならないのかわからなかった。彼女の物理的不在のときに桃江を招いたのは、たんに、すべての時間は白井愛のためにささげられていたので、そのときしか時間的余裕が得られなかったからにすぎない。だから「この前提すら」小沼太郎の「意識からはすっぽり抜けおちているようだ」という指摘は正確だ。いまのわたしには、はっきりとわかる。「それほど自然に」というのは、完璧に無意識にということだ。それこそが問題なのだということが、当時のわたしには、まったくわかっていなかったのだ。

キーワードは「生身の白井愛」である。このとき、「生身の白井愛」が「ガン難民収容所」で「生身の」肉体にくわえられる「惨憺たる」苦痛をあじわっていることを、もし、小沼太郎が、自分自身の「生身の」肉体的苦痛として感じることができていたのなら、九ヶ月のちに「生身の白井愛」に「絶望的怒り」をひきおこすようなふるまいはできなかったはずであるからだ。

そのことを正確に表現している部分を、この作品のなかから、引いておく。

小沼太郎は、いつのころからか白井愛を「絶対の愛」の高み、抽象の天空に押しあげ、白井愛が瀕死の苦しみを苦しんでいようと、こころやすらかに、こころたのしく、自分は俗な地上の世界にのうのうと手足をのばしていた。白井愛には見せない、とばりの向こうの世界で「絶対の愛」への不実、あらゆる意味での「是対の不実」にふけっていたのだ。

「不実」とは、隠しごとという意味である。最低限の透明性が必要の関係において。

（『人体実験』一四五ページ）

正確なコメントだ。たしかに、小沼太郎は、白井愛との「絶対の愛」を不動の前提として、桃江との「偶然の恋」にふけっていたのだから、この「偶然の恋」が白井愛との「絶対の愛」をこゆるぎもさせるはずはなかった。いまふりかえってみれば、これは「絶対の愛」の浅薄なもじりにすぎなかったのだ。

これまで引用してきたのは、この「事件」を契機として、白井愛が、わたしの生のありようについての正確な分析からみちびきだした鋭くも明晰な批判のほんの一部にすぎない。しかし、これだけを見ても、白井愛が、わたしに対して、どれほどに、どのような「絶望的な怒り、なさけなさ、やりきれなさ」をいだいたかは、じゅうぶん理解していただけたかとおもう。その彼女が、しかし、これほどのおもいをいだかせたわたしに対して、いかに公正な評価を記していたのかをも、見のがすわけにはいかないだろう。

ただしかし、一点だけ、わたしはあなたを評価しなければならないし、あなたに感謝もしなければならない。ただ一点でだけ、あなたはあなたの言行を一致させてきた。とにもかくにもわたしのために「食事をつくり、あとかたづけをし、家事の大部分を引きうけてくれたことです。それは、それだけで、なみたいていの苦労ではなかったことでしょう。

いまでは、わたしの食欲を考えておいしい料理をつくろうと努力してくれている。いまになってやっと、と言うべきかもしれないけど。

わたしを激怒させてわたしの生命を「縮めた」のもあなたなら、ここまでわたしを生かしてきてくれたのもあなたです。片手落ちにならないように、感謝とともにこの一点はつけくわえておきたい。

（『人体実験』一八二～一八三ページ）

そして、さいごに、このできごとの全体を白井愛自身が「人体実験」であるととらえ、そのゆえを示していることにも触れておきたい。

小沼太郎の「隠し女」発覚事件、これまた、わたしというガン患者に課せられた「人体実験」でなくてなんであろう。運命が、寵愛のしるしとして、わたしの最後の日々に最後の試練を贈ってくれたのだ。最後に、われとわが人生を、われとわが選択を、根こそぎ否定して死ね、と。「八歩破れ」の選択そのものであったわが運命の悲喜劇を、いや、コミックを、最後まで生きぬくべし、つまり、八方破れの人生を選択してきたおまえは、八方破れで死ぬべきなのだ、と。

（『人体実験』一六八ページ）

人生というものは、なるほど、痛快なもの。フィナーレにこんな「どんでんがえし」を用意してくれていたのだから。むかしから、わたしは、「フィナーレでどんでんがえし」という手法に憧れていた。そのわたしを喜ばせようと、運命が、現実世界で、せめてもの贈りものをしてくれたのでしょう！

（『人体実験』一九一ページ）

そして、こんかい、小沼太郎という名の人間にたいするわたしの寛容を打ち砕いてくれたから、小沼太郎にかんする認識をとことん厳しく、明晰に、シニックにしてくれたのですから。

（『人体実験』一九一ページ）

さいごのさいごに、わたしに、つぎのようなメッセージを送っている。

（前略）あなたがその過去をあいまいうやむやにするのではなく、きちっとそこに向きあってほしい、と思う。それがわたしにたいするせめてもの誠実さというものです。

（『人体実験』二四〇ページ）

このことばを、彼女は、死の直前、わたしに遺した。彼女のそのことばに、いまの時点でわたしがこたえうることを、以下に記す。

白井愛との出会い

白井愛とわたしとの関係のありようは、三つの段階にわけて考えることができる。第一の段階は、出会ったときから「絶対の恋人」になるまでの時期、第二の段階は名実ともに「絶対の恋人」であった時期、第三の段階は、白井愛によって予感されていた亀裂が現実化していく時期と、かりに名づけておく。

一九六三年に出会ったとき、彼女は浦野衣子の名をもち、早稲田の大学院博士過程の初年度（フランス文学専攻）に在籍していた。わたしは、おなじ大学院の修士課程二年度で、ロシア文学を専攻していた。

はじめはごく普通の恋だったとおもう。宿命の恋ではあったけれど、わたしは、ひとなみに嫉妬もした。外から見える美しさに惹かれたのも事実だ。

彼女とのあいだを一気にちぢめたできごとが、ふたつあった。そのひとつは、山での遭難である。まだ秋になったばかりのころだったが、彼女とふたりで那須連峰へ登ろうとしたことがある。通常の登山路ではなく、南の沼原湿原をとおるコースを選んだのも、天候の変化を甘くみていたのもいけなかった。途中で氷雨が降りだし、おもうように進めず、いたずらに体力を消耗していったばかりか、霧にまかれて道に迷い、からだは冷えこみ、遭難の一歩手前までいった。このとき、ふたりとも、期せずして力をあわせ、この苦難をのりこえ、夜もふけてから、ようやく三斗小屋にたどりついて、あたたかいもてなしにあずかったのだった。この体験がふたりのむすびつきをいっそうつよくした。

もうひとつは、そして、このほうが決定的であったのだが、ひとつの目的のためにいっしょに努力した体験である。

そのころ、浦野衣子は、日本におけるサルトルの受容のありようをしらべようとしていた。その作業は、とりもなおさず、この国における戦後思想戦後文学のありようを、サルトル受容という切り口から、批判的にさぐっていくことでもあった。ところで、戦後日本の文学状況に関しては、彼女も、わたしとひじょうに近い問題意識をいだいていた。そこから、ひとつの具体的実践がはじまったのだ。

二人とも博士課程に在籍していたので、早大図書館の書庫に自由に出入りする権利をもっていた。その「特権」を活用して。わたしたちは、書庫に収められている文献を、文学にかぎらず政治経済社会にかかわるすべての分野の、単行本から新聞雑誌にいたるまで、かたはしから、手にとって読み、サルトルに直接かかわる記述だけでなく、サルトルの作品や思想にかかわっているとおもわれる「痕跡」にいたるまで、のがさず収集していった。若かったから、あれだけの情熱と持続力をもてたのだ。

この手段をとったおかげで、サルトルとかアンガジュマンとかいったキーワードにたよって検索したのでは網にかからない、おもいがけない発見がつぎつぎとあった。この国の戦後文学戦後思想の流れを、サルトル受容という切り口から批判的にさぐっていくという目的はじゅうぶんに達成された。

ほとんど毎日、朝から晩までいっしょに書庫めぐりをしていた。カードに書きとった言説を、ふたりで検討し、つかえるものをよりわけ、年代順にならべ、注目すべきいくつかの言説にはコメントをつけていき、こうして、「年表」という形式をとってはいるもののきわめてユニークな研究成果として、のちに高く評価されたものができあがった。このコメントは、ふたりの協議のもとに、彼女が執筆した。このとき、彼女の着眼と文才が遺憾なく発揮されたのだった。

この調査研究の結果は「日本におけるサルトル受容」というなんの変哲もないタイトルで浦野衣子が比較文学会で発表したのだが、このとき資料としてくばったこの「年表」が、たまたま、第一線で活躍していた研究者の目にとまったことが、浦野衣子の批評家・翻訳家デビューのきっかけとなったのだ。

まず、昭森社発行の雑誌『本の手帖』に、「日本におけるサルトル文献」というタイトルでこの「年表」が掲載され、ついで竹内芳郎・鈴木道彦編『サルトルの全体像』の巻末付録に収録されたのを皮切りに、一九六七年、ちょうど『ボーヴォワール著作集』（人文書院）の刊行がはじまったのにあわせ「謙虚で自由な心」と題してボーヴォワールを紹介する文章を『図書新聞』に寄稿したり、この年の五月「ラッセル法廷」が開催されると、そこでサルトルがおこなった「開廷宣言」やマタラッソーによる「論告」の翻訳が『現代の眼』誌に掲載されもした。

一方、わたしのほうも、ソ連のSF作家ユーリエフの『四つ足になった金融王』とストルガーツキー兄弟の『ラドガ壊滅』（いずれも大光社、一九六七）といった翻訳をたてつづけに発表したり、作品ロープシン『黒馬を見たり』を翻訳（川崎浹の下訳だが）したり、新潮文庫の作品解説でロシア作家の部分を執筆したり、「ゴーリキー・どん底からの創造力」を『ロマン・ロラン研究』誌に寄稿したり、早稲田の黒田教授が創刊した雑誌『ソヴェート文学』の翻訳者兼編集者として活躍したり、博士課程在籍中に、ロシア・ソビエト文学の翻訳者・批評家として、順調なスタートを切っていた。

ところが、そこから、ふたりの「転落」がはじまる。浦野衣子は博士課程をおえたはしたもののどの大学にも専任としては採用されず、生涯非常勤の身分でおわる。「就職活動」において彼女が完璧に無能であったことはあきらかだ。わたしのばあいは「就職活動」がへたなどころか、それをしなければいけないのだってことすらわかっていなかった。とうぜん、職にはありつけず、学生時代にアルバイトとしてやっていたソ連材検収員としてアムール下流域の仮設埠頭へ船で通うしごとにまいもどり、生涯、臨時雇の労務者としてくらすことになる。

浦野衣子は生涯非常勤の身分でおわったと、いま、わたしはさりげなく書いたけれど、実態がどのようなものであったかは、第九章で書いたので、ここではくりかえさない。

この貧乏ぐらしのなかで、しかし、彼女は、しごとにうちこんでいる。レジス・ドブレの『国境』(翻訳が晶文社から出たのは、一九六八年、まだ京都にいるうちだった。フランツ・ファノンの『地に呪われたる者』を、鈴木道彦と分担して翻訳した(第三・四・五章、ただし最終的に訳文を決定したのは鈴木道彦)のは、名古屋にうつった年のことである。ポール・ニザンの『トロイの木馬』(晶文社)を翻訳したのも名古屋にいたときのことだ(一九七〇年)。

じつをいうと、浦野衣子のこうした訳業のすべてを、わたしは、志願して手伝わせてもらっているのだ。なぜなら、サルトルについてはいうまでもなく、レジス・ドゥブレにしてもポール・ニザンにしても、フランツ・ファノンにしても、こういうひとたちとの出会いは衝撃的であったからだ。同時に文学であり哲学であり政治思想でもある文学だった。こういったひとたちの作品を、このわたしのつたない読解力によって、一字一句辞書をひきながら読みすすむ、ばかりか、それを日本語にうつすという作業にまで「越権行為」をおしすすめたことによって、はじめて、わたしは、わたしの現に生きている時代の文学を読むという体験をなしえたのだった。

あろうことか、わたしは、浦野衣子の訳文にケチをつけるふるまいにまでおよぶようになった。たんなるてつだいの領域からはみだして、ともにうみだすよろこびをあじわいたい一心で。むろん、フランス語の読解力においてぜったいにかなうわけはなかったが、日本語の文章を書くということにおいては、ひけをとらないという自負もあった。

彼女は、しかし、このわたしの提言を容易に受けいれはしなかった。彼女には彼女の深い考えがあったからだ。どの訳文がすぐれているかをめぐって、わたしたちは猛烈なケンカを、しばしば、くりかえした。そのケンカの原因をおもいおこすと、わたしは、いま、しみじみと、彼女に対する尊敬の念を深くする。このケンカをとおして、日本語の「いい文章」に対するわたしのおもいこみがうちやぶられ、いまのこのわたしの文体の基礎が獲得されていったのだ。

それまでの私は、日本語として「美しい」(と、伝統的におもわれている)文体こそがなによりもたいせつであると考えていた。そのころすでに翻訳家としてデビューしていたわたしの訳文は、日本語として「こなれている」という評判をとっていた。ところが、ファノンはもとより、ドゥブレもニザンも、このように「こなれた」日本語にうつしかえてしまってはその文体がそこなわれてしまう。その文体によって彼らが語りかけようとしていることを正確につたえることができない。そのことに、いやでも気づかないわけにはいかなくなった。浦野衣子がわたしにふっかけたケンカは、まさに、この文体をめぐるたたかいであったのだ。

このひとたちの文体をそこなわないように、しかし、日本語で読んで意味がとおるだけでなく美しくもある、そういった文体をつくりだせないものか？　翻訳というしごとは、ここでは、日本語において、あたらしい文体をつくりだすという作業でもあったのだ。

このような作業を、ともに、具体的におこなうことを通して、彼女とわたしとのきずなは、よりいっそうつよく深くなっていった。そこで、わたしが、彼女を「絶対の恋人」と考える基盤が形成された、と言っていい。

白井愛への変貌とわたしの転落

第二の段階、一九七〇年から一九九二年までの期間、それは、彼女が、未来の展望をもてない状況のなかで必死にあがきながら、ついに、詩人作家白井愛にまで変貌していく過程でもあるし、その彼女に、わたしが、必死によりそおうとしながら、一方では、その彼女の精神的な支えを、なによりも必要としていた時期でもあった。

この第二の時期、わたしの転落は決定的になっていた。あのひとも、むかしはねえ……と、語尾をにごらせ、あわれみのなかに優越感をひそませながら「勝ち組」となった元学友たちが語る対象になっていた。

転落を決定づけた一九七〇年から翌年にかけての「事件」については、白井愛の作品「タジキスタン狂詩曲」のなかでくわしく描いているし、わたしもこの本の第九章で触れているから、詳細は略すが、白井愛自身が、死の直前、「この太郎（わたしをモデルとして作中人物）のなかには、その「愚かさ」において光り輝くものがあるって思ったんです」と、谷口和憲に語っている、この光り輝く「愚かさ」という表現がすべてをものがたっている、と言っていいだろう（白井愛×彦坂諦・対談第二回「たたかい」、司会　谷口和憲、『戦争と性』第二四号、本書三二九ページ以下）

これ以前に、わたしの転落ははじまっていたのだが、この「事件」のあとでは、もはや、あともどりができないまでになってしまっている。わたしが生活費をかせいでいたのは「北洋材検収員」と呼ばれていて、だいたい五月ごろから十月ころまで（のちには十一月までにもなったが）の、ソ連極東アムール河下流域に氷のはらない時期に、船に乗って現地に行き木材を積みとってくるしごとだ。かんたんにいうと、これは、現場で「とび（鳶口）」をつかって、流れてくる木材をぐるりとひっくりかえし、節とか腐れといった欠陥のある材は「はねる（積ませずにとびでつついてながす）」といった木場人足のしごとと、現地の事務所と交渉して、のぞましい商品を獲得するという商社駐在員のしごと（そのためにロシア語のつかえるわたしが採用された）との双方をかねさせられている、けっこうむつかしいしごとなのだが、しかし、臨時雇、つねに、新入社員につかわれる身分で、これはしまいまでかわらなかった。

待遇は、これをはじめた一九六〇年の時点では、学生アルバイトとしては夢のような日給一〇ドル（一ドル三六〇円固定レートの時代）だったが、このしごとが消滅した一九九二年の時点でも、物価上昇にスライドしたとはいえ、実質ほとんどかわらない金額で、むろん、ボーナスも退職金もない、いつクビにされてもおかしくないといったものだった。

じっさい、このしごともクビになって路頭にまよった時期もあり、逆にそれがさいわいして技術通訳という臨時雇いとはいえ破格の待遇のしごとにありついたこともあった。ただ、けっきょくはこの検収員というしごとにまいもどっていたのは、なによりも、はたらく期間が、シーズン中だけ、つまりのこりの半年は、自分本来のしごとができるという魅力にひかれてのことだった。

とはいえ、じっさいには、「自分本来のしごと」など、もう、うしなっていたのだ。ポスドクになってどこにも就職できないまま、この臨時雇のしごとにまいもどってからは、研究も翻訳も、もう、していなかった。その時期のことを、のちに、わたしは、つぎのように書いている。

そのころになると、私の「転落」は「客観的」事実であったらしい。私自身はその「事実」を承認していなかった。にもかかわらず、その「事実」は私に「客観的」影響を及ぼし、私を精神的にも肉体的にも「転落」させたのだ。なさけなくもおそろしいことに、「転落」した人間がそれでもなお人間としての尊厳を失わずにいることは、とてつもなく強固な精神を持たないかぎり、不可能に近い。

（「私は生きる　逆らって　逆らって」インパクト出版会『インパクション』一〇〇号、一九九六。のち『女と男のびやかに歩きだすために』梨の木舎に収録、二三四～二三五ページ）

ここに記したことが、そっくりそのまま、この時期のわたしには生じていた。「北洋材検収員」というしごとには、いわば、あぶれものの吹きだまりといったおもむきがあった。もともと木場人足であったひとたちと、検数（タリー）を専門とする「全日検（全日本検数協会）」所属のひとたちをのぞけば、であるが。いわゆるシベリア帰りが圧倒的に多かった。このなかには、ラーゲリ仕込みのすさまじい罵倒で現地のロシア人人夫をちぢみあがらせながら、ロシア文字も文章も書けず、タイプなどさわったこともないといったひとたちもすくなくなかった。

おおざけのみが多く、これは、検収員のなかでのことではなく、わたしが、ニシンの積取船にやとわれてオホーツク海に出かけたとき主任通訳であったじいさんだったが、酔いつぶれると虚空をみつめてうらみつらみをのべたてるのだった。どうやらそこにスターリンの亡霊があらわれているらしかった。けっきょく、しごとにならず、クビになったが。

まわりには、そんなオチコボレしかいなかったし、乗る船の船員たちも、年々歳々、まともな船乗りはすがたをけしていき、韓国人からフィリピン人、インドネシア人、あるいは「香港チャイニーズ」など、大半は技倆も未熟なひとたちの乗りくむ船がふえていったし、また、まともな船ではなく、本来は東京湾とか大阪湾といった内海でしか運行できないはずの「プッシャー・タグ」に「バージ」をつないだ「プッシャー・バージ」

が運行するようになり、わたしたち検収員も不承不承それに乗るほかなくなっていく。

内海航路しか走れないボートだから、乗組員の海技免状も乙免どころか丙免で、もともと外洋には出られないはずのところを、なんとごまかしたのか、平気で就航させるようになっていたのだ。たしかに、最下層の船員で組合に入ることもできないひとたちではあったが、なかにはマグロ漁船の漁労長をしていたというつわものもいた。

わすれもしない、宗谷海峡で大時化にあい、ＳＯＳを出したとき、わたしのいのちをすくってくれたのはこういうひとたちだった。このボートの船長には、体面をつくろうために甲種海技免状をもって貨物船の二等航海士をしていた男がやとわれていたのだが、船が沈みそうになると、まっさおになって指揮権を放棄してしまった。かわって指揮をとったのが元マグロ船の漁労長だった男で、この彼がつぎつぎとくりだした的確な指示によって、機関室への浸水を乗組員全員が手作業でかいだしかいだし、エンジンをとめることなく、なんとか利尻島まで自力でたどりついたのだった。役立たずはわたしひとりだった。

こういったひとたちとのあいだで生活することはいやではなかったが、しかし、いつのまにか、この下層人間たちの「恨みがましくひがみっぽく」心性にそまっている自分を見いださないわけにもいかなかった。この状態での唯一の救いは、帰航した港にむかえにきてくれていた田島衣子（そのころはもう正式な離婚が成立して田島の姓にもどっていた）と語りあうことだった。毎回そのまま帰れるとはかぎらず、「折り返し」といって、積荷をおろしたその船にひきつづき乗船して現地にむかうこともしばしばあったが、そういうときでも、船がその港にいるあいだに、ふたりでそのあたりを旅したりしながら語りあったことはいくどもある。このときだけは、わたしも、知的世界の住人にかえることができていた。

「むかし、あなたはわたしの精神的支えをなによりも必要としていた。それなしには生きられなかった。あのころは、あなたも生きるために必死だったのです」と白井愛が書いているところは、この時期のわたしの生のありようを正確にとらえている。

わたしのてもとには、いま、ノートに書きつけた「航海日誌」が三〇冊以上のこされている。すべて、これは、船のなかで、あるいは、積地での仕事中に、彼女にあてて書きつづったものだ。これを書くこと、書きつづけることによって、かろうじて、わたしは、精神の均衡をとりもどしえていたのかもしれない。

そのころのわたしは、もう、これを書くことでしか、自分を支えることができなくなっていた。いわゆる研究にも翻訳にも情熱をうしなっていたが、しかし、書くという行為そのものだけによって、かろうじて精神喪失からまぬかれていた。虚構の世界を構築する、ものがたりというかたちで書く才能が自分にはないことに気がついてはいたが、しかし、これだけはどうしても書かなければいけない、ということが、わたしのうちにはあった。

どのような形式であろうが、書くことそれ自体をすてることは死を意味していた。しかし、わたしの書いたものを読んでくれるひとは田島衣子以外にはいなかった。彼女だけが、たったひとり、真摯に、わたしの書いた文章を読んでくれるのだ、ということが、わたしにはわかっていた。だから、彼女にあてて書いた。わたしの「航海日誌」には、毎日のできごとだけでなく、そこで感じたこと考えたことが、すべて、記されている。船内にもちこんで読んだ本の感想や批判も、積地で出会ったロシア人たちとの会話も、フィリピン人や韓国人の乗組員との交流や、そこで感じ考えたことも、なにもかもが雑多にそこにはぶちこまれていた。

毎回、航海をおえて自宅待機となるごとに、この日記を彼女に手渡していた。おりかえし乗船のため家にかえれず、彼女も港にくることができないばあいには、郵送した。

「生きるのに必死だった」というのは、むろん、食い扶持を稼いでなんとか生きのびていくことを直接には意味していたのだが、それだけではない。精神的に、自己を崩壊させないで生きていくことに必死になっていた、ということをも意味しているのだ。経済的に貧しかっただけではなかった。「検収員」をやっているということは、すくなくともロシア語ロシア文学の世界では、完璧に、オチコボレを意味していた。そこにまで「身をおとした」からには、もう、二度と「はいあがれなく」なったものと見なされていたのだ。それだけではない。「いい歳」をして定職につかず、「家庭」ももっていない独身男は、それ自体、うろんくさい目でみられる存在だったのだ。

先に引用した「私は生きる 逆らって、逆らって」のなかで、わたしは、こうも書いている。

七〇年代のはじめ、四十代にさしかかったころ、私は、みんなとおなじようなことをみんなとおなじようにみんなといっしょにするのはもうやめよう、と決心した。そうすると、しかし、私たちのこの国のこの社会では、てきめんに、生きられなくなる。すくなくとも、生きることがとてもむつかしくなる。私はまず貧乏になった。部屋を借りるのにも苦労した。いい年をして定職についていない独身男は、それだけでじゅうぶんに潜在的犯罪人である。そのような者は、清潔好きの世間の目からうると、有害な細菌の一種であって、だから、みんなにうつらないさきに早いとこ滅菌してしまわなければならないのだ。

(『女と男 のびやかに歩きだすために』梨の木舎、二〇〇二、二三二ページ)

いま、読みかえしてみると、カッコよすぎる。気おっているし、気どってもいる。「みんなとおなじようなことをみんなとおなじようにみんなといっしょにするのはやめようと決心した」と、いかにもみずからえらんだ行為であるかのように書いてはいるが、しかし、たとえその要素が皆無ではなかったとしても、じっさいには「みんなとおなじようなことをみんなとおなじように」することを、どんなにのぞもうが、もうすでに、できなくなっていた、そうすることを拒まれていた、のだ。

「ある無能兵士の軌跡」

このような状況を、わたしは、七十年代のさいごのころに「ようやく乗りこえようとしていた。書くことによって。白井愛の卓抜なはげましに支えられて。彼女は下層亜人間的心性に淫している私の姿を『あらゆる愚者は亜人間である』において、明断で抽象的な文体によってこのうえもなくリアルに描きだしたのだ」った（前掲「わたしは生きる、逆らって逆らって」、『女と男 のびやかに歩きだすために』梨の木舎、二〇〇二、二三二ページ）。

この時期、彼女は、わたしに一歩先んじて、田島衣子であることからも、フランス文学者・翻訳者浦野衣子であることからも訣別し、すでに、詩人であり作家である白井愛への変貌をとげつつあった。この時期に、白井愛とわたしと内村優とが出会って、罌粟書房という出版社をつくりあげたことについては、この本の第一章でみじかくではあるが触れているので、ここでは略す。この罌粟書房の出版第一号となった白井愛の処女作『あらゆる愚者は亜人間である』こそは、彼女のこのあらたな出立をつげるものであった。「明晰で抽象的な文体によって「このうえもなくリアルに」描きだした、などと、形容矛盾を承知で書いているのは、このときわたしが受けた鮮烈な衝撃は、それ以外には表現のしようがかったからだ。

八十年代、わたしは、検収員生活からまだぬけだせないではいたが、しかし、そのあいまをぬってひとつの作品をつくりだす作業に具体的にとりくんでいく。その具体的きっかけをつくってくれたのも白井愛だった。

赤松さんに会うことをすすめてくれたのだ。このひとは、田島衣子がまだ高校生であったころ、このうえもなく新鮮で深い衝撃を彼女にあたえ、のちの白井愛誕生の契機となったことで記憶される人物なのだが、彼女にすすめられるまま、まだ半信半疑で会いにいったわたしは、すっかり、この人物のとりこになってしまい、はじめは、彼の戦争体験を聴いて一冊の本にでもまとめられたらいいな、くらいのかるいきもちで会いにいったのに、しまいには「ある無能兵士の記録」シリーズ全九巻という大作をつくりあげることになってしまった。

もともと、わたしは、熱烈な愛国少年であった自分をうちのめした、「大日本帝国」の植民地での「敗戦」の衝撃を、その後のわたしの生涯の原点としてとらえ、そのことを、いつかは書こうとひそかに決意してはいたのだが、おあつらえむきにそこにあらわれたのがこの赤松清和という人物だったのだ。この人物の軌跡を追体験し、自分自身の体験と重ねあわせながら、戦争と人間という課題、もっと具体的にいうと、戦争といういわば絶対的な極限状況を、個人としての人間は、どのように生きることができるのか、できないのか、という問題を、根底的に考えぬく、そのことが、わたし自身の生を追究するという課題になっていったのだ。

このシリーズ「ある無能兵士の軌跡」第一部『ひとはどのようにして兵となるのか』が出版されたのは一九八二年、罌粟書房からの出版としては、白井愛『すばらしい新世界スピークス』についで第三作目になる。

この七年前にあたる七五年、わたしは、当時検収員としてやとわれていたニチメンから解雇されて、路頭にまよったあげく、いまなら人材派遣会社というカッコイイ名前をあたえられるだろうが、当時はむくつけに「ひと入れ稼業（マンニング）」とよばれていた業務をはじめたばかりの「興亜通商」からマルベニだのユアサ産業だのにそのつど派遣されるというかたちで検収員をつづけると同時に、たまたま、おなじ検収員なかまにいた特異な才能をもつ先輩にさそわれて、こわごわ「技術通訳」という、臨時ではあるが格段に実入りのいいしごとに手を出し、こちらのほうが本業となっていた。

通訳としての最初のしごとの初日、わたしはすっかり自信を消失し、辞めて帰ろうとしたところ、この先輩に叱咤激励され、毎晩、しごとをおえてから、当時宿泊していた三菱重工本牧造船所の社員寮の一室で、特訓を受けた。おかげで、ほぼ一年たったころには、この業界で通用する一人前以上の腕をもつまでになっていた。もともと物理学研究者になるはずだった人間が、転向して文科系に行っていたので、技術通訳に必要な知識はそなわっていたから、のみこみもはやかったのだ。

四年後、ＮＥＣにやとわれ、三井造船でソ連の海底ケーブル敷設船のケーブル・エンジン改造工事を担当するころには、アメリカ人技師とソ連側・日本側技師との協議会の席でロシア語・英語・日本語の三角通訳をつとめたり、工事終了後の試験航海でアメリカ人技師がソ連通信省のオエラガタとケーブル船の首脳に対しておこなったレクチャーの通訳（英語↔ロシア語）をつとめるほどにもなっていたから、このしごとによって、かなり、あぶくぜにをかせぐことができはしたが、肉体的にも精神的にもくたくたとなって、もうこれ以上はむりだとおもっていた一九八〇年、わたしをクビにしたニチメンから、また復帰しないかというさそいを受けた。他社で好成績をあげたのを知ったニチメンが、景気もすこしうわむいてきたので、もう一度わたしをやとう気になってきたらしい。

日給月給の一年契約とはいえ、ここでなら、毎年契約を更新しての実質的継続的雇用がみこまれたから、ふたつ返事で復帰して、技術通訳のしごとからおさらばした。ちょうどそのころ、弟と同居していた両親が、弟の転勤についていくので現在居住している住居保全のためわたしにそこでくらしてくれまいかともうしいれてきた。検収員としては、べつに東京に居住することが条件ではなく、どこに住もうが電話一本で連絡がつきさえすればよかったから、わたしは、もうしいれを受けいれ、シーズンとつぎのシーズンのあいだは、仙台郊外多賀城のその広い家にいこもって原稿を書いていた。『ひとはどのようにして兵となるのか』の大部分は、この期間にここで執筆したものだ。

『ひとはどのようにして兵となるのか』は、おもいのほか高い評価を受け、全国紙に書評が出たりもしたので、わたしは、白井愛の表現によれば「そこそこ有名人」になった。

この年のこのおなじ時期に、白井愛の最愛の妹伸子がガンで死亡している。この妹について書いた「あるレクイエム」は、白井愛とわたしが中心となって出していた同人誌『あるく』の第四号（一九九九）に掲載されはしたが、作品集に収録されることはなかった。

もうひとつ、この年の一一月二八日から一二月一九日にかけてのほぼ一ヶ月間、生きているうちに一度餓死寸前のところを救出されたガダルカナル島タサファロング海岸の密林に身をおいてみたいという赤松さんのねがいを受け、当時としては、ガダルカナル島へ行きつく唯一の手段であった「南太平洋慰霊の旅」に、わたしは、赤松さんとともに参加している。

この旅がどのようなものであったかについての長大な記録が、ほぼ四年後の一九八八年、「ある無能兵士の軌跡」第二部の付録『餓島一九八四↔一九四二』として、出版されているので、ここでは書かない。

この一九八八年に、「ある無能兵士の軌跡」第二部の『兵はどのようにして殺されるのか』も出されているのだが、そのあいだに、白井愛は『キキ 荒野に喚ばわる』を出した翌年、一九八六年に、子宮筋腫の手術を受けるためガン研病院に入院している。このときはじめて、わたしは、まえにものべたように、担当医師に詳細な手紙を書いて、自分は法的には夫ではないが、法的な婚姻関係にある夫以上に密接な関係にある者であるから、患者につきそうことも、処置について発言することもさせてほしいと前提したうえで、じっさいに、輸血に関する要請などもおこなっている。

その翌年の一九八七年、わたしは井上光晴の個人誌『辺境』に、赤松さんにわたしが発した誘導的質問、「壮烈な戦死」と「餓死」と、いったいどうちがうっていうんでしょう、を、彼がみごとにはぐらかして吐いた名台詞、かりに自分で選べるのであったならおれはどっちもえらばない、どうしてもどっちかひとつを選べと強制してくるのだったら、「そらもうかってにせ！ て言うがな」をそのままタイトルにした文章を寄稿している（『辺境』第三次夏号、一九八七）。

「そこそこ有名人」になったわたし

このわたしは、このようにして「そこそこ有名人」になりつつはあったのだが、その「名声」を決定づけたのは、『男性神話』によってだった。この本がどのようないきさつでできあがったかについては、第五章で触れているので割愛するが、ただひとこと、この本は白井愛のみちびきによって書きえたのであり、彼女の適切な助言がなかったならとうていなしえなかったことなのだ、ということだけは、ふたたび言っておきたい。第五章のなかに明示してあるように、わたしは白井愛の思想を「祖述」しただけのことであったのだが、世のひとびとはその事実には注意をむけずに、男性である著者がよくぞここまで踏みこみえたものだとして賞賛した。

そのころのわたしのことにふれて、『人体実験』にはつぎのような記述がある。

わが老伴侶がその著作を認められてすこしばかり有名になり、ちょっとばかり有名人のお仲間に引きあげてもらってから、何年になるのだろう？　十数年といったところだろうか。にわかに有名人となった男は、さいしょ、自分が踏み入ることを許されたその新しい世界に白井愛を紹介しようとした。だが、その努力はことごとく失敗におわった。有名無名を問わずその世界の住民たちは、白井愛には「鼻もひっかけなかった」からである。きのどくに、白井愛への「絶対の愛」に生きるはずの男は、自分を認知してくれた新しい世界、いわゆる「東京インテリ」（彦坂註——これは赤松清和の用語）「新左翼系インテリ」「フェミニストたちの世界」と孤独な白井愛への「絶対の愛」の世界と、敵対するこの二つの世界に二股をかけて生きざるをえなくなった。白井愛に追随してたんじゃ、仕事の注文もこないし、仕事の価値を評価もしてもらえない。白井愛への「やましさ」を引きずりながらも、彼は、新しい仲間と親交を結び、新しい仕事をこなし、新しい世界をつきすすみ、そしてしだいにその世界に安住していった。

わたしは、この「戦友」が別世界に生きていることと、そこでチヤホヤされていることを、もちろん知っていた。じゅうぶんに知っていた。わたしの敵どもといちゃいちゃしているその姿がここちよいはずはなかったが、わたしは容認した。彼が独自の力で独自に仕事をしたいのだということはじゅうぶんに理解できたからだ。わたしは寛容になり無関心になった。彼が彼の世界でなにをしていようが、もはやわたしの知ったことではなかった。だいいち、わたし自身が、生きることにせいいっぱい、手いっぱいだったのである。

ささやかながら疑似名声を得た彼は、大学のにわか非常勤講師になり、さらに舞いあがった。「わかもの」相手の「ともだち」づきあいにおおっぴらに乗りだしたのだ。

常識にとらわれるな！　常識を疑え！　自分の頭で考え、自分の力で生きよ！　それが、自分もまだわかものであるつもりのこの啓蒙家先生の生きがいとなり目玉商品となった。

もともとわかい女と「ともだち」づきあいをするのがなによりの「趣味」だった「女好き」先生、わかい女の「問題」がだれよりも「わかる」つもりの「女好き」先生は、女子学生のハーレムをまえにして、まさに魚が水を得たごとく、女子学生との交遊・交歓・交情（もっぱらその「無料身上相談」に）熱情を注いだのである。ひきもきらずに客はきた。非常勤講師としての金銭的代償は雀の涙にすぎなかったが、そんな金勘定、時間勘定はまるで無視して、熱情的に、彼は「身上相談」に献身した。もちろん白井愛への献身を放棄したわけではなかった。日々の食事の支度から後かたづけなど家事の大半は彼が引きうけていたのだから。それは、この辺境でわたしと同棲するために彼が約束した条件だったからであり、わたしがなによりも時間を惜しむ仕事キチガイだったからである。他方、経済的責任はもっぱらわたしが担っていた。わたしは、ガン治療の後遺症に苦しみながらも、どうにかこうにか、四国への出講の義務をはたしつづけていた。

（『人体実験』一三〇〜一三二ページ）

いくどもおなじことばをつかってしまうのは気がひけるが、しかし、この要約は正確であるとしか言いようがない。ほんの一例をあげるだけでじゅうぶんだろう。全九巻のおよぶシリーズ「ある無能兵士の軌跡」は、当の主人公である赤松清和には不満ののこるできであったが、そしてその不満の原因は白井愛も共有しうるところであったのだが、じつは、その不満の理由そのもののせいで、「東京インテリ」から高い評価を得てしまった。

赤松さんの不満の中核は、対話とエッセーのあとにつけくわえた「注・のようなもの」である。もともと、この部分は、常識的な注のありかたにたいするわたしの反撥からうまれたものだから、わたしは、本文には書きこむと本筋を見失わせるおそれがあるが、しかし、これだけは知っていてほしいといったところは、なにもかも、この「注・のようなもの」のなかにぶちこんだ。その結果、これは膨大な量にふくれあがり、独立した論文ないしエッセーなどもふくまれることになった。これを見たある男が、この部分ひとつひとつで単行本ができる、という名言を吐いたこともあった。

この部分が、しかし、赤松さんには気にいらなかった。本文をおぎなうたいせつな部分です、とわたしがいくら弁明しても、頑として、よけいなことをしてくれた、と言ってゆずらなかった。ことの核心を直截にえぐりだすことばしか要らなかったのんだ。この点で、白井愛は赤松さんと一致していた。もともと、彼女は、よけいなものをいっさい排して、ことの中核を端的に衝くことのできる、そういった、詩のことばしかうみださなかったのだから。

皮肉なことに、わたしのシリーズ「ある無能兵士の軌跡」が世の識者たちの目にとまって評価されたのは、この、赤松さんが「よけいなこと」と一喝した部分によるところがおおきかったのでもある。

『男性神話』は、白井愛の「指導」に忠実にしたがって書きあげたものであったが、結果的には、男性である著書がよくぞこれだけのものを書いたと、フェミニストの女性たちから認められ、一方、白井愛の存在はネグレクトされてしまった。

たしかに、わたしは、わたしのことばで、白井愛の思想を語っている。もともとは白井愛の思想であったとしても、それはすでにわたしのものになっていて、それを、わたしは、わたしのことばで語っている。そのことにちがいはない。としても、このわたしだけが、世のフェミニストたちからもてはやされるようになったことには、わたし自身も違和を感じてはいた。

その当時のわたしは、フェミニストではなかった。白井愛自身も、その思想はまぎれもなくフェミニズムの名にあたいするものであったにもかかわらず、いちども、みずからフェミニストと称したことはなかった。それなのに、わたしは、フェミニストたちの集会にまねかれて、性に関する男たちのかずかずのおもいこみ（神話）を剔抉するはなしをすることも、また、そういった趣旨の文章を寄稿することも、しだいに多くなっていった。

一方、白井愛のほうには、こころからの彼女を愛する読者たちが、皆無ではなく、文字どおりほんの少数、いないわけではなかったが、ひとつの作品を世に問うたびに、しかし、ほんとうはそのもとにこそとどけたいとおもいながら語りかけた、ほかならないそのひとたちからさえ、無視されるか、石つぶてを投げられたのだった。

わたしが「そこそこ有名に」なったという白井愛の判断はまったく正確だ。このようにことを正確に認識しうる彼女が、このわたしの「成功」をそねんだのではないかと、もしうたがうひとがいたとしたら、白井愛という人物に対する認識を根底的にあやまっている、というより、認識できないでいる、というほかない。なぜなら、このような世間的な名声に対して、白井愛は、侮蔑すら感じない、つまりまったく関心がなかったからだ。その彼女でも、わたしの書いたものが世に知られ読者に出会いうるようになったという意味での成功については、祝福してくれはした。

いまのべたことに、微塵も、いつわりはない。とはいえ、この時期から、白井愛とわたしたとのあいだに亀裂が生じていたことも事実だ。はじめは、ほんの小さな亀裂だったが、のちになるにつれ、それは深くなっていった。

原因は、書く姿勢のちがいが見えはじめていたところにあった。わたしは、白井愛の感じかた考えかたに一体化しているつもりでいたのだが、現実には、しかし、かすかにではあったが決定的なちがいがあらわれはじめていたのだ。

下手な解説者

この時点でも、まだ、わたしは、自分の書いたものは彼女の裁可をえなければ公表しないという習慣をまもっていたから、書きあげたものは、かならず、彼女に読んでもらっていた。彼女も、こころよく読んでくれていた。けれども、かつてケンカのもとになったような峻厳な批判は、彼女から聞かれることはなくなっていることに、わたしは気づかないわけにはいかなかった。白井愛自身が、ここに記してあるように、「しだいに寛容になり」しまいには「無関心に」なっていったのだ。

わたしは、世間が白井愛を受けいれないのは彼女の呼びかけが難解であるからであろうと推察して、理解してもらえるように平易なことばに「翻訳」しようとつとめながら、しかし、そうすること自体にも「やましさ」を感じていた。

なんとかして、なんとしてでも、白井愛のよびかけを理解してほしかったのだ。白井愛が書いていることは、すべて、この世界にあって、差別され、無視されているひとびとへのよびかけなのだ、と、わたしは確信していた。

階級的差別とか人種的差別、あるいは性的差別なら、見る気がありさえすれば、目に見え、だれにでもわかる。しかし、あらゆる差別がこの世から消えさったとしても、さいごにのこるのは、能力による差別ではないか？　無能であるという烙印をおされた者は、それを、自分自身で内面化してしまう。内面化しないわけにはいかないように、暗黙の巨大な力がはたらきかけている。このありさまを、なんとかことばにするために彼女がつくりだしたのが「亜人間」というとらえかただった。この概念の内容は、第一章でくわしくのべている。

そのことを、しかし、なぜ、ひとびとは理解してくれないのか？ 理解してくれないどころではない。なぜ、無視するのか？ 白井愛の『あらゆる愚者は亜人間である』は、酷評されることすらなかった。完璧に無視されたのだ。つづいて出した『新すばらしい新世界スピークス』は、ハックスリの衣鉢を継いで、「新たな」「すばらしい」「世界」を諷刺した作品だったが、このよびかけにかえってきたのも黙殺だった。つぎの『悪魔のセレナーデ』ででは、冒頭の「現実ハコウダカラ」にはごく一部の、まさに白井愛がその声をとどけようとしていた女たちから、熱烈に受けいれられはしたが、おおかたは黙殺だった。以下、あたらしく本を出すたびに沈黙の闇は深まるばかりだった。

この闇を、白井愛自身が明晰に描きだしている作品『鶴』について、わたしは、第七章「断食芸人の誕生・承前」において、くわしくふれているから、ここではくりかえさない。ただ、この作品のなかから、作者自身の声を聴くことのできる部分をいくつか引用しておくにとどめたい。

わたしは、まいにち、あなたがたの石つぶてに打たれて死ぬ、けれども、まいにち、創造の意志への信仰によって、その信仰の奇跡によって、よみがえるのだ。

（『鶴』一六三ページ）

説明というのは、深いところにある真実を見えなくしたり聞えなくしたりするためにあるのではないかと、わたしは疑う。安心してなにも見ないため、なにも聞かないために、ひとは、説明を求めたり与えたりするのではないのだろうか。

苦しみはただくるしみのなかでのみ聞きとることができるだろう。

あなたがたの称揚してやまない想像力なるものも、他人の来る意味なかんしてはなんと無力無能なことか。

体験的になんの通路もないことには、ひとは、聞く耳をもたないものだ。なにも聞えないところにはなにも存在しないのだという哲学上の錯覚さえ、これにともなう。

こう書いた人間は、その魂の声をだれからも聞きとってもらえないキチガイだった。ついには医学上のキチガイにまでなる。いまは、あなたがたの霊廟にうやうやしく祭られているけれども。ちなみに、キチガイとは、社会が聞くことを望まなかった人間のことであるらしい。

（『鶴』一七四〜一七五ページ）

こんなことを書く女はきらわれるだろうなあ。書きうつしていて、そうおもわないわけにはいかない。しかし、その当時、わたしは、この女のことばを、なんとかとどけたい、いや、なんとしてでもとどけねばならぬ、と、おもいつめていた。その結果、さんざんな目にあわされた。こんなやつを、なぜ、そんなにむきになって擁護するのか、と、親切なひとは忠告してくれるのだった。

わたしのこのひたすらな努力も、しかし、当の白井愛からは感謝されなかった。どころか、見当ちがいな行為としか、彼女には感じられなかったのだ。わたしへのいたわりから、彼女は、わたしの「裏切り」があかるみにでるまでは、だまっていた。しかし、そののち、白井愛と彦坂諦との対談の司会をつとめた谷口氏にむかって、つぎのようにはなしている。

とにかく彼（彦坂さん）は、わたしの作品について、賛嘆して、自分自身のテーマとして、あっちこっちに書いてくれました。けれども、わたしはろくに読んでないんです。というのは、わたしの精神が抜けているからです、彼の書いたものには。彼の書くわたしについての紹介には、わたしの苦悩が抜けている、孤独が抜けている、という、わたしの厳しい批判があるんです。（本書三六七ページ）

なぜ、苦悩が、孤独が抜けてしまうのか？　わたしは彼女の苦悩を、孤独を、ともにしよう、ともに生きようとしていはしたが、孤独は、やはり、わたし自身のものではなかったのだ、彼女が「生きてきたような、そういう孤独は生きていない」からだ。あるいは、こうも言えるだろう。わたしは、白井愛の選択を自分の選択として生きようとしていた。しかし、それはあくまで白井愛の選択なのであって、わたしは、それをともにすることを選択したにすぎなかったのだ。だから、つぎの彼女の発言は正確だ。

八方美人だという批判とね、通じるんだけど、要するに、みんなにわからせよう、みんなに宣伝しようっていう意図があって、たしかに、よく言えば、わかりやすく言ってくれてるんです。その意図はありがたいと思うけど、自分がなにに感動したのかっていう、いちばん肝心なことを、ぴたっと言ってほしかたって、そう言ったんですよ。（本書三八三ページ）

ひとこと、口をさしはさんでおくと、こういった発言は、彼女がこの『人体実験』の第五章でわたしの「裏切り」に関して手厳しいことばをつらねていたそのおなじ時期になされている。だからこそ、彼女のつぎの発言は、わたしの身にしみるのだ。

そんなことをわたしが言ってるから、彼としては、いま、ひじょうに苦しい状況にあるわけです。わたしには彼を辱める気なんてこれっぽっちもないんだけれど、ただ、彼はわたしの唯一の話し相手だから、それこそ思ったことはなんでも言うでしょ、そうすると、彼は。その聞き手にならざるをえない、ところがそこで自分がやっつけられてるんだから(笑)。

（本書三六七〜三六八ページ）

ついいま、「翻訳」と記したその行為が、じつは、下手な「解説」にすぎなかったことをおもいしらされたときのことを、いま、おもいだした。二〇〇四年八月二五二に雑誌『戦争と性』の編集者兼発行者の谷口さんが白井愛と小沼太郎へのインタビューをしにきたとき、白井愛の作品『鶴』に「いろんなひとが感動した」のは、この作品が『バイブル』にも似て、「この本のどのページにも「それ自体として深みのある、そういう言葉が散りばめて」あるからだとして「宿命とは自己のもっとも深いところでの選択。生涯を賭けた選択のことであろうから」というところを、わたしは引用しているのだが、白井愛は、『人体実験』のなかで、わたしの「八方美人」ぶりがこの「一般的紹介」のなかにくっきりあらわれている、と、するどく批判している。なぜなら、このとき白井愛が「なによりも欲していたのは、鶴の精神について、万人の判決にさからって希望を、生を、創造しようとするところの矜持について」、わたし自身の感動を、情熱をこめて語ってくれることだったのだから。つづけて彼女は書いている「あらためてこのときわたしは確認させられたのだった。太郎はわたしの苛烈な『精神』を忘却した紹介者・解説者なんだってことが」と。そして、小沼太郎が井村桃江を「愛する」「分身」と呼びつづけた「演歌」の「土壌」をここに「再確認せざるをえなかった」とも。

小沼太郎であるわたしは、白井愛の「ことば」をわかろうとしないで反感ばかりをつのらせるひとびとに、なんとかして、そのほんとうの意味をつたえようとつとめてきたつもりだった。しかし、その姿勢は、いつのまにか、わたし自身の精神をむしばんでしまっていたのだ。そのことが、さらにはっきりとあらわにされていたのが、翌二〇〇五年の一月二五日、つまり白井愛の死の一ヵ月弱前の時期におこなわれた二回目のインタビュー（『タジキスタン狂詩曲』を中心とした）においてであった。

この作品には「光り輝くものがある」と、白井愛は「はじめて自画自賛」している。ひとつは、小沼太郎の「その『愚かさ』において光り輝くもの」であり、もうひとつは、このヒロインにおける「みずからを恃む」その「煌き」、つまり「絶対絶命といった状況を自分の力で突き破っていこうとする、そういう輝き」である。

もうひとつ、この作品における「重要なテーマ」が末尾に示されている、とも彼女は語っている。どういうテーマか？ それこそは「太郎と『わたし』との亀裂」についての「暗示」なのだ。太郎は、「自分の妹に向って、これからの生きかたについて『ぼくらの選択』と言っていますが、じっさいには『わたしの選択』に従うという選択を太郎はしたわけです」。この選択は「たしかに『太郎の選択』ではあるんだけど、そういう形で生きていこうと決意しているのは『わたし』なんですよね。それを、『ぼくらの選択』というふうにすっと言ってしまっているところ、そこに亀裂があって、で、わたしは嘲笑してるでしょ、そこではね」。

この鼎談のなかで、白井愛は、この『人体実験』のなかで描くことになるこの「重大な亀裂」についても予告している。「とにかく彼（彦坂さん）は、わたしの作品について、賛嘆して、自分自身のテーマとして、あっちこっちに書いてくれました」。だけど、そこには「わたしの精神が抜けてる」のだと、白井愛は、ここでまっとうに指摘している、「彼の書くわたしについての紹介には、わたしの苦悩が抜けている、孤独が抜けている、という、わたしの厳しい批判がある」のだとも。

ここまで書いてきたら、もういいって気になってきた。ここでわたし＝彦坂が面々とことばをついやすより、『戦争と性』誌の第二三号（二〇〇四年十一月三十日）と第二四号（二〇〇五年七月三十日）と二度にわたって掲載されている「白井愛×彦坂諦・対談」（司会 編集部・谷口和憲）をお読みいただきたい（本書三二九ページ以下に収録）。

わたしと女たち

さて、いよいよここでの本題、つまり、白井愛に対するわたしの「裏切り」の具体的なあらわれのひとつ、桃江との関係について、それはどのようにしておこったのか、そのことについて、わたしが、いま、どのように考えているのか、について書かなければならなくなった。

まえに引用してあるので重複するけれど必要なのでここにも部分的にひいておくが、「わが老伴侶がその著作を認められてすこしばかり有名になり、ちょっとばかり有名人のお仲間に引きあげてもら」った、と白井愛が書いているのは正確な認識だ。

白井愛が「すこしばかり」とか「ちょっとばかり」と指摘しているように、「有名に」なったとはいえ、その程度は、そこそこにであった。とはいえ、それまでまったく無名だったわたしにとっては、いくら「そこそこに」であっても自分の考えが理解されたことがうれしくなかったはずはなかった。

フェミニストたちからの寄稿や講演の依頼もふえてはいくが、じっさいにわたしにおよぼした影響の大きさからすれば、これまでまったく無縁であったわかい女たちからの「敬愛」のほうを指摘すべきだろう。

具体的に言うと、白井愛の『悪魔のセレナーデ』に、さらに具体的に言えば、その巻頭の詩「現実ハコウダカラ」に感動した坂口耕史から、白井愛の「番頭さん」であるわたしに、大量の注文とともに、彼がやってきた独創的な学びの会ではなしをしてほしいという依頼がまいこんだのがきっかけだった。

この男は、当時、大学には容れられずに東京のある看護学校で哲学を講じていた。とびっきりカワッタ授業だったので、きわられもしたが、熱烈な信奉者たちを獲得してもいた。その信奉者たちを組織した学習会に、はじめは、わたしが単独で、ついで、白井愛とわたしがいっしょに招かれるようになった。

熱烈な信奉者のなかには、中学生のころ彼に武道の心得をさずけられ心酔してかってに弟子になった男（のちに、売れない童話作家になる）をはじめ、男たちもいはしたが、大多数は看護学校での教え子たち、つまり、わかい女たちだった。

このわかい女たちは、白井愛の熱心な読者になっていくのだが、しかし、いまふりかえると、それは、わたしをとおして、という側面が大きかったようにおもう。わたしのほうがしたしみやすかったのかもしれない。とうぜんのことながら、この女たちとわたしとの関係も親密になり、集団としてではなく、個別に、ひとりひとりとのあいだにかかわりをもち、白井愛の皮肉な表現によれば、「無料身上相談」に「熱情を注いだ」ことにもなっていった。

白井愛が、これもイロニックに「女子学生との交遊・交歓・交情」と書いているような事情が発生するのは、じつは、これからそうとうのちのこと、つまり、わたしが、ながいあいだやっていた人足稼業をクビになって、職安通いのすえ、まったくの偶然から、芝浦工業大学でドイツ語教師として無聊をかこっていた哲学者にひろわれて非常勤講師としてロシア語をおしえるようになってからのことだ。

はじめはロシア語だけだったが、そのうち、わたしをひろった哲学者にすすめられて「読むことと生きることと」といった当時の大学ではまずゆるされなかったタイトルをわたしがかってにつけたゼミ形式の授業や、エンジニアの卵たちに日本語の文章の書きかたを指南する授業などもうけもつことになってから、わかい学生たちとのかかわりがうまれてきた。なかでも女子学生たちとのかかわりは、のちに白井愛から「ハーレム」と揶揄されるほどに多かった。

「人体実験」の第五章で桃江という名で登場する女とのかかわりも、はじめは、ロシア語の教室ではじまったのだったが、ついで、彼女がわたしの授業のすべてを受講するにいたって、しだいに深くなり、彼女の卒業後もつづいていた。

白井愛が正確に洞察していたように、この女とのあいだに性的関係はなかったが、感情的にきわめて近しい関係にあったことはまちがいない。また、彼女との接触がわたしのうちに性的愉悦と呼びうるものをうみだしていなかったとも言えないとおもう。

白井愛はつぎのように分析している。

あなたはわたしにたいして無理を重ねていたのだ、とわたしは思う。井村桃江はあなたの身の丈にあった相手だった。あなたはわたしにナイショで、あなたの古里であったちょっとハイカラな、つまりハイカラの色づけをした、しかしじつは平凡で古めかしい演歌的世界の「愛」、センチメンタルで常識的即時的な「愛」(つまり「逆らって考える自分」の欠如、反省的意識の完璧な不在を物語る「愛」)の虚構のなかに生きていた。

いや、こう理解すべきなのかもしれない。あなたとわたしのかかわりは、完全に精神の世界のかかわりだった。わたしたちのあいだにいわゆる性的関係(そのもの自体としての)はなかった。あなたはいわゆる「男」としての欲求を抑圧して生きていたのでしょうね?

(『人体実験』一八〇～一八一ページ)

明晰な分析だ。「演歌的世界」などという、わたしのもっともいやがる表現をわざとつかっているいじわるをもふくめて、いまさらながら感嘆しないわけけにはいかない。「そのもの自体としての」とわざわざことわっているのは、正確に理解してもらいたいからだろうが。

はじめから、ではなかった。出会ってから、ながいあいだ、性的なまじわりもあった。だが、いつのころから か、彼女との関係は「完全に精神の世界のかかわり」に変質していた。女としての魅力を感じなくなったのでは、けっして、ない。むしろ逆で、年をおうごとに、彼女の女としてのかがやきがましていったことを、わたしは実感していたし、そこに、かぎりない魅力を感じてもいた。

にもかかわらず、では、なぜ、性的な関係がなくなっていたのか？　事実を事実として承認しはするが、その理由を説明することはむつかしいと感じている。しいて言うなら、性的な欲求がまったくおこってこないほどに深くつよく彼女を愛するようになっていたからかもしれない。「絶対の愛」という表現は、言うまでもなく、サルトルからの剽窃なのだが、そうとしかよべないほどに、彼女へのわたしの愛は「絶対」のものになっていた。わたしには「男」としての「欲求」を「抑圧して生きてきた」というおもいはなかったし、いまでも、まったくない。とはいえ、彼女のほかの女たちに、性的欲望をまったく感じなかったとは、このいま、断言しえない。性的愉悦をたのしまなかったとも言えない。

問題は、そういったほかの女たちとの関係が白井愛との「絶対の愛」にどのようなさまたげにもならないと、もういちどくりかえすが、わたしが確信していたことだ。なんらかの根拠があっての確信ではない。いわば、無条件の、絶対的な確信であったから、桃江とのメールのやりとりが発覚したその瞬間も、わたしは、白井愛にたいするやましさを微塵も感じていなかった。なのに、この事実から白井愛が受けた衝撃の大きさをまのあたりにして、はじめて、わたしは、これが彼女にたいする重大な「裏切り」であったことに気づかされたのだ。即座にわたしが理解しえたのは、すべての関心をまさに彼女のうえに、彼女ただひとりのうえにそそがなければならない、まさにそのときに、わたしが、たとえひとときであれ、ほかの女にこころをうばわれていたのだ、ということだった。たとえ、そのときのわたし自身の意識では、こころを「うばわれ」てはいなかったのだとしても、それが、「目前の死とたたかっている白井愛への絶対の無関心を意味していた」という事実は否定しようがない、と、いまではおもう。

唐突ではあるが、ここでしょうじきな気持ちを告白しておく。この項を書くために、わたしは、白井愛の文章をいくどもいくども読みかえしている。そのたびに、彼女の文章の圧倒的な力におしひしがれるおもいを深めてきた。ここで彼女が書いていることは、すべて真実である、と認めずにはいられない。あなた自身の過去にきちんとむきあいなさいと遺言されたから、これまで、いろいろと反省的に考察してはきた。しかし、さいごのさいごには、彼女のこの明晰な認識が寸分もちがってないことを認めないわけにはいかなかった。これ以上のことばをつらねる勇気は、いまのわたしには、もうない。

いまあるのは、痛恨のおもいだけだ。ながいあいだ、白井愛と「ともに」生きてきながら、そのさいごのもっとも肝心の、もっともたいせつな時期に、とりかえしのつかない愚行を演じてしまったこのわたしを、いくら恥じても、もう、どうにもならない。

白井愛は、さいごには、このうえもなく明晰に、わたしの思想的堕落、思想的裏切りについてだけでなく、わたしの彼女への献身についても正確に記し、感謝のことばすらのべている。このようなひとと出会い、ともに生きえたことを、いま、どれほど感謝してもたりることはない。

白井愛がこの世を去ってすでに十三年の歳月がすぎさった。そのあいだ、わたしは、死の床にある彼女ととりかわした約束をはたすためにだけ生きてきたといっても言いすぎではない。にもかかわらず、この本を出すというかたちでしか、ことをなしとげていない。約束をはたしたとは、とうていおもえない。しかし、これがわたしのなしえた限度でもあることを痛感している。

白井愛×彦坂諦・対談①　「バッシング」

2004年7月15日、千葉県印西市、白井さん・彦坂さん宅にて。

亜人間＝名づけられない「落ちこぼれ」

司会　『戦争と性』編集発行人・谷口和憲

白井　今回の対談のテーマを「バッシング」にしてみてはどうかと思ったのは、イラクでの人質事件でバッシングがあり、その後、皇室でも似たような事件があって、そういう報道に触れると、わたし自身もさんざんバッシングを受けてきたことを思いだすからなんです。日本の社会は、主体的に行動しようとする人間にたいして、とにかく、よってたかってバッシングをする。みんなで批判の芽を押しつぶしてしまう。おかげで、権力は悠々としていられる。そういう構造が、日本のすみずみまで、あらゆる小社会のうちにまであると思います。

――『鶴』のなかでもそれは大きなテーマですよね。

白井　この対談の前に『鶴』を読みかえしてみたんですが、「猿神《ましらかみ》」（『鶴』所収「猿神自由民主大国――猿楽ふう猿芝居」）のところを読んで、もうぜんぶここに書いてるわ、書くことはないな、と思ったんですよ（笑）。

彦坂　そうです。「猿神」のところでじゅうぶん書けてる。
白井　『鶴』は、ある「在日」の女性から「こんなに差別のことを書いた本はない」と誉めてもらったことがあります。差別と闘うはずの集団自体がバッシングをやっている光景を描いたんですが、それに共感してくれたようです。
彦坂　白井愛という作家が誕生したのは『あらゆる愚者は亜人間である』という作品によってでして、そこではじめて白井愛が「亜人間」という言葉を創った。なぜ、そういう言葉を創ったかというと……。
白井　ここでしか使われてないわよ、その言葉（笑）。使うひとなんてだれも出てこなかったし。
彦坂　うん、まあ。（司会者を指して）あなたぐらいだよ、使うのは（笑）。
――そうでしょうか（笑）。
彦坂　まあ、唯一ではないけど。とにかく、「亜人間」という言葉がごくごく少数のひとたちにしか使われていないってことはたしかです。以前書いたことがありますが、『あらゆる愚者は亜人間である』が出現したことによって「亜人間」って言葉が、爆発的に流行するだろうとまでは、さすがにぼくも思わなかったけれど、ひとびとの注目をひくのではなかろうかとは考えていたんです。なぜって、この概念を活用することによって、わたしたちのこの社会の差別的構造の鉄壁に、それまでは達しえなかった深みにいたる穴をうがつことができるようになったのだと、すくなくともぼくには思えたからです。

「貧しい者」「虐げられている者」という概念は伝統的にあった。マルクス主義が誕生して以来、階級的に見るという立場が成立して、なんでも階級的に見ようとするようになった。女性差別にしても、階級的差別さえ解消されれば消えてなくなるんだ、と考えられた。そんなはずはない、というところから、フェミニズムが出てきた。そういう流れはありました。

しかし、白井愛は、自分のげんにおかれている状況はこうした概念ではとらえきれないんだ、と感じた。そこで創りだされたのが「亜人間」という概念だったのです。「階級」という切りかたでも「性差別」という切りかたでも解けない問題があった。たとえば、労働組合員にさえなれないひとたちがいる。そういうひとたちを、すでに労働組合員であるひとたちは、ルンプロ（ルンペン・プロレタリアート）でどうしようもない連中なんだ、としかとらえることができない。というより、そうひとたちの存在なんておよそ眼にも入っていないんです。また、そういう境遇にあるひとたちも、そういうものなんだと自分で思いこみ、そうした見られかたを自分から呑みこんでしまっている。そういう状況への怒り、そういったひとたちへの怒りがあったんです。

白井愛は、「人間」たちの社会で「人間」とは認められていない者、「人間」の眼からすると存在しないも同然の者、そういう者の立場から『あらゆる愚者は亜人間である』を書いたのです。その作品の場として想定されたのが「新自由社会主義」という名で呼ばれるユートピア社会、つまり「モダーンでクリーン」な「高度工業化社会」だった。その社会には階級差別も民族差別も性的差別もない。要するに、どのような「固定的差別」ももはや存在せず、あるのはただ「能力」に応じた「役割分担」だけです。

「固定的差別」はなるほど存在しないけれど、だからといってしかし、この社会に階層序列《ヒラエルキー》が存在しないわけではありません。むしろ、これは、ほかのどの社会よりもいっそう整然とした階層序列社会なのです。その階層序列における基本的ランクが、「人間」と「亜人間」なのです。

「人間」にはさまざまな権利が保証されています。「空中権、太陽権、人間的生活と健康を守る権利、研究する権利、闘う権利、そして人種、性別、信条等々によって差別されない権利」などなど。「人間」でない「亜人間」には、これらすべての権利が存在しない。

だったら、それこそ差別じゃないのか？ そのとおり。「人間」にとって、差別されない権利とは差別する権利なのです。とはいうものの、ここでかんじんなことが一つある。なるほどこれは差別ではあるだろうけれど、しかし、けっして「固定的差別」ではないんだってことなんです。なぜ、そう言えるのか？

なぜなら、「亜人間」から「人間」に「昇格」する「機会」はすべての「亜人間」のまえに平等に開かれているからです。「亜人間」はだれでも「人間」になれる。「人間」であるにふさわしい「能力」がそなわっていると「人間」から「認定」してもらえさえすれば。

裏をかえせば、「人間」はだれでも一度は「亜人間」だったことがある。つまり、「人間」とは、「人間」であるにふさわしい「人間的能力」をそなえていると「人間」から「認定」されて「人間」の共同体に迎えいれられた、かつての「亜人間」なのです。しかも、「人間共同体」はけっして閉鎖的集団ではなく、門戸はすべての「亜人間」につねに平等に開かれているのですから、現在は「亜人間」である者でもいずれは「人間」社会の成員に昇格できるはずです。

とすれば、だれにでも平等に保証されているこの「昇格」の機会をとらえることのできないような、言いかえれば、「人間」になるための「人間的能力」を「人間」から認めてもらえないような、そういった「亜人間」が「人間」になれないのは、その「亜人間」自身の責任、いま流行《はや》りの言葉を使えば「自己責任」ではないかってことになるでしょう。つまり、「人間」になれるのか、「人間」にはなれないで「未完成品」のままで終るのかは、要するに本人の「能力」しだい、つまり、そういった「能力」(「人間」としての)を身につける「努力」を怠ってきたから「亜人間」のままなんだってことになります。そういった判決を、しかも、「亜人間」自身がみずから呑みこんでいくのです。

差別が差別としての実効性を持つのは、差別される側がそれを内在化してしまうからです。とはいうものの、階級的差別や民族差別あるいは性的差別などにあっては、そのいわれのなさが、すくなくともこの現代に生きているひとびとには、あまりにもはっきりと見えてくる。それにひきかえ、「亜人間」が差別されるのは自分自身の「無能」のせいだ。だったら、それはしかたのないこと、自分自身に責任のあることではないか。というふうに、当の「亜人間」自身が感じてしまう。そうすると、ここにおける差別は、ほかならないその被差別者のうちでより深く内在化されてしまう。差別の構造は、そこで、より完璧となるのです。これが「和の権力」を支える構造にほかなりません。それもまた差別ではないのかといった疑問は、そのときそこで、「能力」とはいったいなになのかという問いを発しないかぎり、生れることさえないでしょう。

白井愛の功績は、このように問題の環境を設定することによって、差別の真のいわれのなさをよりいっそう深いところからえぐりだすことができるようにしたところにあるのだ、とわたしは考えています。

『あらゆる愚者は亜人間である』を出した当時は、いまのようにだれもが手軽に本を出せるような時代ではなくて、本を出すことそれ自体がステータスであると見られるような時代でしたから、そんなときに、本を出してくれるところなんてあるわけないんですよ。でも、ひとつだけ方法はあったんです。自分で出版社をつくっちゃうこと。そのときにちょうど、そういう志のある知人が出現した。鴨が葱をしょってやってきてくれたようなもんです（笑）。その彼に、白井愛は「儲空寧《もうからやすし》」というニックネームをつけた。儲けが空っぽでも心は寧《やす》らかなひとだという、敬愛の情をこめた命名でした。そのひとが、白井愛の作品を出すことで、罌粟《けし》書房という出版社を旗揚げしたんです。

白井　そのひとは独り者で夜間高校の事務員をやっていたんです。「片手間出版」なんです。

彦坂　『あらゆる愚者は亜人間である』が出たら各方面から注目が集まるだろうと、ひそかにぼくは思っていた。これまでにない問題視角だし、文学的にもひじょうに結晶度の高い作品だし、これで、亜人間という言葉も市民権を得るだろう、亜人間の位置にいるひとたちがきっと共感するにちがいないって思ったんです。

白井　すくなくとも、わたしのまわりの非常勤講師ぐらいは共感するかなと思っていたんですけどね……、おなじ現実を生きていても、ひとによって意識のありかたはちがいますからね。ひとそれぞれに生きかたがちがうんですから。

彦坂　というより、まさに、非常勤講師をやっているようなひとたち自身が、それぞれに悩んだり不平不満をもっていたりしているのに、そうした悩みや不平不満をもたらす根源にたいしてはけっして刃向かおうとはしない。そればかりか、刃向かおうとするひとをバッシングするわけです。

白井　情けないパートの立場にありながら、そういう問題は見ようとしないで、ただひたすら専任になろうと努力する、そういうひとたちばかりでした。あの時代はまだ、無視された存在は少数だった。最低の労働者のそのまた下にいる者たちの問題など、この社会から完全に無視されていました。そういった者など存在しないも同然だった。それで、わたしは『あらゆる愚者は亜人間である』を書いた。しかし、そのとき亜人間の首を切っていた連中の多くが、いまでは、自分が首を切られる立場になってしまっている。亜人間に転落してしまっているわけです。

――本を出したのは七〇年代ですか。

白井　出したのは、七〇年代の最後です。

――七〇年代の終りころになると、高度成長にみんなが乗っかってしまって、落ちこぼれたひとたちにたいする視点が希薄になったんでしょうか。

白井　「落ちこぼれ」と言っても、「被差別民族」のように明確に名づけられた被差別者ではないんです。存在することさえ認められていない、だから名前も概念もあたえられていない、そういう被差別者です。こういう、たんなる「怠け者」だとか、「無能」だとか、そんなふうにしか見られていない「落ちこぼれ」にたいしては、「なにをわがまま言ってるんだ、甘ったれるな！」ということになるわけです。

――見えにくいんですね。

彦坂　そう。ちゃんとした診断名が付く「病人」はいいんです。「なんだかわからない」というばあいには「おまえが変なんだろう、やる気がないんだろう」と言われる。たとえば、ほんとうは身体的機能障害が原因となっている症状であるはずなのに、そう言われることがある。

――わたしの知り合いに、仕事中に事故で頭を強く打った人がいて、退院しても、体がだるくて気力が出ない状態にあったんですが、医者の診断では異常がないことになっているんです。その人は仕事もひとつの所に長続きせず、転々として、その挙げ句に借金をして生活保護を受けたりしたんですが、そうすると、周りからは「怠け者」だと言われるわけなんですよね。名づけられない「落ちこぼれ」なんです。

白井　「名づけられた落ちこぼれ」について社会で問題になってきたのは、六八年、フランスの「五月革命」の前後からですよね。それ以前には、アメリカの黒人解放運動はありましたが。

彦坂　それ以前は階級的な差別一点ばりで。その後に、階級的差別という概念では処理しきれないようなさまざまな問題、「民族差別」とか「女性差別」、「身障者差別」とか、そういうことが意識にのぼってきた。

日本＝「新すばらしい新世界」へ
黄泉《よみ》の国からやってきた「聖像」たち

白井　そのつぎに書いた『新すばらしい新世界スピークス』は、『ジャパン・アズ・ナンバーワン』（エズラ・F・ヴォーゲル著。一九七九年、日本で大ベストセラーとなった。――編集部注）を踏まえて、そのなかに生きる亜人間の目で『ジャパン・アズ・ナンバーワン』の内実をこちら側から書こうとしたんです。『ジャパン・アズ・ナンバーワン』が出て、「自分の顔が見えない」と言われた時代に、「じゃあ、日本の顔はこうですよ」といって書いたんです（笑）。

――痛烈な批判を持って書かれたわけですよね。

白井　もちろんそうなんだけど、そのための形式として、かなりふざけてますよね。ハックスリーという小説家が『すばらしい新世界』という、支配形態の一番洗練された世界を考えた小説を書いているんだけれど……。

彦坂　ハックスリーは、一九三二年という時点で出版されたこの本のなかで、いまげんにわたしたちが生きさせられているこの管理社会よりもなおいっそう「進化した」管理社会のありようを、先どりして描いてみせたわけ。ハックスリーのすごいところは、その管理社会を、そこに生きるひとびとがごくごく自然に自発的に支えている、そういう社会として描きだしたところにあります。アンチ・ユートピア小説という意味ではおなじような作品、たとえばオーウェルの『一九八四年』の世界が、完璧な恐怖政治によって強制的に民衆を動員する構造になっているのにくらべて、まさに、おそるべき先見性だと言っても言いすぎではないでしょう。

ハックスリーの描いたこの社会では、そこに生きるそれぞれの人間がこの社会のなかでどのような役割をはたすべきなのかが、胎児の段階ですでに決定される。つまり、このために開発された「胎外生殖」の技術を駆使して、この社会を適切に運営していくのに必要なそれぞれの職種にふさわしい人間たちが必要な数だけ生みだされ、育成されるのです。それをおこなうのが「人工孵化・条件反射育成所」です。

すべての人間は、ここで、試験管のなかで人工的に受精させられ、より大きなビンのなかに移されて人工液のなかで育てられます。このビンは「階級予定室」へと運ばれ、ここで、それぞれの将来の社会的階層が決定されるのです。

予定される階級は、α（アルファ）・β（ベータ）・γ（ガンマ）・δ（デルタ）・ε（イプシロン）の五段階に分けられています。αは社会のトップクラス（支配階級）として重要なあらゆる職務とそれにともなう責任とを引きうけ、β以下はそれぞれのランクに適合した職務と責任とをになう。εは最下層で、人間的知能のまったく不要な労働に従事します。

　それぞれの階級にふりわけられた者たちは、胎児から赤ん坊の段階に、それぞれの階級に適合した資質を植えつけられていきます。言いかえれば、それぞれの階級の者が、なさねばならない職務に必要な能力は完璧に身につくように、不必要な能力はけっして身につかないように、生育技術の枠をつくして操作され、完璧な指向性をあたえられるのです。たとえば、将来炭坑や溶鉱炉で働くことに決定されている胎児たちは、ごく自然に、寒冷にたいする恐怖を持つようになります。

　このようにして「身体の判断」が形成されたのちには、精神がこの「身体の判断」を裏づけるようにしつけられます。つまり、暑い環境のもとで働くことに運命づけられている者たちは暑さを心から愛し、暑さのなかでこそ元気づく、といったふうに条件づけられるのです。要するに、こうした条件づけ（条件反射訓育）の目的は、各人に、自分がしなければならないことを心から愛する、という資質を植えつけることにある。言いかえれば、すべてのひとびとに、そのまぬかれがたい宿命を愛するようにしむけることにあるのです。

　さらに、幼児期に入ると、「新パヴロフ式条件反射錬成室」で、不必要なものへの好みなど持たさないようにいっそう完璧にしつけられます。たとえばδ階級に予定されているグループは（みんなおなじカーキ色の服を着せられているのですが）書物や田園（うつくしい花とか景色とか）などにたいしては不快感しかいだかないようにしつけられます。

　β階級の子供たちにたいしては、「睡眠時教育法」を活用することによって、δ階級やε階級の子供たちを嫌悪・軽蔑し、α階級の子供たちを尊敬はするけれど羨望はしないで、自分がβ階級に属していることを心から幸福に思う、といった感覚を身につけさせるのです。たとえば、睡眠時に、こんな意識をくりかえし持たせるようにしむけるのです。「αの子供はネズミ色の服を着ている、彼らはとても頭がよくって、わたしたちよりずっと猛烈に勉強する。わたしはβに生まれてきてよかった。だって、そんなに勉強しないですむもの。それにわたしたちはγやδよりずっといい。γはバカだ。彼らはみなミドリの服を着ている。δの子供たちなんかと遊びたくはない。それにεときたらもっとひどい。とってもバカで……」。

白井　そのハックスリーの「すばらしい新世界」よりも日本はもっとすばらしいですよという、亜人間としての抗議をブラックユーモアとして書こうとしたんです。ハックスリーの他にもユートピアを書いたひとたちはいっぱいいる。そのひとたちへのごあいさつという形で、日本はどんなにすばらしい新世界を実現しているのかということを書こうとしました。スイフト、マルクス、ドストエフスキー、レーニン、ハックスリー、オーウェルそしてサルトルといった、いまでは博物館で埃をかぶっている「聖像」たちが、黄泉《よみ》の国から日本へ、つまり「新すばらしい新世界」へ視察にやってくる、という設定にしました。「あなたたちが夢見た国はちゃんと実現したんだ、日本がどんなにすばらしい世界かを、さあ、ごらんあそばせ！」といったようなことを書いたんです。もちろん、ブラック・ユーモアですけど。

彦坂　これもね、ぼくは目算が狂ったな。ものすごくおもしろいと思ったのに。罌粟書房社主の儲空寧《もうからやすし》氏はケラケラ笑って、「これはいい！」と言ってくれたのにね。『キキ　荒野に喚ばわる』という大々的な諷刺の作品は、こののちに書かれています。

白井　ぜんぜん売れませんでしたけどね。題名が悪いのかな。「荒野の中心でノンを叫ぶ」だったらよかったのかもしれない（笑）。

——ちょうど高度成長の完成期で、みんな「亜人間」から「人間」になってしまったからでしょうか（笑）。

彦坂　意識としては、ね。現実にはそんなことなかった。「人間」になんかなっていないのに、そういう意識にさせられていたんですからね。

白井　うちの母は庶民的なひとなんですが、『あらゆる愚者は亜人間である』のときはわけがわからなかったようだけれど、『キキ　荒野に喚ばわる』を出したときは、「今度はおもしろいから読んでちょうだい」とあちこちに持って行ってくれたんです。

彦坂　不思議なんです、だれがなにをおもしろがるのか。赤松さん(注1)は『あらゆる愚者は亜人間である』がいちばん好きでした。

白井　わたしは笑いが好きだったので、笑いの文学を志向していました。だから『キキ　荒野に喚ばわる』まではふざけていたんですけどねえ。

『悪魔のセレナーデ』(一九八八年罌粟書房発行)の冒頭の「現実はコウダカラ」(本書一〇八〜一一〇ページ

に掲載）という詩は、罌粟書房社主の儲空寧《もうからやすし》が「彦坂さんには読者がいっぱいいて、みんなすごく感動しているのに、あなたはなんだ！　あなたに感動する読者など、どこにいるんだ！」って、わたしに真っ正面から文句をつけてきたので、それに反撃するために書いたんです（笑）。

――「現実はコウダカラ」は、彦坂さんが引用していたのを、読んだことがあります。人の理想や希望を押さえ込む、現在の風潮を皮肉っていたのが印象的でした。

彦坂　白井愛がこの詩を書いたのは中曽根内閣のころです。この詩の冒頭で「時代の声（催眠術師たちのコーラス）」にこたえて「亡霊の声」が「かすかに　地底から」ひびいてきます。

序列　統制　管理　臣従《しんじゅう》　阿諛《あゆ》　追従《ついしょう》……といった　あらゆる
陰気な現実が価値の王座に返り咲いたこんにち
……
卑しいものが勝ち誇り
いちばんましなものがいびりぬかれているこんにち……

白井　この詩を書いたのは国鉄民営化が行われたころです。この詩を収めた『悪魔のセレナーデ』では、国鉄のベテラン運転士が草むしりさせられている、そんな情景も書きました。

彦坂　国鉄民営化が戦後日本の社会の大きな転機になった。あれ以後ですよ、日本がいまのこのていたらくになってきたのは。

白井　赤松さんが「掃きだめの鶴」（『悪魔のセレナーデ』所収。本書一〇七～一〇八ページに掲載）という詩をとっても愛してくれました。

彦坂　「掃きだめの鶴」って自分で言うのはすごく傲慢でしょ？　常識からすれば。

――まわりは掃きだめで自分は鶴ということですね。

彦坂　おれたちは掃きだめか⁉ってことになるわけでしょ。まさに、そういった「おまえ、なにさまなんだ⁉」という雰囲気があったんです。それにたいする居直りとして「掃きだめの鶴」という詩ができあがったんです。さいごの部分を読んでみましょうか（声に出して読む）。

掃きだめを追われて
ひとは
掃きだめの鶴となるのだ
恥をすら　驕りに　変え
驕りのほかには
身に寸鉄も帯びぬ鶴となるのだ

恥をすら驕りに変える、この驕りが最後の支えなわけだよ。これはそのまま赤松さん自身の思いでもあったようです。彼自身もすごく孤独だったから。

彦坂諦への熱烈な支持と
白井愛への激しいバッシング

彦坂　ふつうなら二度と立ちあがれないようなバッシングを、この作家は受けつづけてきました。憎悪や嫉妬ならはっきりしているのだけれど、その全部でありながら得体のしれないバッシング。彦坂諦は白井愛の使徒だと、ぼくは言ってきた。ぼくが言うことはイエス・キリストすなわち白井愛の言うことなんだと（笑）。ところが、その彦坂諦の言葉になるとみんなは歓迎するんだ。

白井　群がってね。このごろはもうあまり群がってくれなくなったようだけど（笑）。

彦坂　彦坂諦には群がって、しかしご本尊の白井愛のほうにはそっぽ向くという現象がずいぶんあったんです。

白井　だから、このひとの読者にたいして、わたしは冷たい（笑）。

――『鶴』の中で、彦坂さんと思われる人物に群がる人たちを、白井さんは「天使たち」と非常に皮肉を込めて書いていますね。

彦坂　そうそう。こういう現象っていったいなんなのだろうと、ぼくはぼくなりに考えた。彦坂諦は常識の範囲で受けとめうる表現を使って書いている（笑）。リクツ好きであるところとかね。かなり過激なことを書いてはいても、いちおう一般的な評論やエッセイの文体で書いているから、まず、自分がやられたとは思わずに読むことができる。だいたい、本を読んでいて、自分がやられてる、攻撃されてると思ったら腹が立つんです。「世のなかが悪い、歪んでる、腐ってる」と言われると、「そうだ、そうだ」となるんです。

——しかし、それでは彦坂さんの本をちゃんと読んだことにはならないですよね。たとえば「男性神話」では男の性の問題が男たち一人一人の問題として問われているし、「和の権力」についても、そこに取り込まれている一人一人が問われているわけで、彦坂さんの本を自分にかかわる問題として読まない、というのは不思議です。

彦坂　そう思うんだけど、現実にはちがうようなんです。読むひとの姿勢にもかかっていると思うんだけれど、ふつうは客観的に読んでしまう。すると、安心できるわけです。「正しいことを書いている」とか「いいことを書いている」とか言っていられるわけ。ところが、白井愛の作品は、文体そのものが客観的に読むことを許さないようになっているから、逃げようがない。彦坂諦のほうは、読者にできるだけわかりやすく通じるようにのべつたえていくのだけれど、そうすると、どうしても、言葉から鋭さが消えてしまいます。だから、ショックは感じないで、そのままうっと入っていけるんだけど、さらに深く入っていくってことはできにくいんです。

——確かに、論理的な言葉では表せないものが、白井さんの作品にはあると思いました。わたしは『鶴』しかよんでいませんが。

白井　ひさしぶりに『鶴』を読みかえしてみたんだけれど、こんなわかりにくいものをよくも書いたものだとわれながらあきれてしまいました（笑）。

彦坂　「こんなわかりにくいもの」と白井愛は言っているけれど、あなたにとってはどうでしたか？

——見事な構成だと思いました。最後、主人公が高層アパートから投身自殺するところは、わたしは否定的に捉えていなくて、むしろ「生への賛歌」として受け止めました。美しい作品だと思いました。

白井　それはうれしいですね。ただ、あの主人公は鶴に戻って巻機山《まきはたやま》の沢筋まで飛んでいくことになっているのです。巻機山は上越国境にある美しい山で、わたしのこよなく愛していた山なのです。だから、自殺するんじゃなく、いよいよ時が来たので鶴のふるさとに戻っていく、というつもりでした。

彦坂　ぼくも最後は美しいと思った。飛びたつまえに、たった一人、主人公への共鳴者が出てくる。そこには未来にたいするはっきりとした肯定がある。絶望のなかでの明確な肯定です。

――『鶴』は小劇場で演じればおもしろいだろうなと思いました。

彦坂　そうなんですよ。白井愛の作品は芝居になると以前から思っていた。だれかするやつはいないかってさわいでいたときもあったんです。だれも出てこなかったけれど（笑）。

白井　『悪魔のセレナーデ』を読んだひとから映画にしたいという読者カードが送られてきたことがあったけれど、それっきりでしたわね。

白井　詩としてはほんとうに幼稚なんです（笑）。

彦坂　いわゆるプロの目から見れば「なんだ、これは！」となるでしょうね。「稚拙だ、洗練されていない」と言うなら、それでおしまい。しかし、ぼくは「稚拙」っていう言葉を一字替えて「稚純」と言ってるんです。洗練された手練れの詩のなかから失われてしまっているもの、子どもが大人になっていく過程で失っていくものが、そこにはあるんです。その「稚純」な詩を集めて一つの世界を構築すると、劇的なものが生れてくるわけです。ある世界を喚起してくれる。あるいは、一つの世界をぶっこわしてくれると言ってもいい。そういう力を持っている。

白井　あまり恥ずかしいので永年開いてもみなかった昔の詩なるものを、いま、読みかえしてみて、はじめて気がついたことなんですが、これは、いわゆる「詩」ではなく、寓話なんですね。まさにラ・フォンテーヌ（注2）なんです。諷刺的な寓話を詩の形式で書いたものなんです。わたしは、たんに、表現したかったものをそれにふさわしい形式によって表現したにすぎなかったのですが。当時、ラ・フォンテーヌをよく知っていたわけではありません。ごく最近、学生に教えるために、ラ・フォンテーヌの『寓話』のなかにある「ペストにかかった動物たち」（『寓話』今野一雄訳、岩波文庫）を読んで、じつに巧みな諷刺だと思いました。わたしが書きたかったのも、そういう諷刺だったのです。

苦悩の出発――浦野衣子から白井愛へ

――白井さんが最初に文学活動を始めたのはいつですか？

白井　わたしがこのあいだまで勤めていた大学で、とてもひたむきな女子学生がいて、わたしがその大学を去ったあとのことなんですが、その女子学生の父親がわたしに手紙をくれたんです。三六年前にわたしが最初に出したレジス・ドブレの『国境』という翻訳があるんですが、それを、その父親が「学生だったころに愛読した。『言葉がみずみずしくて』感動したことをおぼえている。その翻訳者の浦野衣子に娘が教えてもらったことに感謝している」というふうな手紙でした。訳文をほめてもらったのは初めてでしたので、とてもうれしい思いをしました。わたしが翻訳者として出発したのが、その『国境』という作品だったんです。しかし、わたしには、ひとつの仕事が完成するとそれを恥じるという癖があって、新しい仕事をすることでその恥から立ちなおろうとしてきたわけです。

――「恥」というのはどういう恥ですか。

白井　恥そのものなんです。その恥がつぎの仕事の原動力になっているんです。つぎつぎと恥じていく。これ(『あらゆる愚者は亜人間である』)なんか、どれだけ恥じたかわかりませんよ。「恥」という詩も書きましたけれどね(笑)。

彦坂　幼いころに小説を書いて、父親に批評されたことがあるんだよね。

白井　中学一年か二年のころかな。主人公の女の子がほのかな恋を男の子に感じるという設定の小説を書いたんです。わたしの部屋は二階にあって、階下の父に見せたら、「男というものは醜いものなんだ」という戒めの手紙が階段のところに置いてあって、それ以後はもう二度と父親には見せませんでした。もちろん、中学二年生のときに考えていた「男」というものと、いま考えている「男」というものには、天と地ほどのちがいがあります(笑)。いまでは、父の言葉の深い意味がよくわかります。しかし、これは「男」にかぎらず、「女」も似たりよったりなのではないでしょうか。

彦坂　ぼく自身のことをふりかえると、同人誌に参加したり懸賞に応募したりしたことは一度もないんです。他人に批評されるのがいやだったんですね。思いあがりといえば、これほどの思いあがりはない。

白井　高校生のころは文学を語る仲間というのがわたしにはいませんでした。赤松さんだけでした。赤松さんには、森有正の『ドストエフスキー覚え書き』を借りて読んだりしました。

彦坂　事実として、わたしも白井愛も同人誌というものには入らなかった。

白井　そういうものがまわりになかったんです。

彦坂　ないはずはないよ。早稲田の文学部なんだから。

――確かに、早稲田の文学部の学生で同人誌とまったく関係ないというほうが当時は珍しかったかもしれませんね。

白井　ううーん、まあ、男の子と遊ぶのにいそがしかったんでしょうね、早稲田時代は（笑）。

彦坂　文学的出発というのは、いつと言っていいんだろう？　翻訳以前に、最初に着目されたのは「日本におけるサルトルの移入」だったよね。

白井　こういう研究をしていけばこういうポストにつけるという道筋が大学にはあって、そのためにそういう仕事をせざるをえなかった。要するに、比較文学が流行《はや》りだしたころで、なにかそういう関係のポストにつけそうだったんで、そのための業績をつくる必要にせまられて、まあ、そういうことをしたんです。

彦坂　この仕事は、しかし、ふつうの研究者のやるようなものとはひとあじちがっていた。サルトルがこの日本でどのように受けとめられていったのかを、可能なかぎりその「現場」にあたって、たとえば、いろんなひとたちがそれぞれの時点でどのような言説を残しているかといったことを、それぞれの時期の社会状況に即して網羅的に確認していったのです。

白井　たとえば、いろんな立場のひとたちがサルトルに関しておこなった発言のなかから、もっとも特徴的な言葉を抜きだして、年表をつくったんです。もともと、一言で本質をあらわにすることが、いわば、わたしの唯一の特技であるらしいんです。わたしの「毒舌」も、現実の本質を一言で衝く、そういう方法なんですから。これでわたしは嫌われ黙殺されるんですけど。

そのころ、「本の手帖」という雑誌があって、この「サルトル移入年表」を付けたら、すごく売れました。

――その頃はサルトルやボーボワールはブームだったんですね。

彦坂　そう。それに、これはたんなる年表じゃなく、読めるものになっていた、つまりそれを追っていくと必然的に戦後日本の思想史を文学的視点から読みとっていけるものになっていた。なにしろ、「サルトル」という言葉がタイトルに出てくる文献だけ拾っていったんじゃなく、早稲田の図書館にあったあらゆるジャンルの雑誌や単行本をかたっぱしから手にとって内容をたしかめ、一見サルトルに関係なさそうなもののなかからでも、内容的にすこしでもかかわりのありそうな言説は、可能なかぎり拾いあげていってるんです。

だから、売れもしたんでしょう。

――今のようにコンピューターがあるわけじゃないですからね。

彦坂　でも、ぼくは、コンピューターで調べた資料をそのまま信用してはいないんです。たとえば、ぼくの『男性神話』という本は「軍隊慰安婦」問題の関係文献リストには、まず、出てこない。「慰安婦」といった「キーワード」が表面に出ていないからです。

白井　その「本の手帖」の仕事がきっかけで、ボーボワールについてのエッセーとかいろんな翻訳の注文などが来るようになったんです。

――白井愛として書き始めるのは、まだまだ先の頃のことでしょうか。

白井　そう、そう。まだ浦野衣子時代です。

浦野衣子から白井愛に変る「原点」のところは、どうしても書けなかった。苦しい体験だったわけです。それが書けないで、そのまわりをぐるぐるまわっていた。それがやっと書けたのが「タジキスタン狂詩曲」なんです。これを書いたとたんに、まるで書くことがなくなっちゃったみたいで……（笑）。することがなくなったわたしは、そこで、病気になってしまった（笑）。

彦坂　『タジキスタン狂詩曲』という本のなかの「タジキスタン狂詩曲」という作品のことです。

白井　九八年にタジキスタンで国連監視団員四人が殺されたとき、それをきっかけにタジキスタンの思い出を書いたんです。

――タジキスタンにいらっしゃったことがあったんですか。

白井　はい。まだソ連の時代でしたから、たった四日間のビザしかもらえませんでしたが。七一年、まだ平穏な時代です。ポール・ニザンが、むかしタジキスタンに一年滞在したおりに、そこで作品を書いた。『トロイの木馬』です。『トロイの木馬』のかなりの部分はタジキスタンで書かれているのです。そのニザンのために、わたしはタジキスタンに行きたかったわけです。

ほんとうに苦しい体験は、何年も何年も経ってからしか書けないものだと思います。わたしは、まわりまわって、べつの表現で書いてきたんですけれど、どの表現にも、けっきょく、満足できなかった。『タジキスタン狂詩曲』では、もはや遠い思い出として書いていますが。

――タジキスタンでの四日間のことを書くために回り道をしてきたということですか。

白井　四日間とその後の事です。タジキスタンから帰った後の、いよいよ出口のなくなった状況を書きました。あのころがいちばん苦しかったように思えますね。まだ自分を確立していなかった、あるいはこう言うべきかもしれない、もはやこれしかないというところにまで、まだ、わたし自身が行きついてなかったのだ、と。

翻訳の仕事を投げすてて白井愛に変るのは思いきった選択でした。浦野衣子として細々とやっていればそれなりの道がひらけていたかもしれません。まあ、わかりませんけどね。とにかく、ほんとうに嫌気がさしていました。浦野衣子を投げすてて白井愛になった最初の作品が『あらゆる愚者は亜人間である』でした。

――「嫌気」というのはどういうことだったんでしょうか。

白井　「亜人間」である自分の状況についてどうしても書きたかったから、と言ってもいいですね。そのほうが、もはや、やむにやまれぬ緊急の欲求でした。翻訳の依頼はけっこうあったんですけれど、それは投げすてたんです。

――亜人間から人間になるということが自分にとって許せなかったのでしょうか。

白井　許せるとか許せないとかの問題ではなく、たんに、その道は投げすてた、ということですね。

彦坂　その道を進むためにはこうしなければいけないってことがたくさんあって、それを呑みこまなきゃいけない。それが嫌だったんでしょう。

白井　とにかく自分の緊急の欲求に従った、と言うのがいちばん正確でしょうね。赤松さんは、一貫して、最高の読者でした。赤松清和流の、独創的な、思いもかけない解説をしてくれました。彼とは、彼が学校を定年で辞めて親戚の結婚式で東京に来たときに、二十年近い年月を経て再会したんですが、そのときわたしは『あらゆる愚者は亜人間である』を書いていました。再会して、気がつくと、むかしの先生と生徒という関係ではない新しい関係になっていました。赤松さんがほんとうにすばらしい読者だったと思うのは、思いもかけない形でわたしの作品を独創的に論じてくれたからなんです。

彦坂　ちょっと意表をつくような表現をよくやったよね。

白井　ほんとうに独創的でした。『悪魔のララバイ』に収録した「ナスターシア・フィリッポヴナ」（本誌一三五ページに掲載）という詩にたいしても、かぎりない共感と、にもかかわらずその人間たちに寄せる独創的な希望を、書き送ってくれました。

「あなたは理の世界のひと。わたしには理なんてない」

彦坂　白井愛がなかったらぼくの仕事はありえなかった。それなのに、白井愛はバッシングを受ける。このことについては、なぜそうなったのか、いまだに決着をつけていない。

白井　いまは、わたしに原稿を見せずに、このひと、かってにやってますよ。

彦坂　それはそうだけど、なにも、かってにやっているわけじゃなくて……。

白井　わたしが関心を持たない（笑）。

彦坂　そう。関心を持たないし、ぼくも、よけいなことをさせたくない。だけど、ここぞと思うときはそれでは困るんで。

――この対談の中で白井さんの作品世界についてぜひ語っていただきたいですね。

白井　わたしは、自分を押しつぶすものにたいして、なんとか押しつぶされまいとして、八方破れで生きてきた、生きるために書いてきただけです。忘れていたけれど、ひさしぶりに『鶴』を読みかえして思いだしたのは、「あなたは理の世界のひと。わたしには理なんてない」という立場が貫かれていることです。このひと（彦坂さん）は、若干「理の世界のひと」でもあるわけです。

彦坂　若干じゃなくて半分そうなんだから。

白井　赤松さんがわたしに一方的に肩入れして、彼（彦坂さん）をやっつけて、だいぶ辛く当っていたんだけれど。わたしは間に立ってほんとうに困ったぐらいだったんです。赤松さんは「東京インテリ」って大嫌いだったから（笑）。

彦坂　ぼくは「東京インテリ」の代表にされて、辛いことばかりでした。でも、赤松さんの指摘は正鵠を射てるんです。ぼくはそれを承認しているから不満は持たない。赤松さんは「白井愛は自分の同類だが、彦坂はそうじゃない」と言っていた。でも、東京インテリにしてはまだましなほうだっていう評価です。しばらくぶりに会うと「多少よくなったなあ」と言ってくれる。しかし、「これから彦坂の未来はなんとかなるだろう」と言ってくれたときに、彼は死んじゃった。

白井　最後は、赤松さんは、「おれをわかっているのはきみたちだけだ」と言って亡くなったのだけれど。とにかく、「理の世界」のひとたちにたいして、わたしは、理なんてなくて生きてきた、破れかぶれで。

（彦坂さんが手にした『鶴』を指して）いっぱい付箋が付いてるのね（笑）。

――彦坂さんが書き込んだんですか。

彦坂　うん、ぼく。ぼくは授業でも使ったし、あちこちで触れてるし、原稿も書いてる、発表してないだけで。『鶴』に、いろんなひとが感動したってことはたしかなんです、ぜんぜんいなかったわけじゃない。ところで、そういうひとたちがなぜ『鶴』を読んでいるのか、考えてみると、たとえばバイブルを無造作にぽんと開いたときに、どのページにもなにかがあるでしょ？　それとおなじように、『鶴』をぽんと開いたら（じっさいに開いて読む）、ほら、「宿命とは自己のもっとも深いところでの選択。生涯をかけた選択のことであろうから」って書いてある。こういう、それ自体として深みのある、そういう言葉が散りばめられているんです。

――読者はいろいろな世界に生きて、いろいろな体験をしているわけですが、この言葉に自分の思いを重ね合わせて共感するんでしょうね。

彦坂　そうだと思います。

白井　（『鶴』を開いて）『鶴』の最初の、この詩に尽きるわね。

――わたしもこの詩には引きつけられました。

彦坂　うん、これだよ（読みあげる）。

出口がなかった
出口はぜんぶふさがれていた

自分で自分の出口をつくった
生きるために

わたしの出口だった
たったひとつの

理があろうとなかろうと
邪であろうと正であろうと

最後のパンチが効いてる。「理があろうとなかろうと　邪であろうと正であろうと」。ところが、ふつうは「理」がないとだめなのよ。「邪」ではだめなの。「正」でないといけないの。こういう居直りは嫌われるんです。

白井　ハハ……（笑）。

――わたしの場合は自分の反戦の思いを重ね合わせました。実際に戦争体験はなくとも、例えば、赤松さんの悲惨な戦場体験を彦坂さんの本を通して読んで知っているので、戦争は「理があろうとなかろうと」、嫌なものは嫌だ、そう思いました。

彦坂　それでもいいんです。

白井　だけど、友達を殺したひととか、そういうひとの心情にぴったりかもしれない（笑）。

――確かに、いろんな事件を起こして、加害者になった人にあてはまるかもしれませんね。

白井　犯罪者の詩かもしれませんよ。

――なるほど。そうも読めますね。

彦坂　「万人に受けいれられる穏当で正しい言葉」ではないんです。

――よく温泉旅館なんかで色紙に書いて飾ってある言葉とは違いますね（笑）。白井さんのこの言葉が旅館に飾ってあったらどうでしょうか（笑）。

白井　警察がやってきますよ（笑）。

彦坂　そう。温泉旅館なんかには「仲良きことは美しきかな」なんて、そんな言葉がいいわけよ（笑）。

天皇制と和の権力

――冒頭で白井さんが触れられましたが、先日の皇太子の会見など、最近、皇室について報道されていることについてどのように感じていらっしゃいますか。

白井　制度は、そのなかに生きる個人が主体的な個人として生きることを許さないってことでしょう。

彦坂　がんらい、天皇制という制度は、象徴天皇制であろうがなんであろうが、そのなかで個人として生きることなんて許さないんだから。

白井　人間のことなんて考えていませんから。ところが、あのひとたちは、天皇にしても皇太子にしても、あるいはその配偶者たちにしても、人間として生きるにふさわしいまっとうな教育を受けてきたんじゃないですか。つまり、国際的レベルの民主主義のなかで育てられてきたわけでしょう。だから、国民の側では、「戦後民主主義」の魂など、叩きに叩かれ叩きつぶされてしまって、もはやなきにひとしいわけだけど、皮肉なことに、皇室にだけ「戦後民主主義」の名残が生き残っているんじゃないかな（笑）。

彦坂　純粋培養されてきたから（笑）。

白井　だから、激しい矛盾がバッシングとなって現れたんでしょう。わたしたちがいろいろな形で受けてきたバッシングの象徴が、ついに、象徴天皇制に現れているんだと思います。

彦坂　出口はないよ、かわいそうだけど。皇太子を辞めるほか、ない。雅子だって、離婚するほか、ない。

白井　妥協しながら、なんとかやっていくんだろうけれど……。あれだけの教育を受けてきたから、制度とのあるいは政治との矛盾も激しくなってきてるんでしょう。

彦坂　根本的に個人の自由を許さない制度だから。それを許されないかわりに、特権を享受しているわけだ。

白井　どういうふうにつくろっていくのか、見ものです。

彦坂　それを必要としている「国民」とはどういう存在なんだってことについては、また別に問題にしていかなきゃいけない。なんで必要とするのか。

白井　古代から中世にいたる時代の天皇家の歴史といえば、当然のことながら、すさまじい権力闘争の歴史でしょ。万葉集その他の歌集にさまざまな形で遺されてきた敗者たちの歌には感動もし共感もします。隠岐の島に流された後鳥羽院の歌「われこそは新島守よ隠岐の海の　荒き波風心して吹け」が、わたしは大好きです。ガンという離れ小島に流されたわたしの現在の心情にもぴったりです。

――白井さんのおっしゃる「和の権力」と言うと、どうしても天皇制を考えてしまいます。

彦坂　そりゃそうでしょうよ。あれは、文字どおり、象徴なんだから。

白井　「和」というのは最高の支配形態でしょうね。日本がいかにすばらしい支配形態を実現しているかについて書いたのが『新すばらしい新世界スピークス』です。

「鹿がライオンのそばにのびのびと寝ころんでいるところをぼくはこの目でちゃんと見届けたいんだよ、もしもそのときぼくが死んでいたら、どうしてもぼくを生き返らせてもらいたい」というのが、ドストエフスキーの「秘蔵っ子」の一人、イワン・カラマーゾフのせりふなんですね。それで、わたしは、黄泉《よみ》の国から来日したドストエフスキーに向って、つぎのように「ごあいさつ」させたんです（読みあげる）。

さあ、猊下《げいか》、そのイワンを蘇らせるべきときが、ついに到来したのでございます！

シンスバラシイシンセカイでは、鹿もライオンももう見分けがつきません。鹿は、自分もライオンだと思っておりますし、ライオンは、自分も鹿だと思っております。それほどまでに、鹿もライオンも、なかよく、たのしく、いっしょに力をあわせて働いているのでございます。

鹿とライオンのこの和《ハーモニー》、これこそが、シンスバラシイシンセカイをつらぬく理念であり、たえざる生産性向上の秘密でございます。

ハーモニーなんてものはほしくない、ぼくはむしろ贖われることのない苦しみとともにとどまりたい、とイワン・カラマーゾフは言いました。しかし、そういう恣意放縦は許されないのでございます。ここで生きようとする者はみな、たとえどんなに呑み下しにくい和《ハーモニー》であっても、それを呑みこみ、それをことほがねばならないのでございます。

鹿は、それがライオンに食い殺されるための和《ハーモニー》であろうとその和《ハーモニー》を進んで呑みこまなければなりません。

「和の権力」についてわたしがいちばん書いているのはこのドストエフスキーの部分かな（『新すばらしい新世界』一九四〜一九六ページ）。

彦坂　あっちでも、こっちでも書いてまっせえ（笑）。

白井　ハハ……。とにかく呑み下したくなくても呑みこまなければいけないのが「和」であると。鹿は自分が鹿だと主張することができないんだ、鹿はライオンに殺されるためにも「和」を呑みこまなければならないんだということです。

「恥」が原動力

彦坂　「出口がなかった。だから自分で出口をつくった」というのは、赤松さんの生きかたでもあるんです。赤松さんは生き残ってきた。

――赤松さんは戦争中はまさに「生き残ってきた」方ですが、戦後もやはり生き残ったと言っていいのでしょうか。

彦坂　そうだね……、そういえば、赤松さんから「彦坂は、おれのことを、いくつかの選択肢があってそのなかから考えぬいて選んできたように書いているが、そんなことない、おおウソだ」といった異議が出たことがありましたね。ぼくはそこまで書いたおぼえはないんだけれど。

白井　赤松さんは、『タジキスタン狂詩曲』について語ってくれるなかで、「白井愛にはその道しかなかったんだ」と、言ってくれています。

彦坂　こっちのほうがいいからこっちを選ぼうというのではないんだ、ということです。「おれにとってはこれしかなかったんだ」ということを彼は言っている。白井愛にとってもそうなんだ、そこがおなじなんだ、と。

――白井さんも、生きのびてきた、という感じですか。

白井　まあ、破れかぶれで生きてきたな、という感じでしょうね。

――とくにバッシングがあったから、ということですか。

白井　かならずしもそういうことではないのですが……。

――それが作品の中に凝縮されているんでしょうね。

白井　まあ、そうでしょうね。とにかく、なにか書くでしょ、そして、穴があれば入りたいほど恥ずかしくなって、つぎの作品を書いてきた、ということです。『悪魔のララバイ』に「恥」という詩があるんです。まあ、詩になんかなっていないしろものですけど。

彦坂　いや、おもしろい詩です。読みましょうか（読みあげる）。

うしろ　に
べたべたと
恥　の足跡

人生　を抵当に
侮蔑　を報酬に
貧乏　とひきかえに
孜々《しし》として　創った
　恥　の足跡

見られず
知られず
愛されず

　このわたしにすら
　忌避された
　それでもべたべたと追ってくる
　私生児
　わたしの嫡出子

あわれなおまえの手を引いて
永遠の忘却の大沼にそろりそろりと
入水する心の用意は……

　あら　わたしたち

（恥が泣き笑いした）
永遠のヘドロの下に
すっぽり埋まってるじゃない？
生れたときから

愛の発作か
からから笑って
わたしは恥を抱きしめた

　もろ手に恥をささげもち
　頭上高く
　天にむかって高く
　高く　高く
　突き出した

でもそこは陽もささぬヘドロの下
恥は　身焼く炎を失い
自恃は　出番を失い

　わたしは
　恥らう心

も　失い
代りに供に得たのは
鉄面皮

恥　の鬼火に
ヒリヒリ焼かれて育ちました
（鉄面皮の自己紹介）

生き埋めになってる恥のことは
思い出したくなかった
それで　あわてて結んだのだ
鉄面皮との
刎頸《ふんけい》の交り

ウソよ　ウソよ（恥が笑いころげた）
永遠に　あなたは　わたしの奴隷！
永遠に　わたしに狩り立てられる！
（『悪魔のララバイ』三四〜三八ページ）

「反白井愛」のエネルギーの謎

——彦坂さんは前号（『戦争と性』22号）のインタビューで、「書くことで下層亜人間的心性に淫している状態を乗り越えた」とおっしゃっていましたが、白井さんの場合も書くことによって生き抜いてきたと言っていいのでしょうか。

白井　それはそうですね。経済的には、わたしは、書いたからお金が入ってきたのではなくて、書いたからお金が出ていったんですけれど（笑）。精神的な意味で言えば、共感してくれるかなと思っていたひとたちから悪口を言われる……。

——そんなもんなんですかねえ。

白井　ええ、たいていは、文学になっていないという非難なんでしょうけど。いろんなひとが……。そういえば、赤松さんの死後に残されていた手紙に、わたしの作品を非難したのがありました。彼はわたしに見せないでほったらかしにしておいた。

——どうしてそんなに悪口が書けるのか、不思議です。自分が具体的に被害を受けているのならわかるけれど。白井さんはただ作品を書いているだけですよね。とてもそれが不思議です。

白井　赤松さんのところに送られていたのは、「着心地の悪い衣服を着ているような気持ちで読みました」、「精神というか心というか、そんなものを置き去りにした論理にはどうしてもついて行くことができません」といった手紙でした。

彦坂　赤松さんはおもしろいひとで、赤松さんを崇拝している元女生徒たちがまわりにけっこういて、それが、生きてる世界は赤松さんの世界とぜんぜんちがうんだけど、そうしたひとたちみんなとつきあっている。

白井　ちょっとずつ呑みこませようとして、わたしの本を送って感想を求めたりしたんでしょ。しかし、彼のまわりのもと教え子たちは全部「反・白井愛」だったらしいんです（笑）。

――おなじ高校でおなじときに教えてもらったひとたちなんですか。

白井　いいえ、わたしとは無関係なひとたちです。赤松さんは、わたしのいた高校でしばらくマラリヤで休職したあと、堺の高校へ移った。そこで教えた女生徒たちです、おもに。

彦坂　赤松さんを慕っていたひとたちがたくさんいたわけ。赤松さんは根っからの教育者だから、諦めないで、そういうひとたちのなかにもできるだけいいところを見いだして、白井愛の作品を読んでみないか、なんて、さりげなく勧めるのだけれど、ぜんぜんだめなわけです。

白井　わたしにたいする反感の手紙を、あんなにも情熱的に……。とにかくみんな「アンチ白井愛」だったんです。赤松さんがよく笑っていましたけどね。

――逆に言えば、それだけ本質を突いているということでしょう。

彦坂　そうそう。

――それだけの労力を使って手紙を書くなんて、普通はそこまでしないもんですけれど（笑）。そこまで書きたくなるほど、白井さんの作品が何か本質を突いているわけですね。

彦坂　管孝行や山中恒が書いているように（『鶴』の折りこみ栞――編集部注）、そのままではいられなくなる、見すごせなくなる、自分がやられているような気になる。

白井　女たちだけじゃなくて、赤松さんのまわりにいた男たちも、たとえば『悪魔のセレナーデ』のなかに収められた「現実ハコウダカラ」という詩を読んで「おれたちのことを書きやがった」と、ものすごく怒っていたそうなんです。でも、わたしは彼らを知らないんです（笑）。

——へえー、でも、それはある意味でいい読者かもしれませんね（笑）。

彦坂 「掃きだめの鶴」でも、そう。

——白井さんに会ったこともないのに怒り出すというのは……。

彦坂 たとえば、スターをつくりあげてかなわぬ夢を託すというミーハー心理があるでしょ。それがひっくりかえったら、バッシングになるわけです。

白井 スターというのは強い存在だから、崇拝して自分を捧げるんでしょうが、自分がバッシングできる相手にたいしては凄まじい。このまえのイラクでの人質事件でもそうでしたが。

彦坂 叩ける相手でしょ。

白井 匿名で、インターネットで叩ける相手だったのでしょう。

——特に、人質になった人たちが解放された直後に、続けて活動をしたいと主張したとたんに叩き始める。主張するということが嫌なんですね。

白井 そうそう。泣いているだけだったらいいんだけれど、自己主張や批判が許せないんでしょう。

彦坂 おとなしく、弱い者は弱い者なりにめそめそしていればいい、ということでしょ。

白井 ですから、逆に見れば、バッシングする当事者たち自身がそれほどまでに不満や憤懣を溜めこんで生きているんだなあ、と思います。おそるべきエネルギーですね。

彦坂 それだけ、憎しみや不安・不満が渦を巻いている。

——ある意味でかわいそうな人たちですね。そういうものをぶつけなければいけないというのは。

白井 それをうまく権力が利用して、そこにファシズムが成立するんです。とにかく、権力を批判する民衆を民衆自身の手で叩きつぶすという構造ですよね。

亜人間であることを選んだひとたち

白井 わたしの作品を読んで、自分がモデルであると見当ちがいの思いこみをしてわたしを非難した、ある大学のかなり有名な教授がいたんですが、これにたいして、おもに若い看護師さんたちが、わたしを支持する側に立って、ある雑誌に思いを書いてくれたことがありました。おもしろい雑誌があったんです、小林幹雄という沖縄に住んでるひとが発行していた雑誌で。
彦坂　白井愛とは、そのひとがたまたま『悪魔のセレナーデ』を街角の本屋で見て買って読んで、手紙をくれて、それからおつきあいがはじまったのでした。
白井　『ギンネム』という手書きの雑誌です。まだパソコンが普及していない時代でした。
彦坂　手書きのものをそのままコピーして、それを綴じて。綴じてはあるんだけれど、どっちが表か裏かわからない（笑）。一方から見ると文学雑誌で、つまり詩だとかエッセーなどが書いてあるんだけど、反対側から読むと政治評論というか、怒りに満ちた政治的発言がぎっしりつまっていて、それが合体してあるんです。
白井　鋭敏な感性を持ったひとでした。彼もわたしも反体制運動のなかの異端でした。たとえば、沖縄では、とりわけ公務員に象徴される中産階級が運動の主体だったから、いろんな集会が土曜日に開かれるでしょ。ところが、彼にとっては土曜は休日じゃない、働かなければならない日なのです。わたし自身にとってもそうでしたが。一事が万事で、活動家という種族は、概して、「亜人間」の疎外感などにはまったく無感覚で、その苦悩など見えもしなければ聞えもしない。そういう鈍感さとか、反体制運動そのもののなかに潜む欺瞞や自己満足にたいしては、彼もわたしと同様、ひじょうに鋭い違和感をいだいていました。違和感というより、怒りでしょうか。そういう感性を、彼とわたしはともにしていたのです。ですから、わたしたちは、おたがいに、もっともいい読者でありえたし、最高の共鳴者でありえたのです。孤独であったわたしにとって、彼は、かけがえのない友であり同志でした。いま、「地方」は、国家から見捨てられ苦境にあえいでいますが、その「地方」の惨状の最先端である沖縄で、彼は、いま、物質的にも精神的にもひじょうに追いつめられた状況にあるようです。心が痛みます。
彦坂　もともとは由緒正しい先祖代々の労働者。小林さんは、名古屋の三菱重工の工員だった。それが、けっきょくは、沖縄に流れついて、鉄工所の工員になった。そのころ、沖縄にはまだ職があって、旋盤工としての誇りをもって働くことができた。給料はめちゃくちゃ安かったけれど。そういう労働者が出していた雑誌なんです。

白井　ギンネムというのは、むこうの植物の名前らしいです。

――（実物を見て）すごいですね。『鶴』特集を組んだんですね。

白井　そうなんですよ。赤松さんが「これは歴史的な文献だ」と絶賛したんです。わたしはこの「ギンネム」にずっと投稿していました。

――白井さんの作品にたいして強い反感がある一方で、思わぬ所に共感する人がいる。石橋幸《みゆき》さんという歌手の方もそうですね。

彦坂　ぼくが白井愛の作品を広めようと思って書いた文章（「私たちの〈日常〉のこの〈平和〉――白井愛を読む」、『ひとはどのようにして兵となるのか・上』所収）を読んで、この白井愛の作品をぜひ読みたいと思い、さんざん苦労して彦坂の電話番号をつきとめて連絡してきたひと、それが石橋幸さんでした。

――反感を呼ぶか、共感を呼ぶか、まったく両極端の反応として出てくる。これはおもしろいですね。

彦坂　ほんのちょっと、切り替えのボタンがこっちを向くかあっちを向くか。

白井　でも、そこは絶対の深い溝です（笑）。ほんのちょっとでも、ですよ。赤松さんが「白井愛の本質は、反白井愛の本質と対照しなければわかれへん。両者のありかたを対照させることによって、はじめて、正確にわかる」と語っているんです。

――なるほど。お話を聞いていきて、確かにそうかなという気がします。でも、白井さんとしては、書くときは、そんなことは思いもつかないことだったんでしょう?

白井　そうそう。わたしは、『あらゆる愚者は亜人間である』を書いたときは、どれだけの読者が列をなして出てくるかと思っていたんですから（笑）。

彦坂　毎回、出すときは、これは売れるぞって思って出してきたのよ。こんどこそ行けるぞってぼくもはりきったし、罌粟《けし》書房の儲空寧《もうからやすし》社長もはりきったし。みんなでいっしょうけんめい宣伝したし、広告も打った。ところが、『キキ　荒野に喚ばわる』なんて、ぼくも儲空寧《もうからやすし》社長も、「おもしろい!」ってケラケラ笑いながら読んでたのに、まったく反響なし。

白井　いま考えれば、長すぎるし、いろいろと致命的な欠陥のあることが、自分でもわかります。

彦坂　けどね、卓抜なユーモアとイロニーがぎっしり詰まってるんですよ、そこには。

――白井さんの作品にたいして反感を持つ人たちは、亜人間から人間になってしまった人たちで、なるときに自分にたいして誤魔化し、隠してきたものがあって、それが白井さんの作品によってあぶり出されたとは言えませんか。また、逆に共感を持った人たちは自分自身を欺くことができず、あえて人間に行かず、亜人間のままにいようと思った人たちではないでしょうか。

彦坂　あるいは、行こうと思ってもぜったいに行けないっていうひとたち。

白井　でも、たんに「行けない」だけだったら、憎しみに変るでしょ、なかまへの。「人間」への憎しみではなくて、なかまへの。だから、共感するひとたちは、行かなかったひとたち、行かないほうを選択したひとたち。

彦坂　そうか。そうだよね。

（二〇〇四年七月一五日、千葉県印西市、白井さん・彦坂さん宅にて）

（注1）赤松清和（あかまつ・きよかず）さん。一九一五年～二〇〇二年。戦時中、ガダルカナル島やフィリピン・ルソン島などの「死の戦場」に投げこまれたが、「無能兵士」となることで生きのびてきた。戦後、高校教師をやっていたころ、その型破りでひょうひょうとした人柄が生徒たちの人望を集めた。そのなかに後の白井愛さん（『鶴』、『タジキスタン狂詩曲』などの著書がある）がいた。その後、白井さんを通して彦坂諦さんと出会い、彦坂さんの手によって、赤松さんの戦場体験がシリーズ『ある無能兵士の軌跡』（全九巻）として記録されることになる。

（注2）ラ・フォンテーヌ。フランスの詩人。イソップなどに取材し、自然で優雅な韻文を駆使した『寓話集』一二巻は、動物を借りて普遍的な人間典型を描き出した寓話文学の傑作。一六二一～一六九五。（岩波書店『広辞苑』より）

白井愛×彦坂諦・対談②「たたかい」

2005年1月25日、千葉県印西市、白井さん・彦坂さん宅にて。

「ニセ」として生きる

司会 『戦争と性』編集発行人・谷口和憲

——前回の対談で「タジキスタン狂詩曲」(れんが書房新社発行『タジキスタン狂詩曲』所収)はこれまで白井さんがお書きになった作品のいわば「原型」であるということをお聞きしましたので、さっそく読ませていただきました。

印象的な場面がいくつかありました。教授や助教授・専任講師たちの部屋とは隔絶された非常勤講師控室、その狭い、息がつまりそうな空間に、主人公の「わたし」だけが、いつも孤立感を持って佇んでいるところ。また、タジキスタンから帰って来た「わたし」が、アパートの窓をベニヤ板で覆ってしまい、光も音も入らない隔絶された世界に自分を閉じ込めるところなど、その深い孤独感、孤立感が心に残りました。

その後、主人公は「ニセの自分を生きてやる」と決意し、前の夫とまだ婚姻関係があるかのように装って、前夫名義で借りていた公団住宅に舞いもどるなど、ニセの「わたし」を生きていくわけですが、しかし、ニセの「わたし」を生きていくというのは一つの戦略であって、本当の自分を生きるためのたたかいがこのとき始まったのであり、それがこの作品の中で高らかに謡われていると思いました。

白井　おっしゃること、とてもよくわかるし、うれしいです。まわりじゅうが、この社会で生きているのはみんなホンモノなのであってその資格がない者などニセモノでしかない、とか、そんなことを言ってる、そのなかで、「よし、じゃあニセになってやれ」と決意したわけですから、わたし自身としては、ホンモノとして生きるっていう覚悟でした。

——赤松清和さんは「封建制時代やったら鬼や山姥になった。現代ではこの姿なんや。このゲジゲジこそ白井愛そのひとのまことの姿なんや」と書いていらっしゃいますね。わたしは、赤松さんはおもしろいことをおっしゃる方だなあと思っていたのですが、白井さんの最初の作品『あらゆる愚者は亜人間である』を読んでみて、最後に主人公がゲジゲジになって天井に張り付くところがあって、「ああ、赤松さんはこの小説の最後の場面を言っていたのか」と合点がいきました。そして、わたしも実は自分は本当はゲジゲジか何かであって、今の人間の姿は仮の姿ではないかと思ったんです（笑）。というのも、宮崎駿のアニメ映画で『ぽんぽこ狸合戦』というのがあって、里山がニュータウンの開発工事で崩されていくのに危機感をもった狸たちが、妖怪に化けて人間たちを脅して工事をストップさせようとする話があるんです。結局、狸たちは人間との戦いに敗れるんですが、生き残った僅かな狸たちが人間に化けて人間社会で生活をしながら、人間社会の行く末を見届けるという話です。そういう意味で自分を狸かゲジゲジとみなして、人間社会を大いに化かし続けてやろう、自分をそんな存在として考えてみてはおもしろいのではないかと思いました。

前回の「バッシング」の話にも繋がるんですが、昔は山姥とか鬼というような存在に畏れを感じたり、また、狸に化かされたりというような話を通じて自分たち人間の奢りを知ったりしたわけですが、今の社会ではそれが共有できていない。それどころか、狸の正体は何だとばかり、その狸の皮をひっぺがして目茶苦茶叩いたり、それこそゲジゲジが生きていけないように殺虫剤をまきちらして無菌状態にする。それがまさにバッシングではないかと思うんです。

白井　管理社会がもう完璧になってきてるのよ。隙間に身を潜めて、ゲジゲジかなにかに化けて生きようとしてきたのに、その隙間が、ほんとうになくなってきた。

彦坂　逃げるところがない。むかしだったら逃げこむところはいくらでもありました。

白井　山へ行けば（笑）。

彦坂　いまは、完璧に管理されてるから、どこへ逃げてもすぐ捕まります。むかし村落共同体のなかで認められていた存在、たとえば「キチガイ」。いまじゃもう「キチガイ」って言葉さえ口にできなくなってしまった。そういうひとたちを許容していないんだ。

白井　わたしは大阪の堺で育ったのですが、向いの家は堺でもたいへんなお金持ちで、わたしの家族はそこの借家に住んでたんです。向いのその家には格子の部屋があって、近所のひとたちが「官報さん」と呼んでる男のひとが住んでました。彼がなぜ「官報さん」と呼ばれてるのかというと、お役所の出している官報を読むのが趣味だったんです。彼は格子の部屋から出てきて近所をよくふらふら歩いてました。むかしは、普通の街にそういうひとが何人かいて、みんなは、たとえば「官報さん」が歩くときには遠慮して近づかないのだけど、その存在は許容していた。いまみたいに、怖いから収容せよというようなことでは、ぜんぜんなかったですね。

――前回のお話で、「鹿の横にライオンがのびのびと寝転がっているような究極の『和の世界』」を日本の社会は目指していて、その「和の世界」に入れない異質な者を徹底して排除しバッシングする、という話が出ましたね。言い換えれば、一人一人の「個」としての生き方を押しつぶし、個性的な人を排除した上で、究極の「和の世界」をつくりあげていく、そんな非常につまらない平板な社会に日本はなり果ててしまったのではないかという気がしています。

彦坂　個の尊重だとか、個のニーズに対応するとか、掛け声だけはあるんですがね。

白井　みんな偽物のくせに、ほんとうのところは。本物だっていう顔をして、偽物をやっつけて、「モグリは出ていけ」とか言ってるんです。だから、それを逆手にとるという意味もありましたね。「こっちこそ偽物だぞ」って言うんです。ところが彼らは鉄面皮だから、自分が偽物なんて思ったことはない。

彦坂　本物ですって言わないと、許容しないんだ。

正社員(人間)とアルバイト(亜人間)

——今回、白井さんの『タジキスタン狂詩曲』と『あらゆる愚者は亜人間である』を読んで、わたしも自分自身が伏せようとしていた体験を思い出し、改めて自分のやってきたことに自信を持っていいんだと思い直したことがありました。

その一つは、例えば、わたしは二〇代の頃、出版社の倉庫で品出しのアルバイトやっていたんですが、そこでは社員とアルバイトが全く同じ仕事をやっているのに、アルバイトは三年以上働いていてもアルバイトのままで、社員の給料とは雲泥の差があったんです。その会社には正社員の組合がなかったので、わたしはアルバイト労組をつくろうとしたのですが、旗揚げする前に相談した社員に密告されて解雇されてしまいました。

ぼく自身、労働組合に対する幻想があって、アルバイトのような低賃金の者の声こそ労働組合というのは聞いてくれるんだろうと思って、上部団体の出版労連に相談に行ったんです。ところが、「正社員が労働組合をつくっていないのに、アルバイトが労働組合をつくるなんてとんでもない。君がへんな動きをすると正社員の組合ができなくなる」と非常に冷たい対応をされました。ぼくは働く者としての憤りを込めて反論したのですが、「そういう言い方はよくない。そういう言い方をすると、この社会で君は相当な苦労をすることになるぞ」と言われました。実際、それは当たったようですが(笑)。

白井　ほんとうに、「人間」という存在はけしからんですよ。

——そのとき、反体制的な運動や学生運動をやってきた、友達と思っていた人たちからも批判されました。

白井　そうそう。

——「そもそも運動としてなってなかったんじゃないか」とか、「アルバイトなんて所詮使い捨てなんだから、労働組合をつくること自体がおかしい」とか、そういう声ばかりが聞こえてきました。「自分は間違っていたのか。自分は恥ずかしいことをしてしまったのか」と思い、それ以来、自分の歴史の中で触れてほしくない部分にしてしまったんです。

それと、学生のときに「授業料値上げ反対運動」などで、学生たちが「試験粉砕」を叫んで実際に試験を中止に追い込むんですが、すると大学はレポートに切り替えます。学生たちは今度は「レポート粉砕」というポーズをとりながら、家でレポートを書き始めるんです。これにはショックでした。「なんだろう、これは」（笑）と愕然としました。

白井 そうねえ。

――しかし、そういうことに疑問を持つ人は少数派で、何とも思っていない人たちがほとんどでした。

あと、やはり男の問題です。日本軍慰安婦制度を知ったときに、戦時中に生きていたら、自分は確実に慰安所の前に並んでいただろうと思ったんです。学生時代は、自分はそれこそ小林多喜二のように、戦時中であっても反戦運動の闘士になるぐらいの思い上がった気負いがあったんですが、戦時中の状況を知れば知るほど、自分が戦争に巻き込まれていっただろうと思いました。そして、慰安婦制度の存在を知ったときには、いわば父や祖父の世代の男たちの性と生が自分自身の問題として感じられて衝撃でした。そこから、「ではどうすればいいのか」という自分自身への問いかけ、いわゆる性に対する問いかけが始まり、彦坂さんの「男性神話」は本当に食い入るように読みましたが、しかし、男の性について自分自身を振り返ってみよう、そこに問題はなかったかという呼びかけをすると、とたんに今まで親しかった男友達が周りからいなくなる。それこそ変わり者なんですよね。男が男の性の問題を、そういう加害の問題を、過去の慰安婦制度の話だけではなくて、今を生きる自分自身の問題として引き付けてやり出すと総スカンを食らうわけです。

でも、わたしは間違っていなかったと思っています。だからこういうミニコミ誌をつくっているんですが。そういうことを思い出しながら、白井さんの本を読ませていただきました。

白井 なにもかもよくわかります。わたしなんかも、この「タジキスタン狂詩曲」に描かれているその時点では、労働組合っていうものが、たとえば早稲田の教職員組合が、非常勤のことなんかまったく考えてもいないんだってこととか、もう、いまおっしゃったようなことはすべてわかってましたから……、なんで、今日、こんなに涙が出るんでしょ（笑）。

彦坂 むかしを思いだすから……。

白井 とにかく、いままで友達だった連中が、ほんとうに、もうぜったいに……。正教員の給料値上げなんかはいっしょうけんめいやってるくせに、こちら（非常勤）のことなんかまったく考えてないんですからね。

このあいだね、おもしろいことがあって。柳原和子ってひとがいるでしょ、「中央公論」に自分のガンのことを連載してる、それを毎号コピーして送ってくれる友人がいるんです。そのひとがね、「わたしはあなたみたいなお金持ちじゃないから、病気になれないのよ」って言うんです。いえね、わたしは免疫療法やったんですよ、抗ガン剤はもうだめだと思って、免疫療法こそ唯一の道だと思って。三百万円以上も出したんですよ。そうしたら、それ以来、ことあるごとに、そのひとは「わたしはあなたみたいなお金持ちじゃないから」って言うんです。彼女は教授だったんですよ。たとえば、退職金は、わたしは二六年働いて二五万もらったにすぎないんですけど。

――たったそれだけですか。

白井　ええ、そうですよ。一年に一万円という計算。最初の一年だけはゼロで、二年目から。彼女はおそらく二六〇〇万円はもらってるんじゃないかしら。

――わたしもないです。今の警備会社に勤めて一〇年になりますが、一年契約なので、契約書に「退職金なし」と書いてあります。

白井　非常勤には、お情けで、勤続一年につき一万円くれるわけです。それでも、非常勤なかまでは「うれしいわ」ってよろこんでましたけどね。こっちは二五万円しかないのに、向うはおそらく百倍はもらえてるはずです。そのひとが、「わたしはあなたみたいなお金持ちじゃないから」って言うんです。

彦坂　大学教授で、勤続年数が長くて、名誉教授にまでなってるくせに「わたしは年金暮しだから」なんて言う、その年金の額が、そもそも、こちとらとは雲泥の差だっていうのに。

白井　年金なんかつかないじゃありませんか、非常勤には。「年金で暮しているんだから、あなたみたいにお金持ちじゃないから、病気にはなれないの」と、そういうことを平気で言うのです。完全に体制に埋没したひとですけど。

――現実を知らないんでしょうね。非常勤の人たちの実態とか。

白井　いや、知ってるはずですよ。

彦坂　知識としてはね。

白井　その友人にね、むかし、『新すばらしい新世界スピークス』をあげたことがあるんです。そしたら、「あなた、自分が努力しないで、なによ！」って。向こうは「あなたは怠け者だから専任になれなかったのよ」と思ってるわけです。まったくお門ちがいでしょう？なんにも理解できないんですよ。

——不思議ですねえ。そこら辺の感覚がね。

白井　そういうのが教授になるんだから。

彦坂　その努力たるや、ほんとうに、見ててねえ。

白井　くだらない。

彦坂　最低の、くだらん努力なのよ。

白井　ごますりには、すぐれてた。

彦坂　その能力は、たしかに、あったと思う。で、努力しさえすればとうぜんステータスがついてくるんだって思ってるわけです。

白井　もう、たいへんな努力をしてきたつもりなんだから。「自分みたいにやれば」って思ってるわけです。ほんとうに、文学については、抹殺する努力しかしてこなかったんだけど。

彦坂　文学の教授でね。

——文学の教授なんですか……、その人は……。白井さんの作品は能力主義や効率主義によって失われてきたものに対して光を当てようとしているわけで、わたしもそこにおもしろさを感じ、惹かれるわけです。ところが、それに対して「怠け者だから」という批判は、あまりにも皮相でつまらないですね。

白井　あまりにも知性が低いので、恥ずかしいです、そういうひとが早稲田の教授だったのかと思うと。まあ、一般に、そういった連中は、じっさいには、「あんたは怠け者だから」なんてあけすけな言いかたはしなくて、もうちょっとうまくごまかした言いかたをするんだけど。とにかく、正社員とアルバイトとか、そういう差別に関しては、言うことがいっぱいあるんですけどね。ほんとうに、おっしゃることは、ぜんぶ、わたしも経験してきたことだし、よくわかります。

自恃の輝き、おろかさの輝き

——わたしが読んだ白井さんの著作は『鶴』、『あらゆる愚者は亜人間である』、『タジキスタン狂詩曲』の三冊だけですが、彦坂さんは白井さんの作品をずっと読んでこられて、『タジキスタン狂詩曲』をどういう作品として受け止めていらっしゃいますか。

彦坂　さっきあなたがちゃんと言ったように、白井愛という作家の原型がそこにあるんだって思う。書かれた時点から言うと『あらゆる愚者は亜人間である』のほうが古いんだけど、前回の座談でも言ったように、「タジキスタン狂詩曲」は、白井愛が、ながいあいだ苦しくて書けなかったことがはじめて書けるようになって、書いた、そういう作品だから。

――そうですね、「わたし」という書き方をしていらっしゃるのは、『タジキスタン狂詩曲』という本に収録された作品の中では「タジキスタン狂詩曲」だけですね。それ以外では「鶴」がそうですね。

白井　じゃ、わたし、いいですか、いまの質問にわたしが答えます。こんかい、この鼎談のために読みなおしてみて、ここには、この「タジキスタン狂詩曲」のなかには、わたし、はじめて自画自賛する気になったのですが（白井さんは、過去の作品を恥じることはあっても、けっして、自賛したりはしなかった――編集部注）、光り輝くなにかがあるって思ったんです。ひとつには、そこに太郎（彦坂さんをモデルにしている）という相棒が登場するんですがね、この太郎のなかには、その「愚かさ」において光り輝くものがあるなって思ったんです。

もうひとつ、このヒロインには「みずからを恃《たの》む」その燦《きらめ》きがある、と思ったんです。要するに、絶体絶命といった状況を自分の力で突き破っていこうとする、そういう燦きがある。そういう意味で、ここには光り輝くものがあるって自画自賛したわけです。だれも褒めてくれないときは自分で褒めるにかぎる（笑）。

それから、もう一つ重要なテーマがあるんです。末尾で太郎と「わたし」との亀裂が暗示されているところです。太郎は、自分の妹に向って、これからの生きかたについて「ぼくらの選択」と言ってますが、じっさいには、「わたしの選択」に従うという選択を太郎はしたわけです。それはたしかに「太郎の選択」ではあるんだけど、そういう形で生きていこうと決意しているのは「わたし」なんですよね。それを、「ぼくらの選択」というふうにすっと言ってしまっているところ、そこに亀裂があって、で、わたしは嘲笑してるでしょ、そこではね。

で、それは、いま、まあ本になるかどうかわかりませんけど、ガンになってからの実録を書いてるんですがね（『人体実験』と題して白井愛の死後まもなく、二〇〇五年八月に「れんが書房新社」から刊行された。本書第十章参照――編集部注）、そこで、重大な亀裂として描くことになる、そういうテーマでもあるんです。とにかく彼（彦坂さん）は、わたしの作品について、讃嘆して、自分自身のテーマとして、あっちこっちに書いてくれました。けれども、わたしはろくに読んでないんです。というのは、わたしの精神が抜けてるからです、彼の書いたものには。彼の書くわたしについての紹介には、わたしの苦悩が抜けている、孤独が抜けている、という、わたしの厳しい批判があるんです。で、そうした亀裂が重大な結果を生むことになるでしょう、やがて、現実にね。

それについてはどこまで書けるか、発表できるかどうかもわからないけどね、とにかく、「タジキスタン狂詩曲」の最後にはそういう亀裂が暗示されているんです。彼もたいへん苦労してきてます。亜人間の苦労どころじゃない、下層亜人間の境涯で呻吟してたんですからね。でも、それは、あたえられた状況なのであって、この「わたし」のような決然たる選択の結果じゃないわけです。

そういう状況を生きてるってことには、たしかに、彼の選択の結果という側面はあるんだけれど、孤独っていうのは、やはり、彼のものではなかったわけです。このひとはひじょうに甘ちゃんで（笑）、甘ったるい家庭に育ってて、ともかく、わたしが生きてきたような、そういう孤独は生きてきていないから、それが重大な結果をもたらすことになるんです。これが、もう一つの、「タジキスタン狂詩曲」の末尾にわたしが密かに埋めこんだテーマなんです。それでもなお、彼の愚かさというのは、つまり、わたしを呼ぶために、いっしょうけんめい、業績づくりを放り出してお金を稼いだ、そういう愚かさというのは、やはり、光り輝いていると思います。

――愚直さですかね。

白井　「直」じゃないね。ひたむきさではあるけれども。

彦坂　そういう真面目さはないからね。そうじゃなくて、やっぱり、キチガイじみた愚かさではある。

白井　そんなことをわたしが言ってるから、彼としては、いま、ひじょうに苦しい状況にあるわけです。わたしには彼を辱める気なんてこれっぽちもないんだけど、ただ、彼はわたしの唯一の話し相手だから、それこそ思ったことはなんでも言うでしょ、そうすると、彼はその聞き手にならざるをえない、ところが、そこで自分がやっつけられてるんだから（笑）。ま、それが、あそこで密かに暗示されてるテーマです。

――『あらゆる愚者は亜人間である』の中でいえば、ブスケですよね。

白井　まだそのころはきれいに書いてましたね（笑）。

「タジキスタン」でも美しく光り輝く愚かさとして書いてますよ。

――『あらゆる愚者は亜人間である』の中のブスケ、「タジキスタン狂詩曲」の中の太郎は、彦坂さんをモデルにしていることがわかりますが、非常に親しみの持てる、憎めないと言ったらいいんでしょうか、ほっとできる存在として描かれていますね。

白井　コミックに描いているでしょう？

――非常にコミカルで、一緒にいると安心できるというか……。

白井　絶望したら眠ってしまうっていう。

――一緒にいると楽しくなるような、小説の中でわき役なんだけれども、重要なわき役を果しているという気がします。

白井　その愚かさがないと、片方も輝かないと思いますしね。それはそうだと思うんですけどね……。あの、いまなにを言おうと思ったのかな……そのうち思いだしますから待っててください……（間）ああ、そうだ、このあいだ、バッシングについて一般的なお話はしました。だけど、なぜ、このわたしがバッシングを受けて、「白井愛主義者」と称してわたしを紹介しているこのひと（彦坂さん）がバッシングを受けないでみんなから敬愛されるのか、という問題を、今日はもうちょっとしゃべりたいと思います。それは、いま言ったことと関係があるんです。（彦坂さんに向って）思ってること、自分で言いなさいよ。

「純粋」と「孤独」を毛嫌いする大衆

彦坂　いやぁ、やっつけられて頭が混乱してるからね……。さっきの白井愛の発言のなかで、ひじょうに重要なっていうか、根幹的なことは、「ぼくらの選択」というふうに思いこんでしまってるものがじつは自分自身の選択ではなくて、「わたし」の選択をともにしようという決意であったにすぎない、というところなんですね。それが後に亀裂を生む根本原因である、と。

たとえば、かつて物質的困窮に陥っていた時期にぼくを襲った苦難っていうのは、まあ、言ってみれば、自分では世に隠れ棲む不世出の天才ぐらいに思ってたのに世間の目からすると「あぶれ人足」の境涯で呻吟してる落ちこぼれにすぎないといった、自画像と現実との乖離の結果としてぼくの内部に生じた精神的荒廃だったんですね。これについては、「わたしは生きる　逆らって　逆らって」という表題の短い文章(『女と男　のびやかに歩き出すために』梨の木舎、二〇〇二年所収)のなかに書いたことがあります、下層亜人間の心性に淫していたって。

――本誌『戦争と性』の二二号でもお話しいただいています。

彦坂　それはもうおそろしいことなんです、精神的にも崩れていってしまうってのは。酒に身を持ち崩し、ぶつくさと下手な恨み節を奏でるほかに能のない、そんな人間に、ぼくも、ほとんどなっていた。そんなときに、まさにその自分を「書くのよ」「書きなさいよ」っていって、このひと(白井さん)が叱咤激励してくれた。そこではじめて、ぼくは、自分自身を見つめることもできるようになっていったし、そういった苦難を乗り越えることもできるようになっていったんです。だけど、さっき白井愛が言ったように、そういった苦難というのは、自分自身が決然と選んだことの結果ではなかったわけです。

白井　わたしの選択を自分もともにするという選択にすぎなかったということですよね、彼がいま言おうとしたのは。で、もういちどバッシングのことに戻りますけど、ほんとに、わたしは完全に黙殺された。わたしのことを紹介した彼の本を通してこのわたしに関心を持ってくれたひとは、だれもいなかった。なんの反応も出てこなかった。で、とにかく、彼はちやほやされる、わたしのことを書けば。だけど、わたしのほうには、完全な黙殺か毛嫌いかどっちかになるんですね。

それはなぜかっていうと……、わたしは、そのことを、そういう状況のなかで苦しんでいるときにだれから学んだかというと、シュテファン＝ツヴァイクっていうひとがいるんですがね、ユダヤ人の作家で、その彼から学んだんです。ツヴァイクは、ニーチェとかスタンダールとか、ドストエフスキーとかトルストイとかいった、いろんなひとびとの伝記を書いているなかで(けっきょく、最後には、彼は自殺してしまうんだけど)、人間の深い心理を、あるいは、民衆の深い心理を、ひじょうによく書いています。彼の本を愛読することでわたしは学んだんですけどね、要するに、苦悩だとか、それから純粋さだとか、そういうものを民衆は毛嫌いするんだっていうことです。
彦坂　深い苦悩と純粋さよね。
白井　うん。ま、そういう精神的なものが、深い精神が、あっては困るんですよ。だから、彼（彦坂さん）の本に対してはちやほやするけど、わたしに対しては……って、わたしは悪口を言ってるんです、読んでもいないのにね、ろくに。
――そうですか、読んでいらっしゃらないんですか。
白井　あまり読んでません。
彦坂　読んでますよ。でも、きちんと読んではいないって意味ですよ。
――あの、赤松さんについて書いた（「ある無能兵士の軌跡」全九巻――編集部注）のは？
白井　ああ、あれじゃなくて。
彦坂　あれはきちんと読んでる。
白井　わたしについて書いたものについてはってことです。わたしについてあちこち書いてくれてるでしょう。それはありがたいと思うけど、とにかく、わたしに言わせれば、わたしの孤独抜きなんです。孤独なんて、民衆は嫌いだから。それから、そんなしんどいものには触りたくないんです。それから、深い精神があると、おなじこと。孤独になりますからね。だから、そういうものを抜いて説明してる彼のほうはちやほやして、わたしにはこれっぽっちの関心も示さない、と、これがいままでの経験ですよね、ずっと。だから、前回の対談に反響があったなんて、びっくりしますね、ほんとに（白井愛さんの著書への問い合わせを含めて、八人の読者から対談を興味深く読んだという感想があった――編集部注）。
彦坂　それは、だって、白井愛自身がしゃべってるもの。
白井　しゃべってるんであって、深くつっこんで書いてるわけじゃない。（間）まあ、とにかく、ニーチェなんて最後はキチガイになって死ぬんだけど、ひじょうに深いことを書くと、冷たくされるんです、ほんとう……ニーチェは、本を送ってもお礼を言ってくれるひとがいなくなっていくんです。
彦坂　送る相手もなくなっていくのね。送るたんびに減っていく。
白井　うん。で、そのニーチェの生涯を、ひじょうに深く、ツヴァイクは描いたんで、そのツヴァイクから、わたしは学んだんですけどね、この世間っていうものを。世間っていうのはもう何千年と続いてきてて、そこで生きていくには、そんな、純粋さなんてのは邪魔になる、純粋に生きようなんてのはダメなんだってわけ。そういうものに対するすごい反撥があって、そういうものは完全に毛嫌いされる。孤独とか純粋さっていうのは民衆から排斥されるんだっていうことを、それでわたしは救われたっていうのかな。ツヴァイクは。それこそ、嫌ってほど書いてるんですよ、ツヴァイクに出会って、ああ、そうか、そういうことだったのかと思って、自分の状況を理解して生きてきましたけどね。だから、わたしをバッシングして彼（彦坂さん）をちやほやする、そういう構造っていうのが、前回はお話しなかったけど、あるんだと思います。

彦坂　前回は、ちょっと、その意味じゃ一般論で。

白井　そう、一般論。

彦坂　だから、ちょっと浅いわね。要するに、解説者はもてはやされるのよ。ニーチェのばあいだって、そうですよ。

白井　オリジナルっていうのは、もう、ほんとに、毛嫌いされるっていうか。

彦坂　キリストだって毛嫌いされた。みんな、オリジナルってのは毛嫌いされるの。で、弟子と称して解説する人間はもてはやされる。だから、まあ、ぼくは「使徒」なんですよ。

白井　そして、使徒っていうのはかならず裏切るものときまってるんですよ（笑）。

――彦坂さんの仕事としては、赤松さんの戦争体験を追うということが非常に大きかったわけですが、今、お話されているのはその部分の仕事ではなくて。

白井　ええ、ええ。

――白井さんについて書いた文章についてですね。

彦坂　そうです。でも赤松さんもおなじようなことを言ってましたね。

白井　赤松さんもわたしとおなじだったんです。

彦坂　おまえが書いたものはおれのほんとうの孤独をつかんでないって批判してたなあ。赤松さんについては、あれだけいっしょうけんめい書いたんだけど、そのところが抜けてるって言われていたんです。おなじことなんですよね。さっきの話に戻すと、ぼくの苦難っていうのは、あたえられた苦難なのであって、ぼくはそこに陥った。

白井　陥るまでには、しかし、自分自身のいろいろな選択、愚かさの選択が積み重なっているわけです。

彦坂　それはそうなんで、じっさいにね、愚かなことをしでかさなければ、ちゃんと職を得て、それなりのステータスも得て、ぼくの好きな「研究」ってやつもやれてたでしょうよ。それをできないように自分を追いこんだっていうのは、もちろんぼく自身の選択だったんだけどね。

白井　その点で、わたし、自分の責任を、つねに、彼に対して感じてるわけです。

彦坂　そりゃ、まあ、このひとに出会ってカルチャーショックを受けてからというもの、ぼくは、終始、それこそ「愚かさの選択」を積みかさねてきました。とりわけ、「タジキスタン狂詩曲」のなかに出てくる一連の行為（注1）、あれは、たしかに決定的な選択だった。要するに、留学とは言えないような留学、内実は十ヶ月の講習会に出たにすぎなかったんだけど、でも、そこに行ってきたっていうことで就職できるような、現にしたひとたちもいた、そういういわば研修期間だったんですよ、あれは。それを、よけいなことばっかりやってて、棒に振ったたってわけなんです。

しかし、あのとき、ぼくは、もう、ほんとうに、キチガイじみてたって、さっき言ったけど、自分ではあんなに書けるなんて夢にも思わなかったようなすばらしいインチキの手紙を、ロシア語で、書いたんですよ（白井さんをロシアに呼ぶために――編集部注）。その手紙によって、モスクワ大学予備学部の教授たちを感動させ、動かして、招請状を獲得した。一生に一度でしょうよ、あんなことできるのは。そういう愚かさはたしかにあった。だから、それが光り輝いていたんです。

ただ、ほんとうの意味での孤独っていうのでは、あのときだって、どうも、なかったんじゃないかな。それと見まがわんばかりのものはあったけど、どこかちがってたように思う。

――今、彦坂さんのお話を聞いて、ちょっと意外な気がしましたけれども、深い孤独、孤立の中に彦坂さんもいらっしゃったと思っていたのですが。

白井　まあ、そうですけどね。

彦坂　そう言ってもいいくらいではあった、と思うんだけどさ。

白井　いま、わたしにやっつけられているからね（笑）。

彦坂　ほんとうの意味での孤独ではなかった、と思うわ。そう思わざるをえないわ。

——それほど白井さんの孤独、孤立が深かったということですね。

彦坂　本物だった。

白井　やはり、そのときほんとうにそういう孤独を生きていたなら、その後ね、そんな、なんて言うのかなあ、「ふやけた堕落」はしなかっただろうと思う、彼はね（笑）。

彦坂　その後、ふやけた、堕落した……。

白井　と、わたしに、いま、決めつけられてる。

彦坂　決めつけられるようなことが現に起きてるから……。

——いまのお話は、わたしにもグサッと来ました。わたしも「ふやけた堕落」というのをやってきましたから。そこから何とか持ちなおしてきたという思いはあるんですけれども。

彦坂　ぼくも、いっしょうけんめい、持ちなおそうとしてるんだよ（笑）。

白井　いま、いっしょうけんめい、わたしのために料理をつくることで、なんとか持ちなおしてますけどね。悔いあらためた戦友です、いまでは（笑）。

彦坂　自分でも思いがけないような、まったく意識してなかった自分の像ってのが、このところ、露呈してきてる、というか、白井愛によって暴露されてきてます。いや、ほんとうに、とことん、やはり、しょげかえってしまったんです。だけど、そこから、いま、かろうじて持ちなおして……。

白井　じつはね、昨日、「明日はそういったことも話すつもりよ」って言ったら、「憂鬱だなあ、暗いなあ」って、そればっかり言ってたんですよ（笑）。でも、こんなに明るく話したんだから、いいでしょう？

彦坂　自分でも、どうなるかわからなかったからね。

白井　なさけないですよ。わたしは、「タジキスタン」で描いたような戦友を信じてたからね。

——『あらゆる愚者は亜人間である』に出てくるブスケなんて、本当に戦友だと思います。

白井　とにかく、戦友として信じてたから、ふやけていたらくを初めて見て、ほんとうに、なんとなさけない……（笑）。

彦坂　いやね、具体的なことなにも言わないから、わからないとは思うんだけど、とても、いま、ぼくの口から具体的なことを言う元気はない。いずれ、書きますから。

白井　具体的には、たいしたことではないんですけど。

彦坂　ただね、そこにあらわれている、ほんとうに、ふやけた……。

白井　ふやけた精神状況というか、きちっとしてないんですよ、ぜんぜん。

彦坂　このところ、さかのぼって、一〇年ぐらいの。

白井　あの、モテてたんですよ、ずうっと。

――彦坂さんが『男性神話』を出された頃でしょうか。

彦坂　そうそう。もてはやされて、いささかいい気になって、ふやけたところをさらけだしていった。自分では、ぜんぜん、そんなこと意識しないでいた。それが、あるきっかけでばれて。けど、ぼくは信じられなかった、自分で自分が。しかし、言われてみればいちいちもっともではあるし、そんなふうに見ざるをえなくなって。かつて、懸命に生きていたときには、白井愛の精神的支えを、心底、欲していたわけだ。ところが、なんとなく、ぽやぽやっと……。

白井　「白井愛は絶対の恋人である」って、みんなに大宣伝して、その下でなにをしてたかっていうと、まるで反対のことをやってた（笑）。

彦坂　「タジキスタン狂詩曲」を読みなおしてみてわかったんだけど、妹に話したうんぬんというのは、これ、現実にあったことなんです。モスクワから日本へ帰ってきて、白井愛との関係について、これからはこんなふうに生きてくつもりなんだよって妹に話したら「よかったね」って言われた。それをまた白井愛に無邪気にしゃべったわけ。それが、「なに言ってんだ！」「生きてくのはこのわたしじゃないの！」というセリフを誘発したわけです。

――白井さんからすれば、ぎりぎりの自分自身の「選択」だから、「ぼくらの選択」とは言ってほしくなかったわけですね。

彦坂　よかったも悪かったもないわけよ。『鶴』のエピグラフに出てくるでしょう、「出口がなかった」ではじまる詩が。

出口がなかった
出口はぜんぶふさがれていた
自分で自分の出口をつくった

生きるために
わたしの出口だった
たったひとつの

理があろうとなかろうと
邪であろうと正であろうと

ここに強い決意が表明されている。ほんとうに、出発点なのです、この「タジキスタン狂詩曲」という作品は。それに、この作品の構成がね、……またちょっと解説者みたいになってきたな（笑）、つまり、一人の個人の生の選択、生きる決意、これがもうみごとに表現されている。と同時に、その一個人の生が置かれている状況、時代ってものが、これまたじつにリアルに感じとられうる。そういう構成になってるんです。そしてまた、ポール・ニザンという作家の生とヒロイン「わたし」の生とが複雑にからみあってるだけでなく、同時に、それぞれの生の過去と現在とが微妙にからみあってるんです。

ポール・ニザンの生は、それこそのっぴきならない選択の連続だった。彼は、信じてきた同志たちに裏切られ、挫折のなかで死に、死後も、同志たち（であったはずの者たち）からの悪罵と嘲笑にさらされる。そういう運命の作家だった。その彼が、白井愛のこの作品に描かれた時点で訪れていたのが、イスラム社会から一足飛びに社会主義に移ったタジキスタンという場所だった。そのニザンの過去と、その後の挫折と死の時点での彼の「現在」とが、そしてまた、四十年後にその土地を訪れている「わたし」の「現在」とが、交錯してるでしょ？　さらに、その「わたし」がそこを訪れていたときの「現在」と、それから二十年ほど経った時点での「現在」とが、言いかえれば、二十年ほど以前には「現在」であった「過去」と、それを作品化している時点での「現在」とが、それぞれに交錯しあう、そういう構成になってるじゃないですか。

滑稽な「人間社会」を笑い倒す

——非常勤講師の部屋を別にするなんて、今でもやっているんでしょうか。

彦坂　やってますよ。

白井　早稲田なんかはね、もっと洗練されてますからね、大きなロビーがあって、そこで専任も非常勤もいっしょに昼ごはんを食べるとか。田舎の古くさい県立の大学だったからなんですよ、これは。

――ありそうですよね。

白井　そりゃあ、早稲田なんかはひじょうに洗練された支配形態をとってます。

――差別が見えにくくなっている。

白井　そういうこと。

彦坂　芝浦工大なんかでは、非常勤は、担当科目によらずみんな一部屋に集められてました。広い部屋で、テーブルがあったり、ソファーがあったり、事務のひとも常駐するっていう形をとってるから、差別は見えにくいんです。ただし、そこに専任は一人もいない。分けてある、ちゃんと。

――何でそんなことをする必要があるんでしょう。つまらないことですよね。

白井　「タジキスタン狂詩曲」のなかに描かれているのは、以前、わたしがフランス語を教えていた県立大学なんです。この県立大そのものは、もとは女学校だったんですが、そこに国立の教育大から大挙して押しかけてきて自分たちの大学をつくったわけで、まさにそこは「第二教育大」だった。だから、国立大の官僚主義的な体質をもっていました。

――『タジキスタン狂詩曲』の中に出てきますが、ある専任講師がパリでの留学体験について主人公に話すところがありますね。そのときに彼は六八年五月のフランスの「五月革命」（注2）のことはまったく話題にしないで、自分がパリで娼婦のヒモだったということばかり自慢していたということですが、これにはげんなりさせられますね。もう一緒にいたくないですね、そういう人とは（笑）。つまらない留学ですね。そういう人がどんどん出世していくわけですね。

白井　国立の名古屋大学の教授になったんですよね。

――わたしは「五月革命」のことは本で読んだり、それに関わったゴダールやトリュフォー（注3）などの映像作家の作品を関心をもって観たことがあるので、その時期に留学していた人が「五月革命」について一切触れずに、自分が娼婦のヒモだったことばかり自慢するというのには、驚き呆れ果てました（笑）。

白井　大学の教授って、そういうのがほとんどなんですよ。ほんとに、文学部の教授って、いちばん文学書を読まない人種だって言われてるんです。

——ある意味で笑いたくなるというか、からかいたくなりますね。それこそ、こちらは狐や狸に化けて脅かしてやりたいというか、混乱させてやりたいような気になります。本当に笑える世界です。

白井 そういうのがね、ずっといばりつづけているんです。今日も、テレビを見ていたら、NHKの海老沢会長（当時。現在は辞任。——編集部注）が相撲やらなんやらいろんな委員をやってるって報じられていましたが、そういったひとたちがこの国のいろんな文化的なものをぜんぶ牛耳ってるんだなあって気がするんです。

彦坂 NHKの海老沢会長と、この間辞めた読売の渡辺。それが、おなじ横綱審議会の委員だったのね。

白井 あらゆるところで牛耳ってってね。

彦坂 あっちこっちの委員会でそういう連中が顔を並べてるでしょう。

白井 それが日本だなと思いましたね。

——本当に見事にあらゆるものが、そういうふうになっていますね。「天下り」もそうだし、官僚的なあらゆる組織がそうなっています。

白井 で、その「反体制」がまたあんなふうでしょう？アルバイトが組合をつくるっていう肝心のときに。アルバイトこそ、自分たちが力を入れて組合をつくりともにたたかっていくべきひとたちだっていうのに。

——この前、プロ野球のリーグ改編問題で、古田選手が選手組合の委員長として交渉していたのが話題を集めましたが、あのとき、古田がホームランを打ったりとか、活躍しながらオーナーとの交渉をやって野球ファンから盛大な応援をされましたね。ああ、やっぱりと思ったんですね。

実はぼくは亜人間から人間になった、つまり出版社の正社員だった時期があって、そのときに、ある先輩から「労働組合の委員長になるべき人間は、人一倍働く有能なやつじゃないといけない。それで初めて会社も『こういう有能なやつだったら言うことを聞いてやろうか』ということで張り合える」と言われたことがあるんです。古田への人気がすごいでしょう。熱烈ですよね。あれは、古田があれだけ活躍していて、打てて能力があるからだと思います。プロ野球の底辺にいる二軍の選手が交渉していたら袋叩きでしょうね。

彦坂 そうです、そのとおりです。じつは、ぼく自身もかたく信じていたんです、左翼であったころ。つまり、大衆を「組織」し「動員」するためには（いまじゃ、こういう言語表現そのものに嫌悪を感じてますけどね）、その職場あるいは地域で「人一倍」仕事ができなきゃいけない、文句のつけようがないほど仕事において有能じゃなきゃいけないって、かたく信じてたし、そうなろうと努力してました。ところが、そこに罠がしかけられてるんですね。ミイラとりがミイラになってくんですよ。有能な労働組合幹部が、みごとに、有能な経営者になってってたりするでしょう？　そういうのがごろごろしてるじゃないですか。

白井　話をもどそう。このひと（彦坂さん）とわたしに対するバッシングのありかたという問題、もうちょっと深くしゃべりたいから。

彦坂　民衆が、純粋さだとか孤独だとか、そういったものをとことん忌み嫌うっていうのは、それじゃどうしたって生きられないんだってことを、まあ、本能的にっていうのかなあ、知ってるからなのよ、ね。そういうものは邪魔になるだけだって知ってるから、なるたけ排除しようとするわけね。だけど、そういう事実を指摘しただけでも嫌われますよね。

白井　赤松さんがこの栞（『タジキスタン狂詩曲』の栞）のなかで語ってるわね、白井愛を忌み嫌うひとたちは「現実の支配体制を受け容れて自己を形成している」んだって。だから、そうじゃない異分子に対して、おまえは傲慢だって言う。赤松さんもそう言われてきたのよ。だから、彼は、わたしにある一体感を持ってたわけですけど。

彦坂　そのむかしのいわゆる体制左翼は、二言目には「大衆」だったでしょ？　ところが、その大衆（民衆って言っても人民って言ってもいいんだけど）のなかにある卑しさとか醜さ、なさけなさとか、そういう側面に触れることはタブーだったんだよね。

大衆は卑しい、醜い、なさけない。だけどまた同時に、大衆のすばらしさってのが、現実に、ある瞬間、ある一定の条件のもとで、爆発する。

白井　すばらしい力・高潔さが発揮されるんですよねえ。

彦坂　そういった感動的な瞬間が、たしかに、あるんだ。

白井　だけど、そういうことはめったになくって、普段は……ってことなんですねえ。

――赤松さん、いいこと言ったなあと思ったのは、大衆をバカにしてはいけないっていうの、ありましたよねえ。

白井　「大衆と権力とは区別しなければならない」っていう、ね。「大衆は、権力に従っているのであって、とことん憎むべきひとたちではない」んだって。

内発的なもの

白井　女性としてわたしに共感を示してくれるひとってめったにいないんだけど、これは、まあ、忘れていたんですけど、『タジキスタン狂詩曲』を出した後にある女性からもらった手紙です。ちょっと読んでみてください。

――読みましょう。（司会の谷口、黙読する）

『タジキスタン狂詩曲』、読了しました。読み進むにつれて心が躍動するような、言葉が活きて届いてくるという実感を味わえました。読みながら、赤松氏の言う「白井愛の道こそが大道なのだ」という捉え方に、何度も頷いていました。厳しい自己アイロニー（「断食芸人」という認識等）と、強い自恃の拮抗を深く直視している姿勢、その姿勢そのものに何より感銘を受け、共感を抱きました。（中略）同時に、仕事をもって生きていく女性として、生き辛さ、無念さは身に沁みて伝わってきました。これはまさにわたし自身の問題でもあったのですから。そして、わたしは早ばやと遁走していたところもあったと、恥ずかしく情けなく思ったりしました。

――やはり、自分自身に向き合うことが最も大切、ということでしょうか。ですから、白井さんの本を読んでいても、白井さんはフランス語ができるし、フランス文学の素養もあるし、わたしなんかよりも非常に知識のある方ですけれども、拠って立っている所が、そういう所ではなくて、ご自身の生きるところにあるから、距離を感じないんですよね。評論家や学者の文章を読んでいると、いろいろ著名な哲学者の言葉を引用して説明されてもよくわからないことが多いんですが、白井さんはそういう知識がありながらも、普通の生活に根ざしているから、「ああ、自分もこういうことがあった」と自分自身のことを重ね合わせて納得し、理解できるんじゃないでしょうか。

白井　いい手紙なんだけれども、このひと自身に対してわたしが感じてる不満というのは、たとえばホロコーストという問題についてこのまえ本にして出したんですね。

——そのかたが?

白井　ええ。で、じっさい、それはとてもいいことだと思うんです。ホロコースト体験を記した本を(そこから生還したひとのものもそこで死んだひとのものも)何冊も何冊も読んできた、その自分の読みについて語ってるんですがね、それだけでも、とっても意味があるんだって思うんです。けどね、わたしは、自分の生きてる場で自分の直面している問題を、もっと直接に、書いてほしいと思うんですよ、彼女には。それを書く能力のあるひとだと思ってますからね。自分のいちばんの問題を書いてほしいっていうのがわたしの願いです。わたし自身、それ以外に関心がないっていうか、「亜人間」以外に関心がないわけです。

彦坂　そこが最大の特色なのよね。

——そこがやはり白井さんの一番の魅力であり、強みであるわけですね。

白井　たまぁにね、そこが魅力だと言ってくださるかたがあらわれる(笑)。

彦坂　先日、ある友人が、いまのこの状況のなかで戦争に抗していくにはいったいどうすればいいのかっていう質問を発したんですよ。そのとき、このひと(白井さん)は、長井暁さんというNHKのプロデューサーのことに触れながら、「自分自身の内発的なもの」についてて話したんですね。

白井　人間って、たいしたことはできない、一つか二つの小さなことしかできない、と。だけど、どうしてもこれだけはやらなきゃいけないっていう状況に置かれることもあるんだ。あの長井さん、NHKの、彼は自分のクビをかけてやった。ああいうことが大事なんじゃないかっていうようなことを言ったんですよ。

彦坂　自分がどうなるかはわかってるわけでしょう、あのひとも、長いことサラリーマンやってきたんだから。だけど、このことだけは公表せずにいられないってことで発言したわけでしょう、止《や》むに止《や》まれない気持ちに駆られてってていうか。そういうことは、人間の生涯に何度もあるもんじゃないんです。だけど、ここぞっていうときにそれができるかできないかっていう、そこのちがいは大きいでしょ。わたしはこれに反対であるとか、こういうことはけしからんとか、百万遍も言ったところで、肝心要のときに逃げてしまうやつがいるわね。

――そうですね。

白井 「内発的」っていうその言葉が出てきたのは、キャリアウーマンって、なんてのかなぁ、かなりなさけないっていうか、そんな批判をしてたんですよ、わたしが。つまり、彼女らには内発的なものがないって。そういうところから、その内発的っていう言葉が出てきたんです。わたしが直接怒ってたのは医師なんですけどね、主治医が女性で。

彦坂 女性だってことで、よろこんでたんだよ。

白井 あんなところでねえ、外科にね、女性を採用して、いい大学だって思ってたんですけどねえ……。

――長井さんの場合もそうですけれども、そういうことができるのは、普段からずっとその人の生き方として形づくられたものが、いざというときに行動として現れるからなんでしょうね。

白井 そういうことですよね。それなしにはありえないですよね。

――性の問題についても、前々号の彦坂さんとのインタビューの中で話題になりましたが、慰安所の前に並んだ日本兵と、早稲田の「スーパーフリー」のような集団強かんを犯した大学生とは、時代こそ違うものの、同じ性暴力の構造の中の加害者であるわけです。そこで男たちに問われているのは、自分がそのような場に誘われ、立たされたときにどうするのか。果たして男たちをやめさせることができるのか、ということだと思うんです。彦坂さんの言うとおり、そこに直面したときに初めて考えているようでは遅い。普段からいかに自分の性と生について、きちんと見つめているかどうかというところにかかってくるんでしょうね。

白井 そうですよね。

彦坂 有名な哲学者や文学者の言説を博引旁証するひとたちは大勢いるけれどどって話にひきつけて言うと、ツヴァイクを引用してるってことではおなじように見えたとしても、白井愛のばあいは、その態度がぜんぜんちがうんです。

――引用の仕方が違いますね。

彦坂 それから、おれはフランス語ができるぞとか、おれはフランス文学について該博な知識を持ってるぞとかいったところにしか依拠できない、それを取っちゃったらなんにもなくなってしまうようなひとたちが、専門家って言われてるひとたちのなかには、いっぱいいるでしょう？　そういうものがあろうがなかろうが、どうでもいいんだ、白井愛のばあいは。「生活に根ざす」ってあなたが言ったのは「自分の生きることそのものに根ざして」発言するってこと。内発的っていうのはそういうことでしょ？　つまり、そこからしか発言もしないし書きもしない。ところが、それ以外のことまで書いてしまったのがぼくで、その点では、赤松さんに「東京インテリ」と言われてもしかたがない側面があったなって思ってるんです。

——そのことに関連して言えば、わたしが白井さんの本を読んで救われたと思ったのは、「ああ、ゲジゲジになればいいんだ」ということだったんです。「ゲジゲジ」という一言がぽんと来たのです。言い換えれば「異形の者として生きる」ということですが、「ゲジゲジだって、狸だって、何になっても生きていけるよ」と勇気づけられました。

彦坂　そこんところをとるかとらないかで、やっぱり、白井愛の読者になるかならないかが決ってくる。

白井　ゲジゲジって無力ですね。ぜんぜん、毒もなんにもないし。

——何とも言えないいいユーモアだなと思いました。自分をそう言えるのがおもしろいですね。

彦坂　ただ、赤松さんが言うように、睨んでるわけだ、この世界を、人間たちを。もはや見ることしかできない。だから、ひたすら、じいっと、見ている。

——確かに、今、この時代をどういうふうに生きていこうかと考えたときに、いろんな理論や理屈よりも、白井さんのように「ゲジゲジで生きる」とずばっと言われる方がすっと入るという感じです。

彦坂　すっと入るひとと入らないひととに整然と分かれちゃう。

白井　入るひとなんて、めったにいません。

彦坂　赤松さんは、もちろん、そこんとこを取りあげたぐらいだから、じつに深く、直観的にわかってたわけです。そういうひとは白井愛の読者になる。それ以外のひとは、かりに読んでも、そのまま通りすぎてしまうんじゃないかな。そういうひとびとに、ぼくは、無駄に呼びかけてきたような気がする。

白井　このあいだ、わたしはこのひと（彦坂さん）に文句を言ったんです、前回の鼎談のとき『鶴』についてくだらないことを言ったって。これまで、わたしは、そういう批判はいっさいしませんでした。このひとの自由として、彼がなにを言おうが、つまらないことを言おうが、わたしはなにも批判しないできたんだけど、こんど、「完全批判」に転じてからは、もう、遠慮会釈なしに言ってるんです。『鶴』について言うんだったら、こういうことじゃなくて、もっと、自分がなにに感動したのかを言ってほしかった。わたしがあのとき自分の詩（「出口がなかった」ではじまる詩――編集部注）をとりあげたのは、間接的な反論だったんです。その、生きられないなかで、なんとしても生きようとしていく、そういう……あのときは、怒ってたから、すばらしい言葉が出てきたのに……。

彦坂 怒ってないと出てこないんだ（笑）。

白井 もっと、根幹にある感動的なところを言葉にしてほしかった、あなたにはそこが欠けている！って、わたしは怒ったんです。

――彦坂さんが白井さんの著書の『鶴』について、「聖書のようにどのページでもぽんと開けば、深みのあるすばらしい言葉がある」という趣旨のお話をされたところですね。

白井 そんなことはどうでもいい！ と。

彦坂 そんなの、どうでもいいってことなんだ。つまり、ぼくはそこで解説してるのよ。なぜ、ひとが惹かれるのであろうかと。自分ではそうとういいこと言ったつもりでいるわけだ。「バイブルだってそうでしょう」とか。それ、読んだひとは、「なるほどそうか」ってわかるでしょう。だけど、そんなことが問題なんじゃなくて、いったい自分はどう読んだのか、どう受けとったのかを言え、ということなのです。

――彦坂さん自身の言葉でね。

彦坂 そうです。

白井 八方美人だっていう批判とね、通じるんだけど、要するに、みんなにわからせよう、みんなに宣伝しようっていう意図があって、たしかに、よく言えば、わかりやすく言ってくれてるんです。その意図はありがたいと思うけど、自分がなにに感動したのかっていう、いちばん肝心なことを、ぴたっと言ってほしかったって、そう言ったんですよ。

彦坂 それを言っちゃ、もうアカンと、宣伝にならんと、いつのころからか、ぼくは思ってた節があるね。

白井 そういういちばん肝心なことを言ったら、みんなが逃げるっていう。

彦坂　逃げるっていうか……、ただ共感を表明するだけだと、なんだ、白井愛とおなじだって言ってるにすぎんじゃないかって思われはしないか、なんてよけいな配慮をして、だから、いっしょうけんめい、わかるように解説しはじめたっていう感じです。

――ぼくは、彦坂さんも同じゲジゲジか何かだと思うんですが、ゲジゲジとしての言葉を出していないということでしょうか。

白井　おなじゲジゲジとして、こんなにぼくは感動したということを言ってほしかったです。

彦坂　言えばいいのにねえ。

――評論家として言おうとするから、そこで肝心なものが伝わらなくなってしまう、ということですか。

彦坂　「理の言葉」が入っちゃうわけですよ。

白井　精神が欠けてるっていうの、わたしの。

(白井愛、吐き気を感じ、立っていき、嘔吐して、戻ってくる)

白井　吐いちゃった。

――休憩しましょうか。

白井　ううん。たえず吐いてるから。だいじょうぶ。もっとやりましょう。

彦坂　ほんのちょっとしたことで体調崩しちゃうんですよ、このごろは。

白井　なんかわからないけど、もう、たえず吐いてるんですよ。吐いたら、気持ちよくなった。

――じゃあ、つづけて……。

愛とはおたがいの矛盾を激化させること

――『あらゆる愚者は亜人間である』の中でも印象的だったのは主人公のムノワーラがブスケに対して「愛をとるなら無能であることを選びなさい」と言っているところです。そこまで言い切っていらっしゃるところに感銘を受けました。

白井　無能でなければ愛じゃないということです。

――無能でなければ愛は語れない。ある意味でそうでしょうね。無能であることで愛が語れる。

白井　無能なんだからね、このわたしが。

――白井さんの作品を読んで「愛」についていろいろ考えさせられました。性の問題に絡んでくるわけですけれども、自分自身の男としての性についての非常に皮相的で浅い見方というものがあって、そこを変えてゆきたい。そうしないと、その先のいわゆる「愛」について語るところまで自分は到達し得ないだろう。それこそ慰安所に並んだ男たちとはいったい何だったのか。それから、学生たちが集団で強かんする。その場で男たちの誰一人としてそれを止められないのは、いったいどうしてなのか。そういう男の性のあり方を自分自身に引き付けて、きちんと見ない以上は、それこそ「愛」なんていうところにはとても到達できない、行けないという思いがあるんです。それで男の性と生について自分自身を振り返ったり、こういう雑誌を出しているんですが。

白井さんの『あらゆる愚者は亜人間である』という小説は、ウロヤカバという星の上で、人間たちが高い塔の上に住み、亜人間はその塔の地下深くに住んでいるという、未来を想定した、SF的、宇宙的設定になっています。主人公の亜人間の女性ムノワーラは地下室に住んでいて、宇宙船に乗って下働きをしている同じ亜人間の恋人ブスケと交信しながら、亜人間どうしの連帯を確認します。しかし、一方でJPという、人間の中でも上流に属する知識人の恋人がときどき訪ねてきて、ムノワーラは彼との関係に苦しみます。全体にユーモアとアイロニーに満ちているのですが、ムノワーラがJPに対する思いや苦悩を語るところでは、白井さんの生の言葉が溢れるように出てきていて圧倒されました。

白井　『鶴』では、「JP」ではなくて「あなた」になりますが、この「あなた」との性的な関係は、「亜人間」として「人間」を許せないっていう立場なしにはありえない。その立場とセックスとの関係を書いたつもりなんですけどね。

——よく、「セックスはコミュニケーションである」と言われることがありますが、そのときの「コミュニケーション」という言葉はプラスのイメージとして、いい意味として、本来あるべき姿として言われることがあって、わたしには「コミュニケーション」という言葉が、ちょっと浮ついた軽い言葉に感じられて違和感があったんです。ところが、白井さんは、「セックスはコミュニケーションでしかない」という言い方をされていたんですね、JPとの関係の中で。つまり、セックスというのはコミュニケーションでしかない、伝達でしかないと書かれていて、ああそうか、なるほどそういう捉え方があるんだなと、新鮮に感じられました。

白井　こんどの、まあ、作品になるかどうかはまだわからないんだけど、まとめようと思ってる作品のなかで、愛についての考察があるんですけどね（この作品は『人体実験』というタイトルで「れんが書房新社」から二〇〇五年八月、白井愛の死後五ヵ月近く経った時点で刊行された――編集部注）、わたしは、青春時代には、そんな、愛なんて言葉は、抑制して、使わなかった。たとえば、男と寝るときでも、愛なんて言葉は絶対使わなかった。寝ることと愛とは完全に区別してたわけです。だけど、そのうちに、自分が社会と全面的にたたかうようになってからは、愛するってのはともにたたかうことであるっていう立場に変っていくっていうか、戦友って形で愛を認めるわけです。いま書いてるって言ったその作品のなかに、このひと（彦坂さん）とおぼしき人物が出てくるんですが、その彼に、愛とはどういうことかって尋ねたら、とっさに「いっしょにいたいっていうことだ」ってね。それで、だいたい、なんというボケだ！って怒るわけです。

――いや、白井さんの深い見方からすると、わたしなんかも吹き飛ばされちゃう（笑）。

彦坂　いまさらとりけしもきかないけど、苦しまぎれに言ったことではあるんだけど、まあ、なんてこと言っちゃったんだろうって、いま、思う。いや、たとえば、『鶴』のなかに、恋とはたたかいだっていう言葉が出てくるでしょ？　つまり、敵との恋。こういうのって、ほんとに、わかりにくい。というより、理解できないひとたちのほうが大多数なんですね。男であれ女であれ。男はとりわけだけど、女だって、そんなの、わからない。それほど、やはり、常識みたいなものが染みこんでいて……。

白井　わたしは、「人間」に対する恨みのなかで生きてますから（笑）。

彦坂　そういうなかで、敵を「見る」とは、どういうことなのか？　自分自身を生贄にして「見る」。壮絶なたたかいじゃないですか。恋をそんなふうにとらえるなんて、かつてなかったことだと思うよ。すくなくとも、これまでの文学作品ではとらええなかったことだと思うけど。

白井　「亜人間」が「人間」を愛するというのは、まず、まちがっていると、そういう前提が、ふつう、常識的にあって、「亜人間」たるもの、「人間」なんか見向きもすべきじゃないと、そう思ってるわけですよね、一般に。でも、ここでは、要するに、なんとしてでも「人間」というものの正体を見たいわけです。見とどけてやりたいわけです。自分がなれなかった、そして、いま、自分を支配している「人間」たちの真の姿を。それを見とどける手段として自分に許されてるのは、しかし、セックスだけだ。性的関係だけだ。そういう前提のもとにある関係なのです、それは。

彦坂　そこがすごいでしょう？　じっさい、そうでないと、見とどけることなんてできやしないんです。

白井　だから、ちょっとずつ思い出していくと、要するに、自分の「亜人間」としての悩みや怒りや、そういったものは、けっして、相手には見せない。それは、もう、完全に隠しとおすんだっていう信念に貫かれている、と思うんです。ところが、相手はもっと素朴ですよね。そんな、腹黒くないんですよね。そういう形の愛があるなんて、夢にも思っていないわけだし。

彦坂　だから、自分をさらけ出してしまう。かいま見させてしまう。こういった関係が理解されないのは、ふつうは、そこに図式があるからです、つまり、心では反撥しながら身体で惹かれちゃうだとかいった通俗的レベルの図式からはじまって、もろもろの。愛するっていう、あるいは恋するっていう以上はこれこれこうなのだっていう、完璧な図式があって、だから「たたかい」としての恋っていうのは、ほんとうに、理解されなかったな。

白井　あれはだれの言葉だったかなあ、ツヴァイクのドストエフスキー論かな、要するに、恋愛っていうのは、おたがいの矛盾を激化させること、たたかいを激化させることなんだって。たしか、ドストエフスキーの人物についての解説のなかでだったと思いますが、わたし、その言葉が好きで（注4）。

——つまり、ムノワーラのほうはそういう思いでいたんですが、ＪＰのほうはそういう意識はないようですね。基本的にＪＰには、ムノワーラのような深い苦悩はないですね。

彦坂　ＪＰのほうは、わかってないんだ。

——わかってないですよね、やはり。

白井　「鶴」でも、「あなた」は「わたし」のことはわかってない。ある程度の深さまではわかっても。

彦坂　だから、男にとっては、「まさか！」っていう感じだよね。

白井　でもね、「鶴」のなかの「あなた」は、自分との恋物語が鶴（「わたし」）によって織物として織られたことを知ったとき――それは、自分にとっては、恥ですよね――それを、半分は怒るんだけど、やっぱり、許容していくっていう、いや、にもかかわらず鶴との関係を深めていったっていう、そういう男として描いてますよね。そこは、やっぱり、なかなかえらいと思ってね。ふつうだったら逃げてしまう。

彦坂　ただ、鶴が織ったタピスリーがなんであるのか、そこになにが織られれているのかってことは、けっきょくはわからなかったけれどもね。

白井　彼が求めているのは鶴のやさしさなんだよね。じっさいに、鶴は、かたほうでは、やさしいのね。

彦坂　無限にやさしいからね。そこがねえ、ほんとうに深く読まないと、わからないんですよ。ふつうは、「やさしい」って言うと、もう、それだけだと思っちゃうでしょ？　相手の容認しがたいところをきちっととらえるなんて、思いもよらないことでしょ？　「なんて冷たいんだ！」「そんなの、やさしさの仮面を被ってるにすぎないじゃないか」って言うでしょ？　ところが、仮面じゃないのよ、白井愛のばあいは。とことんやさしいのよ。だからこそ、相手をはっきりと見据えることができるわけ。

まなざしが暖かい白井愛の文学

白井　わたしが『キキ　荒野に喚ばわる』を書いたときに、出版社の発行人を「儲空寧（もうからやすし）」と名づけてコミックに描いたんですが、そのときに赤松さんが、「きみは儲空寧をナサケナーイ男として描いてるけど、彼の卑しさとかずるさは描いてないね。それは、きみがずるくも卑しくもないからだ。でも、作品としてはあのほうがいいだろう」と言ってくれたことがありました。さっきお見せした手紙でも、『タジキスタン狂詩曲』についての感想として、全体としておおらかさを感じたと書いていただいてます。たとえば、むかし、筒井康隆なんかの作品を読んで、ほんとうに、人間をとことん卑しく描いてるってことに反撥したことがあって……。わたし自身も、人間って卑しいものだと思ってはいるんですよ。でも、やっぱり、わたしのおひとよしたるゆえんが出てくるのか……。――『タジキスタン狂詩曲』は確かにおおらかですね。一作目の『あらゆる愚者は亜人間である』とは違いますね。一作めは、ほんとうに。

白井　わけわからないでしょう？

──一作目の『あらゆる愚者は亜人間である』はSF的でアイロニーがあるところがおもしろくて、確かに、現在の社会はそのぐらい茶化していいと思いますし、その気持ちもよくわかります。SF的に描いて笑い飛ばす。まともに論じるほどのものじゃないという気がします。その中で、先ほども言いましたように、白井さんの生の言葉が出てくるところに圧倒されるわけですが、いよいよたたかいがこれから始まるという、そういう勢いを『亜人間』には感じます。白井さんの第一作として力が目一杯入っていると思いました。一方、『タジキスタン』の方は、それまで多くの作品を書いてこられた白井さんが、おおらかな形でそれまでの生き方を振り返るようにゆったりと書いていらっしゃるように受け取れました。テーマは同じであっても、印象が大分違いますね。

白井 そうですよね。『亜人間』を書いたときはいくつだったかな、四〇代のなかばぐらいかな。『タジキスタン』を書いたときは、もう七〇近いですから。

彦坂 人間の卑しさをとことん卑しく描くことこそが文学だっていう牢乎たる信念をお持ちのかたがたが多いですからね。ぼくの先輩で、おなじ「亜人間」で、天才的だとぼくは思っていたひとに、『亜人間』を読ませたら、期待したような反響は返ってこなくって、なんて言ったかというと、「人間というのはもっと卑しいものなんだ。屁もたれるし、糞もたれる」と言ったのかな。そういうのが出てないって言うのです。

──それは違う。的が外れていますね。

彦坂 ちがうでしょ？

白井 それがふつうのひとの反応。谷口さんがおかしいのよ（笑）。

彦坂 筒井康隆なんかの作品がなぜつまらないかっていう理由もそこにあるのよ。白井愛はそんなんじゃない。「もうからやすし」にしたって、ある意味じゃ、あたたかく描いているといってもいいのよ。

──そうですよ。白井さんの視線は基本的に温かいです。敵であるＪＰに対しても温かいんですから。

彦坂 すべて、だれに対してもそうです。

──ただ、先程も出ましたが、パリに留学したときに娼婦のヒモだったことを自慢した大学教授については論評に値しませんね。その醜さを書くほどのこともないということですよね。

白井 ああいうやからがいっぱいなんですからね。

——そこをいくらほじくったって何のおもしろみもないわけです。それが正解だと思います。そんな醜さ、つまらんところの醜さをいくらほじくったって、何も出ないんであって、それはもう切り捨てちゃった方が早い。

彦坂　『文学部唯野教授』(筒井康隆)のつまらなさは、あなたがいま言ったような醜さを、言うにもあたいしないようなところを、克明に、あたかも茶化したかのように書いて、それで溜飲を下げた気になってるってところにある。

——確かに、白井さんの小説には温かい視線を感じます。

白井　自分では気がつかなかったことだけど、それはね。『キキ』のときに、赤松さんに言われて。

彦坂　つまり、卑しさをとことん書くようなことはしていない。

白井　なさけなさは書いてある。

彦坂　そうとうコミックに、ね。

白井　「邪鬼」(『タジキスタン狂詩曲』の冒頭に収められた小説)はいかがでしたか?

——おもしろかったですねえ!　主人公の新島沙羅と学生の小湊美花。この対比が実におもしろかったです。小湊美花の究極的な俗っぽさ、立身出世主義。しかし、登りつめることができなくて、最後には「女性版小林よしのり」のようになるという結末はけっさくでした。主人公も含めて、周りが小湊美花に振り回されるという展開が笑いを誘います。それは一緒に収録されている「臥龍」でもそうですよね。

白井　あれはね、ちょっとおおいそぎで書いたんで。

——「臥龍」の竜太はリアリティーがあって、現実にいそうな感じがしました。でも、竜太は小湊美花が「女性版小林よしのり」になったような方向には行かないでしょうね。ただの俗っぽさの中に生きているという人ですね。

彦坂　あれはよく書けてると思うよ。

——本当におっしゃるとおり、白井さんは竜太や小湊美花に対して憎しみを持って書いていませんね。

彦坂　だいたいは、憎しみを持って書くものらしいよ。

——『タジキスタン狂詩曲』の最後の小説「夢のあとに」に出てくる冬樹に対しても、憎しみというようなところからほど遠いところにありますね。

彦坂　でも、竜太のモデルはやはり怒ったね。

――いるのですか、やはり、モデルが。なるほど、リアリティーがあったから。いるでしょうね。でも、愛情を持って書かれてますよ(笑)。これで怒っちゃったんですか。確かに、近くにいると振り回されて大変だろうなという感じはしますね。小説で読むとおもしろい人だなと思うけれども、近くにいると大変かもしれない。でも、憎んで書いてはいないですよね。

白井　そう言ってくださってうれしいわ。ちょっと、カムチャツカを美しく描きすぎたから、もうちょっとリアリスティックなものを入れようと思って、おおいそぎで最後に書いたんですよね。だから、推敲が足りないかなと、憎しみなんかが出ているといけないと思ったんだけれども、そうでなければうれしいです。

――おもしろく読みました。「火山の星の小さな王子に」の後に続いていたのがよかったですね。「火山の星」は、売れない作家、新島沙羅と太郎の二人が、夏の間カムチャツカに滞在する話ですが、それを二人に勧めたのは竜太で、彼は二人を熱烈に支持していて、二人が涼しいカムチャツカで創作活動に専念できるよう、僅かな費用で滞在できる部屋を紹介したわけですね。カムチャツカでは滞在先の部屋の所有者であるカーチャさんのような、お金に抜け目のない人たちに振り回されたり、一方で、自然の中に生きる魅力的な人たちにも出会います。カムチャツカの雄大な自然や豊かな植物の描写も印象的でした。「火山の星」では竜太はあまり出てきませんが、個性的な人物であることはわかるので、読む方としては竜太という存在が気がかりなんです。それが、すぐあとの作品「臥龍」に出てきたので、「ああ、これはおもしろい」と思って、ぐっと惹きつけられて読みました。

彦坂　連作の意味があったんだ。

――ありました。入ってぼくは正解だと思います。

本当に悩む者が本物の言葉に励まされる

――わたしはこの『戦争と性』を出していて、自分も含めて読む人が生きていく上で、少しでも励みになるような、生きていく上での手がかりを見つけられるような、そういうものにしていきたいという気持ちがあるんです。今、いろんな雑誌を見ても、「絶望的だ」と危機をあおるようなものが多いんですが、わたしはもっと自信を持っていいと思うし、繰り返しになりますが、白井さんの作品を読んで「ああ、ゲジゲジで生きていけばいいんだ」と思ったように、まだまだたたかえるし、生きていけると思っています。とりわけ、現在の閉塞した時代状況の中では、生きること自体が「たたかい」であると思うんですが、そういう意味で独自の「たたかい」をされてきた白井さんに読者へのメッセージをいただけないかと思っています。

白井　ちょっと、考えてなかったから……。なんか、ヒントを……。

彦坂　では、前座をつとめるよ。まずね、これまで、一般に、ひとびとが求めてきたものっていうか、かならず求めてしまうものっていうのは、「生きる指針」とか「たたかう指針」とか、つまり「どうやって生きていったらいいの?」だの「どうやったらたたかえるの?」だのだったわけです。それに答えて、「こうやるんですよ」と指針をあたえるっていうのがふつうだったでしょう?　でも、それではだめなんです。で、ちょうど、谷口さんが「タジキスタン狂詩曲」を読んで、ああ、自分の生きかたはまちがってないんだと確信して、「よーし、ゲジゲジでいこう」と思う。それが、書いた者と、それを読む者との、本来的な、本源的な関係じゃないかと思うんです。

なにしろ、白井愛自身が、ほんとうに苦しんで、悩んで、孤独で、たよれるひとなんかだれもいなくって、そうしたなかで、ツヴァイクの言葉が身に染みたんでしょう?　だから、キリストやニーチェなんかについてだって、「ああ、このひともこんなふうに悩んで、こんなふうに生きぬいたのか。どんなにか孤独だったんだろうなぁ」っていうふうに受けとるひと、そうしたひとこそ、ほんとうに、その言葉を受けとってるんだと思う。そうじゃなくて、「こんなにすばらしいことを述べ伝えてくださったのか。ああ、ありがたい」というんでは、教祖を拝んでるだけです。ふつうのひとは、しかし、だいたいはそうですよね。だけど、ほんとうに求めて、苦しんで、得られないで、悩んでるひとたちは、極端に言えば、なんでもいい、とにかくそこにヒントが、いや、なんらかのきっかけがありさえすれば、それでいい。そこで出会ったその言葉が自分のなかにストンと落ちて、なにかが生まれてくるんです。

つくるのは自分自身なんだから、あくまでも。生きる力を生み出すのは自分なんだから、他人からあたえてもらうものではないんだから、だから、絶体絶命・

出口なしの状況のなかから自力で自分の出口をつくったのだってことを言葉化したひとと、それを読むひととの関係のもっとも本源的なありかたがそこにあるんだと思うんですよ。「ああしなさい、こうしなさい、こうしたら幸福になれますよ」といったたぐいのものはゴマンとありますよね。なにも世俗的な意味でだけじゃなく。「たたかいの指針」をあたえるってのも。そういうのはいっぱいあったでしょう、これまで。だけど、それじゃどうにもならないって思ってるひとに対しては、なんの役にも立たない、と思うんだけど。

白井　いまのは全面的に賛成ね。ツヴァイクに好きな言葉があったでしょ。「一にも二にも勇気」。ちょっと、あれ持ってきて（と彦坂さんに。彦坂さん、立って、書斎にとりにいく）。とにかく、わたし自身、書物から、かつて苦しんで生きたひとたちの苦しみから、生きる力をあたえられてきたわけだから、わたし自身もそういう「なにかしら」でありたいという思いは、ずっとあったわけですよね（彦坂さん、ツヴァイクの『三人の自伝作家』を持ってきて、「スタンダール」のところを開く）。

白井　ツヴァイクが言ってるのは、時代というのはいろんなひとをなびかせて、それに逆らう力はぜんぶ押しつぶしていくものだ、と。もしそうでなかったら、いま現にあるこういう社会は生れなかっただろう、というわけね。その時代に抗して（読みあげる）「仁王のごとく立ちはだかる勇気が必要なのだ」と、「一にも二にも勇気」と。これ、ツヴァイクの言葉ですよ。で、「個人が自己の独自性を守りおおせるためには必ずや稀有の、そして試練に耐え抜いた力がそのなかに結集されていなければならぬ」（「スタンダール」、みすず書房版『ツヴァイク全集⑩ 三人の自伝作家』所収、中田美喜訳、一九二～一九三ページ――編集部注）。この「試練に耐え抜いた力」っていうのはどういうものかっていうと、ほんとうにそうだと思うんですが、「確実な世間知と、精神の機敏な洞察力と、あらゆる一味徒党の（一味徒党に対する――編集部注）超然たる蔑視と、放胆で反道徳的な向こう見ずと、そして何よりもまず勇気、二にも三にも勇気、自己の確信に対するびくともしない不退転の勇気が必要なのである」（同上一九三ページ）と、そういうことが書いてあるんです。こういう言葉に、わたしは、すごく力づけられてきたと思います。

彦坂　この一節は、時代の空気に対してわれわれがごく自然にどう反応するかっていうと、けっして、自己主張するんじゃなく、時代の支配的な意見に自分の意見を順応させるのであり、大多数のひとびとが抱いている感情に降伏することなんだっていうことを述べた、そのあとにくるんです。

いまだってそうでしょう、みんな、時代の感情に降伏してるでしょ？　自然な反射運動として、無意識に時代に合わせてるでしょ？　時代に抗するのはいかに困難なのかってことがそこで言われてるんです。

白井　（読みあげる）「全時代全世界に逆らってもその意見をあえて押し通そうとする勇気を誰が持っていよう。われわれはみな知らず知らずのうちに、自分で認めようとする以上に多く影響というものを受けているのだ。時代の空気はわれわれの肺のなかに、心室そのもののなかに詰まっている。われわれの判断や意見は数知れないほど多くの同時代のそれらと摩擦し合い、それらとぶつかり合って知らぬうちに圭角をすりへらしているのであり、大気を通ってまるで放射電波のように、世論のいろいろな暗示がそれとは見えず伝わり寄せるのだ。人間の自然な反射運動はそれゆえ決して自己主張なのではなく、自己の意見を時代のそれに順応させることであり、大多数の抱く感情に降伏することなのである。人類の多数、圧倒的多数がもし優柔不断な順応屋でなかったとして、そうした何百万もの人間が本能あるいは怠惰からして自己の個人の見解を放棄するというようなことをやめたとしたら、巨大な機械仕掛けはとっくに停止していることであろう。だから、かかる何百万もの人間の空気の精神的圧力に自己の孤立した意志を対抗させるためには、常によほど特別のエネルギーが、仁王のごとく立ちはだかる勇気が必要なのである」（同上一九二ページ）

彦坂　この文脈で、「放胆で反道徳的な向こう見ず」ってのが出てくるんですよ。

白井　とにかく、「一にも二にも勇気、二にも三にも勇気」というわけね。「自己の確信に対するびくともしない不退転な勇気が必要なのである」と。これは、赤松さんもはっきり言ってるんですが、あっちへ行ったらこうこうこうなるからあっちへは行くべきじゃない、こっちへ行くべきだ、なんて思って出てくるような力ではなくて、まさに自分の内側から出てくる、内側からしか出てこない、それ以外ではありえない、自分の道はこれしかないんだっていう、そういう道だし、そういう勇気だと思います。いくつもの、こういう言葉にはげまされてきました、くじけそうになったときには。

――白井さんは、「タジキスタン狂詩曲」にある、ベニヤで窓を覆った部屋の中でこれを読んでいらっしゃったわけですか。

白井　いや、まだあのときは自分にあたえられたいろんな業績づくりやら、それから……授業の準備やら、そんなものに忙殺されていたと思います。でも、そういうのがすっかり嫌になって、そういうのを、もう、投げすてようと思っていくわけですけどね。ツヴァイクを読んだのは、もっともっと後になって、亜人間として生きる道を選んで、だれも共感する者などいないんだ、亜人間の書くものには、ということがわかったころのことです。

――それは、もう、『あらゆる愚者は亜人間である』が出た後ですか。その後にツヴァイクに出会ったわけですか。

白井　そうですね。

――よけいに、だから、心に響いたわけですね、ツヴァイクの言葉が。もうご自身の「道」を進んでいるわけですから。

白井　まったくの孤立のなかで、これがわたしを慰めた、ということです。

彦坂　まだ、『亜人間』を出す前は、とにかく一縷の希望があったわけ。だれかがどこかで共感してくれるにちがいない、というね。だから、ぼく自身、この作品を、どこかでそれを待っているひとのもとに送りとどけなけきゃいけないんだって気持ちでいっぱいだった。「罌粟《けし》書房刊」って言ったって、じっさいに出版活動やってるのはぼくだったんですよ。そうやって、いっしょうけんめい、送りとどける努力をしたのね。ところがさぁ、なんとまあ、反響なし。まったく、なんにも！　返ってくるのは礫《つぶて》だけ。といった状況で、ひじょうに、そのときの絶望ってのは、さらに深まったのよ。そのときに出会ってるわけ、ツヴァイクに。

白井　『すばらしい新世界スピークス』を書いたときは、これで読者があらわれると思って出したのよね。

彦坂　そう、これなら読者を得られるだろうって思って出した。

――つまり、『あらゆる愚者は亜人間である』で書いたテーマをまたちがった形で出したから、それだったらいいだろうと思われたのですか?

彦坂　そうそう。それは、かなり社会的な、あのころの社会現象っていうか、日本の社会ってのはこんなふうになってるじゃないのっていうことを……。

白井　このあいだしゃべったじゃない(本書三三四ページ以下参照)。

彦坂　そう、あそこでしゃべってるね。そう、そういう時代だったからね、そこにいろいろな形であらわれている「和の権力」を批判すれば、それには共感してくれるにちがいないって思った。あの「ヨミノセカイから御来遊の聖像がたへのごあいさつ」の部分は、ほとんどそっくり、あとで『キキ　荒野に喚ばわる』に収められるんだけど、これがまた、ひじょうにイロニックで、しかもコミックで、ユーモアにあふれてんのよ。だから、これはもう共感するにちがいないって思ったら……。

白井　発行人の儲空寧(もうからやすし)ですら、おもしろいって言ったんですよね。

彦坂　おもしろいって言ったよね、あの男が。

――そのあたりまではある程度読者を意識してたわけですね。

白井　ウーン、まあ、ひょっとしたらって思って、出してきましたけどね。

――それが、もう、そんなことあてにせずに出そうと思われたころに出会われたわけですか、ツヴァイクに?

彦坂　あてにせずに、とまでは思ってなかったよね。

白井　これは、かなり遅いです、もう、ツヴァイクやなんかに入れあげるのは。

彦坂　なぜツヴァイクが出てきたかっていうと、ほんとうに、絶望のどん底にいる人間がいったいなにを求めて、どんなふうに、だれと出会うかっていう問題なんだよね、これは。

性急な叫び、内面の叫びとして書く

彦坂　じっさい、自分が生きてるこの世界とおんなじだなって感じさせるものが、ツヴァイクのなかにあって、そこでのその生きかたに共感してるんです。ツヴァイク自身が、ほんとうに、血を吐く叫びとして書いてるわけなんですから。

白井　だから、わたしがこのひと(彦坂さん)になんて言って怒ったと思います？　ツヴァイクのようにわたしを書くべきだったって怒ったんですよ（笑）。

彦坂　ぼくだって、ツヴァイクのこの一節をくりかえし引用してるんです。もう暗記するほど読んでるんです。にもかかわらず、だから。

——確かに彦坂さんの文体というのは、冷静に落ち着いてきちんと書かれているという印象があります。それは、読む者を安心させるというよさでもあるんですが、直接的な「叫び」のようなものはあまり感じられないかもしれません。

彦坂　本人にはあったんですよ。あったし、叫んだつもりだったんだ。とくに、赤松さんのことを書いてるときは、赤松さんというひとをいわば利用して自分が叫んでるわけなんだけど。ただね、さっきの、あの、どうして自分を書かないのかっていう不満に即して言うとね、ぼく自身もね、ほんとうは、はじめっから自分のことを書きたかったのよ、ところが、どうしても書けなかったのね、自分のことは。そこへ赤松さんというひとが出てきて、その、自分ではないひとの生に託して、自分の生を検証し、自分の叫びをあげる、というふうに、のめりこんじゃったわけね。だから、あんなにたくさん書いちゃったんだけど。そこでは、たしかに、部分的には、ぼく自身の感情が吐露されてはいるんだけど、しかし、全体として見ると、それをストレートに噴出させるんじゃなく、いろんな角度から分析していって、そのことを通してその時その場の状況全体を浮き彫りにさせていく、といった作業に熱中していった。意図的にじゃなくて、期せずしてそうなっちゃった。ああ、なるほど、ぼくのなかにはそういう習性みたいなものがあるのかなって、後になって思ったけどね。そこのところが、このひと（白井さん）の不満にぴたっと重なりあうものだとは、そのころは、とらえてない。

白井　性急に、なんとか自分の言いたいことを伝えなきゃいけない、という思いが……。

彦坂　なかったからだ、と思う。

——例えば、彦坂さんが詩を書いたことは。

彦坂　書いてない。まねごとぐらいはしたことあるけど。

——もう、そういう性急に伝えたいという思いで詩を書いたりとか。

彦坂　そういう思いで書いたことは、まあ、なかったと言ったほうがいいでしょうね。そりゃ、ぼくだって一度や二度は書いてますけどね。それはなかったと思う……そのへんが、白井愛とちがってたんだと思う……。散文ってのは、やっぱり、冷静なもんですよ。
白井愛の書いてるのは、散文であっても、詩なのよ、本質的には。散文詩。それこそ、そこには、せっぱつまった叫びが、つねに、あるわけ。だから、あの、なんだっけ、あれは……池田浩士を皮肉った短い詩があったよね。
白井　「すきまがない」。
彦坂　そう、それ！　ちょっと、探してこよう（と、立って、探しにいき、雑誌『あるく』の創刊号を手にして戻ってきて、読みあげる）。

すきまがない
すきまがない
息をする
すきまがない

土砂に埋もれた瀕死の人夫が叫んだ。

すぐかたわらの山荘のサンルームでこれを耳にした評論家、馴れあいを拒否する犀利な批評によって人気の高い評論家が、論評した。

なぜ、すきまがないのか。生きようと欲する者はこれを問うべきである。しかし、これは、自分に向けるべき問いであって、他人に向けるべきものではあるまい。叫び声をあげ、最後の酸素を蕩尽してスキマをなくしているのは、ほかでもない自分自身なのであるから。（『あるく』第一号、一九九六年、一〇六ページ）

白井　これは、具体的に、怒りを持って書いてるから。
——池田浩士さんに対する怒りですか？
白井　そうそう。
彦坂　この詩には、叫んでいる瀕死の人間と、それを論評している評論家との対照が、すごくはっきり出てるんです。（……）直接的には彼に対するものだけど、べつに彼個人を標的にしてるわけじゃない。
——評論家にはそういう傾向がありますね。
彦坂　この詩には、評論ってもののスタイルがじつに的確に要約されています。ところで、谷口さんの雑誌に即して言いますと、読者がなぜ読むのかっていうと、やはり、なにか自分の問題をかかえて読んでるわけでしょう？　だから読むんでしょう？　たんに、教養のためとか、こいつは運動の役に立つとか、そんなんで読んでたんじゃ、そこになにも見つけられるはずはない。それぞれに自分の問題ってのはちがうでしょうけど、それぞれのちがう問題をかかえながら読むからこそ、「読む」って行為がそこに成立するんだし、「読む」という行為があって、はじめて、書き手の書いたものは生きるんです。

——この白井さんの詩は、池田浩士さんが書いた評論か何かに対する批判ですか。

白井　わたしに対する悪口への反論です。

——その悪口というのは？

彦坂　白井愛が書いた『狼の死』に対するものでした（白井さんの著作『狼の死』には、付録として「栞」と題された、八ページの小冊子が挟み込まれており、そこには『狼の死』について、高橋敏夫、坂口耕史、池田浩士の三氏の評が掲載されている——編集部注）。

白井　まったく、生きることの耐えがたさがわからない男ですよ。「理の人」ね。わたしがエピグラムをつけたしたんで（栞の末尾に。このこと自体、異例の措置だった——編集部注）びっくり仰天したみたい。いいことを書いてあげたつもりだったんでしょう。自分のほうがえらいと思ってますからね。

——そうですか。『狼の死』を読んでみないといけないですね。

白井　もうそんなにお読みになってたら（笑）。

彦坂　きりがないですよ。たいへんですよ。

——いや、でも読みますよ。ぜひ続けて。まだ楽しみがたくさんあります。たくさん書いていただいたおかげで。今日は、どうもありがとうございました。

（二〇〇五年一月二五日、千葉県印西市、白井さん・彦坂さん宅にて）

付記

彦坂諦

この日から一三日目の二月七日に、白井愛は、日医大千葉北総病院に入院し、二六日目の二月二十日にこの世を去った。直腸ガン・肝転移だった。したがって、この原稿に自分で手をいれることはかなわなかった。かわって、彦坂が、彼女ならどこをどのようになおすであろうかを熟考しながら、改稿の作業を進めた。

このなかで語られている彦坂への根源的批判につい

ては、いまでは遺作となってしまった白井愛の最後の作品『人体実験』（「れんが書房新社」二〇〇五年八月二五日刊）のなかで具体的に描かれており、そこであらわにされた小沼太郎（彦坂がモデル）の生きかたとの対照において、白井愛そのひとの生の核心が鮮やかに浮びあがってくる。関心がおありのかたは、ぜひ、この本をお読みください。

（注1）一九七一年、三七歳だった彦坂さんは、モスクワに留学中、日本にいた白井さんを呼び寄せようとして、白井さんのビザ取得のため関係機関に働きかけたり、また、翻訳のアルバイトをして滞在費を稼ぐなどした。が、その結果、大学で職を得るための「業績づくり」を怠ることになってしまった。

（注2）一九六八年五月、大学の管理強化や米軍のベトナム介入などに反対する学生たちの運動は、労働組合の支持を得てフランス全土へと広がっていった。学生街のカルチェ・ラタンは学生たちによってバリケードが築かれ「解放区」となり、また、労働者はゼネストや工場占拠を行い、安定していると思われたド・ゴール体制は危機に瀕した。ド・ゴール大統領は労働組合幹部などとの交渉を経て、議会の解散と選挙によって事態の収拾を図ろうとした。選挙ではド・ゴール派が圧勝したものの、翌年には大統領を辞任することになった。五月革命の「異議申し立て」（コンテスタシオン）は、現代の資本主義のあり方に対する批判や、第三世界への視点を人々へ提起したものとして重要な意義をもっている。

（注3）五月革命の真っ只中にあったフランスでは、ちょうどカンヌ映画祭が開かれようとしていたが、ゴダールやトリュフォーなど、五月革命に共感する映画人たちが「革命」への参加と映画祭中止を呼びかけた。この呼びかけに、審査員を降りたり、出品を撤回するなどの賛同が広がり、この年の映画祭は中止となった。その後、とりわけゴダールは、従来の映画技法を打ち破る手法で民衆の革命をテーマにした作品『プラウダ』『東風』『イタリアにおける闘争』などをつくった。

（注4）「恋愛は幸福の状態でも安定でもない。むしろ戦いを激化させることであり、永遠の傷口をいっそう激しくかきむしることである」――ツヴァイク「ドストエフスキー」（みすず書房版『ツヴァイク全集⑧ 三人の巨匠』所収、神品芳夫訳、二二九ページ）

あとがき

白井愛がこの世を去ったあと、わたしは生きる意欲をうしなっていました。ボーヴォワールがサルトルの死からほぼ一年後に自然に死んでいったように、わたしもまた、自然に死んでいくのだろうとおもっていました。ただ、「ほぼ一年後」というのはわたしのおもいちがいで、じっさいには六年後でした。このおもいちがいには、しかし、心理的根拠があります。一年後に、彼女は、わたしを滂沱せしめた『別れの儀式』を出していたからです。この本は、男の「知識人」たちからは非難されました。愛する男の晩年の「惨状」を克明に描きだすなど、なんと非情な女であるか。しかし、まさにその描きかたのうちに、わたしは、彼女の深い愛を感じないではいられなかったのです。「自然に」という印象にもわたしのおもいがこめられています。

しかし、わたしは死ねなかった。死の床にあった白井愛との約束をはたさなければならなかったからです。この約束をきちんとはたすまでは、生きていなければならなかった。この約束をはたすこと、それが、白井愛の死後もわたしが生きていく理由になっていました。その約束とは、なんであったのか？

『人体実験』の第五章「晴天の霹靂」にくわしく書かれているようなことをわたしがしでかしてしまったのはなぜか？　その原因を醸成してきた「その過去をあいまいうやむやにするのではなく、きちっとそこに向きあってほしい」と、死の床にある白井愛から要望され、かならずそうしますと、わたしは約束していたのです。

とはいえ、いざこの課題に向きあってみると、それは、おもいのほかむつかしかった。どこからどう書きすすめていけばいいのか、その糸口すらなかなか見つからないでいました。ただ、まだ浦野衣子であったこのひとにたまたま出会ったわたしが、このひとを愛し、このひととともに生きるために自分自身の生きかたを変えていったその軌跡は、このひとが浦野衣子としての苦難の生をのりこえ、白井愛として再生していく生の軌跡とかかわりなしに追究することはできないのだ、ということだけはわかってきました。その軌跡のあとに、そして、白井愛から厳しく指摘されたわたしの精神的弛緩が位置しているのだということも。

そう考えはじめていたころ、『戦争と性』誌の谷口和憲さんから、白井愛について書かないかというもうしでがありました。そこで、わたしは、白井愛の創作過程を具体的に再現していき、それとのかかわりにおいて、このわたしの過去の生を再点検するという手法をとっていってはどうか、とおもいついたのです。

書きはじめてみると、白井愛の作品のひとつひとつが、いつ、どこで、どのようにしてうみだされていったのかという、そのプロセスそれ自体のうちに、そのときそのときの白井愛の生が開示されているのだということが実感としてわかり、そのプロセスそのものに、このわたしの、そのときそのときの生がわかちがたくむすびついているのだということにも気づいていきました。

そこで、白井愛の作品が生みだされていく過程を具体的に追究していくというかたちの連載にしてはどうかとおもいついたのでした。そのわたしのおもいを、こころよく受けいれてくれた谷口さんには、こころのそこから感謝しています。

このようにして、連載の第八回までたどりついた時点で、わたしは、白井愛との約束は、この連載を完成させることによってはたすしかない、とおもうようになりました。連載をはじめた時点では、まだ、これと平行して、白井愛とわたしとの生の軌跡を全体として追究するようなものを書かなければならないとおもっていたのですが、その生の軌跡とは、白井愛の作品創造にむすびつかない時は一刻もないのだ、わたしが約束をはたす方法としては、これを追究するほかないのだ、とおもうようになったのでした。

それに、このころになると、わたしの死までにのこされた時間はもうかぎられているのだと自覚しないわけにはいかなくなっていました。そこで、急遽、この本の第九章と第十章にあたる部分を書きおろし、この本ができあがったのです。

この本は、ですから、雑誌『戦争と性』第二五号（二〇〇六年五月）から第三二号（二〇一六年三月）にわたって連載されたもの（第一章〜第八章）と、書きおろしの二章（第九章〜第十章）とから構成されているのですが、そこに、谷口さんの提案で、白井愛の死の直前に企画実行され、『戦争と性』第二三号と第二四号に掲載されている「白井愛×彦坂諦・対談（司会　編集部・谷口和憲）」を加えることにしました。この、対談となってはいるけれど、事実上、司会をつとめた谷口さんをもまじえての鼎談となっているものには、白井愛がそのとき書きすすめていた『人体実験』では明晰な文体によって語られていることが、彼女の肉声によって、いきいきと表現されています。これを加えてよかった、と、しみじみおもっています。

すべてを書きおえて、初校ゲラの校正をおえたいま、わたしは忸怩たるおもいにとらわれています。これで、はたして、白井愛との約束をはたしたと言えるのか？　ことばのみ多くしてそのじつなにも言わなかったにひとしいのではなかろうか？

もういちど、ここで『人体実験』を読みかえす。白井愛の批判の明晰さにあらためて感動します。わたしは、完膚なきまでたたきのめされています。わたしの側の「理」をどうして主張しないのかと言われても、その余地はほとんどありません。というより、わたし自身が、ここで指摘されいるほとんどすべてにたいして、そうだ、そのとおりだと感じてしまっているのです。

とはいえ、ほとんどと言ってすべてと言っていないからには、そのはみだし部分についてのべる義務があるでしょう。それは、この本の本文には書いてないこと、つまり、あなたは「男」としての欲求を抑圧して生きてきたのでしょうね、と白井愛に言われている部分についての、いまのわたしの感想です。この部分については、白井愛自身が、「いや、こう理解すべきなのかもしれません」と、留保をつけてはいるのですが。

この部分を読んだとき、そうだ、そのとおりだ、と、いったん、おもいはしたものの、わたしのうちには、はたしてそうなのだろうか、という疑念がのこっていました。いまなら、はっきりわかります。わたしは、すくなくとも白井愛とともに生きていたそのあいだは、「男」としての欲求を抑圧してなどいなかったのです。たしかに、白井愛がここで指摘しているとおり、彼女とわたしとの「かかわり」は、すくなくともその後半にあっては、「完全に精神世界での」ことであって、「いわゆる性的関係」はなかった。だからといって、しかし、わたしが性的欲求を抑圧していたとは言えない、と、いま、わたしはおもっています。なぜか？

それほどまでに、わたしはみちたりていたのです、白井愛との関係にあって。それは全的な充足であって、精神的なと性的なとにわけることなどできなかった。だから、白井愛によってみたされないものをほかの女との関係によってみたす必要などもともとなかったし、じっさい、わたしの記憶によっても、そのような欲求を感じたことなど一度もありませんでした。

むしろ、白井愛がいなくなったあとで、わたしは、つよい性的欲求を感じたことがいくどもありました。現実には、そうした欲求を充足しうる機会がなかった、つまり、わたしの欲求に同意しともにする相手がいなかったから、それは抑圧しないわけにはいかなかったのですが。

それに、白井愛ではないほかの女とかりに性的関係をもったとしても、そのこと自体が即裏切となるようなものでは、白井愛と私との関係はなかった。『人体実験』のなかで糾弾されているわたしの「裏切」とは、だから、「情事のまねごと」「浮気のまねごと」などではなく、すべての関心を白井愛に収斂させせなければいけなかったまさにそのときに、うかうかと、のほほんと、ほかのことに「も」関心をむけていた、という事実以外のなにごとでもなかったのでした。

もうひとつ、これは弁明にもなってない、恥のうわぬりでしかないことなのですが、あえてとりあげておきます。愛とはなにか、と白井愛に問われたとき、いっしょにいたいってことかな、なんて口ばしってしまったことです。わたしとしたことが、なぜ、こんなつまらぬことを！

周章狼狽していたのです。白井愛を裏切るようなことはけっしてしていないと、自分では確信していたのに、まさにそのことが裏切りにほかならないと指摘され、事実、白井愛の生命をちぢめていることを自覚せざるをえないでいたときに、まさかこんな明白なことをあらためて尋ねられようとは予想もしてなかった。不意打ちをくらったものだから、考えるまもなく、口から出まかせを言ったのでした。だとしたら、しかし、もっといけない。なぜなら、それはそのときのわたしの意識のありようを暴露していたからです。

おちついて、しっかり考えてからこたえていれば、愛するとは、おなじ方向を向いていることだ、とこたえることができていたでしょう。けれども、とっさにそれが出てこなかった、ばかりか、そののちながいあいだ、くやみ、恥じなければならなかったような台詞を口にしてしまった、ということは、愛とは、おなじ方向をむいて、おなじようにたたかっていることなのだという思想が、わたしのなかで肉体化《アンカルネ》されてなかったことを暴露していたのです。

じっくり考えてから行動することなどゆるされない場面が人生にはあります。そういう状況で、絶対にしてはならないことをやれと命じられたとき、とっさに、いやだ！したくない！と感じるか感じないか。いやだ！というのは感情です。そのように、感情にまで肉体化されていない思想など信じない、などと、わたし自身が、白井愛がこの世を去ったのちのことではあるけれど、いくども力説しています。そのことばが、そっくり、このときのわたしにつきつけられていたのでした。

白井愛は、『人体実験』において、完膚なきまでわたしをたたきのめした。わたしのもっともいやがることばを、わざと、くりかえしもちいながら、わたし自身が恥じているようなことまで、あますところなく暴露しました。けど、その仮借なき追及のうちに、わたしは、わたしへの深い愛を感じないではいられませんでした。『人体実験』第六章の末尾近くに出てくる、「『悔いあらためた』もと『戦友』として、いま、あなたは、わたしが一日でもながく生きれるようにとつくしてくれている。わたしは感謝している」といった部分、あるいは、「読者のみなさんにおねがいします。小沼太郎がさいごに書くはずの謝罪もしくは弁明の一文を厳しく御批判ください。

ただし、もうそれ以上は責めないでください。彼はもうじゅうぶんに恥じ、じゅうぶんに苦しんだことでしょうから」とわざわざことわっている部分。（『人体実験』二四〇〜二四一）

ここで「書くはず」だと言われている文章は、「痛恨」と題して、『人体実験』第五章の末尾におかれています。この原稿は生前の白井愛に見せることができました。彼女は、なにも批判せず、ただ、いいでしょって言っただけ。しかし、わたし自身は、おおいそぎで書いたこの文章が意をつくしていないことを自覚していました。

この本をつくりあげる過程で、わたしは、白井愛の作品をいくども読みかえしました。読みかえして、あらためて気づいたことがいくつもあります。この本のなかではじゅうぶんに指摘することができなかった点を、みっつだけ、ここで書いておきます。

ひとつめは、自分が生きている時代への白井愛の熾烈で深い関心です。というより、彼女は、つねに、その時代を生きている自分を意識化しているということ。ふたつめは、この世の底辺で呻吟しているひとびとへの、彼女自身の生の根源から発する深い共感です。そして、みっつめ。なんという清冽な文体！

この本の副題を「白井愛 たたかいの軌跡」としてはどうかと谷口さんから言われたとき、即座に同意しました。この本の原稿を編集割付するしごとをやっているうちに、これはまさにたたかいの軌跡であると谷口さんは感じたというのです。これは、わたし自身の感覚にもぴったりでした。

白井愛は、その生の最後の瞬間までたたかいつづけた。なににたいしてか？ 自分をおしつぶそうとするものにたいして、です。みんなとおなじようなことを、みんなとおなじように、みんなといっしょにやりなさいといって、みんなへの同調をせまり、同調しない者を排除する、その「和の力」にたいして、です。「深いところにある真実を見えなくする」ために、「安心してなにも見ないため、なにも聞かないため」に、「説明」を求める、「理のひと」にたいして、です。「若干」ではあっても「理の世界のひと」であると白井愛から名ざされたことのあるわたしは、いま、痛恨のおもいでそのことを想起しています。（『鶴』一七四ページ、本書三四六ページ参照）

白井愛の死から、すでに、一三年あまりもの歳月がすぎさっています。これほどの歳月をのめのめと生きてしまったのか、とおもいます。しかし、これほどの歳月を要したのか、この本をしあげるには、というおもいもします。この一三年あまりのあいだ、白井愛は、わたしのうちで生きていました。

白井愛が生きていたら手を出さなかったであろうような「よけいなこと」に手を出してしまったとき、耳元でささやく声がきこえるのです。なにやってんの！　生きることにつかれ、疲労困憊し、行き暮れていたときも。しっかりしなさいよ！

この本の編集制作いっさいを引きうけくださった谷口和憲さん、あらためて、ありがとう。『文学をとおして戦争と人間を考える』にひきつづき、今回もすてきな装幀を贈ってくださった白岩砂紀さん、ほんとうに、ありがとう。

この本を、いまは亡き白井愛に捧げます。約束をはたしましたよ、という自信はもてないでいるのですが。

この本についての御批判、御感想を、もしよろしかったら、およせください。わたしの連絡先はつぎのとおりです。

〒二七〇―一三五六　千葉県印西市小倉台三―一―六―五〇一　メール・アドレス　amor461fatis@gmail.com

二〇一八年一二月三〇日

彦坂　諦

白井 愛（しらい・あい）

1934年、大阪府岸和田市生まれ。

高校時代に、教員の赤松清和氏と出会う。「わたしがわたしでありつづける力をわたしに抱かせてくれた希有な先生でした」と白井愛は語っている。（赤松氏の戦場体験は作家の彦坂諦によって「ある無能兵士の軌跡」［全9巻］として記録される）。

早稲田大学でフランス文学を専攻。浦野衣子（うらの・きぬこ）の名前でフランス文学を翻訳。訳書にレジズ・ドブレ『国境』（晶文社、1968年）、フランツ・ファノン『地に呪われたる者』」（共訳、みすず書房、1969年）、ポール・ニザン『トロイの木馬』（晶文社、1970年）などがある。

1979年、白井愛として、『あらゆる愚者は亜人間である』（小説、罌粟《けし》書房）を発表。以後、『新すばらしい新世界スピークス』（エセー・クリティク＋フィクション・クリティク、1981年、罌粟書房）、『キキ 荒野に喚ばわる』（小説、1985年、罌粟書房）、『悪魔のセレナーデ』（詩集、1988年、罌粟書房）、『悪魔のララバイ』（詩集、1991年、径書房）、『鶴』（小説、1993年、れんが書房新社）、『狼の死』（小説、1996年、れんが書房新社）、『タジキスタン狂詩曲』（小説、2001年、れんが書房新社）、などの創作活動をつづける。

2005年2月20日、癌のため死亡。

2005年8月、『人体実験』と題した闘病記をれんが書房新社から発行。

※なお、罌粟書房は倒産していますが、彦坂さん宅に在庫があるとのことです。購入ご希望の方は下記彦坂さん宅へご連絡ください。

住所　〒270-1356　千葉県印西市小倉台3丁目1-6-501
電話　0476-46-9023　090-8032-3256
メールアドレス　amor461fatis@gmail.com

彦坂 諦（ひこさか・たい）

1933年、仙台で生れ、山口で育つ。

1945年、父の転勤に伴い「大日本帝国」の植民地都市「旅順」に移り、ここで敗戦を迎え、まもなく難民として大連に追放された。

1949年、中国・大連より「引揚者」として帰国。

東北大学で日本史を、早稲田大学大学院でロシア文学を学んだ。

木材検収員などのアルバイトで生計を維持しながら、1978年より1995年まで、約17年の歳月をかけて、シリーズ「ある無能兵士の軌跡」を完成させた（全9巻、柘植書房新社、第一部『ひとはどのようにして兵となるのか』上下、第二部『兵はどのようにして殺されるのか』上下、第二部別巻『飢島 1984←→1942』、第二部別冊『年表ガダルカナル 1942.10/1-27』、第三部『ひとはどのようにして生きるのびるのか』上下、第三部別巻『総年表・ある無能兵士の軌跡』)。

同シリーズは、わたしたちの日常に潜む戦争の根を、わたしたち自身が内在化している能力信仰、集団同調、異分子排撃などの問題として追究。また、その過程で書かれた『男性神話』（径書房）は「軍隊慰安婦」問題に対する男性の側からの真摯な発言として注目された。

他に『餓死の研究』（立風書房)、『女と男 のびやかに歩きだすために』（梨の木舎)、『無能だって？それがどうした ?!』（同)、『九条の根っこ』（れんが書房新社)、『文学をとおして戦争と人間を考える』（同）などの著書がある。

亜人間を生きる――白井愛 たたかいの軌跡

発行日　2019年3月15日
著者　彦坂　諦
装幀　白岩砂紀
発行者　谷口和憲
発行所　「戦争と性」編集室
〒197-0802　東京都あきる野市草花 3012-20
TEL・FAX 042-559-6941

ISBN 978-4-902432-23-7